DIE RETTUNG VON CASEY

Die Rettung von Casey (Die Delta Force Heroes, Buch Sieben)

SUSAN STOKER

Copyright © 2020 Susan Stoker
Englischer Originaltitel: »Rescuing Casey (Delta Force Heroes Book 7)«
Deutsche Übersetzung: Birga Weisert für Daniela Mansfield Translations 2020
Alle Rechte vorbehalten. Dies ist ein Werk der Fiktion. Namen, Darsteller, Orte und Handlung entspringen entweder der Fantasie der Autorin oder werden fiktiv eingesetzt. Jegliche Ähnlichkeit mit tatsächlichen Vorkommnissen, Schauplätzen oder Personen, lebend oder verstorben, ist rein zufällig. Dieses Buch darf ohne die ausdrückliche schriftliche Genehmigung der Autorin weder in seiner Gesamtheit noch in Auszügen auf keinerlei Art mithilfe elektronischer oder mechanischer Mittel vervielfältigt oder weitergegeben werden.
Titelbild entworfen von: Chris Mackey, AURA Design Group
eBook: ISBN: 978-1-64499-064-3
Taschenbuch: ISBN: 978-1-64499-063-6
Besuchen Sie Susan im Netz!
www.stokeraces.com
facebook.com/authorsusanstoker
twitter.com/Susan_Stoker
bookbub.com/authors/susan-stoker
instagram.com/authorsusanstoker
Email: Susan@StokerAces.com

EBENFALLS VON SUSAN STOKER

Die Delta Force Heroes:

Die Rettung von Rayne
Die Rettung von Emily
Die Rettung von Harley
Die Hochzeit von Emily
Die Rettung von Kassie
Die Rettung von Bryn
Die Rettung von Casey
Die Rettung von Wendy (Buch Acht) **(erhältlich ab Ende Juni 2020)**

SEALs of Protection:
Schutz für Caroline
Schutz für Alabama
Schutz für Fiona
Die Hochzeit von Caroline
Schutz für Summer
Schutz für Cheyenne
Schutz für Jessyka **(erhältlich July 2020)**

SUSAN STOKER

<u>Ace Security Reihe:</u>
Anspruch auf Grace (Buch Eins) **(erhältlich ab Ende Juli 2020)**
Anspruch auf Alexis (Buch Zwei) **(erhältlich ab Ende Juli 2020)**

KAPITEL EINS

Casey Shea zitterte. Es war absolut lächerlich, dass ihr kalt war. Schließlich liegt die Durchschnittstemperatur in Costa Rica bei siebenundzwanzig Grad mit einer Luftfeuchtigkeit von fünfundachtzig bis neunzig Prozent. Eigentlich hätte sie schwitzen müssen, doch mehrere Faktoren arbeiteten gegen sie.

Da war zuerst einmal die Dunkelheit. In dem Loch, in das sie geschmissen worden war, war es stockdunkel. Was auch immer ihre Entführer benutzt hatten, um das Loch zu verschließen, ließ absolut kein Licht durchdringen. Nicht einmal der kleinste Sonnenstrahl bahnte sich seinen Weg durch die Dunkelheit.

Außerdem war sie dehydriert und hatte Hunger. Sie hatte ihren BH benutzt, um das Wasser zu filtern, das an den Seiten ihres Gefängnisses herunterlief, doch die wenigen Tropfen hatten nicht ausgereicht. Drittens war sie gestresst.

Sie hatte alles getan, was ihr Bruder ihr beigebracht hatte. Sie war ruhig geblieben, hatte positiv gedacht. Und ihr Bestes gegeben, um nicht zu verzweifeln.

Doch so langsam verlor sie jegliche Hoffnung.

Casey zwang sich dazu, aufzustehen und in ihrem kleinen

Gefängnis herumzugehen. Sie wusste genau, wie viele Schritte sie brauchte, um von einer Seite zur anderen zu gelangen. Vier. Vier Schritte in die eine Richtung, vier Schritte in die andere Richtung. Die Zelle war zwei Schritte breit. Mehr nicht.

Sie hatte erfolglos versucht, aus dem Loch herauszuklettern, doch die Wände ihres Gefängnisses waren nicht stabil genug. Sie würde dadurch nur erreichen, dass ihr mehr Schmutz auf den Kopf fiel. Der Rand des Loches war nur ein paar Meter über ihr, wenn sie die Arme über den Kopf streckte, doch es hätten genauso gut zehn Meter sein können, so wenig Erfolg versprachen ihre Kletterversuche. Sie konnte nicht herausklettern, hatte nicht genügend Holzbretter, auf die sie sich stellen konnte, um den Rand zu erreichen, und was auch immer ihre Entführer benutzt hatten, um das Loch abzudichten, war so schwer gewesen, dass es drei Männer gebraucht hatte, um ihr Grab sorgfältig zu bedecken. Der Gestank von Fäulnis und Verwesung war anfangs unerträglich gewesen, doch mittlerweile war sie so sehr daran gewöhnt, dass sie es kaum noch bemerkte. In diesem Loch entsorgten die Dorfbewohner wahrscheinlich die Teile der Tiere, die sie nicht aßen oder verwendeten, nachdem sie mit ihnen fertig waren. Unter der Flüssigkeit unter ihren Füßen befanden sich Knochen, doch da Casey sie nicht sehen konnte, hatte sie keine Ahnung, um was für Tiere es sich gehandelt haben könnte.

Sie wusste auch nicht, wie lange es schon her war, dass sie von ihren Studentinnen getrennt worden war, auf jeden Fall war es zu lange. Davor war es nicht so schlimm gewesen, sie waren ruhig geblieben und hatten das Wasser und die Nahrungsmittel, die man ihnen gegeben hatte, rationiert. Einer der Entführer hatte ihnen gesagt, dass sie festgehalten wurden, um Lösegeld für sie zu erpressen, aber Casey war sich nicht ganz sicher, ob sie ihm glauben konnte.

Für Astrid konnte man vielleicht eher Lösegeld erzielen – schließlich war sie die Tochter des dänischen Konsuls –, aber Casey und die anderen? Auf keinen Fall. Sie war niemand

Besonderes. Und sie glaubte auch nicht, dass die Familien von Jaylyn oder Kristina Geld hatten.

Die Mädchen hatten sich auf der Forschungsreise gut geschlagen. Sie verstanden sich gut und wachten jeden Morgen aufgeregt auf, um in den Dschungel zu gehen, um weitere Insekten zu finden, die sie untersuchen konnten. Nicht jeder Studienausflug verlief so gut. Unterschiedliche Persönlichkeiten und der Umgang mit der Kultur und dem Klima Costa Ricas brachten manchmal das Schlimmste bei ihren Studenten hervor. Aber nicht bei Jaylyn, Kristina und Astrid. Sie kamen alle sehr gut miteinander aus, wenn man ihre Unterschiede berücksichtigte.

Astrids Eltern hatten Geld, und zwar sehr viel Geld. Jaylyn besuchte die Universität von Florida mit einem vollen akademischen Stipendium. Kristina war eher ein Partygirl, Vorsitzende ihrer Studentenverbindung, und schaffte es gerade so mit einem Durchschnitt von einer Zwei minus Caseys Kurs zu bestehen.

Oberflächlich betrachtet hätten sie nicht so gut miteinander auskommen sollen, aber unter Caseys Führung und mit ihrem vollen Terminkalender waren sie gut zurechtgekommen. Aber Casey hatte ihre Führungsqualitäten unter Beweis stellen müssen, als sie entführt worden waren. Sie wusste, dass ohne sie die Dinge zwischen den drei Frauen wahrscheinlich schon den Bach runtergegangen wären. Bevor sie von ihnen getrennt worden war, hatte es Anzeichen für Meinungsverschiedenheiten gegeben, und Casey betete, dass sie durchhalten und sich daran erinnern würden, was sie ihnen in der kurzen Zeit, die sie nach der Entführung noch zusammen verbracht hatten, versucht hatte beizubringen.

Casey blieb stehen und schaute nach oben. Sie konnte nichts sehen, aber das hielt sie nicht davon ab, alle paar Sekunden aufzuschauen, falls plötzlich Licht durch die Öffnung fallen sollte. Nach nur zehn Runden durch ihre kleine Zelle atmete sie schwer. Sie ging zurück in die Ecke, die sie als

Schlafplatz benutzte, und setzte sich auf ihren Hintern. Sie war überrascht gewesen, am Boden des Lochs ein paar Bretter aus Holz zu finden, die sie übereinandergestapelt hatte, sodass sie eine erhöhte Plattform bildeten, die knapp über dem Wasser lag, das sich um sie herum angesammelt hatte.

Ihre Trekkinghose war durchnässt. Ebenso wie ihre Füße in ihren geländegängigen Gore-Tex-Stiefeln. Sie sollten eigentlich wasserdicht sein, aber wenn man rund um die Uhr im Wasser stand, war dem auch das beste Material nicht gewachsen. Es war unvermeidlich, dass sie irgendwann versagt hatten, und ihre Wollsocken und das Nylonfutter waren nun durchnässt.

Dennoch versuchte Casey, positiv zu bleiben. Ihr Bruder würde kommen. Er war ein knallharter Soldat der Spezialeinheit. Er hatte sie immer beschützt. Als sie jung waren, hatten sie stundenlang gemeinsam Soldat gespielt. Als sie älter wurde und anfing, sich mit Jungen zu verabreden, war er derjenige gewesen, der ihre Partner ermahnt hatte, sie anständig zu behandeln. Nachdem er in die Armee eingetreten war und eine Spezialausbildung absolviert hatte, kehrte er nach Hause zurück und brachte ihr bei, wie man schießt, wie man kämpft und wie man sich bei einer Geiselnahme verhält.

Sie hatte über Letzteres gelacht und protestiert, dass sie nie in eine Situation kommen würde, in der sie wissen müsste, welche psychologischen Tricks die Entführer anwenden könnten und wie sie diese Tricks gegen sie wenden könnte, aber Aspen hatte einfach den Kopf geschüttelt und ihr gesagt, dass sie nie wüsste, was die Zukunft bringen würde.

Casey seufzte und legte den Kopf gegen den Schlamm und Lehm hinter sich. Ihr Haar war mit Schmutz bedeckt und wahrscheinlich auf dem besten Weg, zu Dreadlocks zu werden. Jeder Zentimeter ihres Körpers war mit Schlamm bedeckt. Zuerst hatte sie es begrüßt, weil sie wusste, dass es die Entführer fernhalten würde, falls sie beschließen sollten, sie sexuell zu missbrauchen, aber jetzt würde sie alles dafür geben, endlich wieder sauber zu sein.

Sie sehnte sich danach, sich ganz flach hinlegen zu können. Hier konnte sie nämlich nur im Sitzen schlafen. Ihr Rücken schmerzte und sie hatte seltsame Träume über ihr Bett zu Hause gehabt.

»Ich brauche dich, Aspen«, flüsterte sie, obwohl sie wusste, dass ihre Worte lächerlich waren. Er konnte sie nicht hören. Niemand konnte sie hören. Ihre Stimme war völlig nutzlos; als sie in das Loch geworfen worden war, hatte sie so lange um Hilfe geschrien, bis sie keine Stimme mehr hatte. Der Flüssigkeitsmangel, die fürchterlichen hygienischen Bedingungen und die feuchte Luft hatten dafür gesorgt, dass sie fast völlig verstummt war.

Doch als hätten ihre Worte magische Kräfte, hörte Casey plötzlich über sich Rufe.

Und dann Schüsse.

Und dann noch mehr Geschrei.

Es war das Erste, das sie hörte, seit sie in dieses Loch geworfen worden war.

Schnell stellte sie sich hin, richtete den Blick nach oben und betete für ein Wunder.

»Ich bin hier! Holt mich hier raus«, krächzte sie so laut sie konnte.

Vielleicht waren nur Minuten vergangen, vielleicht aber auch Stunden, doch irgendwann hörten die Schüsse auf, genau wie das Schreien ... und Casey befand sich wieder allein in ihrem stillen, dunklen Grab.

Sie hatte es sich nicht erlaubt zu weinen. Nicht seit diese ganze Tortur begonnen hatte.

Doch nun, da sie beinahe gerettet worden wäre, nur damit ihr die Rettung genau wie der Schmutz unter ihren Händen, wenn sie versuchte, die Wände ihres Loches hinaufzuklettern, durch die Finger geronnen war, ließ Casey sich kraftlos auf die Holzbretter sinken und begann zu schluchzen.

Es kamen keine Tränen aus ihren Augen, da ihr Körper

nicht mehr über die nötige Flüssigkeit verfügte, um sie herzustellen.

Sie würde hier sterben und niemand würde jemals ihre Leiche finden.

»Es tut mir leid, Asp«, ächzte sie zwischen zwei Schluchzern. »Es tut mir so leid.«

Troy »Beatle« Lennon hatte seine ganze Aufmerksamkeit auf das Funkgerät gerichtet, das vor ihm auf dem Tisch stand. Blade ging hinter dem Tisch hin und her, zu aufgebracht, um sich hinzusetzen. Der Rest des Delta-Teams saß oder stand in dem kleinen Raum verteilt. Sie waren in Costa Rica, hatten jedoch nicht die Erlaubnis erhalten, sich in den Dschungel zu begeben, um Blades Schwester und die anderen Frauen zu retten, da eine dänische Spezialeinheit, das Huntsmen Corps, schneller da gewesen war.

Blade hätte der Regierung von Costa Rica am liebsten gesagt, sie solle sich »selbst ficken«, doch Ghost war eingeschritten und hatte dem Team befohlen, nichts zu unternehmen und abzuwarten.

Das Huntsmen Corps war das dänische Äquivalent zu den Deltas. Es war von der dänischen Regierung mobilisiert worden, nachdem Botschafter Jepsen sie über die Entführung seiner Tochter informiert hatte. Niemand wusste genau, wann die Studentengruppe und ihre Dozentin entführt worden waren, aber nach Blades Schätzung war es mindestens eineinhalb Wochen her.

Die Regierung von Costa Rica hatte einen anonymen Hinweis auf vier amerikanische Frauen erhalten, die in einem Dorf tief im Dschungel festgehalten wurden. Als die Huntsmen ankamen, hatten sie sich also sofort zum genannten Zielort begeben.

Die Deltas konnten nichts weiter tun als zu warten, während der Rettungsversuch stattfand.

Der Kommandant der Huntsmen hatte sie regelmäßig auf dem Laufenden gehalten, aber seit der letzten Nachricht war eine Viertelstunde vergangen und alle waren nervös.

Momentaner Stand der Dinge war, dass das Lager gefunden worden war und sie sich zum Angriff bereit machten.

»Verdammte Scheiße«, durchbrach Blade die Stille. »Warum stehen wir hier rum? Wir hätten mit ihnen gehen sollen.«

»Immer mit der Ruhe, Mann«, entgegnete Ghost beschwichtigend. »Du weißt doch warum.«

»Mir ist die Politik scheißegal! Meine *Schwester* ist irgendwo dort draußen, Ghost. Sie braucht mich!«

Der Kommandant der Deltas betrachtete seinen Freund. »Und du wirst für sie da sein. Ich weiß besser als jeder andere, wie schlimm es sein kann, nachdem man als Geisel gehalten wurde. Sie wird deine Unterstützung brauchen, Blade. Vielleicht ist es sogar besser, wenn du keine große Rolle in ihren Erinnerungen an den Dschungel spielst.«

Beatle ballte im Schoß seine Hände zu Fäusten. Er wusste genau, worüber Ghost da redete.

»Ich dachte, Rayne geht es schon besser.« Truck sprach aus, was sie alle dachten.

»Das tut es auch«, erwiderte Ghost sofort, »aber ihr Therapeut hat mir gesagt, dass das, was ihr passiert ist, mit daran Schuld hat, dass sie nicht heiraten möchte.«

»Ich dachte, sie möchte einfach nicht heiraten, während Mary noch krank ist«, bemerkte Fletch.

»Das war ihre ursprüngliche Ausrede«, pflichtete Ghost ihm bei. »Doch nun, da es Mary besser geht, hat sie sich eine neue einfallen lassen. Und immer wieder eine neue. Das wahre Problem ist ein Mangel an Vertrauen. Mir ist es völlig egal, ob wir jemals heiraten. Mit ist viel wichtiger, dass Rayne tief in ihrem Inneren weiß, dass sie in Sicherheit ist. Dass ich immer dafür *sorgen* werde, dass sie in Sicherheit ist. Sie wird die Nachwirkungen der Entführung in Ägypten noch lange Zeit mit sich herumschleppen. Und irgendwie glaube ich, dass es vielleicht einfacher zu verarbeiten gewesen wäre, wenn ich keine so große Rolle in der Geschichte gespielt hätte. Ihre schlechten Erinnerungen daran, was beinahe mit ihr geschehen wäre, sind vermischt mit dem Gefühl der Erleichterung, als ich plötzlich aufgetaucht bin. Ich hasse es, dass sie gleichzeitig an mich und dieses Arschloch denkt, das sie fast vergewaltigt hätte.«

Ghost machte eine Pause und blickte dann zu Blade. »Ich will damit doch nur sagen, dass du für sie da sein kannst, wenn die Huntsmen sie aus dem Dschungel holen, ohne dass sie jedes Mal, wenn sie dich sieht, an die Entführung denken muss. So kannst du ihr Fels in der Brandung sein. Du weißt doch selbst, dass es langfristig für das Opfer nicht unbedingt gut ist, wenn die Familie sieht, wenn sie ganz unten sind.«

»Verdammte Scheiße!«, fluchte Blade erneut und begann wieder damit, hin und her zu gehen.

Das Funkgerät begann zu rauschen und plötzlich konzentrierten sich alle Männer auf das kleine schwarze Gerät.

»Hunter One an Basis.«

»Hier ist Basis. Reden Sie, Hunter One.«

Beatle hielt den Atem an. Es war ihnen nicht genehmigt worden, einen abgeschirmten Kanal zu benutzen, und so konnten sie nichts tun als einfach nur zuzuhören, als ihnen die Ergebnisse des Angriffs auf das Lager der Entführer endlich mitgeteilt wurden.

»Drei Pakete gesichert. Ich wiederhole, drei Pakete gesichert.«

Bei diesen Worten steigerte sich die Spannung im Raum um ein Zehnfaches, wenn das überhaupt möglich war.

»Bestätigt«, sagte eine Stimme mit costa-ricanischem Akzent. »Aufenthaltsort des vierten Paketes?«

»Zurzeit unbekannt«, lautete die Antwort des Soldaten der dänischen Spezialeinheit.

»Jetzt komm schon«, sagte Beatle leise. »Wer fehlt?«

»Was ist eure geschätzte Rückkehrzeit?«

»Vierundzwanzig Stunden«, erwiderte der Soldat. »Die Pakete sind in schlechtem Zustand. Unsere Geschwindigkeit wird beeinträchtigt werden. Auch auf unserer Seite gibt es zwei Todesopfer. Treffpunkt bestätigt?«

»Verdammt noch mal«, rief Hollywood barsch und schlug mit der Faust auf den Tisch. »Frag jetzt nach, wer fehlt.«

Und als hätte die Basis seine Worte gehört, sorgte die nächste Frage dafür, dass alle Soldaten der Delta Force die Luft anhielten.

»Identität des fehlenden Paketes?«

Es entstand eine lange Pause, bevor der dänische Soldat antwortete. Und in dieser Zeitspanne hatten die amerikanischen Soldaten, die in dem kleinen Zimmer mithörten, das Gefühl, um zehn Jahre zu altern.

»Das älteste Paket. Die anderen Pakete haben behauptet, es wäre vor einer Woche aus dem Gebiet entfernt worden.«

Bevor Blade auf die Nachricht reagieren konnte, dass seine Schwester immer noch vermisst wurde, stand Ghost auf und ging auf die Tür zu. Er drehte sich um und sah sein Team an. »Zum Teufel mit der Politik. Eine von uns wird vermisst, und wir verlassen dieses Land nicht, bevor wir sie nicht zurückhaben.«

Beatle folgte seinen Mannschaftskameraden aus dem Raum, während sich sein Geist die ganze Zeit im Kreis drehte. Das einzige Bild, das er von Casey Shea gesehen hatte, war das, das Blade dem Team gezeigt hatte. Es war ein paar Jahre alt, aufgenommen an Weihnachten.

Sie stand darauf neben Blade und hatte ihn im Schwitzkasten. Der Soldat hatte es offensichtlich zugelassen, dass sie die Oberhand gewann, denn bei seiner Größe von einem Meter neunzig hatte sie keine Chance, ihn tatsächlich zu überwältigen. Es war diese unbändige Lebensfreude in Caseys Augen, die Beatle nicht mehr aus dem Kopf bekam.

Ihr Lächeln war so breit, dass er sicher war, sie hatte laut gelacht, als das Bild aufgenommen worden war. Sie trug eine Jeans, die eng an ihren langen Beinen lag. Das Hemd, das sie trug, war über eine Schulter gerutscht, sodass man den roten BH-Träger darunter sehen konnte. Ihre Füße waren nackt, ihre Zehen waren in demselben leuchtenden Rot wie ihre Unterwäsche lackiert.

Ihr braun-blondes Haar war oben auf dem Kopf zu einem unordentlichen Dutt aufgesteckt, sodass Beatle nicht sagen konnte, wie lang es eigentlich war. Mit ihren grünen Augen starrte sie direkt in die Kamera ... und sie sah absolut bezaubernd aus.

Beatle glaubte nicht an Liebe auf den ersten Blick, aber er konnte nicht leugnen, dass er nach dem Anblick dieses Bildes einen Ruck in seinem Bauch gespürt hatte. Er fühlte sich sofort nicht nur von ihrem Aussehen angezogen, sondern auch von ihrer unbekümmerten, fröhlichen Persönlichkeit, wie er sie sich vorstellte.

Und das war es, was Beatle am meisten beunruhigte. Sie hatten in der Vergangenheit schon viele Menschen gerettet und der Gedanke, dass die glückliche Frau auf Blades Foto durch die Gewalt, die sie erlebt hatte, verändert worden war, zerfraß ihn.

Casey Shea hatte nicht verdient, was auch immer ihr zugestoßen war. Nicht dass irgendjemand das getan hätte, aber die fröhliche, lachende Schwester eines seiner besten Freunde hatte es definitiv nicht verdient.

Halte durch, Casey, dachte Beatle. *Wir kommen dich holen. Halte einfach durch.*

KAPITEL ZWEI

Es stellte sich heraus, dass die Deltas sich nicht gleich auf die Suche nach Casey machten ... zumindest ein paar Tage lang nicht. Sie waren bei ihrer Suche nach Blades Schwester auf ein Hindernis nach dem anderen gestoßen.

Sie waren im Wesentlichen von der costa-ricanischen Armee im Hotel festgehalten worden, bis die Huntsmen zurückgekehrt waren. Dann hatte Ghost darauf bestanden, bei den Interviews mit den College-Studentinnen dabei zu sein, damit sie so viele Informationen wie möglich erhalten konnten, bevor sie sich auf den Weg machten.

So sehr Beatle die Verzögerung hasste, konnte er nicht leugnen, dass die Informationen nützlich gewesen waren.

Blade hatte die Nachricht, dass sie nicht sofort in den Dschungel aufbrechen würden, um seine Schwester zu suchen, nicht halb so gut aufgenommen. Er musste ruhiggestellt werden, damit er sich nicht noch mehr verletzte, als er es bereits getan hatte. Auf Wände einzuschlagen war nicht gerade gut für einen Menschen.

Während Coach and Truck bei Blade im Hotel wachten, wurde Ghost, Beatle, Fletch und Hollywood erlaubt, bei den Verhören anwesend zu sein.

Sie wurden in einen Raum mit einem zweiseitigen Spiegel geführt, wo sie alles beobachten konnten. Beatle hätte gern Fragen gestellt, aber der Botschafter hatte den Zugang zu seiner Tochter nur den dänischen Soldaten gewährt, die sie gerettet hatten. Und da Astrid sich weigerte, sich von Jaylyn und Kristina trennen zu lassen, wurden sie alle zusammen befragt.

»Was ist passiert?«, fragte der Soldat, der das Verhör durchführte, geradeheraus.

Es dauerte eine Weile, bis die Mädchen ihre Geschichte erzählten, aber schließlich taten sie es doch.

Sie waren alle im Dschungel auf der Suche nach einer neuen Ameisenart gewesen, als die Entführer aus dem Nichts aufgetaucht waren. Sie hatten sie hinten auf einen Pritschenwagen geworfen und waren stundenlang gefahren. Während dieser Zeit hatte Casey die Mädchen offenbar angewiesen, ruhig zu bleiben und daran zu denken, dass jemand ihr Fehlen bemerken und kommen würde, um sie zu holen. Sie hatte ihnen ferner gesagt, sie sollten die Dinge einen Tag nach dem anderen, bei Bedarf sogar eine Minute nach der anderen angehen und versuchen, immer etwas Positives an der Situation zu finden.

Als er das hörte, hatte Ghost gemurmelt: »Clever. Blade muss ihr das beigebracht haben.«

Beatle stimmte schweigend zu. Er hatte ein langes Gespräch mit seinem Freund geführt und Blade hatte erzählt, wie er seiner Schwester erklärt hatte, wie man in einer Situation wie der, in der sie sich jetzt befand, psychisch stark bleiben konnte.

Die entführten Mädchen erzählten weiter ihre Geschichte, wie sie in den Dschungel getrieben wurden und in einem vermeintlichen Dorf ankamen. Es war dunkel gewesen, sodass sie keine genaue Beschreibung liefern konnten. Das war auch nicht unbedingt nötig, denn die Huntsmen hatten bestätigt, dass die Mädchen in einem Dorf mitten im Dschungel gefangen gehalten worden waren.

Die Mädchen erklärten weiter, dass Casey ihre Anführerin gewesen wäre, die dafür gesorgt hatte, dass sie ruhig blieben und dass alle genug zu essen und zu trinken hatten, und die generell alles dafür getan hatte, dass sie den Mut nicht verloren.

Nach mehreren Tagen der Gefangenschaft war einer ihrer Entführer gekommen und hatte behauptet, dass Caseys Lösegeld bezahlt worden wäre, und hatte sie dann weggeschleppt. Die Mädchen hatten sie nicht mehr gesehen und waren davon ausgegangen, dass sie in Sicherheit war, wahrscheinlich zurück in den Vereinigten Staaten. Der Soldat, der sie befragte, hatte ein wenig nachbohren müssen, aber schließlich gaben die Mädchen zu, dass sie nach Caseys Weggang nicht mehr so gut zurechtgekommen waren. Sie hatten angefangen, sich zu zanken und zu streiten, und sie waren kurz davor gewesen, sich ernsthaft gegeneinander zu wenden, als die dänischen Soldaten eintrafen.

Sie sahen deswegen schuldbewusst aus, aber ihnen wurde versichert, dass dies normal wäre. Dass in Stresssituationen wie der, in der sie sich befunden hatten, oft Beziehungen auseinanderbrachen und die Lage angespannt war.

Der Vernehmer stellte weitere Fragen, aber Ghost hatte genug gehört. Die vier Deltas waren gegangen und Ghost hatte um Erlaubnis gebeten, den Dschungel und das Lager, in dem Casey zuletzt gesehen worden war, zu betreten, um mit der Suche nach ihr zu beginnen.

Die Erlaubnis war verweigert worden. Die costa-ricanische Regierung glaubte, dass die Professorin tot wäre, und sie wollte nicht, dass bewaffnete Soldaten herumschlichen und auf einer aussichtslosen Mission möglicherweise unschuldige Menschen erschossen.

Es dauerte noch drei weitere Tage, aber schließlich gab die Regierung auf Druck des Präsidenten der Vereinigten Staaten nach und erteilte den Deltas widerwillig die Erlaubnis für ihre Such- und Rettungsmission.

Als sie die Stadt San José verließen, um in den Dschungel zu ziehen, waren die anderen Frauen bereits seit vier Tagen in Sicherheit. Fast zwölf Tage lang hatte niemand etwas von Casey Shea gehört. Sie konnte inzwischen überall sein, und jeder Delta wusste das. Sie konnte nach Mexiko und in den Prostitutionshandel geschmuggelt worden sein.

Oder sie war erschossen worden, als sie von den anderen getrennt worden war, und ihre Leiche wurde irgendwo im Dschungel deponiert, wo sie zur Nahrung für all die verschiedenen Insekten und Tiere geworden war, für die das Land berüchtigt war. Die Chance, dass sie sie – lebendig oder tot – fanden, war extrem gering.

Aber niemand wollte aufgeben. Schließlich handelte es sich um Blades Schwester. Sie war eine von ihnen. Und sie war da draußen ... irgendwo.

Stunden später, nachdem der Hubschrauber, den sie von der costa-ricanischen Regierung bekommen hatten, sie am Treffpunkt abgesetzt hatte, verteilte sich das siebenköpfige Delta-Team ohne ein Wort, als es sich auf den Weg durch den Dschungel machte. Beatle war mit Blade eingeteilt worden. Als sie sich auf den letzten bekannten Aufenthaltsort seiner Schwester zubewegten, sprach Blade über sie.

Mit leiser Stimme erzählte er Beatle, wie sehr Casey chinesisches Essen liebte.

Wie sie, als sie klein war, immer im Dreck hinter ihrem Haus gewühlt und versucht hatte, eine neue Käferart zu finden.

Wie sie sich geweigert hatte, zum Abschlussball ihres Jahrgangs zu gehen, weil es an diesem Abend im Fernsehen eine Dokumentation über Ameisen in Mittelamerika gegeben hatte.

Wie stolz er auf sie war, als sie ihren Doktortitel erhalten hatte. Sie hatte gleichzeitig auf ihren Masterabschluss und ihre Promotion hingearbeitet und vor Kurzem ihren Doktortitel erhalten. Sie hatte jahrelang an der Universität studiert, gelehrt und Kurse besucht. Sie war sehr jung, um bereits ihren Doktortitel zu haben, aber nach dem, was Beatle verstand, hatte sie sich den Arsch aufgerissen und alles getan, um ihn so schnell wie möglich zu bekommen.

Beatle ließ seinen Freund reden und saugte jede Information über Casey auf, die er bekommen konnte. Nach einigen Stunden war es so, als ob er Casey so gut kannte wie ihr eigener Bruder.

Sie machten gerade eine Pause, als Blade seine Hand auf Beatles Schulter legte und eindringlich sagte: »Ich werde tun, was Ghost vor ein paar Tagen gesagt hat. Ich möchte auf keinen Fall die Beziehung zu meiner Schwester gefährden. Wenn wir sie finden, möchte ich, dass du bei ihr bleibst.«

»Blade, ich –«

Er fiel ihm ins Wort. »Ich möchte nicht, dass die Tatsache, dass ich hier bin, negative Konsequenzen für sie hat. Es fällt mir zwar ausgesprochen schwer, aber ich werde mein Bestes tun, um mich bei der Sache im Hintergrund zu halten.«

»Glaubst du nicht, dass ihr das noch mehr wehtun wird?«, wollte Beatle wissen. »Ich meine, dich, ihren Bruder, zu sehen, ohne dich an ihrer Seite zu haben, um sie zu trösten?«

Blade schüttelte den Kopf. »Nein. Natürlich werde ich für sie da sein, ich möchte aber nicht, dass mein Anblick schreckliche Erinnerungen in ihr heraufbeschwört. Ich übernehme dann, wenn wir zurückkommen oder so was. *Bitte*, Beatle.«

Beatle betrachtete seinen Freund und Teamkollegen. Sie waren darauf trainiert worden, immer zu hundert Prozent ehrlich miteinander zu sein. Ihr Leben hing davon ab. »Ich fühle mich zu deiner Schwester hingezogen«, gab er also zu. »Ich weiß auch nicht, was es ist, aber in der Sekunde, als du uns allen das Foto von ihr gezeigt hast, wollte ich sie besser kennenlernen. Und jetzt, da du den ganzen Nachmittag von ihr geredet hast ...« Er beendete den Satz nicht. Es hörte sich verrückt an, aber so war es nun mal.

Blade sah ihn einen langen Moment an und nickte dann. »Gut.«

»Gut?«

»Ja. Hör zu ... Ich habe überhaupt kein Problem damit, wenn ihr zusammenkommt. Ich weiß, dass manche Männer irgend so einen idiotischen Ehrenkodex haben, laut dem es nicht in Ordnung ist, sich mit der Schwester seines Freundes zu verabreden, aber zu denen gehöre ich nicht. Ich würde auf die Knie fallen und meinem Glücksstern danken, wenn Casey dich bekommen würde. Mal abgesehen von mir bist du schließlich der einzige im Team, der noch keine Freundin hat. Wir wissen alle, dass Truck auf Mary steht, also zählt er nicht. Und ich kenne dich, Beatle. Ich kenne all deine guten und schlechten Eigenschaften. Und wenn du und meine Schwester euch ineinander verliebt, würde ich sie öfter sehen. Und ich würde wissen, dass sie in Sicherheit ist. Aber du weißt ja, wie die Chancen dafür stehen ... stimmt's? Sie ist lange hier draußen gewesen ... Vielleicht ist sie nicht mehr die Schwester, die ich kenne. Vielleicht hasst sie mich, weil ich sie nicht eher gefunden habe. Vielleicht wurde sie vergewaltigt. Ich ...«

Diesmal war es an Beatle, seinem Freund die Hand auf die Schulter zu legen. »Wenn sie auch nur annähernd so ist wie du, wird sie es durchstehen. Das wird sie tun.«

Blade schloss die Augen, nickte aber. Dann atmete er tief durch. »Sie ist irgendwo dort draußen«, flüsterte er. »Ich weiß nicht, woher ich es weiß, aber ich weiß es einfach. Ich weiß, wie schlecht die Chancen stehen, dass sie noch immer lebt, aber das ist mir egal. Ich weiß, sie wartet darauf, dass wir sie finden.«

Beatle nickte. »Dann werden wir genau das tun.«

Ohne ein weiteres Wort schlossen die beiden Männer sich stumm dem Rest ihres Teams an. Der einzige Beweis dafür, dass sie jemals dort gewesen waren, waren zwei Schmetterlinge, die von einem Ast aufschreckten und in die schwüle, feuchte Luft aufstiegen.

Zehn Stunden später lag das gesamte Team irgendwo im Dschungel von Costa Rica auf dem Bauch. Alle hatten die Finger auf die Sicherungen ihrer Gewehre gelegt und ihr Blick streifte über das verlassene Lager, das vor ihnen lag.

Sie hatten die Koordinaten erreicht, die das Huntsmen Corps ihnen übermittelt hatte, nachdem sie die Studentinnen gerettet hatten. Sie waren ausgeschwärmt und hatten das, was von dem Versteck noch übrig war, umstellt.

»Ghost?«, fragte Hollywood fast tonlos.

Sie trugen alle Mikrofone und Kopfhörer und konnten bis zu einer Entfernung von drei Kilometern miteinander kommunizieren.

»Keiner bewegt sich«, befahl Ghost. »Es könnte sich um eine Falle handeln.«

»Das Lager ist verlassen«, erklärte Fletch mit Nachdruck.

»Oder vielleicht warten sie auch darauf, dass erneut jemand auftaucht, um Casey zu retten«, erwiderte Ghost. »Ich habe gesagt, Position halten.«

Beatle knirschte mit den Zähnen, hielt sich aber an den Befehl. Er ließ den Blick über den Teil des Lagers schweifen, den er sehen konnte. Sein Gehirn verarbeitete eine Million Informationen auf einmal. Irgendetwas stimmte nicht. Er konnte nicht genau sagen, was ihm an der ganzen Sache nicht gefiel, aber er hatte nicht das vorgefunden, was er erwartet hatte, als sie angekommen waren.

Anstelle eines hastig errichteten Zeltlagers schienen die Gebäude, die noch standen, stabiler gebaut zu sein. In einer der runden Hütten sah er sogar einen Holzboden. Überall gab es Feuerstellen und sogar ein großes Zelt, das wie ein Gemeinschaftsraum aussah. Aus welchem Grund sollten Entführer der Guerilla ein solch festes Lager haben?

Es erstaunte ihn nicht, hier und da ein paar Leichen zu sehen. Wahrscheinlich waren sie das Resultat der Rettungsmission der Huntsmen. Ein paar der Hütten rauchten noch, als hätten sie vor ein paar Tagen, als der Angriff stattgefunden hatte, gebrannt, doch im Großen und Ganzen war das Dorf noch ziemlich intakt. Insgesamt sah es eher so aus, als wären die Bewohner des Dorfes einfach vorläufig abwesend.

»Hollywood, du und Fletch fangt am hinteren Ende an. Ich, Truck und Coach werden uns langsam von dieser Seite vorarbeiten. Blade und Beatle, ihr tut das Gleiche von eurer Seite. Wir treffen uns in der Mitte. Falls es zum Feindkontakt kommt, tötet sie so leise wie möglich. Auf keinen Fall wollen wir unsere Anwesenheit lauthals verkünden und alle Banditen der gesamten Gegend am Hals haben.«

Beatle nickte innerlich. Sie waren den Plan mehr als ein Mal durchgegangen, aber es gehörte zur Standardprozedur, dass Ghost ihn noch mal wiederholte.

»Und schaltet eure Kameras ein«, fügte Ghost hinzu.

Mit einem finsteren Blick schaltete Beatle die winzige Kamera ein, die sich an seinem Halsansatz befand. Sie waren zu ihren Uniformen hinzugefügt worden und waren nun ein Teil der standardisierten Vorgehensweise, nachdem ein Team von Soldaten der Spezialeinheit eine Gruppe von Zivilisten im Nahen Osten während einer Patrouille ermordet hatte. Sie hatten behauptet, es wäre Selbstverteidigung gewesen, aber die Untersuchung war für alle Beteiligten brutal gewesen, weil es unmöglich gewesen war, nachträglich Beweise vom Tatort zu sammeln ... und nicht nur, weil alle Zeugen getötet worden waren.

Die Kameras waren offensichtlich nicht absolut sicher. Wenn sie wollten, konnten sie reingehen und das restliche Dorf zerstören, alle Hütten niederbrennen, jeden töten, mit dem sie in Kontakt kamen, dann ihre Kameras einschalten und behaupten, sie wären zu dem Dorf gekommen und hätten alle tot vorgefunden und alle Gebäude wären bereits in Brand gesetzt worden. Aber niemand aus dem Team würde das auch nur in Erwägung ziehen. Sie waren alles ehrenwerte Männer, und selbst wenn ihre Handlungen später infrage gestellt werden konnten, taten sie immer alles nach Vorschrift.

Aber aufgrund früherer Verstöße durch Männer, die auf der Seite des Rechts und des Guten stehen sollten, trugen Ghost und seine Teamkollegen jetzt jeder eine kleine Kamera. Diese funktionierte ähnlich wie die Armaturenbrett-Kameras von Polizeifahrzeugen. Sie mussten sie vor jeder Art von Einsatz einschalten … nur für den Fall. Der Große Bruder schaute immer zu.

Leise und tödlich machte sich Beatle auf den Weg zur ersten Hütte und war bereit, jeden mit dem scharfen fünfzehn Zentimeter langen KA-BAR Messer in der Hand zu töten, der ihm begegnete.

Innerhalb von Minuten standen alle sieben Männer aus dem Delta-Team zusammen in der Mitte des verlassenen Dorfes.

»Wundert sich sonst noch jemand, was zum Teufel hier los ist?«, fragte Hollywood schroff.

»Ja, irgendetwas stimmt nicht. Ganz und gar nicht«, stimmte Coach ihm zu.

»Es handelt sich hier nicht um ein vorläufiges Lager dieser Arschlöcher von Entführern.« Damit sprach Ghost aus, was sie alle dachten.

»Nein. So wie die wenigen Leichen aussehen, die man noch erkennen kann, hat es sich hier um ein Eingeborenendorf gehandelt«, stimmte nun auch Fletch zu. »Anscheinend haben sie Widerstand geleistet, als die Dänen das Dorf gestürmt haben, doch dieser Widerstand wurde schnell erstickt, entweder weil sie sich die Mädchen geschnappt haben und verschwunden sind, oder weil die Dorfbewohner festgestellt haben, dass sie es nicht mit ihnen aufnehmen können.«

»Und wo steckt dann Casey?«, fragte Blade und sah gleichzeitig frustriert und wahnsinnig traurig aus.

»Laut den Huntsmen befindet sich die Hütte, in der die Mädchen gefangen gehalten wurden, dort drüben«, erklärte Ghost und zeigte zu einem der kleinen Gebäude.

Das ganze Team machte sich dorthin auf den Weg, um sie zu untersuchen. An einer Wand gab es ein paar Striche, wo die Mädchen versucht hatten festzuhalten, wie lange sie schon gefangen gehalten wurden. Ein einsames Paar Socken lag auf dem Boden, als hätte eine der Frauen sie ausgezogen, um sie trocken zu lassen, und als hätte sie dann während der Rettung keine Zeit mehr gehabt, sie mitzunehmen.

Daneben lag ein umgeworfener Eimer und der Gestank, der davon ausging, informierte die Männer sofort darüber, welche Aufgabe er gehabt hatte.

»Verteilt euch«, befahl Ghost. »Es muss irgendwelche Hinweise darauf geben, was sie mit unserer Zielperson gemacht haben.«

»Sie ist keine verdammte Zielperson«, knurrte Blade. »Sie heißt Casey.«

»Entschuldige, Blade«, bat Ghost seinen Freund augenblicklich um Verzeihung. »Ich habe mir nichts dabei gedacht.«

Blade atmete tief durch und nickte dann.

»Haltet die Augen offen«, befahl Ghost. »Jede noch so kleine Unregelmäßigkeit könnte ein Hinweis sein.«

Hollywood, Ghost, Fletch, Coach und Truck waren innerhalb von Sekunden im Dorf und dem Dschungel, der es umgab, verschwunden.

Beatle blieb ganz still stehen und ließ den Blick durch die Hütte schweifen, in der die anderen Frauen gefangen gehalten worden waren.

»Ist dir irgendetwas aufgefallen?«, fragte Blade leise.

»Ich weiß es nicht.«

Es vergingen einige Sekunden, dann sagte Blade: »Rede mit mir.«

»Hier gibt es irgendeinen Hinweis ... das fühle ich. Es ist fast so, als hätte mein Unterbewusstsein ihn schon gefunden, aber ich kann ihn noch nicht benennen.«

Beatle machte einen Moment lang die Augen zu und öffnete sie dann wieder. Als er sich umsah, sah er nur den Dschungel, die Hütten ringsum, ein paar schwelend, andere völlig in Ordnung, und die Asche der verlassenen Feuer. Was hatte er gesehen, das dieses unbestimmte Gefühl ausgelöst hatte?

Er trat zur Seite, den Rücken zum Dschungel, und untersuchte, was vom Dorf übrig geblieben war. Es schien eine ziemlich große Siedlung gewesen zu sein. Es gab mindestens dreißig Hütten, was bedeutete, dass dort wahrscheinlich etwa hundert Menschen gelebt hatten. Höchstwahrscheinlich sogar noch mehr.

Hundert Menschen, die mitten im Dschungel lebten. Das bedeutete Organisation. Dies war kein Nomadendorf. Sie hatten sich niedergelassen. Angesiedelt. Und wohin waren sie alle verschwunden? Und warum?

Beatle schaute sich noch einmal um und entdeckte, was er vorher nicht beachtet hatte – die Wege, die an verschiedenen Stellen in den Dschungel führten.

»Sieh mal, Blade.« Er nickte mit dem Kinn in Richtung einer der Pfade.

»Was ist dir aufgefallen?«

»Dort drüben ist ein Pfad. Vielleicht führt er zu einer Wasserquelle. Oder einer Toilette.«

»Na und?«

Beatle drehte sich zu seinem Freund um. »Ich weiß es auch nicht. Aber ich habe ein ziemlich starkes Bauchgefühl. Sieh mal, die Mädchen haben es doch selbst gesagt, sie haben gut durchgehalten, bis Casey weggebracht wurde. Wir wissen beide, dass es keine Lösegeldforderung gegeben hat, warum wurde sie also abgesondert?«

Blade straffte die Schultern. »Weil sie älter war. Erfahrener.

Ihre Anführerin.«

»Genau. Entfernt man die Anführerin, bricht in der Truppe bald das Chaos aus. Aber was wollten die Entführer damit erreichen? Ich meine, wäre es nicht besser, dass die Gruppe ruhig bleibt und gut mitarbeitet?«

»Ich habe keine Ahnung«, erwiderte Blade. »Und ehrlich gesagt ist es mir momentan auch ganz egal. Ich will nur meine Schwester finden. Aber hätten sie sie nicht einfach in eine andere Hütte gesteckt, nachdem sie sie woanders hingebracht hatten?«

»Vielleicht wurden die Eingeborenen nervös. Vielleicht wollten sie keine *Gringas* mehr in ihrem Dorf«, mutmaßte Beatle.

Blade sah nachdenklich, aber nicht überzeugt aus. »Kann schon sein.«

»Falls sie keine andere Hütte hatten, in der sie sie unterbringen konnten, haben sie vielleicht improvisiert.«

»Aber warum haben sie sie nicht einfach umgebracht?«

Beatle sah, dass es seinem Freund wehtat, diese Frage zu stellen. Doch diese Art von Frage- und Antwortspiel machten sie die ganze Zeit, wenn sie versuchten, Antworten zu erhalten. Es war nur eine von mehreren Techniken, die das gesamte Team benutzte. »Vielleicht haben sie das. Aber dann hätten sie ihre Leiche irgendwohin bringen müssen. Sie konnten sie schlecht am Dorfrand liegen lassen. Das hätte zu viele Raubtiere angelockt. Und vielleicht gab es auch Leute im Dorf, die gar nicht wussten, dass die Frauen hier gefangen gehalten wurden, also haben sie es deswegen geheim gehalten.«

»Also mussten sie sie irgendwo unterbringen.«

»Genau. Und vielleicht hatten die Entführer ohnehin etwas Besonderes mit ihr vor. Wollten sie nicht töten. Wollten sie aus einem anderen Grund von der Gruppe trennen.«

»Ja, das ist möglich«, erwiderte Blade und klang jetzt schon ein wenig optimistischer. »Also wurde sie in den Dschungel gebracht, aber trotzdem musste sie *immer noch* irgendwo untergebracht werden.«

»Wahrscheinlich haben sie einen der Pfade benutzt«, stimmte Beatle ihm zu.

Blade hob die Hand und drückte auf den Knopf an seinem Mikrofon. »Beatle und ich haben eine Theorie.« Dann erklärte er seinen Teamkollegen ihre Gedankengänge. »Am besten suchen wir jetzt jeden einzelnen Pfad ab, der vom Dorf wegführt. Untersucht alles, wo man eine Person verstecken könnte.«

Mit neuer Einsatzbereitschaft wandten Blade und Beatle dem Dorf den Rücken zu und nahmen einen Pfad, der tiefer in den Dschungel führte.

Beatle sträubten sich die Nackenhaare, aber er wusste nicht, ob es daran lag, dass sie Casey fast gefunden hatten, oder weil Gefahr im Dschungel auf sie wartete. Er hoffte, dass es Ersteres war, aber er wusste, dass die Möglichkeit des Letzteren wahrscheinlicher war. Er zog sein KA-BAR aus der Hülle und behielt ein Auge auf seine Umgebung und das andere auf den Dschungelboden gerichtet.

Ich komme dich holen, Casey. Halte einfach nur durch.

KAPITEL DREI

Casey saugte verzweifelt die wenige Flüssigkeit von der Unterseite ihres BHs. Der halbe Schluck, der sich in ihrem behelfsmäßigen Filter gesammelt hatte, seit sie das letzte Mal nachgesehen hatte, war nicht genug. Nicht mal annähernd.

Sie war dabei zu verdursten. Sie konnte lange Zeit ohne Nahrung auskommen, aber nicht ohne Wasser. Und das Absurde an dem Ganzen war, dass sie knöcheltief in Flüssigkeit stand, die man allerdings nicht trinken konnte.

Am Anfang war regelmäßig Wasser in ihr Gefängnis hinuntergetropft. Sie hatte gehört, wie es die Wand hinunterlief. Und zwar immer an derselben Stelle. Anfangs war sie vorsichtig gewesen, unsicher, ob sie es riskieren sollte, die Flüssigkeit zu trinken, die in das Loch lief, in dem sie sich befand. Doch als niemand mehr kam, um ihr etwas zu essen und zu trinken zu bringen, wie es in der Hütte der Fall gewesen war, als sie noch bei ihren Studentinnen war, hatte sie einfach einen Filter aus ihrem BH gemacht.

Und das hatte erstaunlich gut funktioniert. Es war ihr gelungen, ihren BH in die Wand des Lochs zu zwängen und das Wasser mit dem Körbchen aufzufangen. Dann hatte sie das gefilterte Wasser, das durch das Material ihres BHs gelaufen war, von der Unterseite abgeleckt. Es war zwar trotzdem nicht gerade sauber, doch wenigstens musste sie nicht den Matsch von den Wänden lecken.

Aber mittlerweile war ihre Wasserquelle versiegt. Casey hatte in ihrem dunklen Loch keine Ahnung, wie viel Zeit vergangen war, doch sie nahm an, dass es sich um mehrere Tage handelte. Und das Wasser, das vorher als ziemlich stetiger Strom an der Wand hinabgeflossen war, kam jetzt nur noch als ein Tröpfeln.

Sie hatte einmal mit ihrem Bruder darüber geredet, wie er einst im Nahen Osten in der Wüste als Geisel gehalten worden war. Glücklicherweise hatte er sich nicht lange in Gefangenschaft befunden, aber er hatte ihr erzählt, wie hilflos er sich fühlte und wie schlimm die Bedingungen gewesen waren, doch dass er sich zu keiner Zeit erlaubt hatte zu denken, dass er hier sterben würde. Und das war der Schlüssel dazu gewesen, die grauenhaften Zustände zu überleben, und die Folter, die die Entführer ihm und seinem Team antaten, zu überstehen. Das hatte er immer und immer wieder betont. Dass mentale Stärke das Beste war, um sich selbst zu helfen.

Aber Casey war nicht so stark.

Sie hatte sogar beinahe das Gefühl, dass Folter und Vergewaltigung besser wären als das hier.

Lebendig begraben zu sein und langsam zu verdursten.

Sie konnte zwar die verwesende Masse unter ihren Füßen trinken, doch das würde ihr mehr schaden als nützen, ihr Durchfall bescheren und dafür sorgen, dass sie letztendlich noch mehr Flüssigkeiten verlor, mal abgesehen davon, dass sie in ihrem eigenen Unrat stehen musste.

Sie hatte schon ziemlich lange nicht mehr pinkeln müssen und wusste, dass das kein gutes Zeichen war. Sie bekam zwar durch ihren BH-Filter gerade genug Wasser, um am Leben zu bleiben, dachte mittlerweile aber, dass es vielleicht besser wäre aufzugeben.

Casey blinzelte und versuchte erfolglos, irgendeine Art von

Licht zu erkennen. Sie zog ihre Füße aus dem Brackwasser auf dem Boden des Loches und schlang die Arme um ihre Beine. Sie legte den Kopf auf die gebeugten Knie und machte die Augen zu. Vielleicht würde sie einfach einschlafen und nicht mehr aufwachen.

Sie war müde. So müde.

Aspen kam nicht, um sie zu holen. Sie hatte sich selbst etwas vorgemacht. Sie hatte schon seit einer Ewigkeit über sich keine Geräusche mehr gehört, nicht seit den Schüssen. Sie befand sich mitten im Dschungel von Costa Rica. Tief in einem Grab im Boden vergraben. Niemand würde sie jemals finden.

Beatle stampfte einen weiteren Pfad hinunter, der aus dem Dorf in den Dschungel führte. Er blieb schaudernd stehen, als er auf ein riesiges Spinnennetz auf dem Weg stieß. Es gab nichts, was er weniger mochte als Käfer. Da er in Armut aufgewachsen war, hatte es in seinem Haus immer Kakerlaken, Ameisen und Insekten gegeben. Manchmal wachte er auf, weil sie ihm über das Gesicht krabbelten. Damals hatten sie ihm Angst eingejagt, und auch heute noch war das der Fall.

Aber im Moment hatte er anderes im Kopf als nur diese unheimlichen Krabbelkäfer. Er benutzte sein Gewehr, um das Netz zu zerreißen, ging daran vorbei und suchte weiter den Dschungelboden ab. Er war sich jeder Sekunde, die verging, mehr als bewusst. Irgendwie wusste er tief in seinem Bauch, dass Casey die Zeit davonlief.

Sie war schon viel zu lange verschwunden. Wenn sie hier draußen war, musste er sie finden. Und zwar sofort.

Er kam zu einem anderen verlassenen Brunnen und beugte sich darüber. Er leuchtete leicht nach unten und sah das Wasser am Boden des drei Meter tiefen Lochs glitzern. Keine Casey.

Ein grünes Gummidingens hing über den Rand des Brunnens, ein Ende hing ins Loch, nahe dem Wasser. Zuerst dachte er, es sei nur eine weitere Kletterpflanze, aber bei genauerem Hinsehen erkannte er, dass es sich um einen Schlauch handelte. Beatle folgte ihm mit den Augen und sah, dass er im Dschungel verschwand. Er griff nach unten und zog daran. Er gab leicht nach, war aber anscheinend an etwas am anderen Ende befestigt. Er ließ ihn fallen und schüttelte den Kopf. Die Bewohner des Dorfes hatten zwar kein fließendes Wasser in ihren Hütten, aber sie waren durchaus erfinderisch, wenn es darum ging, Wasser so einfach wie möglich zu gewinnen.

Seufzend wandte er der Wasserquelle den Rücken zu und stapfte in Richtung des Dorfes. Er hatte größere Sorgen als zu untersuchen, wie die Eingeborenen Costa Ricas Brunnen mit Schläuchen bestückt haben, um ihnen eine primitive Quelle für die Wasserversorgung in ihrer Hütte zu ermöglichen.

Beatle wusste, dass die anderen auch kein Glück bei der Suche nach Blades Schwester gehabt hatten. Sie berichteten alle über ihren mangelnden Erfolg über das Funkgerät in seinem Ohr.

Er war auf halbem Weg zurück ins Dorf, als ihn etwas dazu brachte, nach links zu schauen. Er blieb stehen und blinzelte.

Mit geneigtem Kopf versuchte er, sich einzureden, dass das, was er sah, nicht mehr als eine Tierfährte war ... aber das war nicht der Fall.

Beatle streckte die Hand aus und zerrte an den blättrigen Zweigen, die den schmalen Pfad versperrten, in der Erwartung, dass er auf Widerstand stoßen würde. Es gab aber keinen.

Die Äste waren an nichts befestigt.

Sein Puls beschleunigte sich sofort.

Warum sollten die Zweige strategisch quer über den Weg gelegt werden, wenn nicht etwas – oder jemand – am anderen Ende des Weges war, von dem ein Dorfbewohner nicht wollte, dass es jemand findet?

Beatle entfernte die restlichen Äste, die ihm im Weg waren und die ebenfalls an nichts hingen, und hastete mit großen Schritten durch das dichte Unterholz. Er machte an dem Punkt halt, den er für das Ende des Weges hielt.

Er starrte auf die dicken Holzbretter zu seinen Füßen. Es waren drei Bretter in einer Reihe, die erst kürzlich hier draußen im Dschungel platziert worden zu sein schienen. Auf ihrer Oberfläche waren dunkelgrüne Ranken miteinander verwoben und andere waren willkürlich darauf verstreut, als sollten sie besser getarnt werden. Oder um die Tatsache zu verbergen, dass sich etwas unter dem Holz befinden könnte.

Er wusste ohne Zweifel, dass er Casey Shea gefunden hatte. Ob sie lebte oder tot war, blieb allerdings abzuwarten.

Er fiel neben den Brettern und den Ranken auf die Knie und drückte den Sprechknopf seines Funkgeräts. »Ich habe sie gefunden. Südöstlich der letzten Hütte. Nehmt den linken Pfad und auf etwa der Hälfte findet ihr einen kaum sichtbaren Fußweg, der nach rechts abzweigt.«

Da er wusste, dass er nicht erst auf sein Team warten konnte, begann Beatle damit, die Ranken von den langen, schweren Holzbrettern zu entfernen.

»Casey? Bist du da? Halte durch, Süße. In ein paar Minuten habe ich dich da rausgeholt.«

Beatle wusste nicht, ob sie ihn hören konnte oder ob sie überhaupt bei Bewusstsein war, doch er sprach die Worte einfach aus, ohne nachzudenken. Und das Bedürfnis, sie zu halten und ihr zu sagen, dass sie nicht mehr alleine war, übermannte ihn fast.

Er schlug mit der Hand fest auf die hölzernen Bretter, die ihn davon abhielten, zu ihr zu gelangen. »Hörst du mich, Süße? Ich bin hier und ich werde dich da rausholen.«

DIE RETTUNG VON CASEY

Casey fuhr erschreckt auf, als über ihr ein lautes Geräusch ertönte. Sie hob das Kinn, als könnte sie plötzlich magischerweise sehen, was das Geräusch verursacht hatte. Aber natürlich sah sie noch immer nichts. In ihrem Gefängnis herrschte totale Finsternis.

Doch plötzlich schien die Dunkelheit sich zu heben, als sie seit langer Zeit die ersten Worte hörte – abgesehen von ihren eigenen.

»Ich bin hier und ich werde dich da rausholen.«

Ein Wimmern drang aus ihrer Kehle. Sie konnte keine Worte sprechen, dazu tat ihr der Hals zu weh.

Doch nun rauschte das Adrenalin durch ihre Adern und es gelang Casey, auf der Plattform, die sie gebaut hatte, aufzustehen. Sie hielt den Kopf nach oben gewendet und drehte sich so um, dass sie mit dem Gesicht zur Wand stand. Dann hob sie die Arme und legte sie über ihrem Kopf an die Wand, um sie demjenigen entgegenzustrecken, der über ihr war. Mittlerweile war es ihr ganz egal, ob es sich um ihren Bruder oder die Entführer handelte. Sie wollte einfach nur aus dem Loch heraus, in dem sie sich befand. Sie würde tun, was auch immer von ihr verlangt wurde, solange sie nur hier herauskonnte.

Sie wimmerte erneut, während sie wartete.

Beatle war gerade damit fertig geworden, die Ranken zu entfernen, als er schnelle Schritte hinter sich hörte. Er drehte sich nicht einmal um. Er war zu sehr darauf konzentriert, zu Casey zu gelangen.

Zwei weitere Paar Hände griffen nach den Ranken, die er gerade entfernt hatte, und machten sich ebenfalls daran zu schaffen. Ohne einen weiteren Blick auf sie zu verschwenden, wurden sie zur Seite geworfen. Augenblicklich griff Beatle nach einem der Bretter, doch es ließ sich kaum bewegen.

»Dieses verdammte Ding ist ganz schön schwer«, fluchte er leise.

Mittlerweile hatte Beatle auch realisiert, dass nun alle Teammitglieder eingetroffen waren. Und sie arbeiteten perfekt als Team zusammen, sodass jeder mithalf, die Bretter zu entfernen.

Sie warfen das erste Brett beiseite und darunter kam eine schwarze Plane zum Vorschein, auf der noch weitere grüne Ranken wuchsen, und alles verdeckten, was sich darunter verbergen mochte. Der Gestank von verwesendem Fleisch wehte zu ihnen hinauf und hing in der Luft um sie herum. Niemand sagte etwas, aber Beatle sah, wie Ghost Fletch einen besorgten Blick zuwarf, und er fuhr mit dem Kopf nach rechts, als hätte er einen unausgesprochenen Befehl erhalten.

Fletch stand auf und nahm Blades Arm. »Mach ihnen ein wenig Platz, damit sie arbeiten können.«

Wie in Trance ließ Blade es zu, dass sein Freund ihn einen Schritt zurückdrängte.

Grimmig begann Beatle mit dem nächsten Brett. *Sie ist nicht tot, sie ist nicht tot.*

Immer wieder wiederholte er diese Worte in seinem Kopf.

Das Team arbeitete zusammen, um auch das zweite Brett zu entfernen, und warf es auf den Haufen neben die entfernten Ranken und das erste Brett. Sie ließen das dritte Brett vorerst dort, wo es war, und Beatle nahm sein Messer heraus und atmete tief durch, bevor er langsam die Plane von einer Seite zur anderen aufschlitzte.

Nachdem er ein ausreichend großes Loch geschaffen hatte, durch das er hindurchsehen konnte, schob er es ungeduldig aus dem Weg und legte sich auf den Bauch. Er näherte sich dem klaffenden Loch, wobei ein Teil seines Unterkörpers auf dem verbleibenden Brett ruhte. Er fühlte, wie sich Hände an seine Waden klammerten und ihn festhielten, falls irgendeine Wand unter seinem Gewicht zusammenbrach. Er hielt sich mit beiden Händen auf beiden Seiten des Loches fest und schaute hinab.

Der Gestank, der von der Grube ausging, war fast unerträglich, aber er atmete durch seinen Mund und ignorierte den Geruch. Beatle konnte nicht mehr als ein paar Meter in das Loch hineinsehen. Es war tiefer, als er dachte. Er zog sich zurück, streckte die Hand aus und verlangte: »Taschenlampe.«

Wenig später wurde ihm ein Gerät in die Hand gedrückt. Ohne es anzusehen, führte er den Arm nach vorne und schaltete das Licht ein, wobei er es in den Brunnen richtete und fragte: »Casey?«

Der Anblick, der ihn erwartete, hätte ihm fast das Herz gebrochen.

»Ist sie da?«, wollte Blade mit rauer Stimme wissen.

Ohne nachzudenken, kroch Beatle vorwärts, weil er in das Loch greifen und die Frau an sich ziehen wollte, der es irgendwie gelungen war, ihn zu beeindrucken, obwohl er sie noch nie persönlich kennengelernt hatte. Die Hände, die seine Waden festhielten, verstärken ihren Griff, um sicherzustellen, dass er nicht auf sie fiel.

Beatle ignorierte seinen Freund vorerst und rief erneut aus: »Casey?«

Sie antwortete nicht und bewegte sich auch nicht.

»Ich heiße Beatle. Ich bin hier, um dich nach Hause zu bringen.«

Casey wartete, während die Geräusche über ihrem Kopf immer lauter wurden. Sie konnte Stimmen hören, aber nicht, was sie sagten.

Aber das spielte keine Rolle. Es zählte nur, hier rauszukommen.

Es raschelte über ihrem Kopf und zum ersten Mal, seit sie

in das Loch geworfen worden war, sah sie etwas anderes als Schwärze.

Es war nur eine leichte Aufhellung der Dunkelheit, aber selbst das tat ihren Augen weh.

Sie war hin- und hergerissen zwischen dem Wunsch, die Augen offenzuhalten und endlich wieder etwas zu sehen, und dem Wunsch, sich nicht wehzutun. Schließlich überwog der Wunsch, keine Schmerzen zu haben. Sie kniff fest die Augen zu, aber sonst bewegte sie sich nicht.

Über ihr raschelte es weiter und die Stimmen wurden lauter.

Hätte sie noch etwas Wasser in ihrem Körper gehabt, hätte Casey jetzt vor Erleichterung geweint.

Sie wusste sofort, dass die letzte Barriere zwischen ihr und dem Rest der Welt beseitigt war. Sie fühlte, wie die Luft aus ihrem Loch an ihr vorbeiströmte. Ihr Haar raschelte in der Brise. Sie hatte den Gedanken, dass selbst die abgestandene, stinkende Luft dem Grab, in dem sie gefangen gewesen war, entkommen wollte.

Sie hörte, wie von oben ihr Name gerufen wurde. Sie hatte noch nie in ihrem ganzen Leben etwas so Erstaunliches gehört. Sie erkannte die Stimme nicht, aber sie war tief und beruhigend. Sie erkannte allein an ihrem Namen, dass derjenige, der ihn gesagt hatte, Amerikaner war, mit einem leichten Südstaatenakzent. Der Klang grub sich tief in ihr geschundenes Herz.

Casey wusste, dass sie niemals vergessen würde, wie sicher und geborgen sie sich in dem Moment gefühlt hatte, in dem der Mann ihren Namen aussprach.

»Ist sie da?«

Das war die Stimme ihres Bruders. Großer Gott! Sie hatte gewusst, dass er kommen würde, um sie zu holen. Sie hatte es *gewusst*.

»Casey? Ich heiße Beatle. Ich bin hier, um dich nach Hause zu bringen.«

Sie hatte keinen einzigen Muskel bewegt, weil sie Angst

hatte, dass sie halluzinierte, aber als sie wieder diesen Südstaatenakzent hörte, reagierte sie.

Sie streckte eine Hand von der Wand weg und ballte sie zu einer Faust, dann öffnete sie sie und streckte sie so weit wie möglich hoch, wobei sie sich auf die Zehenspitzen stellte, um zu versuchen, näher an das Loch heranzukommen. Dann öffnete sie langsam ein ganz klein wenig die Augen und blinzelte nach oben. Sie konnte nichts anderes als einen Schatten über sich erkennen, aber das einladende und willkommene Sonnenlicht hinter dem Mann mit der tiefen, rauen Stimme war eines der schönsten Dinge, die sie je gesehen hatte.

»Hilf mir«, sagte sie und erkannte ihre eigene Stimme dabei nicht. Es war kaum mehr als ein Flüstern und kam ihr als Krächzen und nicht als Worte aus dem Mund.

»Ich kümmere mich um dich, Case. Ich werde nicht ohne dich gehen.«

Das Licht tat ihr in den Augen weh, obwohl sie sie zu Schlitzen verengt hatte, also machte Casey sie wieder ganz zu. Aber sie lächelte schwach zu dem Mann hinauf, der sich ihr als Beatle vorgestellt hatte. Es war äußerst passend, dass es ein Mann namens Beatle war, der eine Entomologin rettete.

Beatle erstarrte, als er sah, wie Casey Shea zu ihm aufschaute und ihn anlächelte. Sie war von Kopf bis Fuß mit Schlamm und Schmutz bedeckt. Der Gestank, der aus dem Loch drang, trieb ihm die Tränen in die Augen, doch trotz alledem und trotz allem, was sie durchgemacht hatte, lächelte Casey. Sie lächelte *ihn* an.

Großer Gott.

Und genau in dem Moment, in der Mitte eines gottverlassenen Dschungels, mitten während einer Rettungsmission, verliebte sich Beatle Hals über Kopf.

Er war schon darauf vorbereitet gewesen, dass Casey ihn

beeindrucken würde. Er mochte sie bereits allein aufgrund all der Geschichten, die ihm ihr Bruder den ganzen Tag lang erzählt hatte. Doch es war dieses Lächeln, das sie ihm geschenkt hatte, das ihm den Rest gab.

Er würde alles tun, um dafür zu sorgen, dass Casey von jetzt an immer in Sicherheit war. Was auch immer sie glücklich machte, er würde alles tun, um es ihr zu geben.

Er hatte nie verstanden, warum gute Soldaten die Armee verließen. Er hatte einmal einen seiner Delta-Kameraden gefragt, warum er aus der Armee ausgetreten war, und der Mann hatte nur gelächelt und ihm geantwortet: »Wenn du eine Frau triffst, die du mit jeder Faser deines Körpers liebst, weißt du warum.«

Damals dachte er, der Mann wäre verrückt, weil er das, wofür er einen Großteil seines Lebens trainiert hatte, aufgegeben hatte. Aber endlich verstand er es. Er hätte auf der Stelle alles hingeschmissen, wenn es hieß, Casey glücklich zu machen.

»Beatle?« Es war Blade.

Er kroch so weit zurück, dass seine Ellbogen auf der Planke über dem Loch lagen, und wandte den Kopf, um Caseys Bruder anzusehen. Da er sich durchaus der Tatsache bewusst war, dass sie jedes einzelne seiner Worte hören konnte, versuchte Beatle, positiv und fröhlich zu klingen. »Sie ist hier, bei Bewusstsein und sie spricht.«

»Verdammt«, fluchte Blade. Er schloss die Augen, beugte sich vor und stützte die Hände auf die Knie. »Verdammt!«

Es war offensichtlich, dass es ihm schwerfiel, die Haltung zu bewahren.

Beatle sah Ghost an. »Ich brauche ein Seil.« Das brauchte er nicht, aber er machte trotzdem eine Bewegung mit dem Kopf in Richtung Dorf.

Da sie schon seit langer Zeit zusammenarbeiteten, verstand Ghost sofort die unausgesprochene Bitte. »Coach, kannst du

Blade dabei helfen, ins Dorf zurückzugehen, um nachzusehen, ob ihr ein Seil findet?«

»Auf jeden Fall. Komm schon, Blade, je mehr wir uns beeilen, umso schneller können wir deine Schwester dort rausholen«, sagte Coach, ohne zu zögern. Auch er hatte Beatles wortlose Geste mitbekommen, Blade von hier wegzuschaffen, während sie Casey aus dem Loch zogen.

Ohne ein weiteres Wort zu sagen, wandte sich Blade von der Gruppe ab und ging mit Coach wieder den schmalen Pfad zurück.

Beatle hatte das Gefühl, Blade wusste, dass er auf eine sinnlose Mission geschickt wurde, damit er und seine Schwester sich nicht sahen, wenn sie aus dem Loch herauskam. Er hatte sich aber offensichtlich die Worte von Ghost zu Herzen genommen, was seine Anwesenheit bei der Rettung seiner Schwester für ihre zukünftige Genesung bedeuten könnte.

Sobald die Männer außer Hörweite waren, fragte Ghost: »Wie sieht die Lage aus, Beatle?«

»Sie ist etwas über einen Meter unter dem Rand des Loches. Ich denke, dass ich an sie herankommen kann, wenn ihr meine Füße festhaltet und zieht, sobald ich sie habe.«

»Wir könnten ein Sicherungsseil aus all den Ranken machen, die hier rumliegen«, schlug Hollywood vor.

Beatle schüttelte sofort den Kopf. »Keine Zeit. Wir müssen sie sofort dort rausholen.« Er wusste anhand ihrer verzweifelten Reaktion, dass seine Worte stimmten.

Truck stellte sich sofort neben Beatles Knie. »Mach schon. Ich sorge dafür, dass du nicht kopfüber ins Loch fällst.«

Beatle nickte und wandte sich wieder dem Loch zu – und erstarrte, als die Wand unter ihm zu bröckeln begann. Er sah Ghost an. »Wenn ich sie habe, lasse ich sie nicht mehr los. Wenn ich sage, ihr sollt ziehen, dann *zieht,* und zwar richtig.«

Ghost nickte. Er kniete sich auf eine Seite von Beatle, und Hollywood und Fletch auf die andere. Beatle spürte ihre Hände auf seinem Rücken und nickte.

Er schob sich langsam nach vorne, bis der Rand des Brettes an seiner Taille lag. Er klemmte die Taschenlampe unter einem Riemen an seiner Schulter fest. Das Licht leuchtete wie verrückt im Inneren des Loches herum, aber er brauchte es nicht direkt auf Casey zu richten, um sie sehen zu können.

Sie stand immer noch genau so, wie sie vorher dagestanden hatte. Beide Arme erhoben, Kopf nach hinten ... und wartete. Auf ihn. »Hey, Case. Bist du bereit, von hier zu verschwinden?«

Sie nickte.

»Du hast gehört, wie ich deinen Bruder gebeten habe, ein Seil zu besorgen, richtig?«

Sie nickte erneut.

»Ich glaube nicht, dass ich es brauchen werde. Aber er kommt gleich zurück. Bald wirst du ihn wiedersehen.«

Erneut öffnete sie die Augen einen Spaltbreit. Hätte er es nicht bereits gewusst, hätte er jetzt nicht herausgefunden, dass sie blond war und grüne Augen hatte. Die Kombination aus Schmutz und Sonnenentzug verhinderte das, doch als er das Licht sah, das aus ihren Augen strahlte, tief aus ihrem Innersten heraus, hatte er Schmetterlinge im Bauch.

»Danke, dass du ihn weggeschickt hast«, krächzte sie.

Beatle beugte sich in das faulig riechende Loch und streckte die Arme aus. Er fühlte, wie er festgehalten wurde, und hatte keinen Moment Angst, dass seine Freunde ihn fallen lassen würden. Verglichen mit einigen der lebensbedrohlichen Situationen, die sie zusammen durchgemacht hatten, war dies ein Kinderspiel.

Seine Fingerspitzen streiften gegen ihre und sie erschrak so sehr, dass sie fast rückwärts von den Brettern gefallen wäre, die auf dem Boden der Grube übereinandergestapelt waren.

»Immer mit der Ruhe, Case.«

Sie gewann ihr Gleichgewicht wieder und stellte sich erneut auf die Zehenspitzen. Ihre Finger griffen nach denen von Beatle. Fest. Ihr intensiver Blick traf auf seinen.

Beatle hätte sich nie im Leben vorstellen können, dass sie

noch genügend Kraft hatte, aber sie packte ihn, als wäre er ihre Rettungsleine. Was er vermutlich auch war.

Er hielt ihre Hände einen Moment lang in seinen und wägte die Lage ab. Ihre Haut war kalt, aber nicht eiskalt. Er streckte seinen Zeigefinger aus und legte ihn auf ihr Handgelenk, um ihren Puls zu fühlen. Er war ein wenig schnell, schlug aber stark in ihren Adern.

»Pass auf, wir machen es so. Ich halte dich fest und sobald du dazu bereit bist, wird mein Team uns beide hier rausziehen. Es wird ziemlich schnell gehen und deine Aufgabe ist es nur, dich zu entspannen. Ich werde dich nicht loslassen und ich werde dich auch nicht fallen lassen, verstanden?«

Sie nickte.

»Bereit?«

»Ja.« Es war eher ein Lufthauch als ein tatsächliches Wort, doch Beatle verstand sie trotzdem.

Er drehte den Kopf um und sagte laut: »Lasst mich ein paar Zentimeter weiter runter.«

Augenblicklich spürte er, wie er näher zu Casey hinabgelassen wurde.

Sein Griff wurde ein wenig schwächer, doch sie ließ ihn nicht los.

Er sah ihr in die Augen. »Lass los, Süße.«

Hastig schüttelte sie den Kopf.

Obwohl er sie beide so schnell wie möglich aus dem Loch raus und in die frische Luft befördern wollte, nahm er sich einen Moment Zeit und sagte so leise, dass nur sie ihn hören konnte: »Vertrau mir, Case. Ich bleibe bei dir. Ich will dich nur unter den Achseln greifen, damit es nicht so wehtut, wenn wir hochgezogen werden. Ich werde alles dafür tun, dass du von jetzt an immer in Sicherheit bist. Und ich werde dafür sorgen, dass derjenige, der dir das angetan hat, dafür bezahlen wird.« Der letzte Teil kam ein bisschen barscher heraus, als er vorgehabt hatte, doch Casey schreckte nicht vor der Wut zurück, die in Wellen von ihm ausging.

»Solang du mich an deiner Seite möchtest, werde ich da sein, Casey. In diesem Loch. Dort draußen im Dschungel. Und sogar wenn wir wieder zu Hause sind. Was auch immer du benötigst, ich werde dafür sorgen, dass du es bekommst, verstanden?«

Ihre Pupillen waren noch immer geweitet, während ihre Augen sich langsam an das schwache Licht gewöhnten, das durch das Loch über ihren Köpfen fiel. Sie nickte.

»Und jetzt pass mal auf«, sagte er immer noch genauso leise, »ich bewundere dich wirklich sehr. Jeder andere wäre in diesem Loch gestorben. Und eigentlich solltest du tot sein.« Er warf einen Blick auf den BH, der seitlich an der Wand angebracht war, bevor er sie wieder ansah. »Aber das bist du nicht. Du nicht. Du bist etwas Besonderes. Ich will keinen Druck auf dich ausüben, aber ich möchte, dass du weißt, dass ich Teil deines Lebens werden möchte. Egal auf welche Weise du dir das vorstellen kannst.«

Daraufhin schnaubte sie. Beatle hatte das Gefühl, dass sie eigentlich lachen wollte, aber nicht mehr die Kraft dazu aufbrachte, es richtig zu tun. Er grinste. »Ich weiß, ich bin verrückt. Aber wie wäre es, wenn wir aus diesem verdammten Loch verschwinden und dir etwas Wasser besorgen, und du kannst mir später sagen, wie verrückt ich bin. Abgemacht?«

»Wasser«, krächzte sie.

»Ja, Süße, Wasser. Und jetzt lass meine Hand los, damit ich uns herausholen kann.«

»Worauf zum Teufel wartest du noch?«, rief Ghost ungeduldig.

Beatle konnte einfach nicht anders. Sein Lächeln wurde noch breiter. Eigentlich hatte er keinen Grund zu lächeln, aber Ghosts genervten Tonfall zu hören und dabei den amüsierten Blick in Caseys Augen zu sehen fand er ganz wunderbar. Er hatte sie nicht angelogen. Eigentlich *müsste* sie tot sein. Aber irgendwie hatte sie überlebt. Nicht aufgegeben. Sodass er sie finden konnte. Sie hatte eine wahnsinnige innere Kraft, sonst hätte sie nicht überlebt.

Der Griff ihrer Hände lockerte sich und er zögerte nicht lange. Er schlang seine Arme um ihren Rücken, sodass seine Daumen am Rand ihrer Brustmuskeln lagen. Dann hob er sie problemlos hoch.

Er spürte, wie sie mit den Händen schwach nach seinem Bizeps griff und darauf vertraute, dass er sie nicht fallen ließ und nach draußen schaffte.

»Jetzt!«, rief er laut.

Kaum war ihm das Wort über die Lippen gekommen, spürte Beatle, wie er sich nach oben bewegte. Er hielt Casey fest und achtete darauf, dass ihr Körper nicht gegen die Ränder des Loches stieß, als sie nach oben gezogen wurden.

Sie war nicht leicht, aber sie war auch nicht schwer. Nach dem, was er über ihre Größe sagen konnte, müsste sie eigentlich viel schwerer sein. Der Drang, ihr etwas zu essen zu geben, ihr wieder zu einem gesunden Körpergewicht zu verhelfen, überwältigte ihn fast, aber er musste sich erst mit anderen Dingen beschäftigen.

Als sie sich der Öffnung näherten und das Licht heller wurde, machte sie erneut die Augen zu.

Truck und die anderen zogen ihn über den Rand und Beatle fühlte, wie das Holzbrett über seinen Bauch kratzte. Bevor er überhaupt etwas sagen musste, waren Ghost und Fletch da und halfen ihm, Caseys Gewicht zu tragen und sie aus dem Loch zu hieven.

Beatle ließ sie nicht los. Er wälzte sich einfach mit ihr, bis er über ihr auf dem Boden lag. Seine Hand bewegte sich wie von selbst zu ihrem Haar. Er strich ihr die schmutzigen Strähnen aus dem Gesicht und ließ seine Hand an ihrer Wange liegen.

Erneut öffnete sie blinzelnd die Augen und schenkte ihm ein kleines Lächeln. »Hi«, krächzte sie.

»Hi«, erwiderte er, allerdings ohne zu lächeln. Sie brach ihm das Herz. Und für jemanden, von dem seine Feinde behaupteten, er *hätte* überhaupt kein Herz, wollte das etwas heißen.

Beatle wandte den Blick nicht ab und auch sie sah ihn unverwandt an. »Wasser«, befahl er und streckte seine freie Hand aus.

Eine Feldflasche wurde ihm in die Hand gedrückt und Beatle hielt sie fest, während jemand den Deckel aufschraubte. Als sie offen war, nahm er einen Schluck, um herauszufinden, wie voll sie war, damit er Casey nicht mit Wasser übergoss. Er legte ihr die Hand in den Nacken und hielt ihr ganz sanft die Feldflasche an die Lippen, als wäre sie ein Baby. »Trink, meine Süße.«

Sie streckte eine Hand zu seiner aus, in der er die Feldflasche hielt, und ergriff sein Handgelenk. Sie versuchte nicht, ihm das Wasser abzunehmen, sondern ließ sich einfach von ihm helfen.

Wenn er nicht schon in sie verliebt gewesen wäre, hätte ihr Zutrauen jetzt dafür gesorgt.

Sie öffnete den Mund und Beatle legte ihr die Feldflasche an die trockenen, rissigen Lippen.

»Lass dir Zeit«, warnte er sie. »Sonst wird dir noch schlecht.«

Sie nickte und er hob die Feldflasche an.

In dem Moment, als das Wasser in ihren Mund floss, schloss sie die Augen und begann, gierig zu schlucken. Ihr Griff um sein Handgelenk wurde fester, aber sonst bewegte sie sich nicht. Beatle ließ sie ein paar Schlucke trinken und senkte dann die Feldflasche. Sie wimmerte protestierend, machte aber keine plötzlichen Bewegungen, um sich das Wasser zu schnappen.

»Dein Magen muss sich erst mal daran gewöhnen, meine Süße. Dann kannst du mehr davon haben.«

»Soll ich eine Infusion vorbereiten?«, fragte Truck leise neben ihnen.

Beatle wandte den Blick noch immer nicht von Caseys

Gesicht ab. Sie hatte erneut versucht, die Augen zu öffnen, als sie seine Frage gehört hatte. Doch wieder antwortete sie nicht, sondern überließ es ihm, die Entscheidung für sie zu treffen.

Nachdem er einen Moment lang darüber nachgedacht hatte, schüttelte Beatle den Kopf. »Noch nicht. Als Erstes muss sie einmal sauber gemacht und von hier weggeschafft werden. Später, bevor wir schlafen gehen, legen wir die Infusion. Das hilft dir dann nachts dabei zu rehydrieren.«

Beatle hätte nichts lieber getan als alles, was nötig war, damit sich die Frau unter ihm besser fühlte, aber sein Bauchgefühl bestand vehement darauf, sie erst mal von diesem Dorf wegzuschaffen. Er wusste nicht warum, da es verlassen schien, aber er vertraute immer seinen Instinkten.

»Mehr?«, fragte er sie.

Casey nickte und er setzte ihr erneut die Feldflasche an den Mund. Er ließ sie ein paar weitere Schlucke nehmen, bevor er ihr Einhalt gebot.

»Möchtest du versuchen, dich hinzusetzen?«, fragte Beatle leise.

Casey nickte noch einmal und Beatle stellte die Feldflasche ab, als er sich an ihre Seite begab. Seine Knie berührten ihren Oberschenkel, er schob eine Hand unter ihren Rücken und die andere legte er auf ihre Hüfte. »Bereit?«

»Ja«, flüsterte sie.

Beatle richtete sie langsam in eine sitzende Position auf und hielt den Atem an.

Erneut griff sie nach seinen Armen und ließ sich von ihm tragen. Das bisschen Farbe, das ihr mittlerweile in die Wangen gestiegen war, verschwand wieder und sie wankte in seinem Griff. Doch dann atmete sie verdammt noch mal tief durch und richtete sich auf. Wenig später entspannte sich ihr Griff.

Und bevor sie irgendetwas sagen konnte, griff Beatle in eine der Taschen seiner Weste und zog eine Sonnenbrille hervor. Er setzte sie ihr auf. »Besser?«

»Mein Gott, ja«, entgegnete sie leise.

Er griff nach unten, nahm die Feldflasche und drückte sie ihr in die Hand. »Und jetzt ganz langsam. Kleine Schlucke, okay?«

»Okay.«

Beatle lehnte sich zurück und stützte Casey mit einer Hand an ihrem Kreuz, während sie von der Feldflasche trank. Sie hörten, wie sich rasch Schritte auf dem schmalen Pfad näherten, und als Casey sich an ihm verspannte, murmelte Beatle: »Ist schon okay. Das sind dein Bruder und mein Teamkollege Coach.«

Es fiel Beatle schwer, sich von Casey zu distanzieren, als Blade auf die kleine Lichtung kam, doch er tat es. Der andere Mann ließ sich augenblicklich neben seiner Schwester auf die Knie fallen und schloss sie in die Arme.

Bruder und Schwester hielten sich fast verzweifelt aneinander fest. Schließlich wich Blade ein wenig von ihr ab, räusperte sich zweimal, als müsste er um seine Haltung ringen, und sagte dann: »Du riechst wirklich scheiße, Schwesterherz.«

Sie musste schwer schlucken und versuchte offensichtlich ihrerseits, ihre Gefühle unter Kontrolle zu bringen, bevor sie erwiderte: »Und du jetzt auch, Arschloch.« Sie wischte sich die Hände an der Weste ab, die er trug, sodass er noch mehr Matsch daran hatte.

»Verdammt«, entgegnete Blade leise und schloss seine Schwester dann erneut in die Arme.

Der Rest des Teams bewegte sich nicht, sondern stand einfach nur da und ließ den Geschwistern ihren Moment. Nach ein paar Minuten räusperte Ghost sich und sagte: »Wir sollten uns langsam mal in Bewegung setzen.«

Blade wich von seiner Schwester zurück und stand abrupt auf. »Ich werde das Dorf noch ein letztes Mal überprüfen.«

Und niemand stellte ihn infrage, da sie alle die Tränen in Blades Augen gesehen hatten. Hollywood meldete sich sofort freiwillig, ihn zu begleiten.

Sofort näherte sich Beatle der Frau, die noch immer auf

dem Boden saß. »Was meinst du? Sollen wir von hier verschwinden?«

Sie nickte heftig und schob sich die Sonnenbrille, die ihr von der Nase gerutscht war, wieder hoch.

Beatle hielt ihr die ausgestreckte Handfläche hin. »Dann komm, Casey Shea. Gehen wir nach Hause.«

Und ihn überkam ein unglaubliches Gefühl der Zufriedenheit, als sie ihre kleine Hand in seine legte.

KAPITEL VIER

Casey hätte nichts lieber getan, als sich auf die Knie fallen zu lassen und sich mitten im Dschungel hinzulegen. Stattdessen biss sie die Zähne zusammen und starrte den Boden an, während sie einen Fuß vor den anderen setzte.

Es ging ihr schlecht. Jeder einzelne Muskel in ihrem Körper schmerzte. Ihr war schwindelig und sie hatte das Gefühl, jeden Moment in Ohnmacht zu fallen, doch ihr Bedürfnis, sich so schnell wie möglich von ihrer ganz persönlichen Hölle zu entfernen, war viel stärker als das Bedürfnis anzuhalten.

Der Wunsch, eine ganze Feldflasche voller Wasser auf einmal auszutrinken, beherrschte noch immer ihr ganzes Denken, doch sie wusste, dass Beatle, der Mann zu ihrer Linken, der sie nicht eine Sekunde lang aus den Augen gelassen hatte, das nicht zulassen würde. Er hatte ja recht, sie würde sich wahrscheinlich übergeben müssen, aber verdammt, sie hätte es trotzdem gern getan.

Sie hatte in ihrem ganzen Leben noch nichts Wunderbareres gesehen als sein Gesicht, als er sich in dieses Höllenloch lehnte, in dem sie gefangen gehalten worden war. Er hatte einen Kurzhaarschnitt, doch sie konnte trotzdem sehen, dass sein Haar kastanienbraun war. Es hatte sich so angefühlt, als würde er mit seinen hellbraunen Augen direkt in ihre Seele blicken, als er sie angesehen und ihr versprochen hatte, sie zu beschützen und nach Hause zu bringen.

Er hatte sie hochgehoben, als wöge sie nicht mehr als ein kleines Kind, obwohl sie genau wusste, dass das nicht der Fall war. Oh, sie war sich der Tatsache durchaus bewusst, dass sie in den letzten Wochen ein paar Kilo verloren hatte, doch trotzdem war sie kein Leichtgewicht.

Er behandelte sie abwechselnd wie eine verloren geglaubte Freundin, als würde er sich freuen, sie wiederzusehen; dann wiederum benahm er sich wie ein Leibwächter, der sie in Watte packen und nicht einmal zulassen wollte, dass jemand sie ansah; und dann wieder, als wäre er ein desinteressierter Außenstehender. Letzteres spielte er aber nicht gerade überzeugend. Wann immer sie sich mehr als ein paar Schritte von ihm entfernte, war er da, hielt ihre Hand, legte ihre Finger hinten um seinen Schultergurt oder verlangsamte einfach seine Schritte, sodass er die Hand ausstrecken und sie festhalten konnte, wenn sie hinfiel.

Und sie *war* hingefallen. Mehrere Male. Ihre Füße weigerten sich, richtig zu funktionieren. Sie wollte nicht einmal sehen, in welchem Zustand sie waren. Sie hatte so lange im Wasser gestanden, dass Casey wusste, es musste schlimm um sie stehen. Sie hatte über Fußbrand gelesen und sogar ihre Studentinnen vor ihrer Entführung darüber informiert, wie wichtig es war, ihre Füße zu pflegen und trocken zu halten. Sie war so oft gestolpert, weil sie ihre Füße nicht einmal richtig *fühlen* konnte. Sie waren gefühllos. Sie hatte den Eindruck, als wären sie in ihren Stiefeln geschwollen, aber sie hatte nicht gewagt, sie auszuziehen, aus Angst, sie nicht wieder anziehen zu können.

Auch ihre Beine wollten nicht kooperieren. Sie hatte versucht, ihre Muskeln kräftig zu halten, aber in dem Loch war einfach nicht genügend Platz gewesen, um sich mehr als ein paar Schritte zu bewegen. Sie wollte die Gruppe nicht aufhalten, wusste aber, dass sie es trotzdem tat.

Beatle hatte ihr mehr als ein Mal angeboten, sie zu tragen, aber bisher hatte sie es abgelehnt. Sie wollte sich auf keinen Fall vor ihrem Bruder und seinen Freunden die Blöße geben, schwach zu wirken. Nein, erst wenn sie anhielten, dann würde sie der Versuchung nachgeben, sich auszuruhen. Sie wollte so weit wie möglich vom Dorf wegkommen.

»Wir müssen uns aufteilen«, sagte Truck, als sie eine Pause einlegten.

Casey wusste ganz genau, dass sie nur ihretwegen anhielten. Diese Typen hätten tagelang weitergehen können, ohne eine Pause zu benötigen.

»Ich bin mir nicht so sicher –«, wollte Blade protestieren, wurde aber von Ghost unterbrochen.

»Das ist eine gute Idee. Wir müssen so schnell wie möglich nach San José gelangen und von dort unseren Transport in die Staaten organisieren.«

»Was ist eigentlich mit dem Hubschrauber, der uns abholen sollte?«, fragte Hollywood genervt.

»Der kommt nicht«, entgegnete Ghost grimmig. »Es war zwar so abgemacht, aber irgendetwas ist passiert. Ich weiß nicht mehr genau was. Mir wurde nur gesagt, es gäbe irgendwelche ›Komplikationen‹ und dass er erst verspätet eintreffen würde. Aber ich will hier nicht tatenlos herumsitzen und darauf warten, bis sie endlich in die Gänge kommen.«

»Verdammt«, fluchte Coach. »Und was ist mit den Dänen? Die würden doch sicher kommen, um uns abzuholen?«

»Ja«, erwiderte Ghost, »wenn sie nicht bereits das Land verlassen hätten.«

»Scheiße!« Diesmal war es Blade, der fluchte. »Was ist das denn für ein Mist? Mal im Ernst. Das kann doch gar nicht sein!«

Ghost hielt eine Hand hoch, um weitere Beschwerden abzuwehren. Er warf Casey einen entschuldigenden Blick zu, bevor er weitersprach. »Ihr wisst doch alle genauso gut wie ich, dass niemand daran geglaubt hat, dass wir Erfolg haben könnten. Die Regierung von Costa Rica hat uns nur die Erlaubnis erteilt, den Dschungel zu betreten, weil sie Negativpresse vermeiden wollte. Schließlich ist das Land abhängig von den Einnahmen durch den Tourismus, und eine Amerikanerin, die entführt und in ihrem Dschungel getötet worden ist, wäre für sie eine Katastrophe. Die Regierung versucht, alles unter Verschluss zu halten.«

»Aber das ergibt doch überhaupt keinen Sinn«, grummelte Fletch. »Die Entführung war alles andere als geheim, dafür hat der dänische Botschafter schon gesorgt. Es wissen doch bereits alle, was hier unten vorgefallen ist.«

»Aber nicht, dass dabei jemand getötet wurde«, argumentierte Ghost. »Die Öffentlichkeit weiß nur, dass eine Gruppe Amerikanerinnen als Geiseln genommen und anschließend gerettet worden ist. Seht mal, wir wissen doch alle, dass die Regierung nicht will, dass wir hier draußen länger als nötig herumtrampeln. Ich weiß auch nicht, warum diese Verzögerung zustande gekommen ist, aber ich werde weiterhin mit denen kommunizieren und versuchen, uns so schnell wie möglich herauszubringen. Falls es uns gelingen sollte, zu Fuß nach Guacalito zu gelangen, bevor sie sich organisiert haben, auch gut, dann können sie uns dort abholen.«

Niemand sagte etwas und die Stille lastete schwer in der Luft zwischen den Teammitgliedern, als sie alle die Worte von Ghost verdauten.

Casey blickte von einem Mann zum anderen. Alle sieben waren große, kräftige Todesmaschinen. Sie hatte schon immer gewusst, was ihr Bruder war, er hatte sie nie darüber belogen, womit er seinen Lebensunterhalt verdiente. Sie wusste, dass er Mitglied eines Delta Force-Teams war, hatte ihn sogar hier und da über seine Teamkollegen sprechen hören. Aber sie hatte sie nie persönlich kennengelernt.

Aber hier mitten im Dschungel in Mittelamerika prägte sie

sich jedes einzelne ihrer Gesichter ein. Sie waren gekommen, um sie zu retten. So wie es sich anhörte, war die örtliche Regierung alles andere als glücklich darüber, dass sie hier waren, aber sie hatten es trotzdem getan. Sie hatte keine Ahnung, ob die Armee von ihrem Rettungsversuch wusste oder ihn sanktionierte, aber das spielte keine Rolle.

Ghost, der Anführer, war weder größer noch kleiner als die anderen, aber er strahlte große Stärke aus. Jedes Mal wenn er sprach, wollte Casey sofort tun, was er befohlen hatte ... und sie war nicht einmal in der Armee.

Fletch war ein bisschen größer als Ghost und muskulöser. Er hatte beim Gehen die Ärmel hochgekrempelt und sie konnte bunte Tätowierungen sehen, die seine Handgelenke und Unterarme bedeckten. Wäre er nicht bei der Gruppe gewesen, als sie gerettet wurde, hätte sie vielleicht Angst vor ihm gehabt, aber der freundliche Ausdruck in seinen Augen beruhigte sie. Sie hatte durch das Gespräch der Männer erfahren, dass er eine junge Tochter namens Annie hatte.

Coach war groß und dunkel. Er hatte kurz geschorenes Haar wie die anderen, aber sein markanter Kiefer und seine krumme Nase ließen ihn eher wie einen Schläger aussehen. Aber er hatte sich schnell ihren Respekt verdient, als er sie mit Logikrätseln verdammt gut unterhalten hatte. Als sie ihn fragte, wie in aller Welt er sich an die langen Rätsel erinnerte, zuckte er nur mit den Achseln und erklärte, er hätte ein fotografisches Gedächtnis.

Hollywood war wunderschön. Fast zu gut aussehend, um Teil des Teams zu sein. Casey hätte ihn für einen Schauspieler gehalten, der eine Rolle spielt, wenn er nicht konstant wachsam gewesen wäre und nach allem Ausschau gehalten hätte, was eine Bedrohung für die Gruppe darstellen könnte.

Truck hatte ihr anfangs Sorgen bereitet. Er war riesig, mit Abstand der Größte des Teams, und seine Arme waren etwa so breit wie ihre Taille. Die Narbe in seinem Gesicht gab seinem Gesicht einen permanenten missmutigen Ausdruck, aber als sie ihn etwas besser kennenlernte, erkannte sie, dass er eindeutig eine sanfte Seite hatte. Neben Beatle war er derjenige, der sie ständig fragte, ob es ihr gut ginge, und der dafür sorgte, dass sie sich wohlfühlte, während sie durch den Dschungel wanderten. Sie wusste zweifellos, dass er der Erste wäre, der ihren Rückzug für die Nacht stoppen und die Infusion legen würde, die er hatte legen wollen, als sie sie aus dem Loch geholt hatten, wenn er wüsste, *wie schlecht* es ihr wirklich ging.

Und dann war da noch Beatle. Sein Name allein brachte sie zum Lächeln. Sie hatte keine Ahnung, warum sein Spitzname so lautete, aber ein Teil von ihr wollte glauben, dass es Schicksal war. Sie studierte Käfer, und er war nach einem benannt worden.

Sie hatte sich bei ihm sofort wohl und sicher gefühlt. Sie hätte sich wahrscheinlich eigentlich an ihren Bruder klammern sollen, aber aus irgendeinem Grund war es ihr unangenehm, hier draußen in seiner Nähe zu sein. Für sie war er nur Aspen, kein Supersoldat. Sie wollte und musste den großen Bruder, den sie gehänselt und mit dem sie gelacht hatte, von ihrer Tortur getrennt halten.

Auch das machte für sie im Moment keinen Sinn, aber sie konnte nicht leugnen, dass sie sich zu Beatle hingezogen fühlte.

Und es war keine körperliche Anziehung, zumindest nicht im Moment. Casey war sich vollkommen bewusst, wie schrecklich sie aussah. Sie roch, war mit Schmutz und wer weiß, was noch allem, bedeckt, ihr Haar war verknotet und sie hatte so viel Dreck unter den Nägeln, dass sie sich nicht sicher war, ob sie jemals alles entfernen könnte. Sie dachte nicht im Entferntesten an Sex. Aber irgendwie hatte Beatle über all den Schmutz und Dreck hindurch *sie* gesehen.

In der Sekunde, in der sie ihm in die Augen geschaut hatte, wusste Casey, dass alles in Ordnung kommen würde. Sie dachte, es lag daran, dass er derjenige war, der sie gerettet hatte. Die erste Person, die sie gesehen hatte, nachdem sie tief in der Erde eingeschlossen gewesen war. Ein Psychologe würde ihr wahrscheinlich sagen, dass dies eine Folge ihrer Gefangenschaft und der Rettung war, aber Casey war sich da nicht so sicher.

Sie hatten eine emotionale Verbindung. Sie vertraute ihm, und das nicht nur, weil er zum Team ihres Bruders gehörte. Er war sanft zu ihr gewesen, aber sie war keine Idiotin. Sie hatte die Wut in seinen Augen gesehen, als er davon sprach, jemanden für ihre Entführung bezahlen zu lassen. Sie wusste, dass er wahrscheinlich schon einmal getötet hatte und es wieder tun würde. Aber anstatt sich abschrecken zu lassen, fühlte sie sich dadurch nur noch mehr zu ihm hingezogen. Wie die Motte zum Licht. Sie brauchte diese aufgestaute Wut fast so sehr wie seine Sanftmut. Sie musste wissen, dass er sie beschützen würde, so wie er es behauptete, wenn es hart auf hart kam und ihre Entführer mitten im Dschungel auftauchten, um sie wieder zu entführen.

Während sie über die Männer um sie herum nachgedacht hatte, hatten sie offensichtlich ihre nächsten Schritte geplant. Sie hatte den größten Teil des Gesprächs verpasst, blinzelte aber, als sie hörte, wie ihr Bruder ihren Namen sagte.

»Casey?«

Sie zog fragend die Augenbrauen hoch. Nun, da sie trinken konnte, kehrte ihre Stimme langsam zurück, doch sie wollte noch nichts riskieren.

»Bist du mit alledem einverstanden?«

Es war ihr peinlich zuzugeben, dass sie geträumt hatte, also suchte sie instinktiv nach Beatle.

Er stand ein paar Meter entfernt, aber als spürte er ihren Blick, drehte er sich zu ihr um. Sofort legte er seine Hand auf ihren Rücken und fragte: »Was ist los?«

»Ich habe Casey gerade gefragt, ob sie mit alledem einverstanden ist.«

Da sie keine Ahnung hatte, worum es ging, sah sie zu

Beatle hoch und wünschte sich, dass er ohne Worte verstünde, worum sie ihn bat.

Und als könnte er tatsächlich ihre Gedanken lesen, fasste er zusammen, was sie verpasst hatte. »Dein Bruder und Ghost begeben sich nach San José. Dort kümmern sie sich um die Behörden und besorgen sich für uns alle die Erlaubnis, das Land zu verlassen. Blade hat eine Kopie deiner Geburtsurkunde und –«

»Wirklich?«, fragte Casey ungläubig und wandte sich an ihren Bruder.

»Ja, Schwesterherz. Ich war mir nicht so sicher, was hier unten los war, aber ich nahm an, dass man dir deinen Pass und sonstige Ausweise abgenommen haben könnte. Also bin ich davon ausgegangen, dass es hilfreich sein könnte, wenn ich eine Kopie deiner Geburtsurkunde mitbringe.«

»Aber du wusstest doch gar nicht, ob du mich finden würdest«, protestierte sie.

Casey spürte, wie Beatle einen Schritt zurücktrat, als ihr Bruder seinen Platz einnahm. »Natürlich wusste ich das. Ohne dich hätte ich das Land nicht verlassen.«

Nun traten ihr all ihre ungeweinten Tränen in die Augen. Sie war einfach zu dehydriert gewesen, um zu weinen, doch jetzt schließlich waren sie hier.

Blade nahm sie erneut in den Arm. Sie legte ihm die Arme um die Taille und lehnte sich an ihn. Sie war müde, so verdammt müde.

Erneut spürte sie eine Hand auf ihrem Rücken und wusste, dass es Beatle war. Er erklärte weiter: »Blade und Ghost werden dafür sorgen, dass ein Arzt auf uns wartet, wenn wir im Krankenhaus der Hauptstadt eintreffen. Hollywood, Fletch und Coach werden auf dem Weg nach Guacalito ein paar Kilometer vorausgehen, bevor wir uns nach San José begeben. Wir bleiben über Funk in Kontakt. Sie werden dafür sorgen, dass der Weg frei ist.«

Casey verstand genau, was Beatle damit sagte. Falls die

Entführer noch immer auf der Lauer lagen, würden die Deltas sich um sie kümmern. Und falls nötig Beatle mitteilen, um welche Orte sie besser einen Bogen machen sollten.

»Truck und ich bleiben bei dir«, endete Beatle.

Casey, die den Atem angehalten hatte, atmete jetzt hörbar aus. Es war ihr gar nicht klar gewesen, wie wichtig es für sie war, mit Beatle zusammenbleiben zu können. Sie ließ ihren Bruder los und wandte sich zu ihm um. »Wie lange?«

»Wie lange wird es dauern, bis wir in Guacalito ankommen?«, fragte Beatle nach.

Casey nickte.

»Ich weiß es nicht. Es hängt von dir ab. Wärst du nicht dabei, würden wir, wenn wir uns ein wenig ins Zeug legen, wahrscheinlich morgen früh dort eintreffen, selbst ohne Hubschrauber.«

Casey machte große Augen und Beatle grinste. »Ja, aber jetzt, da du in Sicherheit bist, müssen wir uns nicht zu sehr beeilen.«

»Ich will von hier verschwinden.«

»Das weiß ich, Case, aber du bist auch ziemlich angeschlagen. Und ich will deinen Zustand nicht verschlechtern, indem ich dich zu sehr antreibe. Ich könnte dich tragen, aber wir sind uns alle einig, dass es besser für dich ist, wenn du selbst läufst.«

Casey zog fragend die Augenbrauen hoch. Es war zwar nicht so, als würde sie nach Guacalito getragen werden wollen, aber sie war sich einfach nicht sicher, was Beatle da sagte.

Er hob eine Hand und glitt mit seiner warmen Handfläche unter ihr verknotetes Haar und an ihren Nacken. Sie war verschwitzt und konnte nicht glauben, dass er sie freiwillig auf diese Weise anfasste, ohne jedes Zeichen dafür, dass er sie abstoßend fand.

»Wir haben uns gedacht, dass du dich vielleicht weniger als Opfer fühlst, wenn du die Kraft hast, diesen Ort auf eigenen Füßen zu verlassen. Schließlich hattest du keine Wahl, als du hergebracht wurdest, aber wie du von hier verschwindest, liegt ganz in deiner Hand.«

Casey dachte einen Moment lang darüber nach und stellte dann fest, dass Beatle recht hatte. Plötzlich hatte sie das Bedürfnis, ihren Entführern zu zeigen, dass sie sie nicht gebrochen hatten. Niemand musste sie irgendwohin tragen. Scheiß auf sie! Sie würde hoch erhobenen Hauptes alleine aus dem Dschungel herausmarschieren.

»Ich möchte selbst laufen«, informierte sie Beatle.

Ein zufriedener Ausdruck – oder war das Stolz? – erschien auf seinem Gesicht, bevor er nickte. »Alles klar, also bleiben Truck und ich bei dir. Und die anderen machen ihr Ding. Wenn wir erst in Guacalito angekommen sind, machen wir uns auf den Weg nach San José und anschließend nach Hause in die Staaten.«

Als ihr plötzlich klar wurde, dass sie überhaupt nicht an ihre Studentinnen gedacht hatte, fragte Casey: »Astrid, Jaylyn und Kristina befinden sich in Sicherheit?«

»Ja. Während wir uns hier unterhalten, sind sie bereits auf dem Weg zurück nach Florida.«

Casey wurde ganz schwach vor Erleichterung und sie nickte.

»Also bist du mit dem Plan einverstanden?«, fragte Blade zu ihrer Rechten.

Casey wandte den Kopf und spürte überdeutlich, wie Beatles Finger über ihre Haut glitten, als er sie von ihrem Nacken nahm. Als Reaktion darauf erschauderte sie, tat aber ihr Bestes, damit er es nicht bemerkte. »Ja.«

»Es ist dir recht, dass ich nicht bei dir bleibe?«

»Du bist immer bei mir«, erklärte sie ihrem Bruder im Brustton der Überzeugung. »In jeder Sekunde, in der diese Arschlöcher mich gefangen gehalten haben, warst du bei mir. Also ja. Es ist mir recht, dass du vorgehst und alles ausschließt, damit ich verdammt noch mal von hier verschwinden kann. Ich habe das Gefühl, dass dir mein langsames Tempo sowieso auf die Nerven gehen würde. Du nervst mich ja eh schon immer damit, dass ich mich beeilen soll.«

Es war die längste Rede, die sie gehalten hatte, seit sie sie aus dem Loch gezogen hatten, und am Schluss war ihre Stimme wieder rau geworden, aber sie wollte ihrem Bruder versichern, dass es ihr nichts ausmachte, wenn er nicht an ihrer Seite war. Sie hätte ihm niemals gesagt, dass sie ihn nicht dort haben wollte, aber es stimmte. Casey wusste, dass sie sich bis jetzt nur aufgrund des erhöhten Adrenalinspiegels und des tiefen Wunsches, von dem Ort wegzukommen, an dem man sie gefangen gehalten hatte, bisher so tapfer geschlagen hatte. Sie wollte nicht, dass ihr starker, außergewöhnlich großer Bruder sie schwach sah.

Als könnte er ihre Gedanken lesen, nickte Blade nur und zog sie für eine letzte Umarmung an sich. »Bleib stark, Schwesterherz«, sagte er leise. »Ich bin schließlich nicht den ganzen Weg hierhergekommen, damit du jetzt den Löffel abgibst.«

Sie lächelte zu ihm hoch, weil sie wusste, dass er das von ihr erwartete, und schlug ihn leicht auf den Arm. »Halt den Mund«, beschwerte sie sich. »So leicht wirst du mich nicht los.«

Blade atmete tief durch und nickte Beatle hinter sich zu. Casey spürte, wie der andere Mann sie an den Oberarmen ergriff, doch sie drehte sich nicht nach ihm um. Sie spürte die Wärme seines Körpers an ihrem Rücken, während sie dabei zusah, wie die anderen fünf Männer sich bereit machten vorzugehen.

»Wir werden uns jede Stunde per Funk melden«, erklärte Hollywood Beatle und Truck.

»Ein Klick für *alles ist in Ordnung* und zwei für *Gefahr*«, fügte Coach hinzu. »Falls es Ärger gibt, schalten wir auf den Notfallkanal um, um Details zu besprechen.«

»Alles Gute, Jungs«, sagte Truck.

Und plötzlich war Casey mit Truck und Beatle allein im Dschungel.

Eigentlich hätte sie nervös sein sollen, doch sie spürte nur Erleichterung. Sie ließ sich in Beatles Arme sacken.

»Glaubst du, dass du noch ein wenig weitergehen kannst?«, fragte Beatle hinter ihr.

Casey hob den Blick und sah, dass Truck vor ihr stand. Eigentlich hätte sie sich eingeschüchtert fühlen müssen von all den Muskeln und dem Testosteron, das sie umgab, doch stattdessen gab es ihrem sinkenden Energielevel einen neuen Schub.

»Ja.«

Truck sah sie kritisch an und betrachtete dann über ihren Kopf hinweg seinen Kollegen. »Höchstens noch eine Stunde«, sagte dieser mit Nachdruck.

Casey öffnete den Mund, um zu protestieren, schloss ihn aber genauso schnell wieder. Eine Stunde schien wie eine Ewigkeit, so wie sie sich fühlte, aber sie konnte es schaffen. Zum Teufel, sie hatte gerade überlebt, dass man sie im Wesentlichen lebendig begraben hatte. Ein einstündiger Spaziergang im Dschungel war dagegen ein Kinderspiel.

Die Feldflasche, aus der sie getrunken hatte, tauchte vor ihr auf. Ohne nachzudenken, griff Casey danach und setzte sie sich an die Lippen. Sie würde nie wieder Wasser ablehnen. Nie wieder.

Zu früh nahm Beatle es ihr sanft weg, und Casey wehrte sich dagegen und schmollte wie eine Sechsjährige. Sie brauchte das Wasser, ja, aber Beatle war klug und sorgte dafür, dass sie nicht zu viel auf einmal zu sich nahm.

Sie hatte vorher schon ein paar Müsliriegel gegessen und Beatle reichte ihr jetzt noch einen.

»Bis jetzt hast du alle Nahrung und das Wasser bei dir behalten, probieren wir es also mit einem weiteren Müsliriegel. Dein Körper braucht jetzt eine Zeit lang viele kleine Mahlzeiten statt wenige große. Noch eine Stunde, Case. Dann schlagen wir unser Nachtlager auf. Ich werde etwas zu essen machen, versuchen, etwas zu finden, wo du dich frisch machen kannst, und Truck legt dir dann die Infusion. Morgen fühlst du dich wie neugeboren. Das verspreche ich dir.«

»Sprichst du etwa von einer Dusche?«, fragte Casey und sah Beatle mit großen Augen hinter der Sonnenbrille an, die sie noch immer trug.

Beatle lachte und zum ersten Mal, seit sie ihn getroffen hatte, konnte Casey hören, dass er wirklich amüsiert war. »Du bist wirklich so ein Mädchen«, neckte er sie. »Es wird wohl keine richtige Dusche werden, aber hoffentlich finden wir irgendwo Wasser, mit dem wir uns waschen können, denn ehrlich gesagt, meine Süße, du stinkst.«

Sie lachte laut auf, bevor sie sich zurückhalten konnte. Schließlich war es ja nicht so, als würde er etwas behaupten, das nicht stimmte. Sie stank *tatsächlich*, doch sie erwiderte seine Neckerei. »Du bist ja kein wirklicher Gentleman, wenn du diese Tatsache laut aussprichst.«

Er legte ihr einen Finger unters Kinn und hob ihr Gesicht. »Ich habe dir doch schon gesagt, dass ich nicht mehr von deiner Seite weiche, Casey. Und für den Fall, dass du es noch nicht gemerkt hast, ich stinke ebenfalls. Denn dieses eklige Zeug, das da in dem Loch war, ist jetzt auch an mir, seit ich dich in den Armen gehalten habe. Wir brauchen also beide einen Ort, an dem wir uns waschen können.«

Casey blinzelte. Flirtete er etwa mit ihr? Es war schwer zu sagen. Er trug keinen amüsierten Ausdruck im Gesicht und aus seinen Augen sprach auch keine Begierde, wie sie erleichtert feststellte. Wenn er nämlich in einer Situation wie dieser an Sex dachte, wollte sie wohl eher nichts mit ihm zu tun haben.

Und erneut, als Beweis dafür, dass er in ihr lesen konnte wie in einem offenen Buch, ließ er seinen Finger sinken und machte einen Schritt zurück. »Ich weiche dir zwar nicht von der Seite, ich *werde* mich allerdings wie ein Gentleman verhalten. Ich würde niemals etwas tun, bei dem du dich nicht wohlfühlst. Und außerdem ist dieser verdammte Dschungel der letzte Ort, an dem ich versuchen würde, dich zu verführen.«

»Aber du hast *schon* vor, mich zu verführen?« Sie stellte die Frage, ohne nachzudenken. Schnell sah sie sich nach Truck um und stellte fest, dass er nicht mehr da war, sondern stattdessen mit einem der Rucksäcke kämpfte, die jedes Teammitglied der Deltas trug.

Sie spürte Beatles Atem an ihrem Ohr, als er sich zu ihr lehnte, ohne sie zu berühren, und sagte: »Allerdings, meine Süße. In nicht allzu ferner Zukunft werde ich versuchen, dich zu verführen. Wenn du dazu bereit bist, werde ich da sein.«

»Ich habe Angst, dass ich vielleicht nie wieder dazu bereit sein werde«, gestand sie ihm leise.

»Haben sie dich angerührt?«, fragte Beatle barsch. »Wurdest du vergewaltigt?«

Casey wusste zu schätzen, dass er sie geradeheraus fragte. Er redete nicht um den heißen Brei herum und sah sie auch nicht voller Mitleid an. Das machte es um einiges leichter, über das zu reden, was vorgefallen war.

»Nein. Sie haben uns eigentlich größtenteils in Ruhe gelassen. Ich war mir ziemlich sicher, dass das das Erste sein würde, was sie mit uns machen würden, doch tatsächlich bestand unser einziger Kontakt mit ihnen darin, dass uns jemand Nahrung und Wasser in die Hütte brachte. Als sie mich von den anderen absonderten, nachdem sie ihnen gesagt hatten, dass das Lösegeld für mich bezahlt worden wäre, warfen sie mich direkt in das Loch. Niemand hat mir erklärt, was los war, und niemand hat mich angerührt.«

»Gott sei Dank«, sagte Beatle leise. Dann sah er sie erneut mit diesem intensiven Blick an. Er streckte die Hand aus und nahm ihr die Sonnenbrille ab, damit er ihr in die Augen schauen konnte. »Du kommst wieder in Ordnung, Süße. Die nächsten Wochen werden wahrscheinlich ziemlich schlimm werden. Albträume, Flashbacks und das Gefühl, beobachtet zu werden … Aber du stehst das durch. Willst du wissen, woher ich das weiß?«

»Woher?«, flüsterte sie, unfähig, den Blick von ihm abzuwenden. Es war fast so, als wäre er ein Magnet und sie ein Stück Eisen.

»Weil du Blades Schwester bist. Und er ist das stärkste Arschloch, das ich jemals kennengelernt habe.«

Caseys Lippen zuckten amüsiert. »Okay.«

»Okay«, pflichtete er ihr bei. »Nachdem du also bei dem psychologischen Berater warst und all die schrecklichen Dinge verarbeitet hast, die gerade in deinem Kopf herumschwirren, werde ich da sein. Verdammt, ich werde sogar *währenddessen* für dich da sein, aber wenn du bereit bist – *wirklich* bereit –, wenn du mir dann ein Zeichen gibst, bin ich dir ganz ausgeliefert.«

Casey lächelte. Der Mann vor ihr wäre niemals *irgendwem* völlig ausgeliefert, doch es war ein hübscher Gedanke.

»Ja Süße, jetzt ist es dir noch nicht klar, aber das wird es schon noch werden. Du musst mich nur darum bitten und ich setze Himmel und Hölle in Bewegung, um dir all deine Wünsche und Bedürfnisse zu erfüllen.«

Casey blinzelte überrascht – sie würde sich wahrscheinlich nie daran gewöhnen, dass er anscheinend ihre Gedanken lesen konnte – und schüttelte einfach den Kopf.

»So ... bist du bereit, die Dusche oder das Bad zu suchen, das ich dir versprochen habe?«

Casey nickte.

Er setzte ihr die Sonnenbrille wieder auf und beugte sich vor, um seinen Rucksack aufzuheben. Er nahm ihn auf den Rücken, ohne sie aus den Augen zu lassen. Als er fertig war, griff er nach ihrer Hand und nickte seinem Freund zu. »Dann mal los, Truck.«

Mit einem wissenden Lächeln drehte ihnen der größere Mann einfach den Rücken zu und sie gingen los.

Casey fühlte sich beschissen und war sich nicht sicher, ob sie es dorthin schaffte, wohin Truck sie bringen wollte, aber als Beatle ihre Hand drückte, holte sie tief Luft und es stärkte ihre nachlassende innere Kraft. Sie wurde nicht gegen ihren Willen festgehalten. Sie war nicht in einem Loch begraben. Sie war frei und auf dem Weg nach Hause. Sie konnte das tun.

»Du bist so hart wie verdammter Stahl«, murmelte Beatle neben ihr.

Und als handelte es sich bei seinem Lob und seinem Stolz um eine Dosis Adrenalin, fühlte Casey sich augenblicklich besser. Stärker. Eine Stunde würde sie locker durchhalten. Vielleicht sogar zwei.

KAPITEL FÜNF

Eine halbe Stunde später wusste Beatle, dass Casey es keine weitere Minute mehr schaffen würde. Es war wirklich erstaunlich, dass sie überhaupt so lange durchgehalten hatte, seit sie das Dorf verlassen hatten. Sie hatten es aus Rücksicht auf sie sehr langsam angegangen, aber sie brauchte eine Pause. Sie brauchte Pflege. Sie humpelte stark und ihre Bewegungen waren träge. Er verfluchte die costa-ricanische Regierung, weil sie ihnen einen Hubschrauber verweigert hatte. In Wahrheit gehörte Casey in ein Krankenhaus. Ja, sie war stark, aber niemand konnte das durchmachen, was sie durchgemacht hatte, ohne hinterher einen Arzt zu benötigen. Er nickte Truck lediglich zu und dieser verstand sofort. Beide Männer begannen, sich nach einem Platz zum Übernachten umzusehen. Es war zwar erst früher Nachmittag, aber Caseys Gesundheit war im Moment wichtiger, als weiterzukommen.

Er zog Casey zu sich und, ohne zu protestieren, lehnte sie sich an ihn. Sie standen mit dem Oberkörper aneinander gelehnt da und sie atmete so schwer, als wäre sie gerade einen Marathon gelaufen. Beatle schlang seine Arme um ihre Taille, als sie sich kraftlos an ihn lehnte. »Truck sucht nach einem Platz, an dem wir unser Lager aufschlagen können.«

Sie nickte an ihn gelehnt.

Er biss die Zähne zusammen, als sie sich nicht wehrte. Er wusste instinktiv, dass das nicht ihre Art war. Dass Casey normalerweise darauf bestehen würde, dass sie noch fünfzehn Kilometer weitergehen könnte. Und dass sie das wahrscheinlich auch *konnte*. Aber sie war erledigt.

Er war beeindruckt, dass sie es *überhaupt* so weit geschafft hatte. Eigentlich hätte sie gar nicht dazu in der Lage sein sollen. Nicht nach allem, was sie durchgemacht hatte. Er stand mitten im Dschungel und wartete darauf, dass Truck von seiner Erkundungstour zurückkehrte, und dachte darüber nach, was sie alles durchgemacht hatte.

Irgendetwas stimmte an der ganzen Geschichte nicht. Nichts war so abgelaufen, wie sie es erwartet hatten. Nachdem er das kurze Verhör mit den anderen Frauen gehört und die Einzelheiten von Caseys Aussage erfahren hatte, war diese Entführung anders als alle anderen, an denen sie jemals zuvor beteiligt gewesen waren.

Es gab keine Lösegeldforderungen.

Der Botschafter schlug erst Alarm, als er länger nichts mehr von seiner Tochter gehört hatte. Sie hatte jeden Abend zu Hause angerufen, aber als zwei Tage ohne ein Lebenszeichen verstrichen waren, wusste er, dass etwas nicht stimmte. Hätte er nicht sofort gehandelt, hätte es viel länger gedauert, bis jemand bemerkt hätte, dass die Frauen vermisst wurden.

Die Frauen waren nicht vergewaltigt worden.

Beatle war darüber erleichtert, aber auch das war nicht normal. Vergewaltigung war eine übliche Foltermethode und wurde normalerweise dazu benutzt, die Frauen in Gefangenschaft ausgesprochen gefügig zu machen.

Das alles andere als vorläufige Dorf, in dem sie gefunden worden waren.

Die meisten erfahrenen Entführer blieben entweder in Bewegung oder hatten ein stark bewachtes Lager, in das sie ihre Opfer brachten. Und kein Einheimischendorf mitten im Dschungel.

Je mehr Beatle darüber nachdachte, desto unruhiger wurde er. Sie hatten nicht einmal die leiseste Ahnung, wer die Studentinnen und Casey entführt hatte. Die Regierung hatte nur gesagt, dass sie von jemandem in Guacalito einen anonymen Hinweis darauf erhalten hatten, wo sie gefangen gehalten wurden. Nichts ergab einen Sinn.

Irgendetwas nagte an seinem Hinterkopf, aber bevor er sich darauf konzentrieren konnte, kehrte Truck zurück. »Ein Stück östlich von hier gibt es einen Ort, der sich gut für ein Lager eignet.«

»Gibt es dort Wasser?«, fragte Beatle leise. Er war sich nicht ganz sicher, hatte aber das Gefühl, dass Casey irgendwie im Stehen eingeschlafen war.

»Schon, aber nur einen kleinen Bach. Er führt wahrscheinlich zu einem größeren Fluss in der Nähe. Er ist zwar nicht breit oder tief genug, um ein Vollbad zu nehmen, aber wir können uns waschen und unsere Wasservorräte auffüllen.«

Nickend beugte sich Beatle vor und legte einen Arm unter Caseys Knie. Er hob sie ohne große Anstrengung in seine Arme. Der Gedanke, dass er gern dafür sorgen würde, dass sie etwas Fleisch auf die Knochen bekam, kam ihm erneut.

»Was ist?«, fragte Casey benommen, als sie Beatle die Arme um den Hals legte.

»Pst. Truck hat einen Ort gefunden, an dem wir übernachten können. Wir sind gleich da.«

»Ameisen«, murmelte Casey.

»Was hast du gesagt?«, wollte Beatle wissen und beugte sich zu ihr. Truck hielt Äste von sich weg, damit sie nicht gegen Casey schlugen, als sie weitergingen.

»Ihr müsst darauf achten, dass sich kein Kugelameisenhaufen in der Nähe befindet«, erklärte sie ihm.

»Ich persönlich bin ja kein großer Freund von Krabbeltieren«, versicherte er, »aber warum sollten wir uns ausgerechnet um die Kugelameisen Sorgen machen und wo befindet sich ihr Lebensraum?«

»Der Stich einer Kugelameise wird von den Leuten als genauso schmerzhaft eingestuft, als würde man eine Kugel abbekommen. Daher auch der Name«, informierte Casey die beiden. »Die Arbeiter dieser Ameisenart sehen ein wenig wie Wespen aus. Sie bauen ihre Ameisenhaufen gern in der Nähe von Bäumen, damit die Arbeiterameisen in den Blättern der Baumkronen nach Nahrung suchen können.«

»Zu Hause in Texas wurden wir mal von Feuerameisen angegriffen, fühlt es sich ungefähr so an?«, wollte Truck wissen.

Casey schüttelte den Kopf. »Nein. Viel schlimmer. Du hast doch gehört, wie ich gesagt habe, es fühlt sich so an, als wäre man angeschossen worden, richtig?«

Truck lachte leise. »Ja, entschuldige.«

»Ich sehe, du glaubst mir nicht, doch es stimmt wirklich«, beharrte Casey und hörte sich plötzlich wacher an.

»Oh, ich glaube dir«, entgegnete Truck schnell.

»Einige Menschen haben einen Biss als Wellen von brennenden, pochenden, alles verzehrenden Schmerzen beschrieben, die bis zu vierundzwanzig Stunden anhalten können. Ich weiß nicht, wie es euch geht, aber ich habe definitiv keine Lust darauf, das zu erleben. Ich glaube, entführt und lebendig begraben zu werden reicht mir erst mal.«

Beatle hielt die Frau in seinen Armen noch fester. Er war begeistert, dass ihre Stimme besser klang und sie mehr sprach, aber er mochte es nicht, wenn sie so leichtfertig über ihre Leidensgeschichte sprach. Aber er hielt den Mund. Es war gut, dass sie über ihre Erfahrung Witze machte. Er und seine Teamkollegen taten das ständig, um nach einem harten Einsatz besser mit ihren Emotionen umgehen zu können.

»Ich werde mich vergewissern, dass unter den Bäumen, die wir für die Hängematten benutzen, kein Ameisenhaufen ist«, versicherte Truck ihr.

»Hängematten?«, fragte Casey und blickte fragend zu Beatle hoch.

»Wir werden natürlich nicht auf dem Boden schlafen, meine Süße«, entgegnete Beatle.

»Das ist sehr schlau«, neckte sie ihn. »Weißt du eigentlich, wie viele verschiedene Arten von Ameisen und Spinnen hier in Costa Rica leben?«

»Nein, und ich will es auch nicht wissen«, sagte er schnell, als sie den Mund aufmachte, um ihm die Antwort zu geben.

Sie lächelte zu ihm hoch. Doch dann verblasste das Lächeln und sie fragte: »Und was ist mit mir?«

»Was soll mit dir sein?«, entgegnete Beatle.

»Wo schlafe ich?«

Er antwortete lange nicht, weil ihn ihre Frage verwirrte. Dann sagte er schließlich: »In einer Hängematte.«

»Und was ist mit dir? Wo schläfst du?«

»In einer Hängematte«, antwortete er geduldig, noch immer verwirrt.

Casey sah erst zu Truck hinüber und dann zu Beatle hoch. »Er hat eine Hängematte für mich mitgebracht?«

Jetzt verstand er ihre Frage. »Ja, Case. Wir haben immer ein paar zusätzliche dabei. Besonders weil wir uns auf einer Rettungsmission befinden.«

»Oh.«

»Ja, oh. Aber eins sollte dir klar sein ... Wenn ich nur eine Hängematte hätte, würde ich sie dir geben.« Beatle ließ ihr keine Zeit zu antworten, sondern hielt an. »Wir sind da. Glaubst du, du kannst aus eigener Kraft stehen, während wir alles vorbereiten?«

»Ich kann euch doch helfen«, entgegnete sie.

»Das ist nicht, worum ich dich gebeten habe«, erklärte Beatle ihr geduldig.

Casey atmete tief durch und seufzte dann. »Ja, ich kann aus eigener Kraft stehen.«

So sicher schien sie sich allerdings nicht zu sein. Beatle

beugte sich vor und setzte ihre Füße vorsichtig auf dem Boden ab, behielt aber seine Hände auf ihren Hüften, um sie zu stützen, als er sie hinstellte.

Er bemerkte ihr schmerzverzerrtes Gesicht und wusste, dass er sich um ihre Füße kümmern musste. Ihm war nicht entgangen, dass sie nass waren, und das sicher schon seit geraumer Zeit.

»Was hältst du von diesem Platz?«, fragte er sie, da er sie von ihrem Schmerz ablenken wollte.

Sie sah sich um. Sie befanden sich auf einer kleinen Lichtung umgeben von Bäumen. Es gab keine Ameisenhaufen und auch sonst nichts, das schrie: »Vorsicht! Hier lebt schreckliches Krabbelzeug«, aber Casey war die Expertin.

Sie nickte schließlich. »Ja, sieht gut aus. Es könnte sein, dass hier ein paar Säugetiere durchkommen, aber dafür bin ich keine Expertin.«

Beatle ging langsam rückwärts zu einem der Bäume am Rande der Lichtung. »Ja, hier sind ein paar Bäume, die nahe genug beieinander sind, sodass wir Hängematten dazwischen spannen können.«

»Gut.«

Er lächelte. Er hatte die Enttäuschung in ihrer Stimme gehört, wusste aber, dass sie nicht fragen würde. Er lehnte sich zu ihr und flüsterte ihr ins Ohr: »Es gibt zwar keinen See oder Fluss in der Nähe, aber Truck hat mir versichert, dass es fließendes Wasser gibt. Einen kleinen Bach hinter den Bäumen dort drüben.« Er machte mit dem Kinn eine Bewegung in die Richtung. »Ich helfe dir später dabei, dich zu waschen.«

Casey hob den Kopf und sah ihn an. »Danke.«

Er hätte sie am liebsten geküsst, doch er hielt sich zurück. Er hatte ihr gesagt, dass der Dschungel nicht der richtige Ort wäre, um sie zu verführen, und das hatte sich auch nicht geändert, aber seine Gefühle für sie hatten sich sehr wohl geändert. Er konnte die Schönheit einer Frau aus der Ferne bewundern und nicht den Drang verspüren, etwas zu unternehmen, aber gab man ihm eine mutige, höllisch starke Frau, selbst wenn sie nicht in ihrem Element war, dann war es um ihn geschehen.

»Du musst mir wirklich nicht dafür danken, dass ich deine Grundbedürfnisse erfülle. Nahrung, Wasser, eine Unterkunft und Sicherheit. Und fließendes Wasser, um sich zu waschen. Es ist mir eine Freude, dir das bieten zu können.«

Sie zog eine Augenbraue hoch. »Das ist ja ausgesprochen ... philosophisch von dir.«

Er lachte leise. »Ja. So, und jetzt ... Glaubst du, dass du fünf Minuten hier stehen bleiben kannst, während ich Truck helfe? Und sei ehrlich.«

Sie hatte den Mund bereits geöffnet, um zu antworten, doch beim letzten Teil schloss sie ihn wieder. Schließlich sagte sie: »Ich glaube schon.« Sie senkte den Blick zum Boden. »Ich stehe nicht auf einem Ameisenhaufen. Wenn ich mich also nicht auf den Beinen halten kann, ist es kein Problem, dann kann ich mich einfach auf den Boden setzen und warten, bis ihr fertig seid.«

»Ich werde mich beeilen, meine Süße. Ich weiß, dass du Schmerzen hast, müde, hungrig und durstig bist. Und ich werde mich für dich um all diese Dinge kümmern. Gib mir fünf Minuten, okay?«

Er ignorierte die Tränen, die ihr in die Augen traten, und wartete darauf, dass sie zustimmte.

»Okay, Beatle. Tu, was du tun musst. Ich werde hier auf dich warten.«

Da er wusste, dass er sie nicht mehr loslassen würde, wenn er sie noch einmal in den Arm nahm, begnügte Beatle sich damit, ihr unmerklich sanft über den Kopf zu streicheln und zu nicken.

Dann drehte er sich um und ging zu Truck. Je schneller sie das Lager aufgebaut hatten, umso schneller konnte er sich um Casey kümmern, ihr eine Infusion geben und sich ihre Füße ansehen.

Casey schwankte zwar, weigerte sich aber, sich hinzusetzen. Nur fünf Minuten. Länger musste sie nicht durchhalten. Verdammt, sie war bereits stundenlang gelaufen. Da würde sie doch jetzt problemlos stehen können.

Aber es *war* ein Problem. Denn obwohl sie ihre Füße nicht spüren konnte, spürte sie ihre *Beine*. Und sie taten weh. Verdammt, ihr tat alles weh. Aber mehr noch. Sie war schwach. Der Adrenalinschub, den sie bei ihrer Rettung gehabt hatte, war längst wieder abgeklungen und jetzt spürte sie den Mangel an Nahrung und Wasser.

Die Müsliriegel, die sie gegessen hatte, und das Wasser, das sie immer wieder trank, halfen ihr sehr, nicht mehr das Gefühl zu haben, sich an der Schwelle des Todes zu befinden. Aber die zehn Tage, die sie ohne richtigen Schlaf in dem Loch verbracht hatte, gepaart mit all den Sorgen und dem Stress, holten sie jetzt ein.

Und als sie gerade das Gefühl hatte, sie würde auf die Nase fallen, war plötzlich Beatle da.

»Verdammt, du bist wirklich toll«, stellte er fest und hob sie sich wieder auf den Arm.

Casey bedauerte, vorhin gesagt zu haben, dass sie den Dschungel aus eigener Kraft verlassen wollte. Plötzlich wollte sie nichts mehr, als dass Beatle sie hinaustrug, einfach so. Aber nein, das war ihm gegenüber nicht fair, und sie wollte nicht das schwache Mädchen in Not sein. Sie hatte eine Situation überlebt, von der sie wusste, dass andere sie niemals überstanden hätten, sie war also quasi durchaus dazu in der Lage, den Dschungel aus eigener Kraft zu verlassen.

Aber ... es fühlte sich gut an, Beatles Arme um sich zu spüren. Es fühlte sich so sicher an.

Er beugte sich vor und ließ sie sanft in eine Hängematte fallen. Aber es war keine dünne Seilhängematte, die zusammenklappte und unter ihrem Gewicht durchhing. Es war zwar eine Seilhängematte, ja, aber sie war an beiden Enden mit mehreren Stöcken befestigt, die er offensichtlich vom Dschungelboden genommen hatte, sodass die Hängematte eher wie ein flaches Bett war.

»Durch die Stangen wird es stabiler«, erklärte Beatle ihr, als sie die Hängematte mit großen Augen ansah. »Ich nehme sie raus, bevor wir ins Bett gehen, und hole das Moskitonetz, aber im Moment ist es besser, wenn du nicht wie ein Burrito in die Hängematte gewickelt bist.«

Casey musste leise lachen, als sie sich das vorstellte.

Er hatte sie seitwärts in die Hängematte gelegt, und nicht längs, sodass ihre Hüften auf der einen Seite waren und ihr Kopf auf der anderen.

Langsam entspannte sie sich in den Seilen und stöhnte vor Erleichterung. Sie nahm die Sonnenbrille ab, die er ihr gegeben hatte, und gab sie ihm vorsichtig zurück. Nachdem er sie eingesteckt hatte, sagte sie: »Du weißt ja gar nicht, wie gut sich das anfühlt. Ich habe mich nicht mehr richtig hingelegt, ganz flach, seit ich in das Loch geworfen wurde.«

Beatle verzog das Gesicht, antwortete aber nicht. Er saß einfach nur auf dem kleinen Falthocker – was hatten sie denn sonst noch alles in ihren Rucksäcken? – und machte sich an ihren Schnürsenkeln zu schaffen. Er legte sich ihren Fuß auf den Oberschenkel und beugte sich über ihren Stiefel, wobei er sich einzig und allein auf die Schnürsenkel vor ihm konzentrierte. Es dauerte eine Weile, bis er den ersten aufgeknotet hatte.

»Warum schneidest du sie nicht einfach durch?«, fragte Casey.

»Weil ich keine Ersatzschnürsenkel dabeihabe. Ich habe zwar ein bisschen Seil, aber falls irgendwie möglich, wäre es besser, diese hier zu verwenden.«

Er blickte nicht einmal hoch, während er ihr all das erklärte, sondern hielt den Kopf gesenkt, konzentriert auf das, was er tat. Nach ein paar Minuten war es ihm gelungen, die mit

Wasser vollgesaugten Schnürsenkel zur Mitarbeit zu bewegen, und er hatte den Stiefel genug gelockert, um ihn vorsichtig ausziehen zu können.

Casey seufzte erst erleichtert auf, als der Druck auf ihren Fuß nachließ, nur um Sekunden später vor Schmerz das Gesicht zu verziehen, weil ihr Fuß augenblicklich anschwoll.

Beatle griff nach dem Saum ihres Wollstrumpfes und sah sie an. »Bist du bereit?«

Sie schüttelte den Kopf, sagte aber: »Ja.«

Er lächelte sie an.

»Aber mach mich nicht dafür verantwortlich, wenn du gleich vom Geruch meiner Stinkefüße in Ohnmacht fällst«, versuchte Casey ihn zu necken.

»Du hast meine Füße nicht gerochen, nachdem ich vier Tage lang durch die Wüste des Iran gelaufen bin«, scherzte er zurück.

»Du meinst doch sicher Irak, stimmt's?«, fragte Casey und stützte sich zitternd auf. Sie wollte selbst sehen, wie schlimm es um ihre Füße bestellt war. »Der Iran ist Amerikanern gegenüber nicht sonderlich zuvorkommend.«

Beatle sah sie einfach nur mit hochgezogenen Augenbrauen an.

»Ja, entschuldige. Iran. Stimmt. Ihr seid immerhin ultrageheime Soldaten. Ihr begebt euch unauffällig in Länder, in denen ihr nichts zu suchen habt, und macht euer Ding.«

Er schenkte ihr ein kleines Lächeln, konzentrierte sich dann wieder auf ihren Fuß und zog ihr die Socke aus.

Casey betrachtete bestürzt ihren Fuß und ihr traten sofort Tränen in die Augen. Nicht wegen der Schmerzen, da sie eigentlich nicht viel spürte, aber weil er so schlimm aussah.

Ihre Füße hatten mehrere Blasen und offene Wunden. Sie wusste, dass das schlimm war. Wahrscheinlich hatte sie sich bereits eine Pilzinfektion eingefangen. Sie wusste, dass sie ihre Füße verlieren könnte, wenn die Wunden nicht versorgt wurden. Und zwar sofort.

»So schlimm sieht es gar nicht aus«, stellte Truck in neutralem Ton über ihr fest.

Casey hatte ihn nicht kommen gehört und starrte ihn ungläubig an. »Stehst du unter Drogen?«

»Nicht dass ich wüsste«, erwiderte er. »Aber im Ernst. Ja, du hast ein bisschen Zyanose aufgrund schlechter Durchblutung und sie stinken ein wenig, aber ich glaube, dass die Blasen eher vom heutigen Herumlaufen in nassen Socken stammen. Und dieses tropische Geschwür werde ich gleich mit einem netten Medikamenten-Cocktail behandeln, den ich deiner Infusion hinzufüge.«

Casey schüttelte den Kopf. »Du bist verrückt.« Aber sie konnte nicht leugnen, dass seine Worte sie beruhigten.

Beatle hatte bereits damit begonnen, den zweiten Stiefel aufzubinden, und hatte diesen zusammen mit ihrer anderen Socke schon bald ausgezogen.

Casey starrte auf ihre armen, geschundenen Füße und fragte: »Werde ich sie verlieren?«

Trocken fragte Truck: »Verlierst du deine Füße öfter, ungefähr so wie Schlüssel?«

Casey lachte leise. »So habe ich das nicht gemeint.«

»Er weiß, was du gemeint hast«, sagte Beatle leise und hob ihren rechten Fuß hoch, um die Fußsohle zu betrachten. »Du hast noch keinen Wundbrand, sodass eine Amputation nicht notwendig ist. Ich bin kein Arzt, aber ich stimme Truck zu. Wir werden sie heute Abend behandeln und ich garantiere dir, dass du dich morgen rundum besser fühlen wirst. Ich wünschte, du hättest etwas gesagt. Es sieht so aus, als würden Truck und ich dich doch noch aus dem Dschungel tragen.«

»Nein!«, protestierte Casey sofort. »Ich kann laufen. Bitte, ich *muss* laufen.«

»Sie ist genauso stur wie Blade«, stellte Truck fest.

»Ich habe sie so lange trocken gehalten, wie es möglich war«, erklärte Casey den beiden Männern. »Erst haben meine Gore-Tex Stiefel ziemlich gut durchgehalten, aber sie sind eben nicht dazu gemacht, Tag und Nacht im Wasser zu stehen. Und die Bretter, die ich im Loch gefunden habe, waren nicht lang genug, sodass ich mich hätte darauflegen können. Und ich bin immer mit angezogenen Beinen eingeschlafen, doch wenn ich mich im Schlaf entspannt habe, sind sie jedes Mal wieder ins Wasser gefallen.«

Beatle legte ihren Fuß wieder zurück auf seinen Oberschenkel und strich ihr mit den Händen die Unterschenkel hinauf und wieder hinunter. Er hatte ihre Hose hochgeschoben und das Gefühl seiner rauen Hände auf ihrer empfindlichen Haut sorgte dafür, dass sie auf den Armen Gänsehaut bekam.

»Du hast das gut gemacht, Case. Wirklich verdammt gut. Und jetzt leg dich hin und entspann dich. Für die nächsten zwölf Stunden wirst du erst mal nicht mehr laufen. Wir bereiten etwas zum Abendessen vor und Truck macht die Infusion bereit. Morgen ist für dich ein ganz neuer Tag ... Und nach Trucks Blick zu schließen, wird er gleich drei Infusionsbeutel für dich bereit machen, sodass du morgen tatsächlich anhalten musst, um pinkeln zu gehen.«

Casey blickte zu dem großen Mann hoch. Er sah sie mit kalkulierendem Blick an. »Drei Beutel?«, fragte sie.

»Vielleicht auch vier«, erwiderte Truck, bevor er sich umdrehte und zu seinem Rucksack stampfte.

Sie sah wieder Beatle an. »Es wird wohl nichts aus dem Bad, was?«

Der Mann zu ihren Füßen zuckte mit den Achseln. »Was ein Ganzkörperbad betrifft, hast du recht, daraus wird nichts. Aber ich hätte dir sowieso nicht empfohlen, dich ganz auszuziehen. Nicht hier im Dschungel und so nahe am Dorf. Aber ich weiß da etwas, von dem ich glaube, dass es dir gefallen wird.«

»Was?«

Er grinste zu ihr hoch und als sie seinen verspielten Blick bemerkte, machte Casey große Augen. »Du wirst eben einfach warten müssen. Aber vertraue mir, es wird dir gefallen.«

»Beatle ... du solltest mich nicht so necken!«

»Und warum nicht?« Er hatte aufgehört zu lächeln und stellte die Frage mit ernstem Gesicht, was sie noch nie bei ihm gesehen hatte.

»Weil. Ich ...«

Sie war sich nicht sicher, was sie sagen würde, aber es sollte so etwas wie die Tatsache sein, dass er sie nicht so gut kannte. Oder dass sie sich gerade erst kennengelernt hatten oder etwas ähnlich Lächerliches, aber sie hielt sich davon ab, die Worte laut auszusprechen. Nicht weil diese Dinge nicht wahr wären, sondern weil sie sich einen Dreck um sie scherte. Sie mochte Beatle. Sehr sogar. Sie respektierte ihn. Vertraute ihm. Er konnte sie so viel necken, wie er wollte. Sie fühlte sich dadurch normal. Nicht so, als wäre sie ein Entführungsopfer, das vom Ort ihrer Gefangenschaft flieht.

»Weil es nicht nett ist, eine Frau zu necken, die seit Wochen keine Schokolade mehr gegessen hat.«

Dann lächelte er. Ein breites Lächeln, das die Erleichterung in seinen Augen nicht ganz verbergen konnte. Ohne ein Wort zu sagen, nahm er ihre Füße vorsichtig von seinen Oberschenkeln, ließ sie über den Rand der Hängematte baumeln und rutschte so weit rüber, dass er seinen Rucksack erreichen und ihn dorthin ziehen konnte, wo er gesessen hatte.

Er kehrte zu seinem kleinen Hocker zurück, aber bevor er etwas anderes tat, legte er ihre Füße wieder auf seine Oberschenkel und öffnete dann eine Klappe an einer Seite des riesigen Rucksacks. Er wühlte einen Moment lang herum, bevor er eine Feldration herauszog. Er griff ein riesiges Messer aus einer Scheide an seiner Taille und schlitzte die Plastikverpackung auf. Er zog etwas heraus, hielt es aber in seiner Handfläche versteckt.

»Mach die Augen zu.«

»Warum?«, fragte Casey misstrauisch.

»Weil du mir vertraust«, entgegnete Beatle, seine braunen Augen voller stechender Intensität.

Ohne weiteren Widerspruch tat Casey, wie geheißen. Sie spürte, wie sich die Muskeln in seinen Oberschenkeln anspannten, als er sich vorbeugte. Er hob eine ihrer Hände hoch und legte etwas hinein.

»Du kannst die Augen jetzt wieder aufmachen«, erklärte er ihr.

Casey machte die Augen auf – und starrte auf das winzige Hersheys Schokoladenküsschen in ihrer Handfläche.

Sie starrte es mit offenem Mund an und sah dann hoch zu Beatle. »Was ... Wie?«

Er zuckte mit den Achseln. »Bei manchen Rationen ist eins als Nachtisch dabei. Wahrscheinlich ist es jetzt jedoch schon komplett geschmolzen, weil es hier so heiß ist.«

Casey lief das Wasser im Mund zusammen, wie einem Pawlowschen Hund. Vor Aufregung zitterte ihre Hand. Am liebsten hätte sie es sich direkt mit dem Papier und allem in den Mund gesteckt, doch es gelang ihr, sich zu beherrschen. Sie wollte nach der winzigen Süßigkeit greifen, hielt dann aber mitten in der Bewegung inne.

»Was ist?«, wollte Beatle wissen, der ihr Zögern sofort bemerkt hatte. Sie hatte das Gefühl, dass ihm nicht viel entging.

»Meine Hände sind zu schmutzig.«

Ohne zu sprechen, griff er nach der Schokolade, nahm sie ihr vorsichtig aus der Hand und legte sie auf seinen Rucksack. Dann wühlte er erneut darin herum. Er öffnete die Packung mit den Feuchttüchern, die er aus seinem magischen Rucksack ausgegraben hatte, und griff nach ihrer Hand.

Casey war sich nicht sicher, was sie sagen sollte, also hielt sie still, während er ihre Hand sorgfältig reinigte. Zuerst wischte er ihre Handfläche ab, dann führte er das Tuch an jedem Finger hoch. Er benutzte das nun extrem schmutzige

Tuch, um so viel Schmutz und Schlamm wie möglich von ihrem Handrücken zu entfernen.

Dann legte er das gebrauchte Tuch weg und zog ein neues heraus. Er wiederholte die Prozedur an ihrer anderen Hand. Als Casey glaubte, er wäre fertig, überraschte er sie, indem er ein weiteres sauberes Tuch herauszog und wieder mit der ersten Hand begann. Aber diesmal fühlten sich seine Bemühungen intimer an. Es ging nicht mehr nur darum, den Schmutz von ihren Händen zu entfernen. Es schien ihr, als versuchte er mit jedem Streich, die schlechten Erinnerungen daran, wie ihre Hände so schmutzig geworden waren, wegzuwischen. Er liebkoste jeden Finger, während er daran arbeitete, den eingetrockneten Schmutz unter ihren Nägeln zu entfernen. Mit seinen Daumen massierte er ihre Handfläche, auch wenn er den Druck erhöhte, um sie gründlich zu reinigen.

Schließlich hatte Beatle sechs Tücher benutzt, um ihre Hände in ihren jetzigen Zustand zu bringen. Sie konnte immer noch Schmutz unter ihren Nägeln sehen, aber sie hätte nie gedacht, dass sie ohne fließendes Wasser und eine ganze Tonne Seife so sauber werden könnten.

Ohne die Sorgfalt und Hingabe, mit der er *sie* bedacht hatte, benutzte Beatle die Tücher, um seine eigenen Hände zu reinigen. Dann griff er nach dem Stück Schokolade. Er versuchte vorsichtig, die Folie abzuziehen, aber die Schokolade war einfach zu geschmolzen, als dass er damit hätte Erfolg haben können.

»Vertraust du mir?«, fragte er erneut.

Casey konnte nur nicken.

Sie sah zu, wie er mit seinem nun sauberen Zeigefinger so viel von der weichen, klebrigen Schokolade von der Folie streifte, wie er konnte. Er beugte sich nach vorne und hielt ihn vor ihr hoch.

Casey war ganz ergriffen vor Rührung, hob die Hand und hielt sein Handgelenk fest, um seine Hand zu stützen. Dann hob sie ihren Kopf und öffnete den Mund.

Beatle öffnete ebenfalls den Mund und er leckte sich langsam die Lippen, während er sie beobachtete. Sie konnte sehen, wie sich der Puls an seinem Hals beschleunigte.

Sie hatte sich zuvor nicht sexuell zu ihm hingezogen gefühlt, aber das hatte sich jetzt plötzlich geändert.

In dem Moment, in dem er seinen Finger an ihren Mund führte, legte sie ihre Lippen darum. Sie legte ihre Zunge um seinen Finger und saugte die unglaublich süße Leckerei von seiner Haut.

Seine Pupillen erweiterten sich und er starrte sie an. Die Erotik dessen, was sie tat, war ihr nicht entgangen. Als sie meinte, sie hätte die ganze Schokolade erwischt, legte sie ihre Lippen fester um seinen Finger und saugte. Heftig.

»Verdaaaammt«, fluchte Beatle, zog seinen Finger aber nicht aus ihrem Mund.

Mit einem letzten Zungenschlag zog Casey sich schließlich zurück. Der Arm, mit dem sie sich aufgestützt hatte, zitterte, und sie wusste, dass es nur eine Frage der Zeit war, bis sie ihr eigenes Körpergewicht nicht mehr halten konnte.

Ohne den Blick von ihr abzuwenden, brachte Beatle seinen Finger zu seinem eigenen Mund und schob ihn langsam hinein.

Casey leckte ihre Lippen.

Der Moment war so sinnlich, so spontan, dass sie sich nicht sicher war, was sie sagen oder tun sollte.

Aber natürlich sorgte Beatle dafür, dass sie sich nicht unbehaglich fühlte. Nachdem er seinen Finger aus dem Mund gezogen hatte, sagte er: »Jetzt kannst du nicht mehr sagen, dass ich dich nicht necken darf, weil du schon seit Wochen keine Schokolade mehr gegessen hast.«

Sie konnte nicht umhin zu kichern. Sie war schockiert, wie sie sich benahm, aber Beatle gab ihr nicht das Gefühl, dass irgendetwas Merkwürdiges an dem war, was zwischen ihnen geschah.

»Bist du bereit für deine Infusion?«, fragte Truck plötzlich hinter der Hängematte.

Casey erschreckte sich so sehr, dass sie fast auf der anderen Seite herausgefallen wäre, doch Beatle hielt sie fest. »Immer mit der Ruhe, Süße.«

»Entschuldige. Du hast mich überrascht, Truck. Ja, ich bin bereit. Füll mich auf, Scotty.«

Truck lachte leise. »Da bist du wohl im falschen Film. Das ist *Raumschiff Enterprise*. Wir hingegen stecken mitten in *Stirb Langsam* oder so was.«

»Auf keinen Fall«, erklärte ihm Beatle. »Ich denke da eher an *Rambo* oder die letzte Verfilmung vom *Dschungelbuch* ... du weißt schon, als der Typ den Dschungel aufgemischt hat.«

Casey grinste. Die Teamkollegen ihres Bruders waren lustig. Damit hatte sie nicht gerechnet. Sie wusste nicht genau, womit sie gerechnet hatte, aber sicher nicht damit, dass sie lachen würde, und zwar schon wenige Stunden nach ihrer Befreiung aus einem Loch im Boden, von dem sie dachte, dass sie dort sterben würde.

»Wir müssen dich umdrehen«, sagte Beatle ernst. »Leg deinen Kopf an dieses Ende hier. Genau so. Nein, rutsch noch ein bisschen höher. Noch höher ... Casey, bis ganz nach oben.«

Sie sah Beatle finster an, als er sich schließlich über sie beugte und seine Hände unter ihre Achselhöhlen legte, ähnlich wie zuvor, als er sie aus dem Loch im Boden gehoben hatte, und sie mit den Händen in die gewünschte Position beförderte.

Ihr Kopf war ganz oben in der Hängematte und ruhte auf einem der Stäbe, die er zur Stabilisierung der Seile benutzt hatte. Es war nicht gerade die bequemste Position, aber sie würde sich sicher nicht beschweren. Sie legte sich hin und es fühlte sich himmlisch an.

Truck kniete neben ihr auf dem Boden und reinigte ihre Armbeuge mit einem Alkoholtupfer, während Beatle weiter nach unten ging und anfing, ihre Füße zu verarzten.

Weder die Nadel, die ihr in den Arm gestochen wurde – beim dritten Mal traf er endlich, anscheinend spielten ihre Adern nicht mit –, noch die Tatsache, dass er ihre Füße schrubbte, fühlte sich gut an, aber auch hier wäre ihr nie in den Sinn gekommen, sich zu beklagen. Die Männer taten dies, um ihr zu helfen, nicht um sie zu verletzen. Sie brauchte die Flüssigkeit *und* ihre Füße mussten gereinigt werden.

Also biss sie die Zähne zusammen, schloss einfach die Augen und genoss die Tatsache, dass sie im Hintergrund die Zikaden, das Zwitschern einiger Vögel und den Wind in den Blättern hoch über ihren Köpfen hören konnte.

Sie merkte nicht, dass sie einschlief. In der einen Sekunde dachte sie daran, wie viel Glück sie gehabt hatte, und in der nächsten war sie einfach eingedämmert.

KAPITEL SECHS

»Was hältst du wirklich von ihren Füßen?«, fragte Beatle Truck, nachdem sie eingeschlafen war.

»Ich denke, sie hat großes Glück gehabt, und ihre Füße sollten dank des Antibiotikums, das ich in ihre Infusion getan habe, ziemlich schnell abheilen. Und einmal ordentlich durchzuschlafen wird ihr auch helfen, mal ganz abgesehen von der Tatsache, dass wir ihr morgen *trockene* Socken anziehen und ihre Füße vorher verbinden.«

Sie sprachen leise, um die offensichtlich extrem erschöpfte Frau vor ihnen nicht zu wecken.

Beatle zog seinen kleinen Hocker von ihrem Fußende ein wenig hoch, sodass er neben ihr saß. Er beugte sich vor, stellte die Ellbogen auf die Knie und starrte sie an, während sie schlief. »Ich verstehe es einfach nicht«, sagte er leise. »Warum haben sie sie nicht einfach umgebracht?«

Truck wusste genau, was er meinte. »Stimmt, das macht überhaupt keinen Sinn«, pflichtete er ihm bei. »In fast allen Fällen von Entführung, mit denen wir es zu tun gehabt haben, sind die Frauen vergewaltigt worden und wenn man jemanden von der Gruppe getrennt hat, so wurde derjenige entweder ermordet oder gefoltert.«

»Genau. Und diese Arschlöcher haben noch nicht mal eine Lösegeldforderung gestellt. Sie hätten also leichtes Spiel gehabt, um die Frauen zu foltern und zu töten, und zwar alle.« Beatle sah zu seinem Freund hoch. »Warum haben sie das also nicht getan?«

»Genau genommen *wurde* sie ja gefoltert«, erwiderte Truck nüchtern. »Sie in dieses Loch zu werfen und es dann zu verbarrikadieren war alles andere als menschlich.«

»Aber *warum* haben sie das getan?«, fragte Beatle erneut.

»Sie ist nicht gerade jemand von Bedeutung«, sinnierte Truck halblaut, eher zu sich selbst als zu seinem Teamkollegen.

Und trotzdem nahm Beatle für Casey Anstoß an seiner Behauptung. »Sie ist *sehr wohl* von Bedeutung«, entgegnete er.

»So habe ich das nicht gemeint«, versuchte Truck, seinen Freund zu besänftigen. »Es hätte doch viel mehr Sinn gemacht, Astrid zu nehmen, weil sie die Tochter eines Botschafters ist. Sie hätte ihnen doch viel mehr geholfen, das zu erreichen, was sie wollten.«

»Das stimmt natürlich, nur dass sie eben keine Forderungen gestellt haben«, entgegnete Beatle aufgebracht.

»Vielleicht wussten sie darüber Bescheid, dass Casey die Schwester eines Soldaten der Spezialeinheit ist.«

»Vielleicht. Das glaube ich allerdings nicht. Sie hat nicht gesagt, dass sie über ihre Familie oder so was befragt wurde«, bemerkte Beatle, streckte die Hand aus und strich ihr mit dem Zeigefinger sanft eine Locke ihres schmutzigen Haares aus der Stirn.

»Kann es sein, dass es einfach nur ein dummer Zufall war? Dass die Einheimischen auf der Jagd waren, auf die Frauen gestoßen sind und einfach nicht wollten, dass sie sich in ihrem Dschungel herumtreiben?«, fragte Truck.

»Es ist nur knapp dreißig Kilometer von Guacalito entfernt«, stellte Beatle kopfschüttelnd fest. »Wenn die Einheimischen auf der Jagd gewesen wären, hätten sie das nicht so nahe bei Guacalito getan. Es war ja nicht so, als hätten die

Frauen sich mitten im Nirgendwo befunden. Und es ist noch viel unwahrscheinlicher, dass die Dorfbewohner sich einfach kurzerhand dazu entschieden hätten, vier Frauen zu entführen und sie dann zu ihrem Dorf zurückzubringen, um sie dort gefangen zu halten.«

»Besonders weil die Mädchen gesagt haben, sie wurden in einem Wagen fortgebracht.«

»Genau. Und da wir gerade davon reden ... Wo befindet der sich jetzt?«

Truck zuckte mit den Achseln. »Wahrscheinlich haben die Entführer den Wagen als Fluchtfahrzeug verwendet, als die Huntsmen eingetroffen sind, oder sogar vorher. Sonst hätten sie doch sicher gesagt, dass jemand in einem Wagen geflohen ist.«

Mehrere Minuten lang sagte keiner der beiden Männer etwas.

»Verdammt«, fluchte Beatle, »das ergibt alles keinen Sinn.«

Truck antwortete nicht.

»Sie ist wirklich der Wahnsinn, nicht wahr?«, fragte Beatle seinen Freund und blickte dabei die schlafende Casey an. »Ich meine, viele Leute denken, dass Frauen im Allgemeinen schwach sind. Dass sie mit Stress nicht umgehen können. Aber sie hat die Situation, in der sie sich befand, nicht nur gemeistert, sondern sie hat sie sogar unglaublich gut gemeistert.«

Truck lachte leise. »Ich würde sagen, dass all unsere Frauen stärker sind, als die Menschen in ihrem Leben ihnen zugetraut hätten. Sie sind einfach der Inbegriff von Delta Force Ehefrauen, das steht schon mal fest.«

Beatle blickte seinen Freund an. »Ehefrauen?«

Sein Freund sah einen Moment lang verlegen aus, versteckte es dann jedoch schnell. »Ja ... du weißt schon ... Die Ehefrauen des Teams. Coach und Ghost sind zwar nicht verheiratet, aber du weißt schon, was ich meine.«

Beatle kniff misstrauisch die Augen zusammen, als er Truck

ansah, und sagte dann: »Ich dachte, ich wüsste es, doch jetzt bin ich mir nicht mehr so sicher.«

»Es war ziemlich schlau von ihr zu versuchen, ihre Füße aus dem Wasser zu halten«, sagte Truck und deutete mit einer Kinnbewegung auf Casey.

Aus Frustration darüber, dass sein Freund ihm etwas zu verheimlichen schien, schaute Beatle Truck eine Minute lang finster an, bevor er zuließ, dass er das Thema wechselte. Irgendetwas war mit ihm los. Er hatte sich in den letzten Monaten irgendwie verdächtig verhalten. Er war tagelang verschwunden, ohne jemandem zu sagen, wo er war, hing mehr an seinem Telefon und sprach im Allgemeinen nicht so offen über das, was in seinem Privatleben passierte, wie er es früher getan hatte. Der Mann hatte ein Recht auf seine Privatsphäre, aber normalerweise war Truck nicht so. Beatle machte sich in letzter Zeit oft Sorgen um seinen Freund. Er machte sich eine geistige Notiz, mit ihm zu reden und ein für alle Mal herauszufinden, was zum Teufel los war, sobald sie nach Hause kamen.

»Das stimmt. Blade hat mir erzählt, dass sie erst vor Kurzem ihren Doktortitel bekommen hat. Ziemlich beeindruckend für jemanden, der noch so jung ist.«

»Ein Doktortitel in Käferkunde, richtig?«

Beatle lachte leise. »Entomologie. Sie würde wahrscheinlich Anstoß nehmen, wenn du behauptest, sie hätte einen Doktor in ›Käferkunde‹.«

»Ich weiß nicht so recht. Sie scheint einen tollen Sinn für Humor zu haben. Sie ist schlau, mutig, verdammt stark ... Vielleicht sollte ich –«

»Denk nicht einmal daran«, erklärte Beatle Truck, ohne ihn seinen Gedanken aussprechen zu lassen. »Sie ist schon vergeben.«

»An dich?«, hakte Truck nach.

»Ja, verdammt. An mich.«

»Blade hat da sicher ein Wörtchen mitzureden. Schließlich ist sie seine kleine Schwester«, warnte Truck ihn.

»Er hat mir schon seinen Segen gegeben«, versicherte Beatle ihm.

»Tatsächlich?«

»Tatsächlich! Und wenn ich eine Schwester hätte, würde ich es genauso sehen wie er. Ich wäre überglücklich, wenn du oder Blade sie als Freundin wollen würde. Ich kenne euch. Ich weiß, dass ihr sie niemals betrügen würdet. Ihr würdet sie wie einen Schatz behandeln und alles in eurer Macht Stehende tun, um sie zu beschützen und sich um sie zu kümmern. Und er weiß, dass das auch für mich gilt.«

Truck erwiderte nichts.

Beatle fühlte sich etwas defensiv in Bezug auf seine Zuneigung zu der Frau, die leise auf der Hängematte zwischen ihnen schnarchte, und sagte etwas streitlustig: »Was? Denkst du etwa, es geht zu schnell?«

»Absolut nicht«, erwiderte Truck, ohne zu zögern. »Wenn man sich sicher ist, ist man sich sicher. Egal ob einen Tag, eine Woche oder ein Jahr. Jede Beziehung ist anders, und was bei einem funktioniert, klappt bei einem anderen vielleicht nicht. Aber die eigentliche Frage ist ... empfindet sie das Gleiche für dich?«

Beatle sah seinen Freund genauer an. Truck starrte zwar Casey an, aber er hatte das Gefühl, dass er sie gar nicht sah. »Ich weiß nicht, wie sie für mich empfindet. Aber ich habe schon den Eindruck, dass wir uns gegenseitig zueinander hingezogen fühlen. Es ist ja nicht so, als würde ich mitten im verdammten Dschungel Sex haben wollen. Zum einen ist sie noch auf dem Weg der Genesung und zu schwach. Und zweitens muss sie noch die ganze psychologische Belastung der Entführung verarbeiten. Mal ganz abgesehen von der Tatsache, dass sie in Florida lebt und ich in Texas.«

»Willst du dich etwa dadurch abhalten lassen?«, wollte Truck wissen.

»Verdammt, nein. Ich werde ihr Zeit geben und sie nicht bedrängen, wenn sie es so haben möchte, doch ich werde für sie da sein, egal wie, um sie daran zu erinnern, dass ich an ihrer Seite bin. Dass ich für sie alles sein möchte. Und wenn die Zeit gekommen ist, ist sie gekommen. Ich werde sie nicht drängen, mit mir zu schlafen, aber ich werde dafür sorgen, dass sie weiß, wie sehr ich sie will. Und zwar alles von ihr. Ich möchte nicht, dass sie denkt, dass meine Gefühle für sie Mitleid, Freundschaft oder irgendeine merkwürdige psychologische Reaktion auf diese Rettungsaktion sind. Sie soll wissen, dass ich sie als meine Frau will. Und dass ich ihr Mann sein möchte.«

Daraufhin blickte Truck Beatle in die Augen. Seine blauen Augen waren von stechender Intensität. »Du läufst allerdings Gefahr, sie zu vergraulen, wenn du ihr so direkt sagst, dass sie die Richtige für dich ist.«

»So ein Blödsinn«, erwiderte Beatle. »Vielleicht glaubt sie mir anfangs nicht, doch ich werde ihr durch meine Taten zeigen, wie ernst ich es meine. Ich denke, es wäre verwirrender, wenn ich an ihrer Seite wäre und ihr helfen würde, über dieses Problem hinwegzukommen, wenn ich mich einfach wie ein besorgter Freund verhalten würde. Ich werde warten, bis sie merkt, dass ich auch der Richtige für sie bin, aber ich werde nicht davor zurückschrecken, sie wissen zu lassen, was ich fühle. Ich habe noch nie in meinem Leben für eine Frau so etwas empfunden. Sie verdient es, das zu wissen. Es bis ins Mark ihrer Knochen zu spüren. Wenn sie sich wirklich auf mich stützen will, sich mir öffnen will, muss sie wissen, dass ich für sie da sein werde.«

Beatles Stimme war vor Leidenschaft lauter geworden und Casey regte sich. Er legte ihr eine Hand auf die Stirn und massierte mit dem Daumen ihre Schläfe, während er etwas leiser sagte: »Der Gedanke, dass sie nicht weiß, wie viel mir an ihr liegt, und sich fragt, wo ich in unserer Beziehung stehe, wäre fast so schmerzhaft wie der Biss einer dieser Kugelameisen, von denen sie vorhin gesprochen hat.«

Beatle schaute auf und sah, wie Truck mit einem in sich gekehrten Gesichtsausdruck in die Luft starrte, und wollte gerade seinen Freund fragen, was ihm auf dem Herzen lag, als Casey unter seiner Hand stöhnte. Als er zu ihr hinunterblickte, hatte sie ihre grünen Augen geöffnet und starrte ihn direkt an.

»Wie lange war ich weg?«

»Nicht lange. Und jetzt schlaf wieder ein. Ich werde eine Überraschung für dich vorbereiten, aber das dauert ein bisschen.«

»Ich bin mir gar nicht so sicher, ob ich Überraschungen so toll finde«, murmelte sie, ganz offensichtlich im Halbschlaf.

Beatle brach bei ihren Worten das Herz und er gab ihr einen federleichten Kuss auf die Stirn. »Mal sehen, was ich dagegen tun kann. Du wirst sehen, es ist eine gute Überraschung, meine Süße.«

»Versprochen?«, fragte sie benommen.

»Versprochen.«

»Mmm-kay.«

Und damit schlief sie wieder ein.

Als Beatle erneut zu Truck aufblickte, war dieser wieder ganz der konzentrierte Soldat.

»Ich werde mal kurz eine Erkundungsrunde machen. Außerdem werde ich den anderen Bescheid sagen, dass wir für die Nacht haltgemacht haben und bis zum frühen Vormittag hierbleiben werden, solange nichts dazwischenkommt, okay?«

»Ja, hört sich gut an. Vielen Dank, Truck.«

Der große Mann stand auf und strich sich die Weste glatt, die er trug, wobei er darauf achtete, dass all seine Waffen richtig saßen.

»Truck?«

»Ja?«

»Wenn du zurückkommst, kannst du mir dann bei meiner Überraschung für Casey helfen?«

»Natürlich. Was benötigst du?«

Beatle erklärte seinem Teamkollegen, was er vorhatte, und erhielt als Belohnung ein breites Lächeln.

»Das wird ihr gefallen.«

»Ich weiß.«

Truck starrte seinen Freund einen Moment lang an und sagte dann: »Sie hat wirklich großes Glück.«

»Nein«, erwiderte Beatle daraufhin sofort, »ich bin es, der großes Glück hat. Selbst wenn sie sich entschließt, dass sie für mich nicht dasselbe empfindet wie ich für sie, durfte ich das Privileg genießen, sie kennenzulernen. Ihr dabei zu helfen, diese schlimme Erfahrung durchzustehen.«

»Du bist ein großartiger Mann, Beatle. Ich melde mich, wenn ich zurückkomme, damit du mich nicht erschießt.«

Er sagte das Letzte scherzhaft, doch Beatle bemerkte, dass er sich ein wenig dazu zwingen musste. Allerdings sagte er nur: »Ich weiß es zu schätzen.«

Nachdem Truck gegangen war, saß Beatle noch rund zehn Minuten lang da und beobachtete die schlafende Casey, bevor er sich zwang, aufzustehen und mit der Vorbereitung ihrer Überraschung zu beginnen.

Eine Stunde später kehrte Truck zurück und war jetzt wieder mehr wie er selbst. Beatle hatte schon alles vorbereitet. Er hasste es, sie wecken zu müssen, doch er wollte alles fertig haben, bevor es dunkel wurde.

Beatle legte ihr eine Hand auf die Schulter und weckte sie sanft. »Casey, wach auf.«

In der einen Sekunde schlief sie noch, in der nächsten war sie wach und kämpfte scheinbar um ihr Leben. Sie fuhr hoch und schwang eine Faust in Richtung von Beatles Gesicht. Er riss seinen Kopf gerade noch rechtzeitig zurück. Sie rollte sofort von ihm weg und landete hart auf dem Dschungelboden. Sie war auf den Knien und kroch weg, bevor er es um die Hängematte auf ihre Seite schaffte.

»Casey. Beruhige dich. Ich bin es, Beatle. Du bist in Sicherheit.«

Offensichtlich hörte sie ihn in ihrem panischen Zustand nicht, denn sie bewegte sich noch immer fieberhaft von ihm weg. Truck stellte sich vor sie, um ihre Flucht zu verhindern. Als sie kopflos gegen seine Beine lief, wimmerte sie und drehte sich auf die Seite, rollte sich zu einem Ball zusammen und bedeckte Gesicht und Kopf mit ihren Armen, um sich zu schützen.

Beatle konnte ihre Angst spüren, als wäre er derjenige, der sie erlebte. Er kniete sich hinter sie, streichelte mit der Hand ihren Kopf und murmelte dabei die ganze Zeit beschwichtigend auf sie ein. »Es ist alles in Ordnung, meine Süße. Ich schwöre dir, du bist in Sicherheit. Komm, wach schon auf. Genauso. Atme tief durch. Ich bin's, Beatle. Du bist hier bei Truck und mir, und es ist alles in Ordnung.«

Sie atmete zitternd durch und dann noch einmal stotternd ein, bevor sie langsam die Augen öffnete und zu Beatle hochsah. Er konnte den exakten Moment bestimmen, da ihr klar wurde, wo sie war, denn sie blinzelte und sah einen Augenblick lang verwirrt aus, bevor die Beschämung eintrat und sie vor Verlegenheit rot wurde.

»Scheiße. Es tut mir leid. Ich glaube, ich –«

»Ist schon in Ordnung«, beruhigte Beatle sie und schnitt ihre unnötige Entschuldigung ab.

»Das ist es nicht, ich –«

»Ich habe einmal versucht, Truck niederzustechen, als er mich während einer Mission geweckt hat«, erklärte Beatle ihr ganz ohne Verlegenheit.

»Das stimmt«, meldete sich auch Truck zu Wort. »Da habe ich schon eine verdammt hässliche Narbe im Gesicht und er versucht, mir auf der anderen Seite noch eine zu verpassen.«

Casey sah mit großen Augen zu den beiden hoch. »Wirklich?«

»Wirklich«, bestätigte Beatle. »Während einer Mission sind wir alle ein wenig nervös und der arme Truck hatte das Pech, derjenige zu sein, der mich aufgeweckt hat.« Er zuckte mit den

Achseln. »So was kommt schon mal vor. Und jetzt komm, ich helfe dir hoch.«

Er streckte ihr eine Hand entgegen und war erleichtert, als sie sofort ihre kleine Hand in seine legte. Er half ihr beim Aufsetzen und Truck half ihm, sie hochzuheben. Er brachte sie zurück in die Hängematte.

Casey schaute auf das Blut, das aus ihrem Arm tropfte, und verzog das Gesicht. »So wie es aussieht, kannst du mich noch mal als Nadelkissen benutzen«, erklärte sie Truck, als sie sah, dass sie die Infusion herausgerissen hatte, die er zuvor mit großer Mühe gelegt hatte.

»Wie fühlst du dich denn?«, wollte er wissen.

Casey zuckte mit den Achseln.

»Alles klar. Ich wollte eigentlich vorschlagen, dass es nicht nötig ist, die Infusion erneut zu legen, aber nach dieser schwachen Antwort ist es wohl besser, es doch noch mal zu tun«, stellte Truck fest.

Als sie daraufhin nicht protestierte, war Beatle sofort klar, dass sie sich schlechter fühlte, als sie zugab. Er half ihr dabei, die Beine wieder in die Hängematte zu legen, und zog sie zum Ende ihres schaukelnden Bettes.

»Bist du bereit für deine Überraschung, Süße?«

»Okay.« Sie hörte sich noch immer ein wenig misstrauisch an.

Beatle zeigte auf die verschiedenen Behälter, die um die Hängematte herumstanden. »Wir haben immer ein paar zusätzliche faltbare Behälter dabei, nur für den Fall. Und ich dachte, dass du dich vielleicht besser fühlst, wenn deine Haare gewaschen sind.«

Casey sah sich verwirrt um. »Meine Haare?«

»Ja, ich werde sie dir waschen.«

Sofort machte sie große Augen und strahlte vor Vorfreude und Eifer. »Wirklich?«

»Ja, wirklich. Obwohl ich dich wahrscheinlich vorwarnen sollte, dass ich das noch nie vorher gemacht habe. Ich bin mir ziemlich sicher, dass in nächster Zeit kein Schönheitssalon versuchen wird, mich abzuwerben.«

»Und du würdest das für *mich* machen?«

Beatle lehnte sich vor, bis ihre Nasenspitzen sich fast berührten. »Ich würde alles für dich tun, Case. Nun, ich werde dich noch ein bisschen weiter nach oben schieben, bis dein Hals auf den Stöcken dort ruht. Am Anfang wird es sich vielleicht etwas unangenehm anfühlen, aber Truck wird dafür sorgen, dass du im Gleichgewicht bist und dich entspannen kannst. Dann hängen deine Haare über den Rand der Hängematte und das heruntertropfende Wasser fällt nicht auf deine Kleidung, okay?«

»Okay«, entgegnete sie leise.

Beatle ignorierte die Tränen in ihren Augen und hoffte, dass sie weinte, weil sie glücklich und zufrieden war und nicht traurig oder ängstlich. Er half, sie zu bewegen, bis ihr Kopf in Position war. Er nickte Truck zu, der seine Hand auf ihrem Rücken unter den Seilen hatte. Er ließ los und als Casey nicht sofort gegen die Position protestierte oder sagte, dass sie sich unwohl fühlte, machte er sich daran, ihren Arm zu reinigen und die Infusion zu setzen.

Beatle nahm den ersten Eimer mit Wasser und hob ihn vorsichtig an.

»Es ist vielleicht ein bisschen kalt«, warnte er Casey und goss ihr dann vorsichtig das Wasser über den Kopf.

Casey machte die Augen zu und seufzte, als das Wasser aus dem Bach durch ihr Haar floss. Es bedurfte mehrerer Spülungen, um die schlimmsten Verunreinigungen aus ihrem Haar zu entfernen, aber Beatle arbeitete langsam, wobei er jedes Mal mit der Hand durch ihr Haar fuhr, das Wasser herausdrückte und darauf achtete, dass er ihren ganzen Kopf wusch.

Als das Wasser relativ klar blieb, zog er seinen kleinen Hocker rüber und setzte sich.

»Was machst du jetzt?«, fragte Casey leise, die Augen noch immer geschlossen.

»Psssst«, ermahnte Beatle sie lächelnd. Es war offensichtlich, dass sie die Aufmerksamkeit genoss. Und er genoss es, sich um sie zu kümmern. Mehr als er je gedacht hätte. Er nahm die kleine Flasche Shampoo, die er aus seinem Rucksack genommen hatte, und drückte eine ordentliche Portion in seine Hand. Langsam arbeitete er die Seife in ihr Haar ein und schäumte sie auf.

Casey stöhnte, völlig verloren in diesem Gefühl.

Sie zuckte nicht einmal zusammen, als Truck nach seinem vierten Versuch, die Infusion wieder zu legen, knurrte. Beatle sah, wie er sich zu ihrer Hand bewegte, um dort eine passende Ader zu finden, wandte aber seine Aufmerksamkeit wieder Caseys Haaren zu. Er massierte ihren Kopf, während er den Schaum durch ihre seidigen Strähnen presste.

Ihre Augen waren immer noch geschlossen, als er seine Finger zu ihrem Nacken wandern ließ und die angespannten Muskeln dort massierte. Seife tropfte auf seinen Schoß, aber Beatle beachtete es nicht. Nichts war wichtiger, als seiner Frau zu helfen, sich wieder sauber und unversehrt zu fühlen.

Nachdem er sie einige Minuten massiert und ihr Haar gewaschen hatte, fragte er: »Soll ich sie jetzt auswaschen?«

Sie nickte und Beatle stand erneut auf. Er wiederholte die ganze Prozedur des Waschens und achtete diesmal darauf, dass sie keine Seife in die Augen bekam. Als das Wasser wieder klar war, setzte er sich hin und nahm das kleine Handtuch, das er immer dabeihatte. Er trocknete ihr das Haar, so gut es ihm mit dem winzigen Ding möglich war, und nahm dann einen Kamm.

»Das fühlt sich jetzt wahrscheinlich nicht besonders toll an«, sagte er ihr widerstrebend. »Ich wünschte, ich hätte eine schöne, weiche Bürste, doch die würde in meinem Rucksack zu viel Platz wegnehmen.«

Sie lächelte, wie er es beabsichtigt hatte. Sie hob die Hand ohne den Tropf und sagte: »Ich kann das doch selbst machen.«

Beatle nahm ihre Hand, küsste ihre Handfläche und legte

sie dann vorsichtig wieder auf ihren Bauch. »Ich mache das schon, meine Süße. Ich werde so vorsichtig sein, wie ich kann.«

»Na, dann mal los«, erklärte sie ihm. »Ich halte es schon aus.«

»Ich weiß. Du bist wunderbar«, sagte er und machte sich an die Arbeit. Es dauerte ziemlich lange, da sie dichtes Haar hatte, das extrem verfilzt war, aber er ließ sich Zeit, wie er es versprochen hatte, und tat sein Bestes, um nicht an ihrem Haar zu zerren, während er es kämmte.

Selbst nachdem er alle Knoten gelöst hatte, fuhr er ihr immer wieder mit dem Kamm durchs Haar. Er ließ seine Hand durch ihr Haar gleiten. Beatle war überrascht, wie sehr es ihm gefiel, sich auf diese Weise um sie zu kümmern. Er hatte noch nie daran gedacht, dies für eine Frau zu tun, aber es war sehr intim. Sie zu waschen, sie zu pflegen.

Und bei jedem Strich des Kamms stöhnte sie vor Freude. Ihr Gesicht war völlig entspannt und ein kleines Lächeln umspielte ihre Mundwinkel. Beatle schwor sich sofort, dies in Zukunft oft für sie zu tun.

Ihr Haar war noch nicht ganz trocken, als er aufhörte, aber viel fehlte nicht mehr. Ihr dunkelblondes Haar war mit helleren Strähnen durchzogen. Es war wunderschön.

Beatle beugte sich vor, küsste sie noch einmal auf die Stirn und fuhr ihr mit dem Zeigefinger über die Nase. »Schläfst du?«, fragte er leise.

»Nein. Um nichts auf der Welt hätte ich währenddessen schlafen wollen. Vielen Dank, Beatle. Das war wunderbar.«

Truck war schon längst auf die andere Seite der Lichtung gegangen und außer Hörweite. Er ließ ihnen so viel Privatsphäre, wie es die Situation zuließ, und Beatle wusste das zu schätzen. »Mir hat es auch gefallen.«

Sie öffnete die Augen und sah zu ihm auf. »Wirklich?«

»Ja, meine Süße, wirklich.«

»Wie heißt du?«, fragte sie ihn plötzlich.

Beatle zog verwirrt die Augenbrauen zusammen. Sie

wusste nicht, wie er hieß. Hatte sie sich vielleicht den Kopf angeschlagen? Er glaubte eigentlich nicht. »Beatle.«

Sie schüttelte den Kopf. »Nein, dein richtiger Name.«

Ah. »Troy.«

»Troy und wie weiter?«, wollte sie wissen.

»Troy Lennon«, erklärte er ihr.

Daraufhin lächelte sie. Ein richtiges Lächeln, bei dem man ihre Zähne sehen konnte. »Jetzt ergibt der Spitzname auch einen Sinn. Ich dachte schon, du hättest ihn bekommen, weil du Angst vor Insekten hast.«

Beatle wusste, dass er errötete, aber versuchte nicht, es vor ihr zu verbergen. »Ja, also ... ich kann nicht behaupten, dass ich ein großer Fan davon bin.«

Ihr Lächeln wurde noch breiter, wenn das überhaupt möglich war. »Du hast Angst vor kleinen Käfern!«, rief sie. »Ein großer, gefährlicher Delta Force-Soldat, der Angst vor winzigen Käferchen hat! Zum Totlachen.«

Beatle tat so, als wäre er eingeschnappt, stand auf und ragte drohend vor ihr auf. »Du warst diejenige, die uns über Ameisen aufgeklärt hat, deren Bisse mehr wehtun als eine Schusswunde. Und sollen wir über andere klitzekleine Insekten sprechen, die mit einem Biss oder Stich einen Mann oder eine Frau völlig außer Gefecht setzen können? Du hast recht, ich mag keine Insekten. Ich würde es lieber mit einem bewaffneten Mann aufnehmen als mit einem unschuldigen, aber tödlichen Insekt.«

Sie lächelte noch immer, nickte aber schnell. »Ich bin der gleichen Meinung. Wie wäre es damit? Ich beschütze dich vor Insekten und du beschützt mich vor bewaffneten Männern.«

»Abgemacht«, sagte Beatle fast noch, bevor sie die Worte ausgesprochen hatte. Dann beugte er sich vor und drückte seine Lippen auf ihre.

Der Winkel war ein wenig merkwürdig, weil er hinter ihr stand, aber er hätte schwören können, dass er die Elektrizität von seinen Lippen bis in seine Zehenspitzen spürte, als er ihr mit der Zunge über die Unterlippe fuhr.

Dann zog Beatle sich zurück und berührte die Lippe, über die er gerade mit der Zunge gefahren war, mit dem Daumen und merkte, dass sie noch ein wenig nass war. Sein Schwanz war bei der Berührung ihrer Lippen so hart geworden, dass es wehtat, doch er achtete nicht darauf und richtete sich auf. »Es ist noch ein wenig Wasser übrig. Möchtest du es vielleicht benutzen, um dich zu waschen?«

Casey sah ein wenig erstaunt aus, blinzelte dann und erholte sich. »Ja, bitte.«

Beatle half ihr dabei, sich seitlich in der Hängematte aufzurichten, sodass ihre Beine über die Seite hingen. »Du brauchst deine Füße nicht zu waschen. Ich kümmere mich morgen früh darum, bevor wir losgehen.« Er gab ihr das kleine Handtuch. »Du kannst das hier benutzen. Es saugt Wasser auf, es wird sich also ein wenig rau auf deiner Haut anfühlen, aber es wird seine Aufgabe erfüllen. Hier ist das Shampoo, das kannst du als Seife benutzen. Lass dir Zeit und sei vorsichtig mit der Infusion. Ich bin dort drüben bei Truck. Ruf einfach nach mir, falls du irgendwas brauchst.«

Als Casey nickte, konnte Beatle nicht widerstehen, mit der Hand noch einmal über ihr nun glänzendes, sauberes Haar zu fahren, dann zwang er sich, den Hocker zu nehmen, sich von ihr wegzudrehen und über die kleine Lichtung zu Truck zu gehen. Er setzte sich mit dem Rücken zu Casey und begann, mit Truck über ihren Schlachtplan für den nächsten Tag zu sprechen.

Casey saß mit der Seife in der einen und dem Handtuch in der anderen Hand da und beobachtete Beatle, wie er zu seinem Teamkollegen ging. Es fiel ihr im Moment schwer, einen klaren Gedanken zu fassen. Sie war schockiert, dass Beatle ihr angeboten hatte, ihr Haar für sie zu waschen, aber sie war verblüfft, wie sanft und gründlich er gewesen war.

Als er dann so viel Zeit damit verbracht hatte, die Knoten in ihrem Haar auszukämmen und sie sanft zu streicheln, hätte sie weinen können. Sie konnte sich nicht daran erinnern, wann sich das letzte Mal jemand so um sie gekümmert hatte wie Beatle.

Seit sie mit achtzehn mit dem College begonnen hatte, lebte sie allein. Sie hatte Freunde gehabt, aber es waren Akademiker wie sie und bei Weitem keine Alphamänner wie Beatle. Als Professorin war sie immer für ihren Hörsaal und ihre Studenten verantwortlich. Während der Forschungsreise war sie für Jaylyn, Kristina und Astrid verantwortlich gewesen, und nachdem sie entführt worden waren, hatte sie noch größere Verantwortung übernommen.

Casey hatte nicht erkannt, wie gut es sich anfühlte, wenn jemand anderes die Verantwortung übernahm. Die Entscheidungen traf. Sich um sie kümmerte. Sogar jetzt noch tat er es. Er drehte ihr den Rücken zu und gab ihr so viel Privatsphäre wie möglich. Aber sie wusste, wenn sie auch nur einen Pieps machte, wäre er in Sekundenschnelle bei ihr. Das beruhigte sie. Sie fühlte sich sicher – und sie hatte sich nicht eine Sekunde lang sicher gefühlt, seit sie in Costa Rica aus dem Flugzeug gestiegen war.

Es war nicht so, dass das Land so beängstigend war, aber sie war sich immer bewusst gewesen, wer um sie herum war und dass jede Entscheidung, die sie traf, sich auf die Studentinnen auswirken konnte, die bei ihr waren. Aber hier, mitten im Dschungel, brauchte sie keine Entscheidungen zu treffen. Alles hing von Beatle und Truck ab.

Casey lehnte sich langsam vor, tauchte das kleine Handtuch in den Wassereimer und fügte ein wenig Shampoo hinzu. Dann schäumte sie es auf und wusch damit ihr Gesicht. Sie schrubbte ihre Haut, bis sie sich sicher war, dass sie sauber war. Dann wiederholte sie den Vorgang und wusch Hals, Arme,

Bauch und Brüste, unter den Armen, Waden und schließlich ging sie sogar so weit, dass sie ihre Hose aufknöpfte und das Tuch benutzte, um sich zwischen den Beinen zu reinigen.

Der einzige Körperteil, den sie nicht waschen konnte, während sie angezogen war, waren ihre Oberschenkel, aber sie ging davon aus, dass sie wahrscheinlich sowieso am saubersten waren. Erleichtert seufzend sah sie zu Beatle hinüber, als sie ihre Hose zumachte – und erstarrte.

Er hatte ihr nicht mehr den Rücken zugewandt.

Truck war nirgends zu sehen und Beatle stand jetzt an einen Baum gelehnt da. Seine muskulösen Arme waren über seiner Brust verschränkt und er starrte sie mit einem Blick an, der so intensiv war, dass sie wegschauen wollte, es aber nicht konnte.

Ihr Blick schweifte über seinen Körper und sie musste zugeben, dass ihr das, was sie sah, gefiel. Er war um einige Zentimeter größer als sie. Neben Truck sah er fast klein aus, aber andererseits schien jeder neben dem riesigen Mann winzig klein zu sein.

Er trug eine schwarze Cargohose, feste Stiefel und ein langärmeliges, olivgrünes Hemd mit einer Maschenweste darüber. Die Weste hatte Taschen, die mit wer weiß was gefüllt waren. Was auch immer ein knallharter Delta Force-Soldat auf der Flucht vor den bösen Jungs im Dschungel brauchen konnte. Sein Kiefer war angespannt, als würde er gegen eine tiefe Emotion ankämpfen, und sie konnte die durchdringende Kraft seines Blicks vom anderen Ende der Lichtung aus spüren.

Ihr Blick fegte noch einmal über seinen Körper, nahm alles auf, was Troy »Beatle« Lennon verkörperte, und ihre Lippen teilten sich in einem kleinen Keuchen, als ihr Blick auf seinen Schritt fiel. Er war erregt. Die Wölbung in seiner Hose war unschwer zu erkennen, sogar über die Entfernung hinweg. Überrascht schaute sie wieder zu seinem Gesicht auf. Er schien sich für seine Erregung überhaupt nicht zu schämen. Aber er war auch nicht selbstgefällig oder ekelhaft.

Ihr Blick ging wieder zu seinem und Casey fühlte erstaunlicherweise, wie sich ihre Brustwarzen unter ihrem Hemd strafften. Es half nicht, dass sie keinen BH trug, die empfindlichen Spitzen, die gegen das raue Material ihres Hemdes streiften, machten ihr ihre Erregung umso bewusster.

Ohne den Augenkontakt zu unterbrechen, lehnte sie sich vor und drapierte das Handtuch über den Rand des Eimers, der nun voller Seifenwasser war.

Als ob ihre Bewegungen ihn aus seiner Trance weckten, ging Beatle auf sie zu.

»Bist du fertig?«, fragte er mit rauer Stimme.

Casey nickte.

Doch anstatt nach dem schmutzigen Wasser zu greifen, beugte Beatle sich vor und legte seine Hände zu beiden Seiten ihrer Hüften auf die Hängematte. Casey legte den Kopf schräg, zog sich jedoch nicht vor ihm zurück. Sein Gesicht war ganz nahe an ihrem, als er erhitzt und mit durch die Emotionen stärkerem Südstaatenakzent sagte: »Ich würde alles dafür tun, dich zu der Meinen zu machen und im Gegenzug zu dem Deinen zu werden.«

Und dann, ohne ihre Antwort abzuwarten, richtete er sich auf, beugte sich wieder hinab und griff sich zwei der Eimer, bevor er zwischen den Bäumen verschwand.

Casey atmete tief ein und schloss die Augen. Hätte er beim ersten Teil seiner Erklärung aufgehört, wäre sie vielleicht verärgert gewesen. Sie war kein Stück Fleisch, das jemandem gehörte. Aber ihn als Gegenleistung als den Ihren zu haben? Ja, damit konnte sie leben.

Was in aller Welt war da los? Hatte sie es mit einer Art Heldenanbetung zu tun, weil er sie gerettet hatte? Würde sie sich, wenn sie nach Hause kam, fragen, was sie sich dabei gedacht hatte, sich auch nur im Entferntesten zu ihm hingezogen zu fühlen? Und was war mit ihm? Wollte er nur einem »Fräulein in Not« helfen? Sie hatte keine Antworten, nur

Fragen ... und die anhaltende Erregung, die durch ihre Adern floss.

Sie hob eine Hand an ihr Gesicht, um etwas von dem Stress wegzureiben, aber sie schrie vor Schmerzen, als sie an der Infusion zog. Verdammt! Die hatte sie ganz vergessen.

Aber jetzt, da sie darüber nachdachte, spürte sie plötzlich all die kleinen Wehwehchen und Schmerzen, die sie ignoriert hatte. Ihr Arm pochte an der Stelle, an der Truck immer wieder versucht hatte, die Infusion zu legen, und an der er sie mehrmals gestochen hatte, um eine gute Ader zu finden. Ihre Füße schmerzten. Die Muskeln in ihren Beinen taten weh. Ihr Rücken fühlte sich schrecklich an, weil sie so lange nicht mehr richtig gelegen hatte. Und obendrein hatte sie noch Kopfschmerzen.

Casey bewegte sich in der Hängematte und zuckte zusammen, als diese unter ihr schaukelte, und bemühte sich, ihre Füße in die Hängematte zu heben und sich hinzulegen. Sie hatte gerade ihre Beine in die Hängematte bekommen, als Beatle mit Truck zurückkehrte. Beide hatten nasses Haar und es war offensichtlich, dass sie die Seife und den Bach benutzt hatten, um sich so gut wie möglich zu waschen.

»Ich bin froh, dass ihr wieder da seid«, sagte sie leise und ohne ihre Gefühle zu verstecken.

»Alles in Ordnung?«, fragte Truck und griff nach ihrer Hand, um die Infusion zu überprüfen.

Sie nickte. »Es wird langsam dunkel.«

»Wir waren nur knapp hinter den Bäumen«, erklärte Truck ihr. »Wir hätten dich hier nicht allein gelassen, wenn wir uns nicht sicher gewesen wären, dass wir dich hören würden, wenn du um Hilfe rufst.«

»Das habe ich mir schon gedacht, es ist nur ... Ich habe das Gefühl, dass ich eine ganze Zeit lang nicht so gut mit der Dunkelheit klarkommen werde.«

Als er dieses Eingeständnis hörte, ging Beatle zur Hängematte hinüber. Er strich ihr mit dem Daumen über die Stirn und fragte: »Kopfschmerzen?«

Sie nickte.

»Die werden sicher besser, wenn du etwas isst.« Dann wandte er sich um zu seinem Rucksack, der unerschöpflichen Quelle wunderbarer Dinge, und holte eine Essensration heraus. Er ging damit zu ihr und hockte sich vor ihr hin. »Das schmeckt zwar nicht so gut, aber es geht schnell und hat eine Menge Kalorien, und das ist genau das, was du jetzt brauchst«, sagte er, öffnete die Plastikverpackung und begann mit den Vorbereitungen. Er öffnete eine kleinere Packung und hielt ihr etwas hin.

Casey nahm das Stückchen Kuchen und lächelte. »Zuerst der Nachtisch?«

»Natürlich. Dafür musst du ja immer Platz haben.«

Casey nahm einen Bissen des süßen Gebäcks und stöhnte, als ihre Geschmacksnerven zum Leben erwachten. Kauend sah sie hinab zu Beatle und erstarrte. Sie musste schlucken und fragte: »Was ist?«

Er schüttelte den Kopf. »Gar nichts. Schmeckt es?«

»Und wie«, entgegnete sie, während sie einen weiteren Bissen nahm.

Sie hatte den Kuchen aufgegessen, als der warme Teil der Mahlzeit vorbereitet war. Er reichte ihr eine Plastikpackung und einen Löffel. »Geht es so?«, fragte er.

Sie nickte, fragte sich aber, was er getan hätte, wenn sie Nein gesagt hätte. Wahrscheinlich hätte er sie gefüttert, was ihr erstaunlicherweise überhaupt nicht so komisch vorkam.

Schnell aß sie die Mahlzeit, die hauptsächlich aus Nudeln bestand, und sagte ihm zwischen zwei Bissen, dass es das Leckerste war, was sie jemals zu sich genommen hatte.

Truck war zurückgekommen und hatte ihre Bemerkung gehört. »Du musst *wirklich* Hunger haben, wenn dir das Zeug schmeckt«, stellte er fest und zwinkerte ihr zu.

Casey wurde in diesem Moment klar, dass sie sich

amüsierte. Das sollte eigentlich nicht der Fall sein. Sie hatte Schmerzen, befand sich mitten in einem fremden Land ohne Ausweis und wusste nicht, ob ihre Entführer in der Dunkelheit darauf warteten, sie wieder zu verschleppen. Aber als sie jetzt im gedämpften Licht der untergehenden Sonne saß, hatte Casey keine Angst.

Wenn etwas geschah, wenn jemand aus den Bäumen sprang, würden Beatle und Truck sie beschützen. Also zwinkerte sie Truck zu und schaufelte sich das Essen in den Mund.

Dann schloss sie die Augen, genoss das Gefühl, wieder satt zu sein, und wankte. Plötzlich war sie erschöpft. Sie war so müde, dass sie dachte, sie würde sich nicht mehr bewegen können, selbst wenn sie sah, wie eine unerforschte Käferart über ihren Arm krabbelte.

Sie spürte eine Bewegung und öffnete die Augen einen Spaltbreit, um zu sehen, wie Beatle etwas über die Seile der Hängematte legte. Ein Moskitonetz. So etwas Ähnliches hatten sie auch im Lager mit ihren Studentinnen gehabt ... aber jetzt machte es sie klaustrophobisch. Sie fühlte sich eingeschlossen. Ihr Atem wurde schneller und sie schloss erneut die Augen und versuchte, das beklemmende Gefühl zu verdrängen.

Die Hängematte schaukelte und ihr Körper sackte nach unten.

Keuchend öffnete Casey die Augen und sah, wie sich Beatle neben ihr niederließ.

»Was machst du da?«

Anstatt zu antworten, blickte Beatle zu Truck hoch, der dabei war, den Infusionsbeutel zu wechseln. »Vielleicht wäre mittlerweile ein stärkeres Schmerzmittel angebracht.«

»Beatle«, protestierte Casey und stemmte sich gegen seine Brust in dem Versuch, etwas Abstand zu ihm zu gewinnen.

Er beachtete sie gar nicht. »Oh, und würdest du auch die Stäbe für mich herausnehmen?«, bat er Truck und zeigte auf seine Füße.

»Troy Beatle Lennon«, sagte Casey streng und beachtete gar

nicht, dass er die Augenbrauen vorwurfsvoll hochzog und Truck leise lachen musste, weil sie seinen vollständigen Namen benutzt hatte. »Du kannst hier nicht schlafen.«

»Und warum nicht?«, fragte Beatle, der sich so lange bewegte, bis sie teilweise auf ihm und teilweise auf ihrer Seite lag.

»Deshalb.«

Er grinste. »Das ist keine Antwort, Case.«

»Weil wir ganz nahe aneinandergedrängt sind. Und es ist heiß. Und es ist sicher unbequem für dich.«

»Mir gefällt es, mit dir zusammengedrängt zu sein. Die Hitze ist mir egal. Und dich in meinen Armen zu haben ist mir lieber, als neben dir auf dem Boden zu schlafen.«

»Warum solltest du neben mir auf dem Boden schlafen?«, entgegnete sie und beachtete das prickelnde Gefühl, das seine Antworten ihr gaben, gar nicht. »Du weißt schon, dass da unten *Insekten* leben, richtig?«

Er beachtete ihre Insektenbemerkung gar nicht und erwiderte: »Ich möchte sicherstellen, dass du in Ordnung bist. Und ich kann nicht schnell genug zu dir kommen, wenn ich in einem dieser Dinger liege, selbst wenn ich sie neben deine Hängematte gehängt hätte. So habe ich deinen Puls und deine Atmung die ganze Nacht lang unter Kontrolle. Wenn du Schmerzen hast, kann ich Truck bitten, dir mehr Schmerzmittel in die Infusion zu geben.«

Casey wusste nicht so recht, was sie darauf erwidern sollte. Sie musste sich jedoch keine Gedanken darüber machen, weil Truck mit der Infusion fertig war und die Stöcke zu ihren Füßen wegnahm. Augenblicklich rollte sich die Hängematte um ihre Hüften und Beine zusammen. Sie wand sich und legte eines ihrer Beine auf seine Oberschenkel.

»Pass mit deinen Füßen auf, meine Süße«, warnte Beatle sie.

Sobald er seine Rede beendet hatte, zog Truck den oberen Stock aus den Seilen.

Wenn Casey dachte, dass sie und Beatle sich zuvor nahe gewesen waren, war das nichts im Vergleich zu dem, wie eng sie nun aneinandergepresst dalagen. Sie berührten sich von der Brust bis zu den Zehen, und sie war noch nie so fest von jemandem gehalten worden, wie Beatle es in diesem Moment tat.

Jetzt war er an der Reihe, sich zu winden, sie subtil neben sich zu schieben und es ihr dabei bequemer zu machen.

»Ich bin da drüben«, sagte Truck mit einer Kopfbewegung in die entsprechende Richtung. »Ruf mich einfach, wenn sie etwas braucht.«

»Danke, Truck«, sagte Beatle leise zu seinem Freund.

Dann waren sie allein. Und wie es für den Dschungel typisch war, herrschte in der einen Minute noch Dämmerlicht und in der nächsten war es stockdunkel. Sie erstarrte, da die Dunkelheit sie an das Loch erinnerte, in dem sie noch vor Stunden gesessen hatte.

»Meine Eltern leben in Tennessee. Sie haben eine dieser authentischen Holzhütten. Du weißt schon, so wie in Colorado oder so. Sie müssen manchmal tatsächlich die Blockbohlen von Hand festhämmern, um dafür zu sorgen, dass sie nicht auseinandergehen. Meine Mom ist ein selbst erklärter Bücherwurm. Sie liest einfach alles. Jedes Mal wenn ich sie besuche, verehrt sie einen anderen Autor. Ihre Lieblingsbeschäftigung besteht darin, es sich mit einer kuscheligen Decke auf der Couch gemütlich zu machen und zu lesen, während mein Vater sich im Fernsehen Sport ansieht.«

Casey war klar, was er da tat, und sie wusste es überaus zu schätzen. »Verstehen sie sich gut?«

»Meine Eltern? Ja. Sie sind seit über fünfunddreißig Jahren verheiratet. Ich will ja nicht behaupten, dass sie nicht streiten oder gelegentlich sauer aufeinander sind, aber zum Schluss sagen sie immer, dass sie einander lieben. Ich hielt ihre Art von Liebe immer für normal. Es wäre mir nicht einmal in den Sinn gekommen, dass das bei anderen Kindern nicht der Fall ist, bis zur Highschool, dann wurde mir schlagartig klar, dass andere Kinder schlimme Scheidungen durchmachen mussten und mit nur einem Elternteil groß wurden. Und andere Länder zu besuchen und zu sehen, wie die Menschen dort leben, hat nur dafür gesorgt, dass ich meine Eltern umso mehr zu schätzen weiß.«

»Hast du Geschwister?«, fragte Casey gähnend.

Sie spürte, wie Beatle sie sanft auf die Stirn küsste und sie fester in den Arm nahm. Sie legte eine Handfläche auf seine Brust und spürte das regelmäßige Klopfen seines Herzens, während er sprach.

»Nein. Ich habe auch nie Geschwister vermisst, doch jetzt, wo ich sehe, wie nahe du Blade stehst, hätte ich gern eine kleine Schwester gehabt.«

»Große Brüder sind unheimlich nervig«, flüsterte sie und lächelte an seine Brust gedrückt.

»Ich erinnere mich noch, als ich fünfzehn war, da …«

Casey schloss die Augen und lauschte Beatles Geschichten. Sie stellte gelegentlich eine Frage, ließ sich aber hauptsächlich von seinem Südstaatenakzent einlullen und entspannte sich. Nach einer gewissen Zeit stellte sie fest, dass sie keine Schmerzen mehr hatte. Das Schmerzmittel, das Truck in ihre Infusion getan hatte, wirkte Wunder. Zum ersten Mal seit langer Zeit fühlte sie sich wohl und, was noch wichtiger war, in Sicherheit.

Casey seufzte, kuschelte sich an den Mann an ihrer Seite und ließ es zu, dass sie einschlief, da sie wusste, dass Beatle sie beschützen würde, wenn sie schlief und hilflos war.

Beatle wusste sofort, wann Casey neben ihm eingeschlafen war. Jeder Muskel ihres Körpers entspannte sich, als hätte sie seit Jahren unter Anspannung gelebt. Ihr Körper schmiegte sich noch näher an seinen und es war das beste Gefühl der Welt.

Er hatte nicht gelogen, als er behauptet hatte, er würde alles für Casey tun. Es war ganz einfach ... und doch unheimlich kompliziert.

Sie mussten noch viele Hürden gemeinsam nehmen.

Eine davon bestand darin, aus dem Dschungel herauszukommen und Costa Rica zu verlassen.

Aber darüber hinaus war da das nagende Gefühl, dass sie sich selbst nach ihrer Rückkehr in die Staaten nicht mehr sicher fühlen würde. Ihre Entführung war nicht normal. Und *nicht normal* bedeutete immer Ärger. Er wusste nicht, wo die Gefahr lauerte, aber er wusste, dass sie da draußen wartete. Auf seine Frau.

Auf keinen Fall wollte er zulassen, dass sie noch einmal in eine Situation geraten würde wie die, aus der er sie gerade gerettet hatte.

»Schlaf gut, meine Süße«, murmelte er und schloss ebenfalls die Augen. Er und Truck würden zwar dösen, doch keiner von ihnen würde tief schlafen. Nicht jetzt. Sie waren darauf trainiert, ihre Körper während einer Mission ruhen zu lassen, aber nicht in den Tiefschlaf zu fallen. Und obwohl die Situation, in der sie sich jetzt befanden, nicht brandgefährlich war wie sonst manchmal, waren sie auf alles vorbereitet. Sie würden wachsam bleiben, bis sie wieder auf texanischem Boden standen.

Besonders deshalb, weil das Leben der Frau, die er im Arm hielt, auf dem Spiel stand.

Während die nächtlichen Geräusche des costa-ricanischen Dschungels ihm ein Ständchen sangen, plante Beatle in seinem Kopf die Zukunft für sich und Casey. Das erste Ziel war es, sie nach Hause zu bringen. Dann würde er damit anfangen, sie zu überzeugen, den Rest ihres Lebens mit ihm zu verbringen.

KAPITEL SIEBEN

Am nächsten Morgen waren Beatle und Truck ganz geschäftig. Casey erwachte, als Beatle aus dem Kokon kletterte, in dem sie die ganze Nacht geschlafen hatten. Ihr wurde klar, dass sie so gut geschlafen hatte wie seit Jahren nicht mehr. Was verrückt war. Sie war mit Schweiß bedeckt, weil sie die ganze Nacht über Beatles Körperwärme gespürt hatte, und war nicht gerade außer Gefahr, aber sie hatte trotzdem wie ein Murmeltier geschlafen.

Sie vermutete, dass die Schmerzmittel, die Truck ihr verabreicht hatte, ihr beim Einschlafen geholfen hatten, aber tief in ihrem Inneren wusste sie, dass selbst Medikamente sie nicht betäubt hätten, wenn sie sich nicht sicher gefühlt hätte.

Als Beatle sich aus der Hängematte gerollt hatte, hatte er sie auf die Stirn geküsst und ihr befohlen, sich nicht vom Fleck zu rühren. Also war sie liegen geblieben. Sie hatte beobachtet, wie Beatle und sein Teamkollege schnell und effizient so viel vom Lager zusammenpackten, wie sie konnten, während sie ein paar Proteinriegel zum Frühstück aßen.

Sie war mehr als bereit, aufzustehen und sich zu strecken, als Beatle zu ihr kam.

»Brauchst du Hilfe?«, fragte er lächelnd.

»Ja bitte, ich fühle mich wie ein Schmetterling in seinem Kokon, bereit auszubrechen.«

»Ein passender Vergleich, Dr. Shea.« Er nahm das Moskitonetz ab, faltete es zu einem kleinen Quadrat und legte es auf den Boden neben die Hängematte. »Ich halte die Seiten der Hängematte fest. Schwinge deine Beine in meine Richtung und setze dich aufrecht hin. Wenn du das Gleichgewicht gefunden hast, helfe ich dir beim Aufstehen. Stell deine Füße auf das Netz, damit sie nicht schmutzig werden. Bereit?«

Casey nickte und als er die Hängematte gerade hielt, versuchte sie, sich unbeholfen aufzusetzen, bis ihre Beine, wie er es ihr befohlen hatte, über den Rand hingen. Aufzustehen war schwieriger. Ihre Muskeln waren von der ungewohnten Anstrengung des Vortages steif, nachdem sie so lange in dem Loch eingesperrt gewesen war. Sie biss sich auf die Lippe, um ihr Stöhnen zu unterdrücken, und stand auf wackeligen Beinen auf. In der Sekunde, in der sie die Hängematte verließ, beugte sich Beatle leicht vor und legte beide Hände auf ihre Hüften, um sie festzuhalten.

»Okay?«

Sie nickte, obwohl sie sich alles andere als gut fühlte.

»Truck!«, rief Beatle. »Wir brauchen die Medikamente!« Dann wandte er sich wieder zu Casey um. »Langsam, Süße. Aufstehen ist immer das Schwerste.«

»Und woher weißt du das?«, fragte sie patziger, als sie eigentlich vorgehabt hatte. »Wurdest du auch schon mal in ein Loch geworfen und dann dazu gezwungen, kilometerweit mit tauben Füßen zu laufen?«

Kaum hatte sie die Worte ausgesprochen, bereute sie sie schon. Beatle hatte ihre Wut nicht verdient.

»Nein«, sagte er ruhig, »aber ich bin *sehr wohl* schon mal von Terroristen gefangen genommen und von ihnen gefoltert worden und musste anschließend kilometerweit durch die Wüste zum vereinbarten Treffpunkt laufen.«

Casey musste schlucken und zwang sich, den Mann vor

sich anzusehen. »Es tut mir leid«, sagte sie zwischen zusammengebissenen Zähnen hindurch.

Beatle sah überhaupt nicht beleidigt aus. Er streckte die Hand aus und strich ihr übers Haar. »Du brauchst dich nicht zu entschuldigen.«

»Ich wollte nicht so herzlos sein.«

Beatle ließ ein kleines Lachen hören. »Wenn das schon herzlos war, brauche ich mir ja in Zukunft um Wutanfälle deinerseits keine Gedanken zu machen.« Dann drehte er sich um und hielt Truck die Hand hin.

Casey wusste nicht, wie lange der andere Mann dort schon stand, nahm aber an, dass er die schrecklichen Dinge gehört hatte, die sie seinem Teamkollegen an den Kopf geworfen hatte. Sie wagte einen Blick zu ihm und war überrascht, als er ihr zuzwinkerte.

»Beatle hat recht. Du wirst dich besser fühlen, wenn wir uns erst in Bewegung gesetzt haben, versprochen.«

Sie nickte und blickte sich wieder zu Beatle um. Er behielt eine Hand auf ihrer Hüfte, um sie zu stützen, doch in der anderen hielt er eine Feldflasche. »Truck nimmt dir jetzt die Infusion ab. Wie es aussieht, hat sie ihren Zweck erfüllt und du bist nicht mehr dehydriert. Ich würde dir empfehlen, heute Morgen ein paar Schmerztabletten zu nehmen und wahrscheinlich auch noch während der nächsten Tage.«

Casey nickte und griff nach der Feldflasche. Truck reichte ihr zwei weiße Pillen und sie schluckte sie, ohne Fragen zu stellen. Sie vertraute diesen Männern. Wenn sie überzeugt davon waren, dass sie sie nehmen sollte und dass sie ihr helfen, würde sie es tun.

Als sie die Medikamente genommen hatte, gab sie Beatle die Flasche zurück. Er richtete sich auf und nahm sie ohne Vorwarnung auf die Arme. Casey kreischte und schlang die Arme um seinen Hals, um nicht das Gleichgewicht zu verlieren. »Was machst du denn da?«, fragte sie mit hoher Stimme, die sie fast nicht als ihre eigene erkannt hätte.

»Ich gehe davon aus, dass du die Damentoilette aufsuchen musst«, sagte er und zog dabei eine Augenbraue hoch.

Casey errötete, als ihr klar wurde, dass sie tatsächlich pinkeln musste. Sehr sogar. Also nickte sie einfach.

Beatle nickte auch und trat mit ihr auf dem Arm in den Dschungel. Wenn er dachte, sie würde –

Ihr Gedanke wurde unterbrochen, als er neben einem großen Baum haltmachte und fragte: »Sieht der hier gut aus? Ohne merkwürdige Krabbeltiere, die beißen oder stechen, während du dein Geschäft erledigst?«

Automatisch blickte Casey nach unten. Das Gebiet schien frei von Ameisenhaufen, Spinnen und Schlangen zu sein. Also nickte sie.

»Großartig. Ich bin dann da drüben«, sagte Beatle und zeigte zu einem anderen Baum. »Ruf mich einfach, wenn du fertig bist, dann bringe ich dich zurück zum Lager.«

Sie wollte sagen, dass sie allein zurück ins Lager gehen konnte, aber das wäre nicht besonders schlau, wenn man bedachte, dass sie barfuß war. Also nickte sie und versuchte, nicht zu erröten. Es war dumm, sich für das Pinkeln zu schämen. Sie hatte gesehen, wie er und Truck am Tag zuvor Pausen einlegten, vom Weg wegtraten und sich hinter einen Baum stellten, um ihr Geschäft zu erledigen. Verdammt, sie und die Mädchen hatten die ganze Zeit im Dschungel gepinkelt, während sie geforscht hatten ... aber das war etwas anderes.

Er war weg, bevor sie die Chance hatte, etwas zu sagen, und sie tat schnell, was sie tun musste. Es war verrückt, wie lange sie schon nicht mehr hatte pinkeln müssen. Sie war so dehydriert, dass ihr Körper jede kleinste Reserve Flüssigkeit verbraucht hatte. So peinlich es auch war, zur Toilette getragen zu werden, so bedeutete das Pinkeln einfach, dass sich ihr Körper langsam wieder normalisierte, was buchstäblich ein Wunder war. Sie beschloss, sich zu freuen.

Sie rief Beatle und er erschien innerhalb von Sekunden. Sie

wusste es zu schätzen, dass er die Situation nicht noch schwieriger machte, als sie ohnehin schon war. Als sie wieder im Lager angekommen waren, hatte Truck die Hängematte, in der sie und Beatle geschlafen hatten, weggeräumt, und nur der kleine Hocker, das zusammengelegte Moskitonetz, einer der zusammenklappbaren Eimer mit Wasser darin und das Handtuch waren noch übrig.

Beatle stellte sie neben dem Hocker hin und befahl ihr: »Setz dich.«

Casey setzte sich.

Während sie frühstückte – eine weitere Notration –, kümmerten sich Beatle und Truck um ihre Füße. Sie wurden gewaschen, massiert, getrocknet, gepolstert und bandagiert. Eine solche Behandlung hatte sie seit ihrem letzten Spa-Besuch nicht mehr erhalten. Dann kümmerte sich Truck um das Wasser und Beatle zog ihr ein Paar seiner Sockeneinlagen sanft über die Füße. Sie waren viel zu groß, aber immerhin trocken, und das war alles, was zählte.

Dann zog er ein Paar Wollsocken darüber, ebenfalls zu groß. Die Ferse reichte ihr fast bis zum Knöchel. Beatle verzog das Gesicht und sagte: »Ich weiß, sie passen nicht so gut, aber sie sind trocken. Deine sollten morgen wieder trocken sein, aber wir müssen weiterkommen.«

»Ich weiß. Es wird schon gehen«, versicherte Casey ihm.

»Du wirst deine eigenen Schuhe tragen müssen, daran kann ich nichts ändern. Sie sind noch nass, aber besser als gestern. Die Socken und Einlagen sollten deine Füße aber trocken halten. Sag mir Bescheid, wenn deine Füße heute nass werden oder wenn sie anfangen, unerträglich wehzutun.« Er machte eine Pause, dann sah er sie an. »Im Ernst, Case. Falls deine Füße zu sehr wehtun, sodass du nicht weiterlaufen kannst, lassen wir uns etwas anderes einfallen. Bitte, versuche hier nicht, die Heldin zu spielen. Deinen Füßen zuliebe. Du könntest ihnen permanenten Schaden zufügen, wenn du dich nicht rechtzeitig meldest, okay?«

»Okay«, erwiderte sie sofort. »Ich werde es tun. Das verspreche ich.«

»Ich wünschte, der blöde Hubschrauber könnte uns abholen«, murmelte Beatle, als er sich vornüberbeugte und sich darauf konzentrierte, ihr die Stiefel anzuziehen.

»Hat Ghost eigentlich herausgefunden, warum er uns nicht geholt hat?«, wollte Casey wissen.

»Nicht dass ich wüsste«, grummelte er. »Arschlöcher.«

Nachdem er sichergestellt hatte, dass auch der zweite Stiefel weder zu fest noch zu lose an ihrem Fuß saß, griff Beatle nach ihren Waden und sah zu ihr hoch. »Ich meine es ernst, wenn ich sage, dass du dich melden sollst, wenn es wehtut, meine Süße. Schließlich befinden wir uns nicht auf der Flucht vor Terroristen. Und ich gehe nicht davon aus, dass es auf dem Weg nach Guacalito Ärger geben wird. Es gibt keinen Grund, die Heldin zu spielen. Wenn du eine Pause brauchst, sag Bescheid. Ich werde dich im Auge behalten, weil ich das Gefühl habe, dass du ziemlich gut darin bist, deine Gefühle und Schmerzen zu verstecken. Ich werde dir wahrscheinlich damit auf die Nerven gehen, weil ich dich ständig frage, wie es dir geht, ob du Hunger hast und eine Pause oder Wasser brauchst. Hab Geduld mit mir, okay? Das hier ist kein Rennen. Wir kommen an, wenn wir ankommen.«

Casey schluckte schwer. Seine Worte bedeuteten ihr alles. Sie entspannte ihre Schultern. Bei der Tatsache, dass Beatle davon ausging, dass sie nicht verfolgt wurde, fiel ihr ein Stein vom Herzen, von dem sie noch nicht einmal wusste, dass er da gewesen war. Sie atmete tief durch. »*Du* hast es vielleicht nicht eilig, aber ich schon. Ich habe vom Dschungel vorerst genug.«

Er lächelte. »Das kann ich gut verstehen. Bist du bereit herauszufinden, wie gut sich deine Füße anfühlen?«

Casey nickte und Beatle stand auf. Er nahm ihre Hände und zog sie auf die Füße. Einen Moment lang schwankte sie unsicher und musste sich erst wieder an ihre Stiefel gewöhnen. Dann ließ sie die Hände sinken und machte vorsichtig einen Schritt in der Erwartung, Schmerzen zu fühlen, aber es war nicht allzu schlimm. Sie machte einen weiteren Schritt. Dann noch einen. Dann ging sie um die kleine Lichtung herum.

Beatle und Truck beobachteten sie und versuchten, ihre Verfassung einzuschätzen. Schließlich blieb sie wieder vor Beatle stehen. »Mir geht es gut.«

»Ich weiß«, antwortete er. Er gab ihr ein Plastikpäckchen. Casey sah darauf hinab und dann schaute sie schnell wieder zu ihm. »Noch ein Stück Kuchen?«

Er zuckte mit den Achseln. »Er scheint dir gestern Abend geschmeckt zu haben. Ich dachte, es wäre ein leckerer Snack nach dem Frühstück, besser als ein Proteinriegel ... Obwohl du davon auch einige zu essen bekommst.«

»Du wirst mich jetzt die ganze Zeit mit Essen vollstopfen, nicht wahr?«

Beatle nickte. »Ja. Nach allem, was du durchgemacht hast, brauchst du die Kalorien. Und mehrere kleine Mahlzeiten sind besser als nur wenige große.«

Sie lächelte, als er sie daran erinnerte. »Vielen Dank.«

»Gern geschehen.« Dann überraschte er sie, indem er sich vorbeugte und sie sanft auf die Stirn küsste. Er hielt ihr ein Gummiband hin. »Für deine Haare.«

Sie nahm es wortlos und dachte noch immer über den Kuss nach. Es war eine zärtliche Geste. Eine, die man von einem Mann erwarten würde, der schon lange mit einer Frau zusammen ist. Aber es fühlte sich richtig an – und genau das war es, was ihr Sorgen machte. Sie könnte sich nur allzu leicht an all die zärtlichen Gesten gewöhnen, obwohl sie genau wusste, dass es wehtun würde, wenn er sie am Flughafen absetzen und sein eigenes Leben weiterleben würde, genau wie sie ihres.

Casey schluckte und aß ihren Kuchen, während sie den Männern bei den abschließenden Vorbereitungen für ihren Aufbruch zusah. Sie hatte sich gerade die Haare zusammengebunden, als Beatle wieder zu ihr kam und ihr eine kleine Flasche hinhielt.

»Was ist das?«

»Insektenspray. Ich mache es dir, wenn du es mir machst.«

Er sagte die Worte ganz ohne sexuelle Anspielung, doch trotzdem spannten sich Caseys Oberschenkel an. Sie versuchte, ihre unpassende Reaktion auf seine Worte zu überspielen, indem sie nach dem Spray griff. Beatle drehte sich um, sodass sie seinen Rücken einsprühen konnte, und sie war froh darüber.

Nachdem sie damit fertig war, ihm den nötigen Schutz zu verpassen, nahm er ihr die Flasche ab und sagte: »Mach die Augen zu.«

Sie tat es und erwartete, die Feuchtigkeit des Sprays auf ihrem Gesicht zu spüren, stattdessen hörte sie das Sprühen, fühlte aber eine Sekunde lang gar nichts – und dann seine nassen Hände in ihrem Gesicht, als er sie langsam mit dem Insektenmittel einrieb. Es war eine intime Geste und erneut voller Zärtlichkeit.

Sorgfältig schmierte er den Insektenschutz über ihr Gesicht, ihren Hals und die Ohren und bat sie dann, den Atem anzuhalten. Sie tat, wie geheißen, und er besprühte den Rest ihrer Kleidung und ihres Körpers mit dem Insektenschutzmittel.

»So, fertig«, erklärte er schließlich und sie öffnete die Augen. Er war gerade dabei, das Fläschchen in eine der Taschen an seiner Weste zu stecken. Er sah hoch und fing ihren Blick auf. »Bereit?«

»Mehr als bereit«, erwiderte sie.

Beatle streckte die Hand aus, mit der Handfläche nach oben, ohne ein Wort zu sagen.

Casey hatte sich noch nie so sicher gefühlt wie in dem Moment, als er seine Finger um ihre legte. Ohne sich noch einmal umzusehen, machten sie sich auf den Weg, Beatle vorneweg und Casey dicht hinter ihm, ihre Hand immer noch in seiner. Truck bildete die Nachhut.

Sie hatte den größeren Mann vorhin ins Funkgerät sprechen gehört und er hatte bestätigt, dass zwischen ihnen und den anderen drei Männern im Dschungel alles gut aussah. Ghost und ihr Bruder waren auf dem Weg nach San José. Bald würde diese ganze Sache nichts weiter als eine Erinnerung sein.

Casey wusste, dass sie den Verstand verloren hatte, als sie sich wünschte, die Zeit würde langsamer vergehen. Sie hatte das Gefühl, der Abschied von Beatle würde ihr schwerer fallen als der Marsch durch den Dschungel, der ihr bevorstand.

KAPITEL ACHT

An diesem Morgen kamen sie nur langsam vorwärts, aber Beatle hatte nichts dagegen. Ausnahmsweise hatte er nicht das Gefühl, vor irgendetwas oder irgendjemandem auf der Flucht zu sein. Er behielt Casey genau im Auge und sie machten mindestens zweimal pro Stunde eine Pause. Bei diesem Tempo würde es ewig dauern, bis sie in Guacalito ankamen, aber Beatle wollte Casey nicht zu sehr belasten. Sie hatte bereits eine höllische Tortur hinter sich.

Er musste sie einfach bewundern. Sogar nachdem sie in das Loch geworfen worden war, hatte sie es geschafft, kreative Lösungen zu finden. Es war ihm nicht entgangen, dass sie ihren BH zum Filtern von Wasser benutzt hatte oder dass sie die Bretter gestapelt hatte, um ihre Füße und ihren Körper von dem abgestandenen Wasser am Boden fernzuhalten. Er hatte auch bemerkt, dass sie ihr Bestes getan hatte, um aus dem Loch zu entkommen, wenn auch ohne Erfolg. Aber selbst wenn sie es bis zum Rand geschafft hätte, wäre sie nicht in der Lage gewesen, die Bretter zu durchbrechen, die über dem Eingang mit Lianen fest gesichert waren.

Sie wäre in ein paar Tagen gestorben, wenn sie nicht gefunden worden wäre.

Beatle versuchte, die bedrückenden Gedanken zu verdrängen. Sie hatten sie gefunden und es ging ihr erstaunlich gut. Sie waren alle bereit gewesen, sie aus dem Dschungel zu tragen und in Sicherheit zu bringen, aber bisher war das nicht nötig gewesen. Die Pause über Nacht hatte Wunder gewirkt, was ihre Füße und ihren Allgemeinzustand betraf. Sie war noch nicht wieder ganz in Ordnung, aber sie war auf dem Weg der Besserung.

»Oh! Pass auf!«, rief Casey.

Beatle erstarrte und hatte bereits die Pistole gezogen, bevor sie den Satz zu Ende gesprochen hatte.

»Du wärst fast draufgetreten«, sprach sie weiter.

Beatle blickte nach unten.

Casey schob ihn aus dem Weg und hob irgendein Insekt vom Boden auf. Sie richtete sich auf und hielt es ihm hin, damit er es anschauen konnte – und Beatle konnte nicht umhin, unfreiwillig einen Schritt zurückzuweichen vor dem schrecklichen Ding, das sie ihm unter die Nase hielt.

Lachend sagte Casey: »Er wird dir nicht wehtun, Beatle.«

»Was ist das für ein Ding?«, fragte Truck eher interessiert als angewidert.

»Es ist ein Herkuleskäfer«, erklärte sie ihm und streichelte dabei den Kopf des Insekts, als handelte es sich um einen Hamster und nicht um einen merkwürdig und fremdartig aussehenden Käfer.

Er war so groß wie ihre Hand. Er saß auf dem fleischigen Teil ihres Daumens und seine Kiefer öffneten und schlossen sich, als sie mit einem Finger über den olivgrünen, harten Panzer seines Rückens fuhr. Das Maul hatte die Form einer riesigen Kneifzange. Es sah aus, als könnte es ihren Finger mit einem Biss verschlingen.

»Vielleicht solltest du ihn lieber wieder runterlassen«, sagte Beatle vorsichtig. Er hätte ihr das Insekt am liebsten aus der Hand geschlagen und dann auf ihm herumgetrampelt, um ihn zu zerquetschen und seine Eingeweide auf dem Dschungelboden zu verteilen.

»Im Ernst, der ist harmlos«, erklärte sie ihm. »Ich weiß, dass er so aussieht, als würde er beißen, aber er ernährt sich nur von Obst. Er würde und kann einen Menschen gar nicht verletzen. Manche Leute halten sie als Haustiere. Ich habe sogar gehört, dass man ihnen kleine Tricks beibringen kann.«

Beatle schauderte. Er konnte sich nicht vorstellen, so ein Ding freiwillig in seinem Haus zu haben. Er zwang sich, von dem riesigen Käfer wegzuschauen und stattdessen auf etwas Angenehmeres zu blicken ... Casey.

Sie lächelte und sah entspannter aus, als er sie seit seiner ersten Begegnung mit ihr gesehen hatte. Käfer waren wirklich ihr Ding.

»Wir müssen weiter«, sagte Truck sanft.

»Ach ja«, stimmte sie zu. Sie trat zur Seite, hielt ihre Hand über einen Baumstamm auf dem Boden und der Käfer stolzierte fröhlich von ihrem Daumen.

»Ich wünschte, ich hätte meine Kamera dabei«, stellte Casey ein wenig bedauernd fest. »Ich habe ziemlich viele Fotos von diesen Dingern gemacht ... bevor ... Aber ich weiß nicht, wo meine Fotos und Notizen abgeblieben sind.«

»Ich glaube, die Regierung hat all deine Sachen zusammengepackt und sie mit den anderen Frauen nach Hause geschickt«, erklärte Truck ihr. »Wir wissen nicht, ob sie deinen Ausweis und Pass haben, aber wir können dich auch mit deiner Geburtsurkunde, die Blade mitgebracht hatte, aus dem Land schaffen. Hoffentlich ist deine Kamera bei den anderen Sachen.«

Casey strahlte. »Wirklich? Toll! Dann können Astrid, Jaylyn und Kristina vielleicht ihre Forschungen zu Ende bringen.« Dann ließ sie die Schultern sinken und fügte hinzu: »Das heißt ... wenn sie das überhaupt noch möchten.«

Beatle hasste es, sie so traurig zu sehen, und legte ihr eine Hand auf die Schulter. »Ehrlich gesagt waren sie ziemlich fertig. Aber ihnen wurde nichts getan und ich glaube, nach ein wenig psychologischer Betreuung kommen sie wieder in Ordnung.«

»Wirklich?«

Beatle blickte in Caseys große, grüne Augen. »Wirklich«, versicherte er ihr. Er legte ihr eine Hand unter den Ellbogen und führte sie zurück auf den kleinen Pfad, dem sie gefolgt waren. Dann ließ er seine Hand weiter ihren Arm hinunterwandern, bis er wieder ihre Hand hielt.

Sie sagten fünf Minuten lang gar nichts, bevor Beatle fragte: »Was hat dich dazu gebracht, dich für Insekten zu interessieren?« Es interessierte ihn wirklich, aber er wollte auch von der Hitze und der Anstrengung des Marsches durch den Dschungel ablenken.

»Aspen.«

»Blade?«, fragte Truck von hinten. »Das muss ich hören.«

Beatle hörte das Lächeln in ihrer Stimme, als sie sich daran erinnerte. »Er hat immer versucht, mich dazu zu bringen, mich zu ekeln, und als ich acht war und er zehn, hat er die Kakerlaken aus seiner Schule mit nach Hause gebracht. Ich glaube, jedes Kind der Klasse durfte sie für eine Woche mit nach Hause nehmen, um sie zu studieren. Anscheinend mussten sie irgend so einen Aufsatz über ihre Aktivitäten schreiben. Auf jeden Fall hielt er sich für besonders lustig und nahm eine der Kakerlaken heraus und hielt sie mir ins Gesicht, weil er wohl glaubte, dass ich schreiend weglaufen würde. Aber wer zuletzt lacht, lacht am besten, und das war in dem Fall ich. Die Kakerlake sprang ihm aus der Hand und auf sein Gesicht. Und *er* war derjenige, der herumhüpfte und hysterisch schrie. Das Insekt ist ihm unter das Hemd gekrabbelt und er hat danach geschlagen und geweint und versucht, es wieder loszuwerden.«

Casey hielt inne und lachte leise, und Beatle hätte schwören können, dass der Klang sein Herz zum Vibrieren brachte. Er liebte es, sie lachen zu hören. Sie glücklich und sorgenfrei zu sehen war etwas, für das er immer sorgen würde ... wenn er die Gelegenheit dazu bekam.

»Was ist passiert?«, wollte Truck wissen.

»Ich sah, wie die Kakerlake von all seinem Rumgehüpfe auf den Boden fiel. Und da ich wusste, dass meine Mutter durchdrehen würde, wenn sie wüsste, dass eine Kakerlake frei im Haus herumlief, hob ich sie schnell auf. Ich tat sie zurück in den Behälter mit den anderen Kakerlaken, sagte es aber nicht Aspen. Er weinte noch zehn Minuten lang weiter in der Gewissheit, dass er von dem winzigen Ding bei lebendigem Leib aufgefressen werden würde. Schließlich hatte ich sein Gejammer satt und verriet ihm, dass ich das dumme Ding gefangen hatte.«

»Lass mich raten, er hat nie wieder versucht, dich mit einem Insekt zu erschrecken«, bemerkte Beatle trocken.

»Natürlich nicht«, entgegnete Casey verächtlich. »Und nicht nur das, ich habe ihn außerdem erpresst. Ich habe ihm gesagt, dass ich dem Mädchen, das er küssen wollte, bis ins kleinste Detail erzählen würde, wie er sich vor einem winzigen Käferchen gefürchtet hatte, wenn er nicht für den Rest des Schuljahres all meine Pflichten für mich erledigte.«

»Und hat er zugestimmt?«, wollte Truck wissen.

»Ohne zu zögern«, entgegnete sie lächelnd.

»Und was waren deine Pflichten?«, fragte Beatle.

»Ich musste einmal die Woche saugen, jeden Abend das Geschirr in den Geschirrspüler räumen und die Hundekacke wegmachen.«

Beatle und Truck lachten leise.

»Ja, er war alles andere als begeistert, doch er tat es, ohne sich zu beschweren. Ich habe an Aspen stets bewundert, dass er immer das tut, was er verspricht. Jedenfalls habe ich die Kakerlaken in der Woche, die sie bei uns zu Hause waren, ständig beobachtet. Sie haben mich fasziniert. Wusstet ihr, dass eine Kakerlake eine Woche lang ohne Kopf leben kann? Sie atmet durch kleine Löcher an ihrem Körper. Sie stirbt nur, weil sie nicht essen und trinken kann. Und sie können übrigens für knapp vierzig Minuten die Luft anhalten, sie können unter Wasser also ziemlich lange überleben.«

»Oh mein Gott. Ich bestelle sofort den Kammerjäger, wenn ich nach Hause komme«, murmelte Beatle leise und unterdrückte ein Schaudern.

Er hätte fast gegrinst, als er hörte, wie Casey ihn auslachte. Aber nur fast.

»Anscheinend gibt es Kakerlaken schon seit über zweihundertachtzig *Millionen* Jahren. Das finde ich erstaunlich.«

»Können wir bitte aufhören, über Kakerlaken zu reden?«, bat Beatle sie.

»Das bedeutet ... du willst nicht wissen, dass ich zu Hause fünf Madagaskar-Fauchschaben als Haustiere habe, oder?«

Beatle erstarrte und wandte sich an Casey. »Bitte sag mir, dass das ein Witz ist.«

Sie grinste bis über beide Ohren und schien sich über sein Unbehagen zu amüsieren. »Nein.«

Beatle schloss die Augen und seufzte. »Toll. Ganz toll.«

»Willst du es dir noch einmal anders überlegen, Beatle?«, neckte Truck ihn.

»Ach, lass mich in Ruhe«, fuhr Beatle seinen Freund an.

»Sie sind wirklich nicht so schlimm«, beruhigte Casey ihn. »Sie sind faszinierend. Ich liebe es, sie fauchen zu hören.«

Beatle konnte nur ungläubig den Kopf schütteln. Er drehte sich um und ging weiter.

»Es ist also so, dass meine Faszination für Insekten damit anfing, dass Aspen die Kakerlaken mit nach Hause gebracht hat. Und jetzt kann ich andere davon überzeugen, wie interessant diese Tiere sind, und Reisen in ferne Länder unternehmen, um die Insekten vor Ort zu erforschen ... auch wenn Letzteres vielleicht nicht unbedingt so toll ist.«

Da er sie ablenken und sie außerdem wieder dazu bringen wollte, zu lächeln und zu kichern, fragte Beatle sie: »Was siehst du, während wir unterwegs sind?«

»Was meinst du?«, fragte sie hinter ihm.

»Ich sehe nur Blätter und Dreck und Verstecke, von denen uns jemand aus dem Hinterhalt angreifen könnte. Aber was siehst *du*, wenn wir hier draußen im Dschungel unterwegs sind?«, erklärte er ihr.

Casey schwieg einige Minuten und er hatte schon Angst, dass er sie an den Schreck verloren hatte, den sie durchgemacht hatte. Dann drehte er sich um und sah, dass sie zwar langsam ging, sich aber umsah, als hätte sie den Dschungel noch nie zuvor gesehen.

»Leben«, sagte sie schließlich. »Ich sehe Leben.«

»Lass mich daran teilhaben«, bat Beatle sie.

»Zu deiner Rechten, auf dem Ast da, sitzen ein paar Schnellkäfer. Sie gehören zu den größeren Arten ... sie sind fünf bis sieben Zentimeter groß. Sie suchen im wärmeren Teil des Dschungels nach etwas zu fressen. Siehst du die Löcher an dem Fuß dieses Stammes dort drüben?«

Beatle drehte sich um, um zu sehen, wohin sie zeigte. Er nickte und entdeckte etwas, das aussah wie ein einfaches Loch im Boden.

»Das ist die Höhle einer Vogelspinne. Sie haben zwar einen schlechten Ruf, sind aber normalerweise ziemlich scheu und Menschen gegenüber überhaupt nicht aggressiv. Sie jagen überwiegend nachts. Zikaden, Käfer und andere kleinere Spinnen. In Costa Rica wohnen einige der interessantesten Vogelspinnenarten. Die Blauzahn-Vogelspinne, die gestreifte Costa Rica Vogelspinne und die orange-schwarze Vogelspinne, um nur einige zu nennen.«

Beatle trieb sie schnell weiter, weg von dem Loch. Er mochte keine Insekten, aber Spinnen *hasste* er geradezu. Er erinnerte sich an den Film *Kevin – Allein zu Haus* und die Art und Weise, wie der eine Bösewicht schrie, als die Tarantel auf seinem Gesicht landete. Ja, das wäre er, wenn er aufwachen und eine auf ihm krabbeln würde. Und er würde sich nicht einmal dafür schämen.

»Könntest du uns vielleicht auch ein paar hübsche Dinge zeigen, Süße?«, bat er sie.

»Schau mal nach oben«, sagte sie ein wenig später.

Beatle hielt ihre kleine Prozession an und tat, worum sie ihn gebeten hatte.

»In Costa Rica leben ungefähr eintausendfünfhundert verschiedene Arten von Schmetterlingen. Aber einer der bekanntesten und schönsten ist der Himmelsfalter.«

Beatle starrte hinauf zu den kleinen fliegenden Kreaturen über ihren Köpfen. Die knallblauen Flügel der Schmetterlinge waren im Grün der Baumwipfel leicht zu sehen. Er senkte den Kopf und sah Casey an.

Sie hatte den Kopf in den Nacken gelegt und betrachtete all das Leben, das um sie herumwirbelte.

»Sind sie nicht wunderschön?«, fragte sie.

»Wunderschön«, stimmte Beatle ihr zu, ohne den Blick von ihrem Gesicht abzuwenden.

Nach einer Weile senkte sie wieder den Kopf und lächelte ihn an. »Siehst du? Insekten sind gar nicht so schlimm.«

»Hm«, schnaubte Beatle. »Wie geht es dir? Möchtest du eine Pause einlegen und dich ein wenig ausruhen?«

Casey schüttelte den Kopf. »Es geht mir gut.«

Er beleidigte sie nicht, indem er sie fragte, ob sie sich sicher war. Allerdings sah er über ihren Kopf hinweg Truck bedeutungsvoll an. Der andere Delta nickte und gab ihm ohne Worte zu verstehen, dass er die Frau im Auge behalten würde.

»Und was ist mit dir?«, fragte Casey, nachdem sie sich wieder in Bewegung gesetzt hatten. »Warum bist du zum Militär gegangen?«

Beatle zuckte mit den Achseln. »Ich würde ja gern sagen aus Liebe zu meinem Vaterland, doch das wäre eine Lüge.« Er schwieg einen Moment lang, während er über das Leben nachdachte, das er geführt hatte, bevor er zum Militär gegangen war. Anscheinend war er wohl ein wenig zu still gewesen, denn er spürte, wie Casey sanft seine Finger presste, um ihre Unterstützung auszudrücken. Selbst diese kleine Geste wärmte ihm das Herz. Nie wieder würde er jemanden kennenlernen, der so wunderbar war wie Casey. Sie hatte sich mit keinem Wort darüber beschwert, dass sie zu Fuß durch den Dschungel laufen musste. Sie war aufgrund dessen, was ihr widerfahren war, weder hysterisch noch haltlos geworden, obwohl sie jedes Recht dazu gehabt hätte. Sie beschwerte sich nicht, dass sie Hunger oder Schmerzen hatte oder durstig war, obwohl er sicher war, dass ihr genau diese drei Dinge zu schaffen machten.

»Meine Eltern hatten nicht viel Geld. Wir lebten in einem ziemlich heruntergekommenen Apartment und oft hatten wir nicht genug zu essen, damit wir die Miete bezahlen konnten. Meine Mutter tat, was sie konnte, doch da sie keinen Schulabschluss hatte, konnte sie nur extrem schlechte Jobs bekommen. Auch mein Vater tat sein Bestes, aber er war ziemlich oft abwesend, da er in einer Fabrik in der Nachbarstadt arbeitete.«

Beatle atmete tief durch und starrte stur geradeaus, als er Casey seine Geschichte erzählte. Truck kannte sie bereits; während ihrer Missionen hatte das Team sehr viel Zeit, um zu reden und sich gegenseitig kennenzulernen. »Du hast mir erzählt, dass Blade Kakerlaken mit nach Hause gebracht hat, um sie zu studieren. Nun, wir mussten keine in einem hübschen, sterilen Plastikbehälter mitbringen ... es gab auch so genügend davon in unserer Wohnung. Ich hatte die Angewohnheit, jeden Morgen meine Schuhe auf den Boden zu klopfen, um alle Kakerlaken zu entfernen, die sich dort eventuell über Nacht eingenistet hatten. Falls wir aus Versehen abends Lebensmittel draußen ließen, war es am Morgen ungenießbar, weil die Kakerlaken darüber hergefallen waren.«

Casey bewegte ihre Hand in seiner und er spürte, wie sie ihm mit dem Daumen über das Handgelenk streichelte. So drückte sie ihm sein Mitgefühl aus, doch er wollte sich nicht umdrehen und ihr in die Augen sehen, weil er ihr Mitleid nicht ertragen hätte.

»Jedenfalls arbeitete ich ab meinem zweiten Jahr im College so viele Stunden, wie es mir möglich war. Ich wollte meinen Eltern helfen, so gut ich konnte. Ich arbeitete als Hilfskellner in einem Restaurant bei uns im Ort. Ich ging direkt nach der Schule hin und arbeitete bis zehn Uhr abends, wenn das Restaurant schloss. Die Bezahlung war extrem schlecht, doch jedes kleine bisschen half meinen Eltern. Meine Noten waren eine Katastrophe, weil ich nie Zeit hatte, Hausaufgaben zu machen oder zu lernen. Ich wusste, dass keine Universität mich je annehmen würde, aber wir hatten sowieso nicht das Geld, um mich zur Uni zu schicken. Also schien es mir damals die beste Lösung zu sein, zum Militär zu gehen.«

»Und warum bist du zur Armee gegangen?«, fragte Casey leise.

»Ehrlich?«, fragte Beatle.

»Natürlich.«

»Dort wurde mir das meiste Geld geboten.«

Sie lachte leise. »Das macht Sinn.«

»Ja. Und mir wurden zusätzlich fünftausend als Bonus angeboten, wenn ich mich für acht Jahre anstatt der üblichen vier verpflichte. Ich habe nicht eine Sekunde gezögert.«

»Frag ihn mal, was er mit all dem Geld gemacht hat«, warf Truck ein.

Als Beatle nicht sofort auf Trucks Bemerkung reagierte, drückte Casey seine Hand. »Was hast du mit dem Geld gemacht?«, fragte sie.

Beatle zuckte mit den Achseln. »Ich habe die Kaution für eine neue Wohnung für meine Eltern in einem besseren Stadtteil hinterlegt. Außerdem habe ich die ersten zwei Jahre die Miete gezahlt, damit sie sich keine Gedanken darum machen mussten.«

»Er schickt noch immer Geld nach Hause«, erklärte Truck sanft. »Ich habe vor ein paar Jahren seine Eltern kennengelernt und sie haben mir gesagt, dass es ihnen jetzt gut ginge und sie das Geld nicht mehr benötigten, doch er weigert sich, mit den

Zahlungen aufzuhören. Er hat ihnen auch die Anzahlung für ihr Holzhaus in Tennessee gegeben.«

Beatle war verlegen, ging aber weiter. »Sie haben sich den Arsch aufgerissen, um mir ein glückliches Leben zu ermöglichen, als ich klein war. Wir waren vielleicht nicht reich, aber ich wusste immer, dass meine Eltern mich und einander liebten. Das ist das Mindeste, was ich für sie tun kann ... ihnen ein Leben ohne so viele Sorgen zu ermöglichen. Jetzt können sie es sich leisten, essen zu gehen, und müssen sich keine Sorgen mehr darüber machen, welche Rechnung nicht bezahlt wird, wenn sie sich mal was gönnen. Sie haben sich achtzehn Jahre lang um mich gekümmert, jetzt bin ich an der Reihe, etwas zurückzugeben.« Er zuckte ein wenig verlegen die Achseln. »Das gehört zu den Dingen, die ein Kind für seine Eltern tun sollte.«

Als daraufhin niemand etwas sagte, fühlte Beatle sich ein wenig unwohl und sprach schnell weiter. »Und es stellte sich heraus, dass ich ein guter Soldat bin. Viel besser, als ich es als Hilfskellner oder Student gewesen wäre. Dann habe ich an einer Pflicht-Informationsstunde über die Delta Force teilgenommen und mich dazu entschlossen, es durchzuziehen. Und hier bin ich jetzt«, endete er ein wenig lahm.

»Also, ich für meinen Teil bin sehr froh, dass du da bist«, versicherte ihm Casey leise, wobei sie sein Handgelenk immer noch mit dem Daumen streichelte.

Beatle lächelte. »Ich auch«, flüsterte er.

Genau in dem Moment erwachte das Funkgerät zum Leben. Beatle hielt abrupt an und hielt sich eine Hand ans Ohr, um dem einen Sinn abzugewinnen, was Hollywood im zurief.

»Ein Hinterhalt, ein Hinterhalt! Eineinhalb Kilometer vor euch. Es sind mindestens –«

Die Übertragung wurde unterbrochen, aber nicht bevor Beatle einen Kugelhagel über das Funkgerät hörte. Das Geräusch der Schüsse hallte auch durch den Wald. Er wirbelte herum, um Truck anzusehen. Der andere Mann hatte sein Gewehr gezogen und stand direkt hinter Casey.

Caseys Augen waren weit aufgerissen und verängstigt, als sie von Beatle zu Truck blickte. »Das hat sich so angehört, als käme es ganz aus der Nähe. Sind die anderen in Ordnung?«

Beatle hielt eine Hand hoch, damit sie keine weiteren Fragen mehr stellte, bis er mit Sicherheit wusste, was zum Teufel mit seinen Teamkollegen los war.

»Beatle, die Straße nach Guac ist nicht sicher. Ich wiederhole, sie ist nicht sicher. Sie sagen immer wieder, dass sie die Frau finden müssen«, rief Coach. »Hast du verstanden? Sie wollen Casey! Wir steigen auf Plan B um. Geht in Richtung Westen auf die Berge zu. Zum Vulkan Orosi. Und dann links daran entlang. Wir treffen uns, sobald es möglich ist.«

»Verdammt«, fluchte Truck.

»Was?«, fragte Casey voller Panik in der Stimme.

Beatle nahm die Hand vom Ohr und drehte sich zu Casey um. Er löste sich von ihrer Hand, um ihr beide Hände auf die Schultern zu legen. »Es gibt eine Planänderung. Wir können nicht mehr auf direktem Weg nach Guacalito gehen.«

»Und warum nicht? Was ist denn los?«, fragte sie mit bleichem Gesicht und geweiteten Pupillen.

»Die Jungs vor uns hatten ein wenig Ärger. Wir werden einfach um sie herumgehen und eine Zeit lang Richtung Westen marschieren.«

»Aber du hast doch gesagt, die Stadt läge südlich von hier. Westlich von hier befindet sich nichts weiter als die Berge und noch mehr Dschungel. Ich will nicht mehr im Dschungel sein!« Letzteres hörte sich eher an wie ein panisches Jammern als eine Aussage und er wusste, dass sie das gehasst hätte, wenn es auch ihr aufgefallen wäre.

Beatle verabscheute den ängstlichen Ausdruck in ihrem Gesicht, und die Tatsache, dass diejenigen, die seine Teamkollegen angriffen, speziell nach Casey suchten, machte ihm eine Gänsehaut. Er würde auf keinen Fall zulassen, dass sie ihnen erneut in die Hände fiel. Er war sich sicher, dass sie eine weitere Gefangenschaft nicht überleben würde. Nicht wenn sie wie die erste war. Wie er ihr schon gesagt hatte, würde er töten oder sterben, um sie zu beschützen und nach Hause zu bringen. »Ich weiß, aber du wirst uns diesbezüglich vertrauen müssen, Süße. Vertraue *mir*. Ich *werde* dich nach Hause schaffen.«

Beatle sah, wie Casey mit sich selbst und ihren Ängsten rang. Sie brachte die Hände an seine Hüfte und krallte sich an sein T-Shirt. Sie atmete schwer, wandte jedoch nicht den Blick von ihm ab. Nach einem langen Moment – für den sie keine Zeit hatten – nickte sie.

»Gut. Und es ist wirklich nervig, weil es dir nicht so gut geht, aber wir müssen jetzt wirklich schnell vorwärtskommen.«

»Okay, das schaffe ich.«

Beatle schüttelte den Kopf. »Nein, du bist dazu noch nicht stark genug.« Er blickte zu Truck, der nickte. Beatle sah wieder zu Casey. »Truck wird dich eine Zeit lang tragen, bevor wir aus der unmittelbaren Gefahrenzone heraus sind.«

»Nein, ich kann schnell gehen«, protestierte sie.

Beatle bewegte seine Hände von ihren Schultern zu ihren Hüften, genauso, wie sie ihn hielt, und beugte sich zu ihr. Er legte seine verschwitzte Stirn an ihre und sagte leise: »Du bist nicht so schnell, wie wir es sein müssen. Ich bin mir ganz sicher, dass du jedes Arschloch abhängen könntest, das dich auch nur falsch ansieht, wenn du ganz gesund wärst. Aber wir wissen doch beide, dass du noch nicht stark genug bist. Und ich will auf keinen Fall, dass deine Füße wieder schlimmer werden oder dass du wegen Dehydrierung das Bewusstsein verlierst. Truck kann dich problemlos tragen. Das schwöre ich.«

Er spürte, wie sie unter seinen Händen zitterte, doch er sah ihr weiter fest in die Augen. Er war sich durchaus bewusst, dass die Zeit verging und es höchste Zeit war, dass sie sich auf den Weg machten. Und zwar sofort. Trotzdem wartete er. Er wollte diese Frau, die so verdammt mutig gewesen war, zu nichts zwingen. Es musste ihre eigene Entscheidung sein. Aber wenn sie sie nicht schnell traf, blieb ihm keine Wahl, als ihr die Entscheidung abzunehmen.

»Okay«, flüsterte sie.

Beatle bewegte sich und gab ihr einen kurzen, aber ehrlichen Kuss auf die Stirn, dann sah er zu Truck hinüber. »Auf geht's.«

Der größere Mann nickte und ging die zwei Schritte zu Casey. Er hob sie auf, als wöge sie nicht mehr als ein kleines Kind, und nickte seinem Delta-Kollegen zu.

Ohne ein Wort zu sagen, nahm Beatle sein Gewehr von der Schulter und hielt es bereit, als er tiefer in den Dschungel vordrang. Er dachte nicht darüber nach, wie lange ihre Vorräte noch reichen würden, jetzt, da ihr Marsch länger dauern würde. Er dachte nicht an seine Teamkollegen, die offensichtlich unter schwerem Beschuss standen.

Nein, seine einzigen Gedanken waren, Casey in Sicherheit zu bringen – und sich zu fragen, wer zum Teufel sie so sehr wollte, dass er bereit war, ein voll bewaffnetes Team von Soldaten der Spezialeinheit anzugreifen, um sie zurückzuholen.

KAPITEL NEUN

Casey war sich nicht sicher, was genau vor sich ging, aber sie war zu Tode verängstigt. Sie hatte Angst gehabt, als sie zum ersten Mal entführt wurde, und natürlich auch, als sie in das tiefe, feuchte Loch geworfen wurde. Aber sie hatte gedacht, dass es ihr nach der Rettung wieder gut ginge. Dass sie Schmerzen hätte, ja. Durst und Hunger, ja. Aber sie hätte nie gedacht, dass sie auf der Flucht vor einer unbekannten Bedrohung tiefer in den Dschungel vordringen würde als jemals zuvor.

Diesmal war es noch beängstigender, weil sie genau wusste, was sie erwartete, wenn sie wieder gefangen genommen würde. Sie hatte keinen Zweifel daran, dass derjenige, der hinter ihr her war, Truck und Beatle töten würde, wenn es möglich war. Und das machte ihr noch mehr Angst.

Sie hielt sich an Trucks Hals fest und fühlte, wie er sie in eine bequemere Lage in seinen Armen brachte. Sie war dankbar, dass er sie nicht wie einen Sack Kartoffeln über seine Schulter geworfen hatte, und es mochte romantisch und bequem erscheinen, so getragen zu werden, aber ehrlich gesagt war es das ganz und gar nicht.

Ihre Füße waren taub, weil er sie so fest unter den Knien

gefasst hielt, und ihr Nacken schmerzte, weil sie den Kopf zur Seite gedreht hielt, um zu sehen, wohin sie gingen. Sie hätte ihren Kopf an Trucks Schulter lehnen können, aber das erschien ihr seltsam.

Er war unter ihr völlig stabil, jeder Muskel war angespannt, als er halb durch den Wald joggte. Casey hatte die Möglichkeit, die Narbe auf seinem Gesicht, die sie im Camp zwar bemerkt, aber vorher nicht wirklich beachtet hatte, aus nächster Nähe zu betrachten.

Sie war wirklich schlimm. Sie verlief über die gesamte Länge seiner Wange und seinen Hals. Sie war vollständig verheilt, aber sie konnte die zusätzlichen kleinen runden Narben auf beiden Seiten sehen, wo Klammern oder einige schlechte Stiche die Haut einst zusammengehalten hatten. Und nicht nur das, auch seine Nase war offensichtlich irgendwann gebrochen gewesen, weil sie furchtbar krumm war. Er hatte seine Lippen vor Konzentration zu einer dünnen Linie zusammengepresst und schien nicht einmal zu bemerken, dass sie ihn so eingehend betrachtete.

Casey mochte in diesem Augenblick vieles empfunden haben, aber Angst vor dem Mann, der sie fest in seinen Armen hielt, gehörte nicht dazu.

Sie schluckte und legte ihm die Arme noch mal neu um den Hals, als ihre Hände auf seinem schweißnassen Hals abrutschten. Sie trugen alle langärmelige Hemden und Hosen. Es wäre töricht, mitten im Dschungel etwas anderes zu tragen. Es machte die Hitze noch unerträglicher, aber verschwitzt und klebrig zu sein war viel besser, als von den Mücken, die in der feuchten Umgebung prächtig gediehen, bei lebendigem Leib gefressen zu werden.

Sie fing an zu glauben, dass Truck und Beatle eigentlich Maschinen waren, die man mit Haut überzogen hatte, nicht ganz menschlich, und dass sie das wahnsinnig schnelle Tempo den ganzen Tag lang durchhalten konnten, als sie plötzlich haltmachten.

»Wir werden hier kurz Rast machen«, erklärte Beatle, behielt aber wachsam den Dschungel um sie herum im Auge.

Truck beugte sich vor und ließ sie runter, wobei er den Arm um ihre Taille legte, bis er sicher war, dass sie selbstständig stehen konnte. Er öffnete die Feldflasche, die er am Gürtel trug, und hielt sie ihr hin.

Casey blinzelte ihn an. Er hatte ihr etwas zu trinken angeboten, bevor er selbst etwas nahm. Was verrückt war, denn sie war nicht diejenige gewesen, die durch den Dschungel gelaufen und Kalorien verbrannt hatte.

Sie schüttelte den Kopf. »Nein, das brauchst du mehr als ich.«

Truck öffnete den Mund, um etwas zu erwidern, als Beatle sich zu Wort meldete. Er hielt ihr seine Feldflasche hin und befahl: »Hier, nimm meine.«

Casey blickte zu ihm hoch. Seine Stirn war schweißbedeckt und sie konnte die Spuren sehen, wo ihm der Schweiß in kleinen Rinnsalen von den Schläfen gelaufen war. Er hatte auch Schweißabdrücke am Rand seines Halsausschnittes und unter den Armen. Da sie die letzte Stunde damit verbracht hatte, ihm dabei zuzusehen, wie er vor ihr her gejoggt war, wusste sie, dass auch sein Rücken schweißgebadet war. Im Gegensatz zu ihm war sie blütenfrisch.

»Hast du schon getrunken?«, fragte sie, ohne nach dem Wasser zu greifen.

Als Antwort darauf nahm Beatle ihre Hand und legte sie um die Feldflasche. »Trink, Casey. Du brauchst das Wasser genauso sehr wie wir.«

»Aber ich bin nicht stundenlang durch den Dschungel gejoggt«, protestierte sie.

Beatle lehnte sich so nahe zu ihr, dass sie die einzelnen Haare seines Bartes erkennen konnte. »Das stimmt. Aber *du* warst diejenige, die vor nicht allzu langer Zeit in einem Loch im Boden gefangen gehalten wurde, und zwar ohne frisches Wasser. *Trink.*«

Wie in Trance brachte Casey die Feldflasche zum Mund und nahm einen Schluck. Es war nicht frisch, es schmeckte metallisch und nach den Reinigungstabletten, die er benutzt hatte, um sicherzustellen, dass es bedenkenlos getrunken werden konnte. Es war auch warm; es war schon so lange her, dass sie etwas Kaltes getrunken hatte, dass sie sich fast nicht mehr daran erinnerte, wie gut es schmeckte. Aber nachdem sie den ersten Schluck genommen hatte, bemerkte sie, wie durstig sie war.

Sie zwang sich aufzuhören, aber Beatle legte lediglich seine Hand an den Boden des Metallbehälters. »Trink aus.«

»Aber –«

»Trink es aus, ganz, Case. Ich kann mir mehr holen.«

Sie wusste zwar nicht wo, tat aber, wie geheißen, und trank die ganze Feldflasche aus. Sie leckte sich die Lippen ab, um keinen Tropfen zu verschwenden, und wischte sich dann mit dem Ärmel über den Mund. Aber Beatle hielt sie auf. Er fuhr mit dem Daumen über ihre Unterlippe, sammelte dort die übrig gebliebenen Tropfen Wasser und führte seine Hand zum Mund, ohne den Blickkontakt zu ihr abzubrechen.

Es war sinnlich und Casey hätte sich am liebsten in seine Arme geworfen und ihn gebeten, sie zu küssen, aber eine Sekunde später war der Moment vorbei, weil Beatle die Feldflasche nahm und zu seinem Rucksack zurückging.

Es wäre ihr peinlich gewesen, dass sie sich zu ihm hingezogen fühlte, aber sie wusste zweifellos, dass er sie genauso sehr mochte wie sie ihn. Sie konnte es daran sehen, wie er seinen Blick über ihren Körper streifen ließ. Wie er sich um sie kümmerte. Wie sich seine Pupillen geweitet hatten, als sie sich nach dem Trinken das Wasser von den Lippen geleckt hatte.

Aber er wusste so gut wie sie, dass mitten im Dschungel auf der Flucht vor jemandem, der dafür sorgen wollte, dass sie nicht lebend aus Costa Rica herauskam, weder die Zeit noch der Ort war, um ihrer gegenseitigen Anziehung nachzugeben.

»Wir ruhen uns hier kurz aus und ziehen dann weiter«,

teilte Truck ihr mit. »Falls du auf die Toilette musst, solltest du jetzt gehen.«

Richtig. Anstatt sich zu schämen, nickte Casey einfach. Das war ihre neue Realität. Genau wie die Tatsache, dass sie Schlammwasser in diesem Loch getrunken hatte. Sie musste tun, was nötig war, um am Leben zu bleiben.

Sie sah sich um und ging zu einem großen Baum in der Nähe. Sie drehte sich um und erschauderte, als sie sah, dass Beatle sie beobachtete. In diesem Moment entspannte sie sich und merkte nicht, wie überdreht sie bis dahin gewesen war. Aber als sie sah, wie Beatle über sie wachte, egal was sie tat oder wo sie war, wurde ihr klar, dass er es ernst meinte, wenn er darauf bestand, dass er alles in seiner Macht Stehende tun würde, um sie nach Hause zu bringen.

Sie wusste, dass Beatle jeden Bösewicht zur Strecke bringen würde, der durch die Bäume platzen könnte. Sie hätte ihm gegenüber argwöhnisch sein sollen, wusste sie doch, wie tödlich er war, aber seine Gegenwart bewirkte das Gegenteil. Die Tatsache, dass er mit der Gewalt umzugehen wusste, die sich in ihr Leben eingeschlichen hatte, war Balsam für ihre Seele.

Sie nickte ihm zu und er nickte im Gegenzug knapp. Er klopfte auch auf sein Handgelenk und bedeutete ihr damit, sich zu beeilen. Sie nickte erneut und verschwand um den Baum herum.

Glücklicherweise achtete sie auf das, was sie tat, und stellte sich nicht in den Kugelameisenhaufen, um ihr Geschäft zu erledigen. Er sah aus wie ein Schlammhaufen am Fuß des Baumstammes, hinter dem sie ihr Geschäft erledigen wollte. Auf den ersten Blick erschien er harmlos, aber sie wusste aus Erfahrung, dass die Ameisen, wenn sie einmal gestört waren, in Schwärmen nach dem suchen würden, das es gewagt hatte, ihre Kolonie anzugreifen.

Sie machte einen großen Bogen um den Hügel und war bei der Wahl eines geeigneten Platzes zum Pinkeln besonders vorsichtig. Sie war schnell fertig und nahm sich einen Moment Zeit, um die Schönheit der Ameisen zu würdigen.

Casey war nach Costa Rica gekommen, um sie zu erforschen. Sie und ihre Studentinnen hatten Stunden im Dschungel vor ihrem Lager in der Nähe von Guacalito verbracht und viele verschiedene Arten der Familie der Formicidae beobachtet. Jede Kolonie verhielt sich ein wenig anders.

Ihre Lieblingsameise war bei Weitem die Blattschneiderameise. Es war erstaunlich zu beobachten, wie sie hin und her huschten und dabei das Dreifache ihres Körpergewichts an Blättern trugen. Nicht nur das, sondern bevor die Frauen entführt worden waren, hatten sie und die anderen einen über zwei Meter breiten Hügel gefunden. Er war kaum zu fassen und es war erstaunlich, dass der Hügel mehr als sieben Millionen der kleinen Kreaturen beherbergen konnte.

Casey wusste, dass die Ameisen extrem zerstörerisch sein konnten, sowohl bei der Suche nach Pflanzen als auch durch die Zerstörung der Infrastruktur mit ihren riesigen Nestern, aber in den meisten Fällen waren sie nicht aggressiv. Sie konnten und wollten beißen, aber das Ergebnis war in der Regel nur Juckreiz und nicht sonderlich schmerzhaft.

Über sich hörte sie die Geräusche von zwitschernden Vögeln und »singenden« Zikaden. Der Wind raschelte in den Blättern der Bäume und sie schloss die Augen, um in den Moment einzutauchen. Sie liebte den Dschungel ... zumindest hatte sie das vor ihrer Tortur getan, und das wollte sie sich nicht von ihren unbekannten Entführern kaputt machen lassen.

Casey war sich nicht sicher, wie lange sie schon mit geschlossenen Augen dagestanden hatte, also holte sie tief Luft und öffnete sie wieder, weil sie wusste, dass sie zu Truck and Beatle zurückkehren musste, damit sie weiterziehen konnten.

Sie keuchte vor Überraschung, als sie Beatle ganz in der Nähe stehen sah. Er wirkte ziemlich entspannt, er war also sicher nicht gekommen, weil er glaubte, dass sie in unmittelbarer Gefahr schwebte. Er schien eher in sich gekehrt zu sein, da sein durchdringender Blick ihren nicht losließ.

»Brauche ich zu lange?«, fragte sie leise.

»Nein. Ich wollte nur auf Nummer sicher gehen, dass es dir gut geht«, antwortete er in seiner tiefen, rauen Stimme.

»Was, wenn ich noch dabei gewesen wäre ... du weißt schon.«

»Dann wäre ich zu Truck zurückgegangen und hätte so getan, als hätte ich nichts gesehen.«

Es gefiel ihr, dass er nicht um den heißen Brei herumredete. Der Gedanke daran, dass er ihr dabei zuschaute, wie sie ihr Geschäft erledigte, hätte ihr unangenehm sein müssen, aber aus irgendeinem Grund war das nicht der Fall. Es war, als hätte das gemeinsame Leben hier im Dschungel sie auf ihre ursprünglichen Rollen reduziert. Er war der Beschützer, der Anführer, bereit, alles zu tun, um dafür zu sorgen, dass sie nicht zu Schaden kommt. Und sie war ...

Casey war sich nicht sicher, wer sie war. Sie wollte sich nicht als das schwache Glied in der Kette betrachten, aber sie wusste trotzdem, dass sie es war. Sie wusste über Insekten Bescheid, sicher, aber davon mal abgesehen brachte sie keine weiteren Fähigkeiten mit. Es war, als wäre sie ein Kleinkind, das völlig von Beatle und Truck abhängig war, um sie zu beschützen und nach Hause zu bringen.

Sie machte einen Schritt auf Beatle zu und sah ihn weiter an. Dann, als sie sich mutiger fühlte, machte sie einen weiteren. Sie ging weiter, bis sie direkt vor ihm stand. Ohne ein Wort zu sagen, streckte er die Hand aus und fuhr ihr mit einer federleichten Berührung mit dem Fingerrücken über die Wange.

Die Welt schien zu versinken. Es gab nur noch die beiden. Soweit es sie betraf, hätten sie auch mitten in einem Ballsaal aus dem achtzehnten Jahrhundert stehen können. Sie atmete durch und dann noch mal.

Sein Blick wanderte kurz zu ihrer Brust, dann wieder zu ihrem Gesicht. Der Blick war so schnell, dass sie ihn verpasst hätte, wenn sie ihn nicht so genau beobachtet hätte. Sofort richteten sich ihre Brustwarzen unter ihrem Hemd auf bei dem bloßen Gedanken daran, dass ihm gefiel, was er gesehen hatte.

Sie waren mit Schweiß bedeckt, rochen nach Schweiß und sahen nicht gut aus, aber Casey hatte sich noch nie in ihrem ganzen Leben so mit einem anderen Menschen verbunden gefühlt. Sie legte die Hände auf die steinharten Muskeln seiner Brust und lehnte sich an ihn.

Er fuhr mit der Hand, mit der er ihre Wange gestreichelt hatte, zu ihrem Hinterkopf und vergrub seine Finger in ihr Haar, um den unordentlichen Dutt zu lösen, den sie sich am Morgen noch schnell gemacht hatte. Noch immer ohne ein Wort zu sagen, zerrte er an den Haaren, die er in der Hand hielt, und zog dabei ihren Kopf nach hinten, bis ihre Kehle freilag.

Casey vergrub ihre Finger in seinen Brustmuskeln und leckte sich die Lippen.

»Jetzt ist deine letzte Gelegenheit, mir zu sagen, dass du das nicht willst«, warnte er sie. Im Schatten der Bäume sahen seine braunen Augen rabenschwarz aus.

Casey schluckte. Das hier war genau der Krieger, den sie in ihm vermutet hatte. Der Eroberer, der knallharte Delta, der sich nahm, was er wollte. Sie spürte, wie der Puls in ihrem Hals hämmerte und dass ihre Atmung in kurzen Stößen kam. »Ich will es«, entgegnete sie leise. »Ich will dich.«

In der Sekunde, als diese Worte ihr über die Lippen kamen, küsste er sie. Er nahm sie, als hätte er jedes Recht dazu. Als hätte er einen großen Kampf ausgefochten und sie als Preis gewonnen. Als wäre sie das Wertvollste, das er jemals in seinem Leben besessen hatte.

Er ließ den Kuss nicht langsam angehen. Er drang mit seiner Zunge fordernd in ihren Mund ein und nahm sich, was er wollte. Als sie versuchte, ihre Zunge um seine zu schlingen, knurrte er tief in seiner Kehle, zog ihren Kopf an ihrem Haar nach hinten und übernahm die Kontrolle über sie.

Casey gab sofort nach und ließ zu, dass Beatle sich nahm, was er wollte. Und er wollte alles. Er erforschte jeden Winkel ihres Mundes, neigte seinen Kopf in diese und jene Richtung, bis er sie voll ausgekostet hatte. Und sie stand ruhig und willig in seinen Armen und ließ sich von ihm küssen.

Er wich zurück, schon lange bevor sie dazu bereit war, doch Casey stellte fest, dass sie außer Atem war. Beatle sah sie nicht an, sondern legte ihr einfach eine Hand auf den Rücken und zog sie an sich. Sie legte ihre Arme um ihn und hielt sich an ihm fest. Er lockerte den Griff der Hand, die er in ihr Haar vergraben hatte, doch er ließ sie nicht los.

Sie spürte das wilde Klopfen seines Herzens und seinen schnellen Atem auf ihrem Gesicht. Sein Schwanz drückte sich hart gegen ihren Bauch, doch er rieb sich nicht an ihr und tat auch sonst nichts, um sein offensichtliches Verlangen zu stillen.

Aber er war mit seinem Verlangen nicht allein. Casey war sich durchaus darüber im Klaren, dass sie feucht war, und zwar nicht aufgrund der tropischen Hitze, die ihren Höhepunkt erreicht hatte. Dieser einfache Kuss – okay, er war alles andere als einfach gewesen – hatte sie mehr erregt als so manches Vorspiel mit einem ihrer vorherigen Partner.

Unbewusst presste sie sich an Beatle, als würde das die sexuelle Anspannung, unter der sie stand, irgendwie lösen.

Er musste mehrmals tief durchatmen, doch schließlich machte er einen Schritt von ihr weg. Seine Wangen waren gerötet und sie hatte das Gefühl, dass sein kratziger Dreitagebart eine Spur auf ihrem Gesicht zurückgelassen hatte, doch es war egal.

»Wir müssen weiter«, erklärte er ihr.

»Ja, ich weiß«, entgegnete Casey.

Er sah ihr noch einen Moment lang tief in die Augen, dann drehte er sie um, sodass sie mit dem Rücken zu ihm stand. Sie wollte schon fragen, was er da machte, als sie seine Hände in ihrem Haar spürte. Sie schloss die Augen, damit sie sich jede

Sekunde dieses Moments einprägen konnte, und dann seufzte sie, als er ihr sanft das Haargummi aus dem Haar zog und sein Bestes gab, um ihre Strähnen mit den Fingern zu glätten.

»Habe ich dir wehgetan?«, fragte Beatle.

»Nein. Es hat sich ... gut angefühlt.«

Daraufhin sagte er nichts, doch sie spürte, wie die Anspannung in seinem Körper ein wenig nachließ. Dann band er ihr das Haar sorgfältig wieder zu einem Pferdeschwanz zusammen. Als er damit fertig war, ihr Haar zu richten, drehte er sie wieder um.

Casey ließ es zu, dass er sie so bewegte, wie es ihm gefiel. Sie war von seinem Kuss noch immer ein wenig benommen und davon, wie er sich angefühlt hatte, als sie aneinandergepresst dastanden.

»Ich weiß nicht, wie weit wir heute noch gehen«, erklärte Beatle ihr. »Wir haben zwar einen guten Abstand zwischen uns und den Kerlen geschaffen, die den anderen einen Hinterhalt gelegt haben, aber ich werde erst zufrieden sein, wenn wir noch ein paar Kilometer von ihnen entfernt sind.«

»Okay«, erwiderte Casey nickend.

»Ist es in Ordnung, dass Truck dich auch weiterhin trägt?«

Casey sah den Mann an, der plötzlich irgendwie zum Zentrum des Universums geworden war. Sie glaubte noch immer, dass sie vielleicht so für ihn empfand, weil er der Erste war, den sie gesehen hatte, als sie schon geglaubt hatte, sterben zu müssen, doch momentan war ihr das egal. Vielleicht würde sie für den Rest ihres Lebens psychiatrische Betreuung benötigen, um über ihn hinwegzukommen, wenn sie erst wieder zu Hause war, doch zu Hause zu sein kam ihr wie ein weit entferntes Konzept vor, sodass sie den Gedanken verdrängte. Im Moment war sie hier, zusammen mit Beatle, und an seinem leidenschaftlichen Blick konnte sie ablesen, dass er sie genauso sehr wollte wie sie ihn.

»Es ist nicht gerade so, als würde es mir gefallen, aber es ist offensichtlich, dass ihr Jungs viel schneller vorankommt, als wenn ich mit meinen eigenen Beinen versuche, euch zu folgen.«

»Ich muss beide Hände frei haben, um es hier mit jeder Bedrohung aufnehmen zu können, die plötzlich auftauchen könnte.«

Casey sah ihn einen Moment lang verwirrt an, bis ihr klar wurde, warum er ihr das sagte. »Ist schon in Ordnung«, versicherte sie ihm. »Ich habe kein Problem mit Truck.«

»Wahrscheinlich ist es so sowieso besser«, murmelte er mehr zu sich selbst als zu ihr gewandt. »Wenn ich dich nämlich in meinen Armen halten würde, könnte ich nur daran denken, dich auf den Boden zu legen und unanständige Sachen mit dir zu machen.« Dann sah er sie erneut an und sie konnte spüren, wie stark sein Verlangen nach ihr war. »Aber du solltest wissen, dass irgendwann die Zeit kommt, wenn ich dich in meinen Armen halten werde. Dann werde ich dich in mein Bett tragen und dann gibt es kein Entkommen mehr für das, was ich mit dir vorhabe.«

Caseys Mundwinkel zuckten, doch sie unterdrückte ihr Lächeln. »Ich kann es kaum erwarten.«

Seine Nasenlöcher blähten sich auf, doch er erwiderte nichts, zumindest nicht mit Worten. Stattdessen nahm er sie bei der Hand und wandte sich in die Richtung, wo Truck auf sie wartete. Der große Mann machte keine Bemerkung darüber, dass sie so lange gebraucht hatten, und war außerdem so freundlich, die Rötung, die Beatles Stoppeln in ihrem Gesicht hinterlassen hatten, nicht zu beachten. Stattdessen setzte er einfach seinen Rucksack auf und wartete.

Beatle machte sich ebenfalls fertig und nickte Truck dann knapp zu. Als wäre das das Zeichen, auf das er gewartet hatte, ging Truck zu Casey hinüber.

»Bereit?«, fragte er.

»Bereit«, bestätigte sie.

Er beugte sich vor und nahm sie hoch, als würde er ihr Gewicht gar nicht bemerken. Und sie hatten kaum zwei

Schritte getan, da sagte Truck: »In meiner linken Brusttasche befindet sich ein Proteinriegel. Du musst etwas essen.«

Casey befolgte den implizierten Befehl, fasste in die Tasche und nahm sich den Riegel. Sie hatte Proteinriegel noch nie besonders gemocht. Sie hatten eine merkwürdige Konsistenz und für ihren Geschmack dauerte es viel zu lange, sie zu kauen. Doch sie nahm die Kalorien zu sich, ohne sich zu beschweren, da sie wusste, dass die Alternative darin bestand, in einem Loch im Dschungel zu sterben, und das war um einiges schlimmer.

Sie waren noch keine zwanzig Minuten unterwegs, als Beatle plötzlich haltmachte. Casey spürte, wie Truck unter ihr alarmiert erstarrte.

Beatle zeigte nach rechts und er und Truck wichen langsam nach links aus und versteckten sich hinter mehreren großen Baumstämmen.

Truck setzte sie ab. Auf der Stelle nahmen er und Beatle ihre Rucksäcke ab und setzen sie leise auf den Boden. Dann nahm Beatle ihre Hand und zog sie noch ein paar Meter weiter vom Pfad weg.

Er sah sich um und zog sie weiter, bis sie gemeinsam auf dem Boden des Dschungels knieten.

»Weniger als hundert Meter rechts von uns befindet sich eine Gruppe Menschen. Truck und ich sehen uns das mal an.«

Casey griff nach seinem Arm und grub ihre kurzen Nägel in seine Haut. »Nein, lass mich hier nicht zurück!«

Beatle nahm ihr Gesicht in beide Hände und zwang sie dazu, ihn anzuschauen. »Ich bin bald wieder da.«

Casey schüttelte heftig den Kopf und presste die Lippen fest aufeinander. Nein, er durfte sie nicht allein zurücklassen. Ohne ihn würde sie hier draußen sterben. Sie hatte keine Ahnung, wo sie waren. Es war ihr unmöglich, den Weg nach Guacalito allein zu finden.

»Pssst, mein Schatz, hör mir zu.«

Doch das konnte sie nicht. In ihr war eine Panik aufgestiegen, die sie an nichts anderes denken ließ als daran, wieder gefangen genommen und in ein weiteres Loch geworfen zu werden.

Doch dann spürte sie Beatles Lippen auf ihren.

Sie entspannte sich in seinem festen Griff und ließ es zu, dass die Freude an seiner Berührung die Panik vertrieb.

Und bevor sie dazu bereit war, löste er sich von ihr. »Ich. Komme. Zurück«, versicherte er ihr nachdrücklich. »Glaubst du mir?«

Wie könnte sie das nicht? Die Entschlossenheit war an seinen Augen klar abzulesen. Aber sie sah auch Bedauern und Frustration. Er wollte sie genauso wenig dort zurücklassen, wie sie dort bleiben wollte. Es war dieses Wissen, das ihr die Kraft gab, zu nicken und sich aus seinen Armen zu lösen. Sie lehnte sich zurück und schaute zu ihm auf.

»Du bist immer noch so verdammt stark. Bleib hier. Aber wenn du etwas hörst, fliehe in diese Richtung.« Beatle zeigte hinter sie. »Geh einfach immer weiter, aber so leise du kannst. Ich werde dich finden, verstanden? Egal, wohin du gehst, ich werde dich finden. Gib auf dich acht, okay?«

»Okay«, flüsterte sie. »Du auch.«

Daraufhin grinste er. »Ein Kinderspiel.«

Und dann war er verschwunden. In einer Sekunde kniete er noch vor ihr und in der nächsten war er weg.

Casey blinzelte. Es war fast so, als hätte sie ihn sich nur eingebildet. War das vielleicht der Fall? Saß sie noch immer in dem Loch und träumte das Ganze nur?

Sie kniff sich selbst und zuckte bei den Schmerzen in ihrem Arm zusammen. Nein, sie träumte nicht.

Sie stellte sich langsam auf und drückte ihren Rücken gegen den Baumstamm. Sie hatte automatisch nach stechenden Insekten gesucht, bevor sie sich in den Schmutz gekniet hatte, und glücklicherweise hatte sie keine entdeckt. Sie atmete tief ein und versuchte, ihren Atem unter Kontrolle zu bringen.

Es dauerte eine Weile, aber schließlich beruhigte sie sich so weit, dass sie etwas klarer denken konnte. Beatle wollte sie nicht verlassen. Nicht wenn er und sein Team sich so sehr bemüht hatten, sie zu finden. Sie hatte überreagiert und sie schwor sich, das nicht noch einmal zu tun.

Wie lange sie dort gestanden und sich selbst eine aufmunternde Rede gehalten hatte, wusste Casey nicht, aber es kam ihr wie eine Ewigkeit vor. Sie wusste, dass die Zeit langsamer zu vergehen schien, vor allem weil sie allein war. Gerade als sie kurz davor war, den Verstand zu verlieren, ertönte im stillen Dschungel ein unverschämt lauter Schrei, der dann abrupt abgeschnitten wurde.

Es klang, als wäre er direkt neben ihr ertönt, und Casey wurde klar, dass das, was da geschah, viel zu nahe war. Sie ging so leise wie möglich zu einem anderen Baum und versteckte sich hinter dessen Stamm. Und dann noch einmal.

Sie ging langsam und vorsichtig von Baum zu Baum in die Richtung, die Beatle ihr gezeigt hatte, wenn sie sich in Gefahr wähnte.

Sie hatte sich für ein oder zwei Minuten hinter einem Baum versteckt, als sie rechts von sich etwas hörte. In dem Glauben, es wäre Beatle oder Truck, drehte sie sich mit einem erleichterten Lächeln in diese Richtung.

Aber es war keiner der Deltas.

Es war ein Mann, den sie von der ersten Entführung mit ihren Studentinnen wiedererkannte.

Sie öffnete den Mund, um zu schreien, aber der Mann war zu schnell. Er stand vor ihr und hatte ihr eine schmutzige Hand über die Lippen gelegt, bevor sie ein Geräusch machen konnte.

Casey schaute in seine Augen und sah nichts als Befriedigung.

Mit starkem spanischem Akzent sagte er hämisch: »*Hola*, Frau Professorin. Mein Chef hat noch eine Rechnung mit dir offen.«

KAPITEL ZEHN

Beatle wischte das Blut von seinem KA-BAR Messer ab und sah sich nach Truck um. Sie hatten die Gruppe von Männern eine Weile beobachtet, um zu sehen, ob sie eine Bedrohung darstellten, und mussten feststellen, dass das tatsächlich der Fall war, sie suchten definitiv nach Casey. Es war nicht ersichtlich, ob es sich um dieselbe Gruppe handelte, die das andere Team der Deltas angegriffen hatte, aber letztlich spielte das keine Rolle.

Durch ihr leises Gespräch war klar, dass die Männer auf der Jagd nach Casey waren und wussten, dass sie auf den Vulkan Orosi zusteuerten. Woher zum Teufel sie wussten, dass sie den Kurs geändert hatten und auf den Berg zusteuerten, wusste Beatle nicht. Aber er würde nicht zulassen, dass sie Casey in die Hände bekamen. Auf keinen Fall.

Er hatte gehört, wie sie darüber sprachen, dass der Boss versprochen hatte, derjenige, der sie gefangen nehmen und zurückbringen würde, dürfte sie zur Belohnung »als Erster nehmen«. Sie war nicht misshandelt worden, als sie das erste Mal entführt wurde, aber es war offensichtlich, dass derjenige, der sie haben wollte, seine Meinung offenbar geändert hatte.

Beatle hatte rotgesehen und die Wut, die er zurückgehalten

hatte, war zum Leben erwacht. Das Bild einer gebrochenen Casey, die mit leeren Augen zu ihm aufblickte, verfolgte ihn. Der Kuss, den sie sich gegeben hatten, war intensiver und intimer gewesen als alles, was er je erlebt hatte. Er hatte nicht vorgehabt, sich wie ein Höhlenmensch auf sie zu stürzen, aber selbst wenn Truck sie trug, konnte er dem Drang nicht widerstehen, ihr klarzumachen, dass sie ihm gehörte. Und zwar in jeder Hinsicht.

Er hatte erwartet, dass sie sich der übertriebenen Kontrolle, die er über sie ausgeübt hatte, widersetzen würde, aber stattdessen war sie in seinen Armen geschmolzen. Nichts war für ihn je schwieriger gewesen, als sie allein zurückzulassen, aber wenn sie jemals in Sicherheit sein sollte, mussten sie weitergehen.

Das Lachen der Männer und die Witze darüber, wie sie sie vergewaltigen würden, und die Freude, die sie an ihren Schreien und Schmerzen hatten, hatten den tödlichen Schalter betätigt, der in jedem Soldaten der Spezialeinheit vorhanden war.

Er hatte Truck zugenickt und sie hatten sich getrennt. Sie hatten zwei Männer ausgeschaltet, bevor sich ein weiterer Mann von hinten an Beatle herangeschlichen hatte. Doch er hatte sich in letzter Sekunde umgedreht. Er hatte noch einen markerschütternden Schrei ausstoßen können, bevor Beatle ihm sein Messer in die Kehle gestoßen hatte, und der Schrei hatte so abrupt geendet, wie er begonnen hatte.

Aber der Todesschrei des Mannes hatte ausgereicht, um die anderen Mitglieder der Gruppe zu warnen. Sie hatten sich zerstreut, und seitdem verfolgten Truck und Beatle sie und schalteten einen nach dem anderen aus.

Aber selbst als er abwesend das Blut von seinem Messer abwischte, zählte Beatle noch. Einer fehlte. Er sah sich um und suchte den Dschungel nach Anzeichen für den fehlenden zukünftigen Toten ab.

Etwas brachte ihn dazu, sich dorthin zu wenden, wo er

Casey zurückgelassen hatte. Vielleicht war es ein Instinkt, vielleicht war es etwas Tieferes, aber plötzlich wusste er ohne Zweifel, dass der Mann, den sie jagten, sie gefunden hatte.

Ein roter Schleier zog sich über Beatles Augen, als er und Truck durch den Dschungel pirschten. Sie bewegten sich, so schnell sie konnten, ohne ein Geräusch zu machen. Wenn er Casey gefunden hätte, würde er mit ihr nicht weit kommen. Beatle würde ihn bis ans Ende der Welt verfolgen, wenn es sein musste.

Je früher er sie fand, desto geringer war die Chance, dass sie verletzt war. Beatle war sich nicht sicher, ob der Mann dumm genug wäre, sie im Dschungel zu vergewaltigen, da er wusste, dass sie nicht allein war, aber wenn er ihr auch nur ein Haar gekrümmt hatte ...

Beatles Gedanken wurden unterbrochen, als ein lauter Schrei durch den Dschungel hallte, der einige Vögel aufschreckte, die davonstoben. Ohne sich nach Truck umzudrehen, da er wusste, dass der andere Mann direkt hinter ihm war, gab Beatle seine Deckung auf und rannte so schnell er konnte auf das Geräusch zu.

Er malte sich schon in Gedanken aus, wie er Casey auf dem Boden vorfinden würde, mit demjenigen, der sie gefunden hatte, über ihr, als er durch die Bäume auf eine kleine Lichtung stürmte.

»Stopp! Komm nicht näher!«, schrie Casey, als sie ihn sah.

Der fehlende Mann aus der Gruppe der Banditen stand zwischen ihm und Casey, und Beatle hätte nichts lieber getan, als zu ihm zu laufen und ihm den Hals aufzuschlitzen, doch die Panik in Caseys Worten brachte ihn dazu, sofort anzuhalten.

Als Erstes bemerkte er, dass sie sich mit einer Hand das T-Shirt vorne zuhielt. Es war vom Saum bis zum Kragen aufgerissen worden. Darunter sah er gelegentlich die weiße Haut ihres Bauches aufblitzen, was seinen Hass auf den Mann vor ihr nur noch schürte.

Er sah dabei zu, wie der Mann sich wand, auf seine Beine einschlug und dabei von einem Fuß auf den anderen trat. Es sah beinahe so aus, als würden Casey und er einen komplizierten Tanz aufführen; wenn er nach rechts trat, beugte Casey sich nach links. Wenn er einen Schritt nach links machte, machte sie einen großen Schritt nach rechts. Ganz offensichtlich versuchte sie, außerhalb der Reichweite des Mannes zu bleiben. Sie stand mit dem Rücken an einem großen Felsen, sodass sie nicht vor dem Mann davonlaufen konnte. Beatle fragte sich allerdings, warum der Mann lieber herumsprang, anstatt noch einmal nach Casey zu greifen.

Beatle sah erneut die Angst in Caseys Augen, und das Bedürfnis, loszulaufen und den Mann umzubringen, der ihr das T-Shirt zerrissen hatte, stieg unweigerlich in ihm auf. Er machte einen weiteren Schritt auf ihn zu, aber Casey rief erneut: »Nein! Bleib zurück, Beatle! Und das meine ich ernst. *Schau.*«

Sie zeigte auf die Beine des Mannes.

Und da sah Beatle, was sie meinte – und unterdrückte ein Schaudern, als er die Ameisen sah, die über die Hose des Mannes krabbelten. Casey konnte nicht vor dem Mann weglaufen, weil sich der Felsen hinter ihr befand, und selbst zur Seite auszubrechen war zu gefährlich, da der Mann sich wand und hin- und hersprang. Außerdem versuchte sie, den Schwarm der Ameisen auf dem Boden nicht aus den Augen zu lassen, damit die Ameisen nicht auch noch sie angriffen. Er nahm an, dass sie es riskiert hätte zu fliehen, wenn er ein paar Sekunden später gekommen wäre.

Er bedeutete Truck, nach rechts zu gehen, und Beatle ging nach links, wobei sie einen großen Bogen um den jammernden Mann machten. Der Möchtegern-Entführer schlug noch immer panisch gegen seine Beine in dem Versuch, die Ameisen loszuwerden, mit dem Ergebnis, dass sie nun auch auf seine Hände und Arme krabbelten.

Plötzlich schrie der Mann erneut und lief in die Richtung davon, aus der Beatle und Truck gekommen waren.

Beide Männer trafen zusammen bei Casey ein.

»Alles in Ordnung?«, fragte Beatle besorgt.

Casey nickte, den Blick noch immer an die Stelle geheftet, wo der Mann im Wald verschwunden war. Sie hörten ihn noch immer schreien und vor Schmerzen aufheulen, doch je weiter er sich entfernte, desto leiser drangen seine Schreie zu ihnen.

Beatle legte einen Finger unter Caseys Kinn und hob ihren Kopf. »Alles in Ordnung, meine Süße? Hat er dir wehgetan?«

Sie schüttelte den Kopf, aber packte ihr zerrissenes Hemd noch fester mit der Faust. Beatle knirschte mit den Zähnen. Er musste sie untersuchen, um zu sehen, wie viel Schaden dieses Arschloch angerichtet hatte, aber zuerst brauchte er Antworten. »Was ist passiert?«

»Ich habe genau das gemacht, was du mir gesagt hast. Als ich die Kampfgeräusche hörte, habe ich versucht, mich so weit wie möglich davon zu entfernen, aber er hat mich gefunden.«

»Das ist mir schon klar, Case. Und was war dann?«

»Äh ...« Sie blickte hinab zu ihren Füßen, griff dann mit einer Hand nach Beatle und machte einen Schritt seitwärts.

»Hab keine Angst vor mir«, befahl er ihr rau, verwirrt von ihren widersprüchlichen Handlungen. »Ich werde dir nicht wehtun.«

»Beweg dich, Truck«, sagte sie nachdrücklich.

Ohne zu fragen warum, tat Truck, worum sie ihn bat, und machte einen Schritt auf sie zu.

»Schau doch«, sagte sie und deutete mit einem Nicken auf den Boden des Dschungels.

Beatle sah nach unten – und augenblicklich war ihm klar, worüber sie sich Sorgen machte.

Ameisen. Ein ganzer Schwarm von ihnen. Sie gingen zwar nicht direkt auf sie zu, waren ihnen aber schon viel zu nahe, als dass sie sich keine Gedanken darum machen mussten.

Beatle traf eine Entscheidung und hob Casey, ohne ein Wort zu sagen, in seine Arme. Er nahm den langen Weg um die Lichtung herum, um einen großen Bogen um die Ameisen zu machen, und ging dorthin zurück, wo sie ihre Rucksäcke zurückgelassen hatten.

Er wollte nicht, dass Casey die Folgen des ungleichen Kampfes sah, aber sie mussten schließlich ihre Ausrüstung holen. Truck eilte vorweg, um eventuelle Nachzügler aufzuspüren, aber Beatle war sich ziemlich sicher, dass sie jeden einzelnen der Bande ausgeschaltet hatten. Das bedeutete natürlich noch längst nicht, dass nicht noch weitere Leute nach ihnen suchten, aber im Moment waren sie in Sicherheit.

Als Beatle Casey wieder absetzte, sah er sie von oben bis unten an. Sie hielt sich noch immer ihr T-Shirt vorne zusammen und ihre Wangen hatten jetzt auch wieder ein wenig Farbe. »Was ist geschehen, nachdem er dich geschnappt hatte?«, fragte Beatle so geduldig er konnte.

»Er ... er hat mir mit einer Hand den Mund zugehalten, sodass ich nicht schreien konnte, und hat mich gegen einen Baum gedrückt. Dann hat er mir das T-Shirt aufgerissen und gesagt, er würde ...« Sie sprach nicht weiter und musste schlucken. Beatle war noch nie so stolz auf jemanden gewesen wie jetzt gerade auf Casey.

»Er hat mir in gebrochenem Englisch gesagt, dass er mich vergewaltigen würde, bevor er mich zu seinem Boss bringt. Er war zu sehr damit beschäftigt, mich zu küssen, also achtete er nicht auf seine Umgebung. Ich ... ich habe ihn von mir weggestoßen und damit wohl überrascht. Und es ist mir gelungen, ihn gegen einen anderen Baum zu stoßen ... und in den Haufen der Kugelameisen.«

Beatle machte große Augen. »Das waren *Kugel*ameisen, die er da am ganzen Körper hatte?«

Casey nickte ernst. »Ich habe sie noch nie in Aktion gesehen, doch als er in den Ameisenhaufen fiel, hatte das einen unmittelbaren Effekt. Innerhalb von Sekunden war er wieder aufgesprungen, doch es war schon zu spät. Als er fiel, hat er mich losgelassen und ich bin rückwärts auf die Lichtung gestolpert, bis ich mit dem Rücken gegen den großen Felsen gestoßen bin. Er folgte mir und wollte mich misshandeln, doch dann begannen die Ameisen, ihn zu beißen.«

Sie erschauderte und ihre Stimme war jetzt kaum mehr als ein Flüstern. »Ich wusste vom Verstand her, dass ihre Bisse wehtun, aber wie sehr sie tatsächlich schmerzen, war mir nicht klar.«

Beatle nahm den Finger unter ihrem Kinn nicht weg. »Ich bin so verdammt stolz auf dich und ich schulde dir eine Entschuldigung.«

Jetzt war ihr Blick auf ihn gerichtet und sie sah ihn verwirrt an. »Wofür?«

»Ich habe dich wie eine Jungfrau in Nöten behandelt. Wie jemanden, der gerettet werden muss. Doch ich habe dich unterschätzt. Du hast die Hölle durchgemacht, daran besteht kein Zweifel, aber durch deine Adern fließt mehr Mut, als ich dir zugetraut habe. Als du in Schwierigkeiten stecktest, hast du nicht aufgegeben oder auf mich und Truck gewartet, damit wir dich wie ein hilfloses Mädchen retten können, sondern du hast deinen Kopf benutzt und dich selbst gerettet.«

Sie schüttelte den Kopf. »Nein, Beatle, ich –«

Er legte ihr die Hände auf die Schultern und unterbrach sie. »Es ist dir gelungen, nicht in Panik auszubrechen und stattdessen deine Lage nüchtern zu betrachten. Dazu benötigt man eine enorme innere Stärke, meine Süße. Was glaubst du, ist der Grund dafür, dass die meisten Männer das Delta-Training nicht durchstehen? Ja, viele von ihnen kommen mit den körperlichen Anstrengungen nicht klar, doch es steckt noch mehr dahinter. Ich habe gesehen, wie Berufssoldaten erstarrt sind, und zwar in Situationen, die um einiges weniger bedrohlich waren als das, was dir gerade passiert ist. Aber dir ist es gelungen, kritisch zu denken und eine Lösung zu finden, die es dir erlaubt hat zu fliehen. Und eigentlich hätte ich es wissen müssen; schließlich hast du das Gleiche die ganze Zeit über mit deinem BH-Wasserfilter gemacht. Du wärst gestorben, wenn du keine Methode gefunden hättest, an Wasser zu kommen. Ich habe dich unterschätzt, und das wird nicht wieder vorkommen. Also, bitte nimm meine Entschuldigung an.«

Er sah, dass seine Worte bei ihr ankamen. Der verlorene und ängstliche Gesichtsausdruck verschwand von ihrem Gesicht. Sie stand immer noch unter Stress und hatte Schmerzen, doch der Ausdruck des Entsetzens über das, was sie getan hatte, war dabei abzuklingen.

Er sprach weiter. »Ich hatte *außerdem* so meine Zweifel daran, wie schmerzhaft der Biss einer solchen Ameise wohl wirklich wäre, aber jetzt glaube ich dir. Ab sofort bist du dafür verantwortlich, die Gegend abzusuchen, bevor wir Rast machen, um sicherzugehen, dass sich dort keine Insekten befinden, die uns wehtun könnten, okay?« Er erschauderte bei dem Gedanken, seine Hängematte aus Versehen an einem Baum anzubringen, der voller Kugelameisen war.

»Okay. Das kann ich machen«, erwiderte sie und nur eine Spur des Grauens, das sie durchgemacht hatte, schwang in ihrer Stimme mit.

»Gut. Darf ich jetzt einen Blick auf dich werfen?« Beatle nickte in Richtung ihres Oberkörpers.

Sie erstarrte. »Es geht mir gut.«

»Ich weiß, wie schwer es dir fällt, aber ich werde dich nicht anfassen, Süße. Es geht dabei ja nicht um mich. Ich möchte mich nur mit eigenen Augen davon überzeugen, dass du keine antibiotische Salbe brauchst oder genäht werden musst. Du weißt ja selbst, dass Wunden hier im Dschungel Gefahr laufen, sich schneller zu entzünden.«

Sie sah ihn noch einen Moment lang an, dann ließ sie die Arme sinken.

Ihr T-Shirt öffnete sich in der Mitte, bedeckte aber

trotzdem noch ihre Brüste. Beatle zog das T-Shirt ganz langsam, um sie nicht zu verschrecken, auf einer Seite weg. Er musste schlucken, als er ihre perfekte Brust sah. Sie war groß und weich. Und außerdem definitiv echt, und sie hing ein wenig, anstatt unnatürlich hoch zu sitzen, wie es bei Silikonbrüsten der Fall war. Sie hatte einen großen rosa Vorhof, in dessen Mitte sich eine dunklere Brustwarze befand. Sie wandte den Kopf ab, als er mit den Fingern über die dunkelroten Flecke strich, die der Mann mit seinen Fingern hinterlassen hatte, als er sie so unsanft festgehalten hatte.

Beatle biss die Zähne zusammen, doch da sie keine offenen Wunden hatte, bedeckte er ihre Brust wieder und wiederholte seine Inspektion auf der anderen Seite. Ihre linke Brust sah ähnlich aus wie die rechte, außer dass sie über ihrer Brustwarze vier böse Kratzer hatte. Beatle verfluchte den Mann und wünschte sich, er hätte länger in dem Ameisenhaufen gesessen, dann bedeckte er ihre Brust wieder und rief nach Truck.

Er wusste, dass der andere Delta sie absichtlich allein gelassen hatte, um ihnen ein wenig Privatsphäre zu geben, doch jetzt erschien Truck augenblicklich neben ihnen. »Geht es ihr gut?«

»Ja, es handelt sich hauptsächlich um blaue Flecke, aber er hat sie mit den Fingernägeln erwischt. Hast du ein wenig antibiotische Salbe?«

Truck nickte und griff in die Seitentasche seines Rucksacks.

»Ihr Jungs habt wirklich alles dabei«, erklärte Casey in einem Ton, von dem Beatle wusste, dass er nur gespielt fröhlich war. Mit jeder Minute, die er in ihrer Nähe verbrachte, beeindruckte sie ihn mehr.

»Ja, also, man weiß eben nie, was man während einer Mission braucht«, erklärte Truck ihr augenzwinkernd. Er überreichte seinem Kollegen eine kleine Tube mit Creme. »Wir müssen weiter«, stellte er fest und sagte Beatle damit nichts Neues.

»In vier Minuten bin ich so weit«, erklärte Beatle seinem

Freund. Truck nickte und verschwand erneut hinter den Bäumen.

Ohne etwas zu sagen, zog Beatle ein Feuchttuch heraus und begann damit, seine Hände zu schrubben. Als er fertig war, steckte er das Tuch in eine seiner Taschen an der Weste und öffnete die Tube. Er drückte etwas Creme auf seinen Finger und fragte sie leise: »Bist du bereit?«

Casey nickte und griff sogar selbstständig nach ihrem zerrissenen T-Shirt. Sie öffnete es und präsentierte sich ihm.

Erneut stieg das Gefühl des Stolzes in Beatle auf. Mit dem Finger cremte er vorsichtig die Kratzer mit der Salbe ein. Das Bedürfnis, sich vorzubeugen und ihre Brustwarze zu küssen, war stark, doch er verdrängte es. Es handelte sich dabei noch nicht einmal unbedingt um sexuelle Begierde. Eher um eine sanfte Geste der Zuneigung, die er zu gern gemacht hätte.

Er beeilte sich und stellte dabei sicher, dass all ihre Wunden versorgt waren, dann griff er nach dem Feuchttuch, das er in die Tasche gesteckt hatte. Er wischte sich die restliche Salbe von den Fingern, bevor er erneut in seinen Rucksack griff.

»Ich habe keine zusätzlichen Knöpfe, aber ich kann das T-Shirt für dich zunähen.«

Casey starrte ihn ungläubig an. »Du hast Nadel und Faden dabei?«

Beatle lächelte zum ersten Mal, seit ihm klar geworden war, dass die Männer nach ihr suchten. »Allerdings nichts, was man für Stickarbeiten im Dschungel verwenden könnte. Manchmal müssen wir uns nach unseren Kämpfen gegenseitig wieder zusammenflicken. Wir haben alle Nadel und Faden dabei.«

»Ah.« Jetzt war es ihr klar geworden.

»Halt still«, bat Beatle sie und dann beugte er sich vor und begann damit, ihr T-Shirt behelfsmäßig zu reparieren. Mehrere Minuten später richtete er sich wieder auf. »Fertig. Damit kann man zwar keinen Blumentopf gewinnen, aber es hilft, dass die Stechmücken dich nicht vollständig zerstechen.«

Casey ließ eine Hand über die Mitte ihres T-Shirts gleiten und sah hinauf zu Beatle. »Vielen Dank.«

»Gern geschehen. Ich hätte dir ja eins von meinen Hemden gegeben, aber das wäre dir viel zu groß gewesen. Und jetzt komm, die vier Minuten waren schon vor drei Minuten um. Truck wird sicher schon ungeduldig darauf warten, dass wir gehen können.«

Doch dann machte er abrupt halt, als er Caseys Hand auf seinem Arm spürte. »Ich bin mir ziemlich sicher, dass der Mann nicht an den Ameisenbissen stirbt. Er wünscht sich vielleicht zu sterben, aber solange er nicht allergisch darauf reagiert, wird er am Leben bleiben. Viele der Einheimischen müssen ein Ritual durchmachen, bei dem sie immer und immer wieder von Kugelameisen gebissen werden, um zu beweisen, dass sie ein Mann sind. Ich glaube nicht, dass er zu einem dieser Stämme gehört, doch sicher sein kann ich mir nicht.«

»Im Moment ist er allerdings außerstande, uns zu schaden. Es ist mir jetzt eher daran gelegen, hier wegzukommen. Später werden wir uns um ihn kümmern, wenn wir es müssen.«

Casey nickte und fragte dann leise: »Wie haben sie uns gefunden?«

»Ich habe nicht die leiseste Ahnung«, gestand Beatle. »Aber es spielt keine Rolle. Erst begeben wir uns nach Guacalito und dann auf direktem Weg nach Hause, egal wie. Wenn wir drei zusammenarbeiten, gelingt uns alles, richtig?«

Daraufhin lächelte sie. Es war nur ein vorsichtiges Lächeln, doch das genügte Beatle. Ja, er hatte diese Frau unterschätzt, doch das würde er nie wieder tun. Sie war keine Jungfrau in Not. Dr. Shea war eine intelligente, wunderschöne, starke Frau, die sich nicht so leicht unterkriegen ließ. Und er tat ihr keinen Gefallen damit, sie als etwas anderes zu behandeln.

Er wollte sie tragen, doch sie lehnte ab. Beatle machte sich Sorgen darüber, dass sie ganz offensichtlich Schmerzen hatte, seine Hilfe aber trotzdem ablehnte. Doch er konnte es verstehen, besonders nach dem Angriff auf sie. Sie wollte das Gefühl der Hilflosigkeit loswerden, das sich in den letzten Wochen in ihr aufgebaut hatte. Sie wollte der Welt zeigen, dass sie stark und fähig war. Was sie allerdings nicht wusste oder glauben wollte, war die Tatsache, dass er das bereits wusste. Ihm musste sie nichts beweisen.

KAPITEL ELF

Als sie an diesem Abend das Lager aufschlugen, saß Casey auf dem kleinen Hocker, den Beatle aus seinem Rucksack ausgegraben hatte, und versuchte, nicht daran zu denken, wie elend sie sich fühlte. Sie waren den ganzen Tag gelaufen und hatten versucht, so viel Abstand wie möglich zwischen dem Ort zu gewinnen, an dem sie angegriffen worden waren, und dem, wo sie die Nacht verbringen würden.

Sie hatte darauf bestanden, den Rest des Tages zu laufen, und hatte sich gezwungen, ihre Schmerzen und Beschwerden zu ignorieren. Und sie hatte Schmerzen. Sie war noch nie so wund gewesen wie jetzt.

Beatle hatte dafür gesorgt, dass sie im Laufe des Tages mehrere Proteinriegel aß, und sie angehalten, möglichst viel Wasser zu trinken. Aber schließlich rebellierte ihr Magen. Allein bei dem Gedanken an etwas zu essen hätte sie sich am liebsten übergeben.

Sie hatte das Gebiet, in dem sie ihr Lager aufschlagen wollten, überprüft und keine Ameisenhügel oder Nester gefunden, und Beatle und Truck begannen, schweigend ihr Ding zu machen. Sie arbeiteten zusammen, ohne zu reden. Jeder war für einen anderen Teil des Lagers zuständig. Beatle baute die

Hängematten auf und begann, eine Mahlzeit zusammenzustellen. Truck ging zu dem Fluss, an dem sie kurz zuvor vorbeigekommen waren, um ihr Wasser aufzufüllen und Holz für ein kleines Feuer zu sammeln.

Sie hatte gefragt, ob sie helfen könnte, aber beide Männer hatten den Kopf geschüttelt und ihr gesagt, sie sollte sich auf ihrem Hocker ausruhen. Sie war erleichtert, aber gleichzeitig auch irritiert. Beatle hatte ihr zuvor versichert, dass er sie nicht mehr wie eine Jungfrau in Nöten betrachtete, aber sie fühlte sich im Moment trotzdem so.

Sowohl Truck als auch Beatle schossen weiterhin besorgte Blicke in ihre Richtung. Casey versuchte, sie zu ignorieren, aber jedes Mal wenn sie sie ansahen, dann einander ansahen und sich mit ihren seltsamen Handzeichen verständigten, frustrierte sie das immer mehr.

Casey wünschte sich, zu Hause zu sein. Wieder in ihrem eigenen Bett, sicher in ihrem Apartment, ohne Angst davor, auf ein Wesen zu treten, das ihr Elend noch schlimmer machen würde. Wenn sie kotzen musste, wollte sie es in der Privatsphäre ihres eigenen Badezimmers tun und nicht vor dem Mann, für den sie langsam tiefe Gefühle hegte.

Es war bedauerlich, dass Beatle mitten in ihrer kleinen privaten Mitleidsparty herüberkam und ihr eine Plastikpackung mit aufgewärmtem Essen, eine seiner Marschrationen aus seinem Rucksack, reichte.

»Fettuccine mit Spinat-Pilz-Soße«, erklärte er ihr lächelnd. »Eine Gourmetmahlzeit mitten im Dschungel nur für dich.«

»Ich habe keinen Hunger«, erklärte Casey ihm leise und wünschte sich, er würde sie in Ruhe lassen.

Doch das tat er nicht. Stattdessen hockte er sich vor sie hin und hielt ihr immer noch das Essen unter die Nase. Bei dem Geruch des Nudelgerichts hätte sich ihr fast der Magen umgedreht.

»Case, du musst etwas essen. Du brauchst die Kalorien.«

»Ich mag aber keinen Spinat und auch keine Pilze«, entgegnete sie leise. Und das war keine Lüge. Sie wusste zwar, dass sie mitten im Dschungel und auf der Flucht vor einem mysteriösen Feind, der sie tot sehen wollte, nicht wählerisch sein konnte, aber sie war schlecht gelaunt und hatte jetzt keine Lust, das Essen herunterzuwürgen.

»Was ist denn los?«

Casey hätte bei seiner Frage am liebsten laut losgelacht. Meinte er das etwa ernst?

Sie sah zu ihm hoch und konnte ihm seine Besorgnis vom Gesicht ablesen. Er sah sie an, als würde er sich wirklich Sorgen machen, und er meinte es definitiv ernst.

»Nichts«, erwiderte sie und sah hinab auf ihre im Schoß gefalteten Hände.

»In einer Situation wie dieser solltest du nichts vor mir geheim halten«, sagte Beatle leise. »Wenn du Schmerzen hast, muss ich das wissen, damit ich etwas dagegen tun kann. Wir haben noch ein gutes Stück Weg vor uns und wenn du mir nicht sagst, was los ist, könnte es später auch Truck und mir Probleme bereiten.«

Casey starrte hinab auf ihre Finger. Unter all ihren Fingernägeln befand sich Schmutz. Sie nahm an, dass es Wochen dauern würde, bevor sie wieder saubere Fingernägel hätte. Ihre Nägel waren abgebrochen und sie hatte das Gefühl, dass sie zwei davon früher oder später verlieren würde. Sie hatte sie sich nämlich komplett nach hinten gebogen, als sie das erste Mal versucht hatte, aus dem Loch hinauszuklettern, in das sie geworfen worden war.

Plötzlich wurde ihr klar, wie unfair das alles war.

Warum? Warum war ihr das zugestoßen? Sie war niemand Besonderes. Sie war nicht schön, verdammt, sie war nicht mal besonders hübsch. Zu Hause in Florida blieb sie gern alleine. Sie ging nicht jeden Abend zum Feiern aus. Wenn sie mal wegging, trank sie normalerweise nur ein Glas Wein, höchstens zwei. Sie hatte nicht viele Freunde und verbrachte die meiste Zeit mit anderen Professorinnen der Universität.

Warum ausgerechnet sie als Zielperson ausgewählt worden war, war ihr schleierhaft. Vielleicht nur aufgrund der Tatsache, dass sie Amerikanerin war? Casey hatte keine Ahnung.

Sie war nach Costa Rica gekommen, um Ameisen zu studieren, verdammt noch mal! Wie war es dazu gekommen, dass sie entführt worden war und jetzt um ihr Leben lief? Es war nicht fair und es ergab keinen Sinn.

»Casey?«, fragte Beatle sanft.

Plötzlich war ihr alles zu viel. Sie hatte es alles so satt. Sie war an dem Punkt angekommen, an dem sie nicht mehr weiterkonnte, und leider ließ sie es an Beatle aus, weil er gerade in ihrer Schusslinie war.

»Du willst wissen, was los ist?«, fragte sie in bösem Ton. »Wo soll ich anfangen? Wie wäre es mit der Tatsache, dass ich entführt wurde? Aber nicht nur das, anschließend wurde ich aus irgendeinem Grund isoliert und als Einzige lebendig begraben. Aber du hast mich gerettet. Toll, vielen Dank. Allerdings befinden wir uns jetzt auf der Flucht vor einem unbekannten Feind und ich habe eine Sterbensangst davor, dass sie mich erneut in ihre Hände bekommen und mir diesmal etwas Schlimmeres antun, als mich in ein Loch zu schmeißen.«

Beatle reagierte nicht, sondern sah sich einfach nur zu Truck um, den sie nicht hatte kommen hören. Sein Blick musste dem irgendetwas mitgeteilt haben, denn der andere Mann kam zu ihnen und nahm Beatle das Essen ab, das dieser immer noch hielt. Er machte einen Schritt zurück, ging aber nicht weit weg.

Beatle drehte sich wieder zu Casey um, legte ihr die Hände auf die Knie und fragte: »Was noch?«

Casey knirschte so fest mit den Zähnen, dass es wehtat. Doch da ihr sowieso schon alles wehtat, bemerkte sie es kaum. Und dann bekam er all ihren Ärger zu spüren.

»Was sonst noch? *Alles!* Meine Füße tun weh. Aber immerhin kann ich sie spüren, obwohl ich mir momentan nicht sicher bin, ob das etwas Gutes ist. Mir tut jeder Muskel in meinem Körper weh. Wusstest du eigentlich, dass sogar Finger Muskeln haben? Tja, die haben sie, und meine tun weh. Wenn ich mich zum Pinkeln hinhocke, halte ich es vor Schmerzen kaum aus. Oh, und da wir gerade beim Thema sind, ich habe nichts, womit ich mich danach säubern kann, sodass ich mich schmutzig fühle, was ziemlich bescheuert ist, weil ich sowieso schon so lange nicht mehr geduscht oder gebadet habe. Eigentlich sollte es mir gar nicht möglich sein, mich noch schmutziger zu fühlen, als ich es ohnehin schon tue. Ich bin gerade so ekelerregend, dass ich es kaum selbst aushalte. Mein T-Shirt ist voller Schmutz und Schweiß und jetzt auch noch Blut. Und das finde ich ganz toll, weil ich dir als Resultat dafür, dass dieses Arschloch mich gekratzt hat, auch noch meine Brüste zeigen musste, was ich in jeder anderen Situation nur allzu gern getan hätte, aber nicht, damit du Mitleid mit mir hast. Und noch dazu habe ich mir wahrscheinlich irgendeine merkwürdige Dschungelkrankheit einfangen, weil dieser Kerl mich gekratzt hat!«

Sie machte eine Pause, um durchzuatmen. Nun, da sie angefangen hatte, fiel es ihr schwer, wieder aufzuhören. »Mein Kopf tut weh und mir ist schlecht. Ich habe versucht, zu essen und zu trinken, wie ihr es von mir verlangt, wenn ich jetzt aber auch nur noch einen Bissen runterwürge, kommt mir alles wieder hoch. Es fühlt sich so an, als hätten meine Zähne ein Fell, weil ich sie schon seit Ewigkeiten nicht mehr geputzt habe. Es tut mir weh, dass meine Studentinnen von diesen anderen Soldaten gerettet wurden, ich aber zurückgelassen wurde. Jetzt habe ich Angst in der Dunkelheit, ich habe eine Million Mückenstiche, die mich verrückt machen, und ich will einfach nur noch nach *H-Hause*!«

Bei dem letzten Wort brach ihr die Stimme und Casey war sich im Klaren darüber, dass sie jammerte, konnte aber nichts dagegen tun. Ihre Augen füllten sich mit Tränen und sie machte sie fest zu, um die Tränen zurückzudrängen. Sie biss sich auf ihre aufgesprungene Unterlippe in dem Versuch, ihre

Haltung wiederzuerlangen. Und sie dachte, das wäre ihr gelungen, bis sie spürte, wie Beatle ihr in einer zärtlichen Geste mit der Hand über das Haar strich.

Das war der Tropfen, der das Fass zum Überlaufen brachte. Sie schluchzte und die Tränen begannen zu fließen und rollten ihr über die Wangen.

Sie spürte, wie Beatle sich vor sie stellte, und hielt sich gut an ihm fest, als er sie hochhob. Es tat ihr weh, als er ihr die Arme unter die Knie legte, doch bei all den anderen Dingen, die ihr wehtaten, spürte sie es kaum.

Sie weinte, als wäre das Ende der Welt gekommen.

Und genau das Gefühl hatte sie auch.

Dann spürte Casey, wie Beatle sich hinsetzte, und dann, wie er sich zurücklegte, wobei er sie immer noch an sich presste. Sie versteifte sich nicht und öffnete auch nicht die Augen, um zu sehen, was los war. Sie war völlig fertig. Hatte keine Lust auf nichts.

Dann spürte sie das bekannte Gefühl, wie die Hängematte sich um sie und Beatle herum schloss, öffnete aber immer noch nicht die Augen. Beatle bewegte sich ein wenig unter ihr, um es sich gemütlicher zu machen und um sicherzustellen, dass auch *sie* es gemütlich hatte.

Er sagte ihr nicht, sie sollte still sein. Sagte ihr nicht, dass alles wieder in Ordnung käme. Stattdessen rieb er einfach nur ihren Rücken und streichelte ihr Haar.

Wie lange sie in seinen Armen weinte, wusste Casey nicht, aber schließlich versiegten die Tränen und sie hörte auf zu weinen.

»Fühlst du dich besser?«, fragte er leise.

Ohne ihren Kopf von seiner Schulter zu heben, schüttelte Casey denselben.

»Fühlst du dich schlechter?«, fragte er, und sie konnte den belustigten Ton in seiner Stimme klar und deutlich hören.

Sie schüttelte erneut den Kopf. »Ich glaube nicht, dass man sich noch schlechter fühlen kann, als ich es im Moment tue.«

»Mmmm«, machte Beatle und streichelte ihr weiter den Rücken.

»Es tut mir leid«, sagte sie leise.

»Was tut dir leid?«

»Dass ich mich wie eine ungehaltene blöde Kuh verhalten habe. Das hast du nicht verdient.«

»Entsprach das, was du gesagt hast, der Wahrheit?«

»Ja.«

»Dann hast du keinen Grund, dich zu entschuldigen.«

Casey seufzte und hob den Kopf gerade genug, um ihm in die Augen zu sehen. »Aber du hast es nicht verdient, dass ich es an dir auslasse.«

»Case, du hast ein paar ziemlich heftige Wochen hinter dir. Und du hast dich wirklich prima gehalten. Es gibt nichts, wofür du dich entschuldigen müsstest.«

»Als wir klein waren, hat Aspen immer behauptet, ich wäre viel zu verweichlicht«, erklärte sie ihm.

»Ja, aber das behauptet wohl jeder große Bruder von seiner kleinen Schwester. Geh nicht zu hart mit dir ins Gericht, meine Süße.«

Sie schwiegen lange Zeit und Casey verspürte nicht den Wunsch, sich zu bewegen. Tatsächlich wäre sie froh darüber gewesen, wenn sie sich nie wieder bewegen müsste.

»Ich mache mir Sorgen um dich«, bemerkte Beatle nach ein paar Minuten. »Obwohl du dich gut gehalten hast, ist mir klar, dass deine Füße mehr Pflege brauchen, als Truck und ich ihnen zukommen lassen können. Außerdem gefällt es mir nicht, dass du weder Hunger noch Durst hast. Nach der ganzen Zeit ohne Nahrung und Wasser ist das nicht normal. Und es erstaunt mich überhaupt nicht, dass deine Muskeln wehtun, besonders nach der langen Zeit, die du in dem Loch verbracht hast. Es gefällt mir nicht, dass wir nicht wissen, wer hinter dir her ist und warum, doch wir haben im Moment keine Zeit, das herauszufinden. Ich würde alles dafür tun, dass du ein heißes Bad mit ganz viel Seife bekommst, aber ich befürchte, dass dies warten muss, bis wir wieder in der Zivilisation sind.«

»Für ein heißes Bad würde ich töten«, murmelte Casey.

Beatle drückte sie als Antwort.

»Ich versuche, mich nicht mehr wie eine blöde Kuh zu benehmen«, erklärte sie ihm.

»Dazu besteht kein Grund.«

»Wie meinst du das?«, fragte sie verwirrt.

»Wenn das schon alles war, was du zu bieten hast, kann ich damit umgehen. Casey, ich habe es dir bereits gesagt, aber du hast dich viel besser gehalten, als ich gedacht hätte. Verdammt, du hast dich sogar so gut gehalten, dass ich ganz vergessen habe, wie viel du tatsächlich durchgemacht hast. Es tut mir wirklich leid, dass mir nicht früher aufgefallen ist, dass du fast am Ende bist. Du warst so mutig und stark, als wir dich gerettet haben, dass mir gar nicht aufgefallen ist, dass das, was du gerade durchmachst, ein etwas verspäteter Schockzustand ist. Man kann nicht erwarten, dass du tagelang durch den Dschungel läufst, ohne eine Pause zu machen. Und besonders nicht nach allem, was du durchgestanden hast. Ich bin derjenige, dem es leidtut, weil ich nicht bemerkt habe, dass du nicht mehr kannst. Ich sollte es besser wissen.«

»*Wir* sollten es besser wissen«, fügte Truck hinzu.

Casey erschrak so sehr, dass sie aus der Hängematte gefallen wäre, wenn Beatle sie nicht so fest an sich gedrückt gehalten hätte. Sie wandte den Kopf und sah, dass Truck auf dem Hocker saß, auf dem sie zuvor gesessen hatte.

Truck warf Beatle einen vielsagenden Blick zu, bevor er sagte: »Es gibt eine kleine Planänderung. Morgen gehen wir direkt in Richtung Westen nach Guacalito. Es ist wichtiger, in die Zivilisation zurück und zu einem Arzt zu gelangen, als hier im Dschungel Verstecken zu spielen.«

»Aber ich halte durch«, protestierte Casey, obwohl jeder Teil ihres Körpers sie anschrie, dass sie keinen weiteren Tag auf der Flucht aushalten würde.

»Ich bin mir sicher, dass du das könntest, wenn du es müsstest«, beruhigte Beatle sie. »Aber das musst du nicht. Truck und ich werden uns um jeden kümmern, der uns eventuell auflauert. Uns liegt es im Blut, uns automatisch weiter von unserem eigentlichen Zielgebiet zu entfernen, um unsere Verfolger zu verwirren.«

»Aber wenn wir jetzt zurückgehen, werden wir dann nicht noch auf weitere dieser Banditen treffen?«

»Vielleicht. Vielleicht auch nicht. Aber ich werde mich in ein paar Minuten über Funk mit den anderen in Verbindung setzen, sodass sie die Augen offenhalten. Sie sorgen dafür, dass das Gebiet sauber ist, bevor wir dort auftauchen. Sieh mich an«, befahl Beatle ihr.

Casey sah zu ihm hoch.

»Es ist kein gutes Zeichen, dass dir schlecht ist und du weder Hunger noch Durst hast. Es ist kein gutes Zeichen, dass deine Füße wehtun. Außerdem möchte ich, dass diese Kratzer anständig gesäubert werden, und will ich einfach alles in meiner Macht Stehende tun, damit du dich wieder sicher fühlst.« Er machte eine Pause und fuhr dann fort: »Ach, und eins noch. Ich werde den Dschungel auf keinen Fall ohne dich verlassen. Ich hätte alles getan, um dich zu finden und nach Hause zurückzuholen. Gefunden habe ich dich schon, jetzt wird es Zeit, dich nach Hause zu bringen.«

Casey entspannte sich und legte den Kopf auf Beatles Schulter. »Ich werde die Nudeln essen. Gib mir einfach einen Moment, okay?«

»Keine Eile, meine Süße«, sagte er mit rauer Stimme.

Casey wusste, dass Truck sich um sie herumbewegte, aber nicht, was er tat. Es war ihr egal. Nach einer Weile stand Beatle aus der Hängematte auf. Er zog ihr Schuhe und Socken aus und verarztete ihre Füße, so gut er konnte. Er hängte das Moskitonetz auf, damit sie nicht mehr gestochen wurde.

Truck näherte sich mit einer Handvoll Pillen. Sie fragte nicht einmal, wofür die Tabletten waren. Sie nahm sie einfach ohne ein Wort und würgte sie herunter. Sie hätte sich zwar fast übergeben, schaffte es aber, sich zusammenzureißen. Allerdings war ihr der besorgte Gesichtsausdruck von Truck nicht entgangen.

Sie hoffte nur, dass ihr das, was er ihr gegeben hatte, gegen die Schmerzen im ganzen Körper helfen würde.

Casey wurde unruhig, als die Sonne unter den Horizont sank, und ihr gefiel die Dunkelheit nicht, die über ihre kleine Ecke der Welt hereinbrach. Das kleine Feuer erhellte die Gegend nicht genug. Gerade als sie dachte, sie würde schreien, kam Beatle herüber und kletterte mit ihr in die Hängematte.

»Ich kann nichts dagegen tun, dass es Nacht wird«, entschuldigte er sich bei ihr.

»Wenn du da bist, ist es nicht ganz so schlimm«, gestand sie ihm ehrlich. »Nur wenn ich alleine bin, beginne ich, wieder an das Loch zu denken, und stelle mir vor, dass ich dort bin.«

»Okay. Aber gegen meinen Geruch kann ich auch nichts machen«, scherzte er. »Ich habe ganz vergessen, mein Parfüm mitzunehmen.«

Casey lachte leise. »Ich kann sowieso nicht sagen, wer von uns beiden mehr stinkt. Ist schon in Ordnung.« Nach mehreren Minuten fragte sie leise: »Gehen wir tatsächlich auf direktem Wege nach Guacalito?«

»Ja.«

»Und das ist okay?«

Da er wusste, was sie meinte, antwortete Beatle: »Ja, es ist okay. Ich kann zwar nicht behaupten, dass wir unsere Umgebung nicht im Auge behalten müssen, aber wir müssen dich aus dem Dschungel schaffen. Jetzt ist nicht der richtige Zeitpunkt, um im Unterholz herumzuwandern und zu versuchen, die bösen Jungs zu erwischen.«

»Haben wir das denn getan?«

»Wir nicht, aber die anderen schon. Wir sind ihnen einfach aus dem Weg gegangen, damit sie sie in Ruhe jagen konnten.«

»Wird euer Boss oder Kommandant oder wie auch immer

er genannt wird nicht sauer, wenn ihr nicht versucht, die Bösen zu fassen?«

»Auf gar keinen Fall. Du hast dich so fantastisch gehalten, als wir losgegangen sind, dass wir alle ganz schnell vergessen haben, welch schreckliche Erfahrungen du durchmachen musstest. Und die Mission besteht momentan nicht darin herauszufinden, wer dir das angetan hat und warum. Die Mission besteht darin, dich sicher von hier fort und nach Hause zu schaffen, Case. *Du* bist meine Mission.«

Sie konnte nicht anders, seine Worte taten ihr weh. Sie wollte keine Mission für ihn sein.

Am Anfang, kurz nachdem er sie gerettet hatte, hatte sie sich vorgenommen, sich nicht in Beatle zu verlieben. Sie hatte sich gesagt, dass er schon vor ihr Hunderte von Menschen gerettet hatte und dass das Gefühl, das sie für ihn empfand, einfach nur Dankbarkeit dafür war, dass er sie gefunden hatte.

»Okay«, flüsterte sie.

Offensichtlich konnte er an diesem einen Wort hören, dass sie verletzt war, denn Beatle versicherte ihr: »Ich habe es nicht so gemeint, wie es sich angehört hat.«

»Ich weiß«, sagte sie steif und ohne an ihre eigenen Worte zu glauben.

»Im Ernst. Du bist nicht nur eine einfache Mission für mich«, erwiderte Beatle mit Nachdruck. »Von dem Moment an, als ich dein Bild gesehen habe, wollte ich dich. *Dich*, Casey. Ich musste dich finden oder bei dem Versuch sterben. Und falls dich das noch nicht überzeugt, dann wird es vielleicht das Folgende.« Er zog ihr Bein so weit hoch, dass es auf seinem Schritt lag. »Fühlt sich das an, als wärst du nur eine Mission für mich?«

Casey machte im Dunkeln große Augen, nicht dass es ihr dabei half zu sehen. Sie spürte unter ihrem Bein, dass Beatle einen Ständer hatte. Er bewegte seine Hüften und sie konnte nicht umhin, sich fester an seinen Schwanz zu drücken. Sie spürte, wie er unter ihrem Bein zuckte.

»Wir sind beide so verdammt schmutzig. Wir riechen, als hätten wir uns tagelang im Dreck gewälzt, was ja auch irgendwie der Fall ist. Du hast Schmerzen und machst dir Sorgen, und es ist mir scheißegal. Die Tatsache, dass du mir deine Brüste gezeigt hast, ist wie ein wahr gewordener Traum, wäre da nicht die Tatsache, dass die Situation so unpassend war. Ich träume schon seit geraumer Zeit davon, wie du vor mir stehst und ganz langsam dein T-Shirt auszieht, während ich dabei zusehe. Der Gedanke daran, wie du nur im Höschen vor mir stehst und es dann ganz langsam an deinen langen Beinen hinabgleiten lässt, ist fast zu viel für mich. Am liebsten würde ich meinen Schwanz in deiner heißen, feuchten Muschi versenken.« Beatle sprach so leise, dass seine Stimme kaum mehr als ein Flüstern war. Man konnte an seiner Stimme erkennen, wie sehr er sie begehrte.

»Du bist keine Mission, meine Süße. Ich habe noch nie für jemanden empfunden, was ich für dich empfinde. Und das liegt nicht nur daran, dass ich dich gerettet habe. Es geht um dich. Und mich. Ich werde dafür sorgen, dass du unbeschadet aus dem Dschungel herauskommst und zurück in die Staaten gelangst, weil ich dieser Sache zwischen uns auf den Grund gehen will. Vielleicht empfindest du ja nicht das Gleiche für mich. Aber ich werde alles dafür tun, dass du mir wenigstens eine Chance gibst.«

»Mir geht es genauso«, erklärte Casey und zog mutig ein Bein an, um erneut seine Erektion zu spüren. »Ich ... ich will dieser Sache zwischen uns auch auf den Grund gehen. Aber ... ich bin mir nicht sicher, wie das gehen soll, wenn du in Texas lebst und ich in Florida.«

»Gott sei Dank«, sagte Beatle leise und bewegte ihr Bein von seinem harten Schwanz herunter. »Wie das funktionieren soll, damit können wir uns später beschäftigen. Als Erstes müssen wir mal aus diesem Dschungel rauskommen. Der morgige Tag wird ausgesprochen hart«, sagte er offen. »Wir werden uns beeilen müssen, um möglichst schnell nach

Guacalito zu gelangen. Dort werden wir uns mit den anderen treffen und uns überlegen, was als Nächstes zu tun ist und wie wir nach San José gelangen. Die Hauptstadt ist größer, sodass es leichter ist, dort unterzutauchen. Dort können wir uns leichter unter die Touristen mischen als in den kleineren Städten.«

»Wir werden doch sicher nicht dorthin laufen, oder?«, fragte Casey.

»Nach San José?«, fragte Beatle nach.

Casey nickte.

Er lachte leise. »Nein. Hollywood und die anderen werden uns ein Gefährt besorgen. Wir müssen wahrscheinlich einige Zeit in der Hauptstadt verbringen, aber wie ich deinen Bruder und Ghost kenne, werden sie alle Hebel in Bewegung setzen, um uns so schnell wie möglich die Genehmigung zum Ausreisen zu besorgen. Leider werden die costa-ricanischen Behörden mit dir reden wollen. Da du auf ihrem Hoheitsgebiet entführt wurdest, werden sie wenigstens die nötigsten Ermittlungen anstellen. Wir haben noch nicht darüber geredet, was genau passiert ist, aber ich möchte nicht, dass du dir darüber Sorgen machst.«

»Wirst du ...« Casey machte eine Pause, atmete tief durch und sprach dann weiter. »Wirst du mich begleiten?«

»Auf jeden Fall. Nichts könnte mich davon abhalten.«

»Weil du wissen willst, was passiert ist?«

»Ja, aber was noch viel wichtiger ist, ich möchte da sein, um dich zu unterstützen, wenn du alles erzählen musst.«

»Danke«, flüsterte Casey.

»Gern geschehen. Und wenn wir dich nach San José geschafft haben, haben wir die Möglichkeit, endlich einen echten Arzt aufzusuchen.«

»Ich möchte hier nicht zum Arzt gehen«, protestierte Casey und erschauderte. »Ich will einfach nur nach Hause.«

»Ich weiß. Aber ich werde dafür sorgen, dass Ghost

jemanden findet, der perfekt geeignet ist. Ich werde nicht zulassen, dass jemand dir noch weitere Schmerzen zufügt.«

Casey schluckte und drohte erneut in Tränen auszubrechen. Sie fühlte sich so ... ungewöhnlich. Zu weinen passte eigentlich gar nicht zu ihr. »Okay«, sagte sie leise.

»Ich weiß, dass du in Florida lebst«, bemerkte Beatle, »aber du weißt, dass es auch in Texas Universitäten gibt.«

Ihr stockte der Atem bei dem, was er da sagte.

»Ich kann nichts daran ändern, wo ich stationiert bin, und das nervt gewaltig, weil ich nicht möchte, dass du diejenige bist, die alles aufgeben muss, wenn unsere Beziehung so läuft, wie ich es mir wünsche. Wir lassen es langsam angehen. Führen eine Weile eine Fernbeziehung. Unterhalten uns jeden Abend über Skype oder telefonieren. Ich werde Urlaub nehmen, um dich zu besuchen, und vielleicht kannst du auch ab und zu mal nach Texas kommen.«

»Das fände ich schön«, versicherte Casey ihm. Es war nicht so, als hätte sie gedacht, dass sie in Amerika landen und dann augenblicklich heiraten würden, aber sie hatte auch nicht damit gerechnet, dass er ihr einfach auf den Kopf zu sagen würde, dass er sie auch weiterhin sehen wollte. Nicht, nachdem er sie erst zwei Tage kannte.

»Schlaf jetzt, Case«, befahl er ihr. »Morgen steht uns ein harter Tag bevor. Ich gebe dir so viel Schmerzmittel wie möglich, aber du musst am Morgen unbedingt etwas essen. Und den ganzen Tag über trinken.«

»Das werde ich«, versicherte sie ihm. »Ich habe mich nur einen Moment gehen lassen. Morgen wird es mir besser gehen.«

»Du darfst mir nie verheimlichen, wie du dich wirklich fühlst«, verlangte Beatle. »Ich will immer wissen, wie es dir geht. Vielleicht kann ich nichts dagegen tun, aber ich werde dir bestimmt nicht vorwerfen, dass du jammerst, okay?«

»Ich werde es versuchen«, erklärte sie.

»Gut.«

»Troy?« Sie wusste selbst nicht, warum sie seinen echten Namen benutzte, sie tat es einfach.

»Ja, mein Schatz?«

Und sie hörte das Gefühl, das in seinen Worten mitschwang. Offensichtlich gefiel es ihm, wenn sie ihn Troy nannte. »Danke, dass du mich gefunden hast.«

»Dafür musst du mir niemals danken, Case. Und jetzt schlaf.«

Beatle hielt Casey fest, lange nachdem sie in einen erschöpften und unruhigen Schlaf gefallen war. Er und Truck hatten sich unterhalten, bevor er sich zu ihr in die Hängematte gelegt hatte, und waren sich einig, dass sie sie zu sehr gedrängt hatten. Sie war nicht stark genug, um durch den Dschungel zu marschieren. Sie hatten sich diesbezüglich geirrt. Da sie sich nicht beschwert hatte, waren sie davon ausgegangen, dass es ihr gut ging. Das war aber nicht der Fall.

Er hatte Truck zuvor am Funkgerät mit den anderen sprechen hören. Der Plan war genau so, wie er es Casey erzählt hatte. Sie würden umdrehen und in gerader Linie nach Guacalito marschieren. Wenn ihnen jemand in die Quere käme, würden sie ihn einfach töten. Es war wichtiger, sie zurück in die Staaten zu bringen, als nach ihren Entführern zu suchen.

Aber das Gefühl, dass er etwas übersehen hatte, nagte an Beatle. Die ganze Entführung war anders als die vorherigen. Wer auch immer der Drahtzieher dahinter gewesen war, war schlau, aber Beatle wusste, dass niemand perfekt war. Der Entführer hatte irgendwo Brotkrümel hinterlassen. Man konnte sie zurückverfolgen.

Aber wie er der Frau in seinen Armen nach ihrem kleinen Nervenzusammenbruch gesagt hatte, war später noch Zeit herauszufinden, wer dafür verantwortlich war und warum derjenige es getan hatte. Sein Hauptaugenmerk galt Casey.

Er war wahnsinnig erleichtert, dass sie anscheinend sehen wollte, wohin eine Beziehung zwischen den beiden führen könnte, wenn sie wieder in Amerika waren. Sie hatten eine Menge Hürden vor sich. Er war in Texas stationiert und ihr Job befand sich in Florida. Er konnte nicht wirklich einfach alles hinschmeißen und umziehen ... es sei denn, er kündigte.

Der Gedanke, seine Teamkollegen zu verlassen, schmerzte, aber der Gedanke, Casey nie wiederzusehen, schmerzte noch mehr. Er hatte sich Hals über Kopf verliebt und schämte sich nicht, das zuzugeben. Er hatte gesehen, wie glücklich seine Teamkollegen mit ihren Frauen waren, und das wollte er für sich selbst. Mit Casey.

Sie hatte nicht gelogen, sie stanken beide ziemlich, aber das machte nichts. Sie war am Leben und in seinen Armen; es war ihm egal, wie sie rochen. Beatle küsste Caseys Stirn und schloss die Augen.

Seine Träume waren voll von schrecklichen Visionen, Casey in dem Loch zu finden, aber diesmal war er zu spät gekommen. Davon, dass sie in seinen Armen starb, als sie durch den Dschungel wanderten. Dass sie in einen Ameisenhaufen trat und vor Schmerz schrie.

Nach jeder Vision erwachte er mit einem Schreck, nur um sie wohlbehalten und in seinen Armen schlafend vorzufinden. Mitten im Dschungel von Costa Rica schwor Beatle herauszufinden, wer sie und die anderen Frauen entführt hatte und warum.

»Ich werde dafür sorgen, dass du dich immer sicher fühlst«, flüsterte er.

In dieser Nacht schlief er nicht mehr, sondern hielt die erstaunliche Frau in seinem Arm einfach nur fest und beschützte sie.

KAPITEL ZWÖLF

Sie schafften es am nächsten Tag zwar nicht bis Guacalito, aber sie machten gute Fortschritte. Casey wusste, dass sowohl Beatle als auch Truck ein wachsames Auge auf sie hatten, um dafür zu sorgen, dass sie aß und trank, und versuchten, sie nicht zu sehr zu drängen. Was sie mehr zu schätzen wusste, als sie in Worte fassen konnte.

Sie hatten noch eine weitere Nacht ohne irgendwelche Probleme campiert. Dann waren sie wieder aufgebrochen.

Als sie mehrere Stunden gelaufen waren, brachte Beatle sie dazu anzuhalten.

»Wir sind fast da, meine Süße«, erklärte er ihr sanft. »Ich gehe ein Stück vor, um mich umzusehen und mich mit Hollywood, Coach und Fletch zu treffen. Mal sehen, wie die Dinge stehen.«

Allein bei dem Gedanken, das Städtchen Guacalito wiederzusehen, stockte Casey der Atem. Sie hatte sich in das kleine Städtchen verliebt, als sie es das erste Mal gesehen hatte. Die Leute, die dort lebten, hatten sie mit offenen Armen willkommen geheißen. Sie hatten im Laufe der Jahre schon mit vielen Wissenschaftlern der Universität zu tun gehabt und mochten die harten Dollars, die sie als Touristen mitbrachten.

Es war allerdings der Gedanke daran, dass einige dieser Männer und Frauen, die sie kennengelernt hatte, sie betrogen hatten, der wehtat. Steckte vielleicht einer der Einwohner hinter der Entführung? Jemand, dem es nicht gefiel, wenn Amerikaner hierherkamen? Irgendetwas nagte in Caseys Gedanken. Sie versuchte, sich darauf zu konzentrieren, doch bevor es ihr gelang, sprach Beatle erneut.

»Du bleibst hier bei Truck, Case. Ich komme zurück, sobald ich kann. Ich halte mit ihm Kontakt, wenn ihr also euren Aufenthaltsort ändern müsst, werde ich euch finden, okay?«

Sie nickte. »Okay. Geh, mach dein Ding. Je schneller du dich mit deinen Teamkollegen triffst, umso schneller kann ich endlich diese Dusche bekommen, von der ich schon so lange träume.«

Das Lächeln, das sich über Beatles Gesicht verbreitete, war ihre erzwungene Unbeschwertheit wert. Die Wahrheit war, dass sie den Dschungel jetzt hasste. Alles an ihm. Und sie fühlte sich deswegen schrecklich. Sie hatte in ihrem Leben nichts mehr geliebt, als in die Geräusche und Gerüche des Dschungels einzutauchen. Die Erforschung von Insekten bedeutete ihr alles. Das tat es immer noch. Aber jetzt musste sie ihren Schwerpunkt von den Insekten, die im Dschungel gediehen, auf die verlagern, die anderswo lebten.

Aber die Tatsache, dass sie auf der Flucht war und sicherstellen musste, dass die Kreaturen, die sie einst verehrt hatte, niemanden von ihnen töten würden, hatte ihr die Freude am Regenwald verdorben. Der Schmerz in ihrem Inneren fühlte sich an, als hätte sie einen geliebten Menschen verloren.

Casey versuchte, Beatle anzulächeln. Sie verdrängte die verdrießlichen Gedanken und schwor, mit ihrer Freundin, die zufällig Psychologieprofessorin war, zu sprechen, wenn sie nach Florida zurückkehrte.

Sie musste zu lange nachgedacht haben, denn als sie sich wieder auf Beatle konzentrierte, war sein Lächeln verschwunden. Er legte seine Stirn gegen ihre und fasste ihr zärtlich mit seiner großen Hand in den Nacken. Sie hob die Hände und umklammerte die Seiten seiner Weste.

Sie sagten nichts, sie hielten einander einfach nur fest. Schließlich löste er sich von ihr und küsste sie zärtlich auf die Stirn. »Ich bin bald wieder zurück«, sagte er, drehte sich um und marschierte in den Wald. Sekunden später war er verschwunden.

Casey seufzte und blickte ihm nach. Sie hatte einen Kloß im Hals und fühlte sich plötzlich aus der Bahn gebracht. *Er kommt bald zurück. Ich muss mich zusammenreißen. In ein paar Tagen verschwindet er aus meinem Leben und wer weiß, ob ich ihn dann jemals wiedersehe. Er erledigt nur seinen Job. Dass wir uns zueinander hingezogen fühlen, liegt sicher nur an der Gefahr, dem Stress und dem Adrenalin.*

Als könnte er ihre Gedanken lesen, sagte Truck leise: »Ich habe Beatle noch nie so gesehen«, und unterbrach damit ihr Selbstmitleid.

Casey wandte den Kopf und sah den großen Deltasoldaten neben sich an. Er zeigte auf den kleinen Hocker, den Beatle zurückgelassen hatte.

Da sie unbedingt mehr über Beatle erfahren wollte, sich aber schämte zu fragen, sagte sie stattdessen: »Wirklich?«

Nachdem sie sich gesetzt hatte, nahm Truck auf seinem eigenen Hocker Platz. »Wirklich.«

»Mmmm«, machte Casey. Sie mochte Truck, kannte ihn aber noch nicht sehr gut.

»Du erinnerst mich an Mary«, sagte er plötzlich.

Casey machte große Augen. »Mary?«

»Ja. Sie ist eine der stärksten Frauen, die ich kenne. Aber sie ist auch trotzig. Sie nimmt nicht gern Hilfe von anderen an und am allerwenigsten von mir. Und selbst wenn sie meine Hilfe braucht, versucht sie alles, um mich abzuwehren.«

Casey biss sich auf die Unterlippe. Ja, das hörte sich nach ihr an. Sie liebte ihre Eltern, aber sie hatten sie ein wenig zu sehr zur Selbstständigkeit erzogen. Als sie zwölf war, hatte sie gelernt, wie man einen Reifen wechselt. Kaum hatte sie den Führerschein, fuhr sie selbst zu allen außerschulischen Aktivitäten. Ihre Mutter tat alles, um dafür zu sorgen, dass ihre Tochter selbstständig war.

Aspen hatte auch dabei geholfen. Er beschützte sie nicht übermäßig, wie manche großen Brüder es mit ihren kleinen Schwestern taten. Oh, natürlich beschützte er sie, wenn irgendein Junge an der Schule es nicht so gut verkraftete, eine Abfuhr erteilt zu bekommen, aber meistens hatte er seine eigenen Probleme gehabt, als sie Teenager waren.

Es fiel ihr schwer, um Hilfe zu bitten. Sehr schwer. Außerdem kannte sie ziemlich viele Menschen, die kein einfaches Leben hatten. Schlechte Ehen, wenig Geld, behinderte Kinder, chronische Krankheiten ... Ihre Probleme schienen dagegen zu verblassen. Also hatte sie gelernt, sich so gut es ging selbst durchzuschlagen. Manchmal sehnte sie sich nach jemandem, mit dem sie ihr Leben teilen konnte, doch meistens machte es ihr nichts aus, allein zu sein. Sie hatte einen guten Job, verdiente einigermaßen und war damit zufrieden, sich mit den anderen Professorinnen an der Universität zu unterhalten und mit ihnen auszugehen.

»Ich bin einfach daran gewöhnt, die Dinge selbst in die Hand zu nehmen«, entgegnete Casey lahm, als das Schweigen zwischen Truck und ihr zu lange angedauert hatte.

»Genau wie Mary. Aber sie lernt gerade, dass es völlig in Ordnung ist, sich auch mal auf andere zu verlassen. Dass das nicht gleich heißt, dass man schwach ist, nur weil man sich helfen lässt. Dass es einen auf lange Sicht stärker macht, wenn man seine Bürde teilt.«

»Ich bin froh, dass sie das mit dir teilen kann«, erklärte Casey Truck.

»Ja. Ich tue, was ich kann, um ihre Schutzmauern einzureißen und ihr klarzumachen, dass ihre Vergangenheit keinen Einfluss auf ihre Zukunft haben muss und dass die Menschen um sie herum sie lieben und Himmel und Hölle in Bewegung setzen würden, um für sie da zu sein.«

»Und zu denen gehörst du auch?«

»Ich bin der Erste, der ihr hilft.«

»Liebst du sie?«

»Von ganzem Herzen.«

»Liebt sie dich?«

Truck zögerte einen Moment und Casey empfand Mitleid mit dem großen Mann, der neben ihr saß. Es war mehr als offensichtlich, dass er gern Ja gesagt hätte, doch nach einem Moment zuckte er nur mit den Achseln. »Ich bin mir an manchen Tagen nicht mal sicher, ob sie mich überhaupt *mag*. Aber letztendlich ist es auch egal. Ich werde immer alles geben, damit sie gesund wird. Und wenn sie beschließt, mich zu verlassen, sobald sie endlich ganz gesund ist, wird mir das extrem wehtun, mehr als alles andere. Aber immerhin wäre sie am Leben. Und die Alternative ist vollkommen inakzeptabel.«

Casey konnte sich nicht vorstellen, dass jemand Truck nicht mochte, doch sie hatte das Gefühl, dass er ihr nicht alles sagte. Dann kam ihr plötzlich ein Gedanke. »Sie weist dich aber nicht wegen deiner Nabe zurück, stimmt's?« Die Frage kam etwas brüsker heraus, als sie vorgehabt hatte, aber sie konnte nicht umhin, auf die unbekannte Mary sauer zu sein, wenn sie den wunderbaren Mann, der vor ihr saß, aufgrund einer Narbe zurückwies, die seine halbe Wange umfasste und seine Lippen zu einem ständigen missmutigen Ausdruck verzog.

Überraschenderweise lächelte Truck. »Nein, Casey, meine Narbe ist ihr völlig egal. Ich glaube, es ärgert sie, wenn ich auch nur im gleichen Raum mit ihr bin. Aber ... ich schöpfe Hoffnung aus der Tatsache, dass sie langsam immer weniger abweisend mir gegenüber ist. Das würde ich als Sieg verbuchen.«

»Ich kenne deine Mary nicht, aber ich muss sagen, wenn *du* sie liebst, ist sie sicher den Kampf um ihr Herz wert. Irgendwann wird sie es schon einsehen. Wie sollte sie auch nicht? Ich kenne dich zwar noch nicht sonderlich lange, aber wenn ich mich nicht so sehr zu«, sie zögerte einen Moment und versuchte, die richtigen Worte zu finden, »Beatle hingezogen fühlen würde, würde ich alles tun, dass du mich bemerkst.«

Er lachte leise. »Vielen Dank. Das habe ich gebraucht. Und wie schon gesagt, du erinnerst mich an sie. Ihr seid beide wahnsinnig dickköpfig und denkt, dass ihr alles alleine schaffen könnt, alles alleine durchstehen könnt. Aber es ist nichts falsch daran, Hilfe anzunehmen, Casey. Egal ob von Beatle oder von deinen Eltern, oder sogar von einem Psychologen, wenn du wieder zu Hause bist.«

Sie zuckte zusammen, als er den Psychologen erwähnte.

»Ich weiß, dass du nicht über das reden möchtest, was dir passiert ist, doch das musst du. Es ist wirklich ausgesprochen wichtig. Die Armee war nicht immer besonders hilfreich, wenn es darum ging, Soldaten zu helfen, die aus dem Einsatz zurückgekehrt waren, doch langsam wird sie besser.«

»Ich werde mit Beatle reden.«

»Das ist gut, und das solltest du, das ist allerdings nicht das Gleiche, wie mit einem tatsächlich ausgebildeten Psychologen zu reden. Jemand, der darauf trainiert ist, dir zu helfen.«

Casey dachte über Trucks Worte nach. Sie wusste, dass er recht hatte, und hatte sich selbst sogar das Gleiche gesagt, aber ihr gefiel der Gedanke nicht, wieder an dieses Land denken zu müssen, nachdem sie es einmal verlassen hatte. »Okay«, sagte sie leise.

»Denk darüber nach«, erklärte Truck ihr. »Du arbeitest doch an der Universität und es gibt doch sicher eine medizinische Einrichtung auf dem Campus, nicht wahr?«

Sie nickte.

»Vielleicht fällt es dir leichter, dort mit jemandem zu reden. Oder wenn du lieber dein Privatleben und dein Arbeitsleben getrennt halten möchtest, kannst du dich an jemanden in einem Krankenhaus in der Nähe wenden. Wichtig ist nur, dass du mit jemandem sprichst, der qualifiziert ist, dir zu helfen.«

»Die anderen Mädchen werden auch Hilfe brauchen.«

»Da stimme ich dir zu. Ich glaube, der Botschafter hat seine Tochter zurück nach Dänemark geholt, aber Kristina und Jaylyn werden Hilfe benötigen, um ihr Leben wieder ganz normal aufnehmen zu können.«

»Ich werde sie anrufen, sobald ich zu Hause bin«, entgegnete Casey sofort und dachte dabei bereits daran, wie sie ihren Studentinnen helfen konnte. »Vielleicht können wir alle zusammen zum Psychologen gehen. Ich habe eine Kollegin an der Universität, die Psychologie unterrichtet. Sie darf auch praktizieren und hilft freiwillig beim Gesundheitszentrum der Studenten mit, wenn es einen Selbstmord oder einen Unfall auf dem Campus gegeben hat.«

»Das klingt gut«, stimmte Truck ihr zu. »Aber sei nicht zu stolz, um dir Hilfe zu holen«, bat er sie mit Nachdruck. »Und am besten machst du es sofort. Manchmal wird es schlimmer, je länger man wartet.«

»Das werde ich. Danke, Truck. Ich weiß es wirklich zu schätzen.«

»Gern geschehen. Also ... hältst du es ein paar Tage in San José aus?«

Jetzt schaute sie zu ihm hinüber. Er sah sie mit einem intensiven Blick aus seinen durchdringenden blauen Augen an. Er war zu groß, um entspannt auf dem kleinen Hocker sitzen zu können, doch dort saß er, seine Knie fast bis zur Hüfte hochgezogen, und wartete darauf, dass sie ihm antwortete.

»Natürlich, warum sollte ich das nicht?«

»Ich bin mir nicht ganz sicher, was passiert, wenn wir erst einmal da sind, aber ich gehe davon aus, dass es so ähnlich ablaufen wird wie immer. Wir buchen uns in einem Hotel ein und warten darauf, dass die Behörden in Gang kommen. Es könnte einen Tag dauern, aber vielleicht auch eine Woche, das kann man nie wissen.«

»Eine ganze Woche?«, keuchte Casey. Bei dem Gedanken,

eine weitere Woche in Costa Rica bleiben zu müssen, wurde ihr ganz anders.

»Ja, ich habe aber so das Gefühl, dass es diesmal nicht zu lange dauern wird.«

»Und warum nicht?«

»Weil dein Bruder jetzt schon da ist und ihnen wahrscheinlich so sehr im Nacken sitzt, dass *sie* es kaum erwarten können, ihn wieder loszuwerden.«

Casey lächelte. Aspen konnte *wirklich* nerven, wenn er etwas wollte.

»Egal, jedenfalls werden wir ein paar Tage im Hotel verbringen, die Behörden werden dich verhören und dann warten wir darauf, dass wir das Land verlassen dürfen. Hoffentlich haben sie bereits deinen Pass, damit das Ganze schneller geht.«

»Werdet ihr Jungs ... ach, egal.«

»Werden wir was?«

Casey biss sich auf die Unterlippe und platzte dann heraus: »Werdet ihr mit mir warten? Oder müsst ihr zurückkehren, um auf die nächste Mission zu gehen?«

Truck beugte sich vor und legte ihr eine Hand aufs Knie. »Wir verschwinden erst, wenn du es auch tust«, versicherte er ihr.

Casey atmete hörbar aus. Dann tätschelte sie seine Hand und sagte leichthin: »Na gut, so schlimm hört es sich nicht an, ein paar Tage im Hotel zu verbringen. Wenn sie fließendes heißes Wasser und eine Badewanne haben, bin ich zufrieden.«

Truck lehnte sich zurück und schüttelte den Kopf. »Stark und dickköpfig«, murmelte er.

Casey errötete, weil sie wusste, dass er ihre vorgespielte starke Fassade sofort durchschaut hatte.

»Ich bin stolz auf dich«, bemerkte Truck. »Du hast etwas Schlimmes durchgemacht und du hättest dich einfach hinlegen und in diesem Loch sterben können. Doch das hast du nicht getan. Du hast gekämpft, um zu überleben. Und nicht nur das, anschließend bist du durch den Dschungel marschiert, als wärst du nie entführt worden. Du hast Beatle und mir dabei geholfen, perfekte Lagerplätze zu finden, als wir uns nicht auskannten und nicht verstanden, wie gefährlich die Insekten um uns herum werden konnten. Wenn du jemals irgendetwas brauchst, kannst du dich jederzeit an mich wenden, okay?«

Casey nickte. »Ich würde deine Mary wirklich gern kennenlernen.«

Truck lächelte erneut und eine Seite seines Mundes hob sich, während die Seite mit der Narbe sich nicht rührte. »Ich glaube, das würde ihr auch gefallen.«

Danach schwiegen sie, jeder in seine eigenen Gedanken versunken. Casey wusste, dass ihre Tortur noch nicht vorbei war, aber aus irgendeinem Grund schien die Last, die auf ihren Schultern gelegen hatte, nachzulassen und ein wenig der Anspannung wich. Bald wäre sie in der Stadt, umgeben von Beatle, ihrem Bruder und den anderen Deltas. Solange sie da waren, konnte niemand sie entführen.

Sie weigerte sich, daran zu denken, was passieren würde, wenn sie nach Hause nach Florida abreiste und die Männer nach Texas zurückkehrten. Aber darüber würde sie sich Gedanken machen, wenn es so weit war. Einen Tag nach dem anderen angehen. Mehr musste sie nicht tun.

Fünf Stunden später konnte Casey kaum glauben, dass sie und Truck sich zuvor mitten im Dschungel unterhalten hatten und sie jetzt in einem Zimmer im Sheraton westlich von San José saß.

Beatle war wiederaufgetaucht und sie hatten sich sofort auf den Weg nach Guacalito gemacht. Als sie angekommen waren, war sie erneut Hollywood, Coach und Fletch vorgestellt worden und sie waren in einen Hubschrauber gestiegen. Casey hatte keine Fragen gestellt, aber sie hatte sich fest an Beatles Hand festgehalten. Er hatte ihre Hand mehrmals gedrückt und versucht, sie zu beruhigen. Sie waren auf einer Art Militärbasis in der Nähe von San José gelandet, wo der Teamleiter namens Ghost auf sie gewartet hatte.

Man hatte ihnen erlaubt, den Stützpunkt ohne Probleme zu verlassen, und sie waren nun vor der schicken amerikanischen Hotelkette angekommen. Schon beim Anblick des Logos hatte Casey sich besser und sicherer gefühlt.

Ihr Bruder hatte sich offensichtlich um das Hotelzimmer und alles andere, was sie brauchte, gekümmert, denn er wartete schon, als sie die Eingangshalle betraten. Er hatte sie fest umarmt und ihr eine Tasche mit Kleidungsstücken gegeben, die er für sie besorgt hatte, Beatle einen Schlüssel gegeben und sie dann zu den Aufzügen geführt. Alle anderen Männer hatten sich in den kleinen Raum hineingequetscht und waren in das oberste Stockwerk gefahren. Sie fühlte sich besser, als sie sah, dass die Männer überall in den Zimmern neben dem, zu dem Beatle sie geführt hatte, wohnten. Sie war von ihnen umgeben, was ihr Gefühl der Sicherheit noch verstärkte.

Casey betrat den Raum und drehte sich um, um Beatle zu danken, zuckte aber überrascht zusammen, als er ihr nach drinnen folgte und die Tür hinter ihnen schloss. Er ging an ihr vorbei und ließ seinen Rucksack auf den Teppich fallen.

Dann ging er zum Schrank und öffnete ihn, sah unter jedem der beiden Doppelbetten und hinter den Vorhängen nach. Dann ging er an ihr vorbei ins Badezimmer. Nachdem er sich vergewissert hatte, dass sie die einzigen beiden Personen im Zimmer waren – zumindest nahm sie an, dass es das war, was er tat –, ging er zu ihr hinüber und nahm ihr die Tasche aus der Hand. Er stellte sie im Badezimmer ab und legte seine Hände auf ihre Schultern.

»Das Bad gehört dir. Ich warte hier draußen. Lass dir ruhig Zeit.«

»Aber ich habe gehört, wie Ghost gesagt hat, dass dieser Mann vom Militär herkommen könnte, um mich zu verhören.«

»Das hat er gesagt«, bestätigte Beatle. »Aber nicht, bevor du bereit bist. Du musst dich waschen. Dann musst du von einem Arzt untersucht werden. Dann musst du etwas essen. Dann ist es wahrscheinlich schon zu spät am Abend und du musst dich erst mal auf einer richtigen Matratze ausschlafen, ohne dir über Insekten Gedanken machen zu müssen.«

Casey konnte mit der zärtlichen Art nicht umgehen, wie Beatle mit ihr sprach – als wäre sie das Wichtigste in seinem Leben. Sie fühlte sich gut und machte sich gleichzeitig Sorgen, dass er nicht mehr so empfand, wenn sie wieder zu Hause waren. »Die Chance, dass es hier Bettwanzen gibt, ist höher als in Amerika. Das Klima ist wärmer, die Gäste sind weniger wohlhabend und die Hygienestandards sind auch etwas niedriger ...«

Beatle erschauderte. »Daran darf man gar nicht denken. So sehr ich dein Entomologen-Gehirn auch bewundere, Dr. Shea, im Moment habe ich die Nase von Insekten gestrichen voll.«

Sie schenkte ihm ein kleines Grinsen.

»Okay. Jedenfalls gehört die Dusche ganz dir. Lass dir Zeit. Ich warte hier auf dich. Du bist in Sicherheit, also nimm dir so viel Zeit, wie du möchtest.«

Der Gedanke, dass er auf sie aufpasste, während sie nackt und verletzlich unter der Dusche stand, hätte fast dafür gesorgt, dass die Tränen, die sie zurückgehalten hatte, seit sie aus dem Dschungel in Guacalito angekommen waren, ihr jetzt noch über die Wangen liefen. Casey hielt sie durch bloßen Trotz zurück. Beatle hatte sie schon viel öfter weinen sehen, als ihr lieb war. Sie wollte stark sein ... ihm zuliebe.

»Danke«, sagte sie leise.

Es war offensichtlich, dass ihm nicht entgangen war, wie sehr sie sich hatte zusammenreißen müssen, doch er machte keine Bemerkung darüber, was sie sehr zu schätzen wusste. »Neben dem Waschbecken liegen Seife, ein Rasierer, Shampoo und Spülung. Wenn du rauskommst, werde ich dir das Haar kämmen, das brauchst du also nicht selbst zu machen. Außerdem liegen dort auch eine Zahnbürste und Zahnpasta.« Er lehnte sich zu ihr, bis sie nur noch ihn sehen konnte. »Lass. Dir. Zeit. Mach dir um mich keine Gedanken. Mach dir keine Gedanken darüber, dass jemand in das Zimmer kommen könnte, denn das wird nicht geschehen. Du kannst auch ruhig das ganze heiße Wasser verbrauchen. Hier bei mir bist du in Sicherheit, verstanden?«

Die störenden Tränen kamen zurück, schnürten ihr die Kehle zu und machten es ihr unmöglich, auch nur ein Wort zu sagen. Also nickte sie einfach.

Dann beugte sich Beatle, ohne sie aus den Augen zu lassen, nach vorne, bis er ihr ganz nahe war. Er strich mit seinen Lippen über ihre, so federleicht und süß, dass sie fast daran zerbrach. Sie hatte sich seit Wochen nicht mehr die Zähne geputzt, sie konnte den Dschungelgestank in ihren Kleidern riechen und sie wusste, dass sie einen Teppich aus Haaren unter den Achseln und an den Beinen hatte, aber sie wusste auch, dass Beatle das ganz egal war.

Er zog sich zurück und starrte sie einen Moment lang an, als wollte er sich vergewissern, dass sie stark genug war, um ohne ihn zu duschen, bevor er nickte und sie in Richtung Badezimmer drehte. »Ich werde genau hier auf dich warten«, wiederholte er.

Casey ging in das luxuriöse Badezimmer und schloss die Tür. Eine Sekunde lang ließ sie ihren Finger über dem kleinen Schloss im Türknauf schweben, bevor sie sich zur Dusche drehte und absichtlich nicht in den Spiegel schaute. Sie fühlte sich so schon schrecklich genug. Auf keinen Fall wollte sie sehen, wie schrecklich sie aussah.

Sie schnappte sich Zahnbürste und Zahnpasta und beschloss, den Belag von ihren Zähnen zu kratzen, während sie unter dem fließenden Wasser stand. Sie wollte keine Sekunde länger als nötig brauchen, um wieder sauber zu werden.

Sie zog sich angewidert aus und ließ ihre Kleider in einem Haufen auf dem weiß gekachelten Boden liegen. Sie wollte gerade unter die Dusche gehen, als ihre Nerven das plötzlich nicht mehr mitmachten. Sie ging einen Schritt zur Tür, drehte den Knauf und öffnete sie einen Spalt.

Zufrieden damit, dass Beatle sie hörte, falls etwas passieren sollte, drehte sie das Wasser auf. Kaum war es warm, trat sie unter den Strahl. Sie stand mit dem Kopf nach hinten geneigt und mit geschlossenen Augen unter der Dusche. Das warme Wasser fühlte sich himmlisch auf ihrer Haut an und sie konnte sich vorstellen, wie der Dreck und der Schmutz durch den Abfluss weggespült wurden, während sie dort stand.

Beatle ging unruhig im Hotelzimmer auf und ab. Es hatte ihn alles gekostet, Casey mit Truck im Dschungel zurückzulassen, während er vorging, um sich zu vergewissern, dass Guacalito sicher war. Das Letzte, was sie brauchten, war ein weiterer Entführungsversuch genau dort, wo auch der erste stattgefunden hatte.

Hollywood war der Erste seines Teams gewesen, den er getroffen hatte, und er hatte ihm versichert, dass sie seit dem Angriff im Dschungel nicht mehr auf Widerstand gestoßen waren.

Aber Beatle war trotzdem wachsam geblieben. Jemand wollte Casey so sehr, dass er versuchte, sie daran zu hindern, den Dschungel lebend zu verlassen. Er wollte dafür sorgen, dass ihm das nicht gelang.

Der Flug nach San José war ereignislos verlaufen. Ghost und Blade hatten dafür gesorgt, dass sie von einem Militärhubschrauber abgeholt wurden, und sie waren innerhalb weniger Stunden in der Hauptstadt angekommen.

Die Beamten wollten Casey sofort verhören, aber Blade hatte ein Machtwort gesprochen. Es spielte keine Rolle; selbst wenn ihr Bruder nicht eingegriffen hätte, hätte Beatle es getan. Casey musste ihr inneres Gleichgewicht wiederfinden. Bevor sie über ihre Tortur sprach, musste sie gewaschen, verarztet und mit Nahrung versorgt werden. Sobald sie wieder sie selbst war, würde es ihr leichter fallen, über das zu sprechen, was ihr passiert war. Zumindest hoffte er das.

Beatle war genauso interessiert, ihre ganze Geschichte zu hören, wie alle anderen, aber seine oberste Priorität war Casey. Er war also hier, ging auf dem Teppich auf und ab und wäre ihr am liebsten unter die Dusche gefolgt, so sehr schmerzte es ihn. Nicht so sehr aus sexuellen Gründen – obwohl das Verlangen nach ihr da war –, sondern um sich um sie zu kümmern.

Er hatte gehört, wie sie die Tür geöffnet hatte, und hatte hinübergeschaut und erwartet, sie in der Tür des Badezimmers stehen zu sehen, um ihn etwas zu fragen, aber sie hatte nur die Tür einen Spalt geöffnet. Er wollte glauben, dass sie sich sicherer fühlte, wenn er im Zimmer war und die Tür einen Spaltbreit offen stand, damit er schneller zu ihr kommen konnte, wenn sie ihn brauchte, aber er schüttelte den Kopf. Nein, sie hatte es wahrscheinlich getan, damit es weniger Kondensation im Bad gab. Das war alles.

Er hatte sich davon schon fast überzeugt, als er ihr erstes Schluchzen gehört hatte. Er hatte sich beherrschen müssen, um nicht sofort zu ihr zu gehen. Er wollte sie in die Arme schließen und ihr versichern, dass sie in Sicherheit wäre, dass alles in Ordnung käme, aber das tat er nicht. Er blieb in der Mitte des Hotelzimmers stehen, die Hände zu Fäusten geballt, die Fingernägel in die Handflächen gegraben, während er dabei zuhörte, wie die Frau, die sich irgendwie in sein Herz geschlichen hatte, schluchzte, als wäre ihr Leben vorbei.

Truck hatte ihn in Guacalito zur Seite genommen, während sie auf den Hubschrauber warteten, und ihm einige Ratschläge gegeben. Er hatte ihm gesagt, dass Casey wie Mary wäre, unabhängig und stur. Und dass sie es hassen würde, wenn man sie wie ein schwaches Entführungsopfer behandelte. Er hatte sie behandelt, als wäre sie ein Mitglied des Teams, denn das war sie auch, aber Truck machte ihn darauf aufmerksam, dass er das auch weiterhin tun müsste. Er durfte sie nicht zu sehr bevormunden. Er konnte sie unterstützen, ja, aber er durfte sie nicht so behandeln, als wäre sie in irgendeiner Weise beeinträchtigt.

Beatle hatte sich die Worte seines Freundes zu Herzen genommen. Er wusste nicht, was zwischen ihm und Mary vor sich ging, aber sein Instinkt sagte ihm, dass Truck recht hatte. Casey würde es nicht ertragen, wenn jemand sich Sorgen um sie machte.

Die Art und Weise, wie sie ihre Tränen unterdrückt hatte, bevor sie ins Bad gegangen war, hatte das bestätigt.

Aber es brachte ihn um, ihr zuzugestehen, allein zu weinen. *Brachte ihn um.*

Er wollte gerade »Scheiß drauf« sagen und zu ihr unter die Dusche gehen, als er hörte, wie das Wasser abgestellt wurde. Beatle behielt die Badezimmertür im Auge und wartete, bis Casey auftauchte. Er musste sich selbst davon überzeugen, dass es ihr gut ging.

Es dauerte eine Weile, so lange, dass er wieder versucht war, zu ihr zu gehen, aber er blieb standhaft.

Er sah, wie sich die Tür bewegte, bevor er sie hörte. Dann war sie da.

Gott. Verdammt!

Beatle hatte sich zu ihr hingezogen gefühlt, selbst als sie im Dschungel mit Schmutz bedeckt war und stank. Er wusste, wie sie aussah, hatte sie auf dem Bild von Blade gesehen. Aber nichts hatte ihn darauf vorbereitet, sie frisch aus der Dusche und sauber zu sehen.

Dampfschwaden aus dem Badezimmer ließen ihren Duft zu ihm wehen. Seine Nasenlöcher weiteten sich, als könnte er dadurch mehr von ihrem Geruch einatmen.

Sie roch *sauber*. Nichts Ausgefallenes. Keine übermäßig duftende Seife. Kein Parfüm. Nur Casey.

Ihr Haar glänzte im Licht. Selbst nass war es um einige Nuancen heller als im Dschungel. Sie trug ein T-Shirt, das ein oder zwei Größen zu groß für ihre schmale Gestalt war. Wahrscheinlich hatte sie aufgrund ihrer Tortur abgenommen und ihr Bruder hatte ihre Größe falsch eingeschätzt. Sie trug eine graue Baumwollhose, die bis zu den Knien reichte. Er konnte ihre Figur nicht erkennen, aber sie war immer noch die schönste Frau, die er je gesehen hatte. Sie stand aufrecht, war in Sicherheit und gesund. Es war ein Wunder.

Sie stand in der Tür, biss sich auf die Lippe und schaute zu ihm auf. »Entschuldige, dass es so lange gedauert hat«, sagte sie leise.

Ihre Worte holten ihn aus der Trance, in die er gefallen war. Langsam und ohne den Blickkontakt abzubrechen, ging Beatle auf sie zu. Er machte einen Meter vor ihr halt. »Du bist wunderschön«, sagte er staunend.

Sie errötete, sodass ihre Wangen strahlten. Sie strich sich eine nasse Strähne hinter das Ohr. »Ich glaube, du bist einfach zu lange im Dschungel gewesen.«

Beatle streckte eine Hand aus, hielt dann aber ein paar Zentimeter vor ihrem Gesicht inne. Seine Hand war schmutzig. Er war überrascht darüber, wie viel Dreck sich unter seinen Fingernägeln befand. Er ließ die Hand wieder sinken.

»Ist schon okay«, flüsterte sie, »du kannst mich ruhig anfassen.«

Beatle schüttelte den Kopf. »Nicht wenn ich so schmutzig bin.«

»Vielleicht nachdem du geduscht hast?«, fragte sie mit hoffnungsvollem Blick.

»Auf jeden Fall. Setz dich hin«, befahl er ihr rau, um zu verstecken, wie sehr er sie wollte. »Ich werde mich beeilen. Blade hat gesagt, dass er später noch mit einem Arzt vorbeikommen wird. Aber mach die Tür nicht auf, bis ich wieder da bin, okay? Selbst wenn es dein Bruder ist.«

»Aber ... ich vertraue Aspen. Du etwa nicht?«

Beatle rügte sich selbst dafür, dass er die Worte so gewählt hatte, dass sie ihn jetzt zweifelnd ansah.

»Ich vertraue ihm mit meinem Leben«, versicherte er ihr augenblicklich, »aber sonst vertraue ich niemandem. Nicht einmal dem Arzt, den Ghost gefunden hat, um dich zu untersuchen. Ich fände es besser, wenn mindestens zwei von uns dabei sind, während er dich untersucht.«

»Glaubst du, er könnte etwas versuchen?«

Beatle schüttelte sofort den Kopf. »Das ist höchst unwahrscheinlich, aber ich möchte nichts riskieren. Gib mir fünf Minuten, Case«, sagte er leise. »Ich bin sofort wieder da.«

Sie nickte. »Ich habe fast das ganze Shampoo aufgebraucht, aber Seife ist noch genügend da.«

Beatle lächelte. »Typisch Mädchen«, neckte er sie, »dass du einfach so davon ausgehst, dass Seife mir genügt und ich kein Shampoo brauche.«

Anstatt rot zu werden und sich zu entschuldigen, verdrehte Casey die Augen. »Ja, klar.«

Das Bedürfnis, sie in die Arme zu schließen, war fast überwältigend stark und Beatle war klar, dass er etwas Distanz schaffen musste. Jetzt war weder die Zeit noch der Ort und er war schmutzig und stank. Als Erstes musste er sich mal säubern.

Er machte einen Schritt auf sie zu. »Wenn du meinen Gestank nicht an dir haben möchtest, solltest du besser aus dem Weg gehen.« Er warf ihr einen gespielt ernsten Blick zu.

Sie kicherte und der Klang bohrte sich direkt in sein Herz. Dann trat sie aus der Tür. »Okay, dann tu, was du nicht lassen kannst. Ich werde warten ... gleich hier.«

Beatle sah dabei zu, wie sie zu einem der Betten ging. Er wartete, bis sie sich auf den Rand gesetzt hatte. Er konnte nicht umhin, sie anzustarren.

»Geh schon«, befahl sie ihm. »Dein Gestank verpestet das ganze Zimmer.« Sie wedelte mit der Hand vor ihrem Gesicht herum.

Beatle zwinkerte ihr zu und betrat das dampfende Badezimmer. Er machte sich nicht die Mühe, die Tür zu schließen, und ließ sie weit offen stehen. Er wollte in der Lage sein, zu Casey zu gelangen, wenn sie ihn brauchte.

Er legte das letzte saubere T-Shirt, das er in seinem Rucksack hatte, und ein sauberes Paar Boxershorts auf die Ablage, zog sich aus und warf seine schmutzige Kleidung auf ihre auf dem Boden. Er würde später dafür sorgen, dass das Hotel sie wusch.

Ohne zu zögern, trat Beatle in die Dusche; sein einziger Gedanke war, sauber zu werden und zu Casey zurückzukehren.

KAPITEL DREIZEHN

Casey atmete tief durch. Der Arzt war gekommen und wieder gegangen. Er hatte festgestellt, dass sie immer noch ein wenig dehydriert und unterernährt war und verschiedene Schnittwunden und Kratzer hatte, die sie ihrer Zeit in Gefangenschaft und der anstrengenden Wanderung durch den Dschungel zu verdanken hatte, bescheinigte ihr aber sonst eine erstaunlich gute Gesundheit.

Was es auch gewesen sein mochte, das Truck und Beatle mit ihren Füßen gemacht hatten, hatte Wunder gewirkt. Er hatte noch weitere Antibiotika und eine antimykotische Creme verschrieben und ihr versichert, dass sie auf dem besten Weg der Heilung waren.

Insgesamt war es erstaunlich, wie gut es ihr ging. Truck hatte leise »stark und dickköpfig« gemurmelt, als der Arzt seine Verwunderung über ihren erstaunlich guten Gesundheitszustand zum Ausdruck gebracht hatte, und Beatle hatte ihre Hand so sehr gedrückt, dass es fast wehgetan hatte.

Ihr Bruder hatte sie so fest umarmt, dass sie schon dachte, er würde ihr eine Rippe brechen, hatte sie dann aber losgelassen, bevor er ihr tatsächlich wehtat. »Ich liebe dich, Schwesterherz. Du hast mir Angst gemacht. Tu das nie wieder.«

Casey hatte gelacht. Als hätte sie sich absichtlich entführen lassen.

Ghost hatte den Arzt zur Tür gebracht und war dann zurückgekommen und hatte sie angestarrt, die Hände in die Hüften gestemmt.

»Was?«, fragte sie.

»Du hast die Wahl«, informierte er sie.

»Nein«, mischte Beatle sich ein.

Ghost beachtete ihn nicht, sondern sah weiterhin Casey an. »Wie du sicher schon weißt, können die costa-ricanischen Behörden es kaum erwarten zu hören, was du über deine Entführung zu sagen hast. Sie sind nicht gerade froh darüber, dass Amerikaner in ihrem Land entführt wurden, besonders in Hinblick auf all die Maßnahmen, die sie in der letzten Zeit ergriffen haben, um dem Drogenhandel Einhalt zu gebieten und den Tourismus zu fördern.«

»Ghost, ernsthaft, ich glaube nicht –«

»Es ist nicht *deine* Entscheidung«, unterbrach Ghost und wandte sich an Beatle.

Die beiden Männer starrten sich einen Moment lang an, bis Casey sagte: »Beatle, es ist schon in Ordnung. Sprich bitte weiter, Ghost, was für eine Entscheidung?«

»So wie es aussieht, müssen wir mindestens zwei Nächte lang hierbleiben. Übermorgen können wir abreisen, am besten gleich morgens.« Ghost sah auf die Uhr. »Mittlerweile ist es schon neunzehn Uhr und du hast einen anstrengenden Tag hinter dir. Die Polizei würde am liebsten noch heute Abend mit dir sprechen, aber wenn es dir lieber ist, kann ich sie bis morgen hinhalten.«

»Morgen«, entgegnete Beatle sofort und stellte sich neben Casey. »Sie muss erst mal etwas essen und dann schlafen.«

Casey legte eine Hand auf Beatles Arm. »Wir machen es noch heute Abend«, erklärte sie Ghost, während sie Beatle ansah.

Sofort wanderte sein Blick zu ihrem Gesicht und das Braun

seiner Augen war kaum sichtbar, so groß waren seine Pupillen. »Case, das ist –«

»Ich will es einfach hinter mich bringen«, sagte sie schnell, bevor er seine Einwände vorbringen konnte. »Je eher ich ihnen sage, was sie wissen möchten, umso eher kann ich das alles hinter mir lassen. Bitte.«

Beatle bewegte sich und griff nach ihr. Sein Daumen lag auf ihrer Halsschlagader und der Rest seiner Finger in ihrem Nacken. Als wäre es ihm völlig egal, dass seine Teamkollegen mit im Zimmer waren und zuhörten, sagte er: »Bist du dir sicher, mein Schatz? Die Behörden können warten.«

»Ich bin mir sicher«, erklärte sie ihm. Und da er vor seinen Freunden nicht versteckte, wie sehr er sich zu ihr hingezogen fühlte, beschloss sie, dass sie es auch nicht tun würde. »Wenn wir ohnehin einen weiteren Tag hierbleiben müssen, würde ich ihn lieber mit dir verbringen und nicht mehr daran denken, was geschehen ist.«

»Okay«, gab er schließlich nach. »Aber wenn ich glaube, dass es zu viel wird, werde ich das Verhör unterbrechen und dann können wir morgen weitermachen.«

Das gefiel Casey zwar nicht gerade, aber sie wusste zu schätzen, dass er es sagte. Sie beschloss, alles zu geben, um nüchtern und objektiv zu bleiben, damit er gar nicht erst das Gefühl hatte, das Verhör unterbrechen zu müssen. »In Ordnung.«

Beatle wandte den Kopf, nahm aber nicht die Hand von Caseys Nacken. »Also gut, dann ruf sie an, Ghost. Aber lass uns noch eine Stunde Zeit. Sie muss etwas essen.«

»Geht klar«, versicherte ihm sein Teamkollege.

Casey hätte nicht gedacht, dass Beatle ihr von der Seite weichen würde, und es überraschte sie, dass Beatle zwei Schritte zurückwich, als ihr Bruder zu ihr trat. Blade nahm sie in den Arm, aber Casey spürte, wie nahe Beatle noch immer war. Er hatte vielleicht zugelassen, dass ihr Bruder sich näherte, doch er war nicht weit weggegangen. Sie spürte eine

Welle der Zärtlichkeit. Je länger sie mit Beatle zusammen war, umso mehr mochte und respektierte sie ihn.

»Ich bin so froh, dass es dir gut geht, Casey«, sagte Blade leise in ihr Haar. »Heute Abend werde ich Mom und Bill anrufen.«

Bill war ihr Vater und Aspens Stiefvater. Er hat den Mann nie anders genannt als Bill. Und obwohl ihr Vater Aspen ein besserer Vater war, als sein leiblicher Vater es jemals gewesen war, beschwerte sich niemand über die Tatsache. Aspen war zwei Jahre älter als sie und das Ergebnis einer überstürzten Affäre, die ihre Mutter mit einem Mann gehabt hatte, der nichts mit seinem Sohn zu tun haben wollte, nachdem er sich von der Mutter getrennt hatte.

Glücklicherweise hatte sie kurz nach der Trennung von Aspens Vater Bill kennengelernt und ihn wenig später geheiratet. Bill zog Aspen wie seinen eigenen Sohn auf. Und beschwerte sich nicht einmal über die Tatsache, dass sie verschiedene Namen hatten. Ihre Mutter hatte darauf bestanden, dass Aspen weiterhin Carlisle heißen sollte, nur für den Fall, dass sein leiblicher Vater es sich anders überlegte. Das war jedoch nicht der Fall gewesen.

»Danke«, erklärte Casey ihrem Bruder. »Danke, dass du gekommen bist und mich gefunden hast.«

»Jederzeit, Case. Jederzeit«, erwiderte Blade. Dann löste er sich von ihr und räusperte sich. »Wir sehen uns unten.«

Die Deltas verließen einer nach dem anderen den Raum, bis nur noch sie und Beatle übrig blieben.

Sofort ging er zu ihr. »Bist du dir sicher, dass dir das recht ist? Es ist auch okay, wenn nicht. Es wird dir guttun zu schlafen.«

»Ich bin mir sicher«, versicherte Casey ihm. »Ich will es wirklich lieber alles hinter mich bringen.«

»Okay, meine Süße. Aber sag Bescheid, wenn du eine Pause brauchst.«

»Mache ich.«

Er beugte sich vor, neigte den Kopf und küsste sie auf die Stirn. »Und jetzt muss ich dir erst mal etwas zu essen besorgen. Worauf hast du Appetit?«

Bis jetzt hatte Casey noch nicht viel über etwas zu essen nachgedacht. Ihr Hauptanliegen war es gewesen, lebend aus dem Dschungel herauszukommen, dabei nicht auf eine Kugelameise zu treten und endlich zu duschen. Doch nun, da Beatle vom Essen sprach, begann ihr Magen allein bei dem Gedanken daran zu knurren. »Einen Cheeseburger. Mit Pommes. Und Fanta.«

Beatle runzelte die Stirn, als sie das süße Getränk erwähnte. »Du brauchst Wasser, Case.«

Sie seufzte. »Ich weiß. Wenn ich verspreche, ein ganzes Glas Wasser zu trinken, kann ich dann wenigstens ein bisschen Fanta haben? Ich hätte zu gern irgendwas mit Kohlensäure.«

»Ich bin viel zu leicht rumzukriegen«, beschwerte sich Beatle. »Das heißt nichts Gutes für unsere zukünftige Beziehung. Na gut. Dann also Fanta *und* Wasser.«

Bei seinen überraschenden Worten bekam sie eine Gänsehaut. Er hatte es gesagt, als wäre es offensichtlich, dass sie eine Beziehung haben würden. Irgendwie hatte sie Angst davor gehabt, dass all die Dinge, die er im Dschungel gesagt hatte, nur der Hitze des Augenblicks entsprungen waren. Aber jetzt waren sie in Sicherheit und sauber, und trotzdem schien er sie wiedersehen zu wollen, sobald sie wieder in Amerika waren.

Sie lächelte. Ein riesiges Lächeln. Dann neckte sie ihn: »Ich halte es für äußerst vielversprechend für unsere Beziehung.«

»Natürlich tust du das. Schließlich hast du bekommen, was du wolltest«, regte sich Beatle auf.

Da sie sich seit langer Zeit erstmals wieder wie sie selbst fühlte, lehnte Casey sich vor und küsste Beatle. Es war ein kurzer Kuss, bei dem ihre Lippen seine nur streiften. »Vielen Dank, Troy.«

Sofort hob er eine Hand an ihren Hinterkopf, sodass sie

nach dem Kuss nicht von ihm zurückweichen konnte. »Gern geschehen, Casey.« Und dann senkte er langsam den Kopf.

Casey machte die Augen zu und hob erwartungsvoll ihr Kinn. Sie hatte halbherzig gehofft, dass es ihn ermutigen würde, wenn sie den ersten Schritt machte. Hätte sie gewusst, wie gut das funktionierte, hätte sie es schon längst getan.

Er küsste sie, als wäre es der letzte Kuss, den sie einander jemals geben würden. Voller Leidenschaft, Besitzanspruch und Tiefe. Erst als ihr Magen knurrte, ließ er wieder von ihr ab. Wieder konnte sie das Braun seiner Augen kaum erkennen, weil seine Pupillen so geweitet waren. »Ich muss dir etwas zu essen besorgen«, sagte er mit leiser, rauer Stimme.

»Ja«, stimmte sie ihm zu, starrte dabei aber auf seinen Mund, während sie sich über die Lippen leckte.

»Verdammt«, murmelte er und senkte seinen Mund wieder auf ihren.

Erst nach mehreren Minuten löste er sich erneut von ihr. Diesmal trat er jedoch sofort von ihr zurück und begab sich auf die andere Seite des Raumes. Er schüttelte den Kopf. »Ich bin so verdammt süchtig nach dir, Süße.«

»Das ist nicht meine Schuld«, erwiderte sie. »Das liegt nur an dir.«

Ohne ein weiteres Wort zu verlieren, nahm er das Telefon und bestellte beim Zimmerservice für sie beide, wobei er ein Trinkgeld von hundert Dollar versprach, wenn die Speisen innerhalb der nächsten zwanzig Minuten geliefert würden.

Der Cheeseburger, der eine Stunde zuvor so köstlich gewesen war, lag ihr nun im Magen wie ein Stein. Casey saß an einem Tisch in einem Hotelzimmer gegenüber zwei costa-ricanischen Polizisten. Sie waren zwar höflich gewesen, aber es war mehr als offensichtlich, dass sie darauf bedacht waren, alles zu hören, was sie zu sagen hatte. Sie hatte gegenüber Beatle hartnäckig darauf bestanden, dass sie es hinter sich bringen wollte, aber jetzt war sie sich nicht mehr so sicher, ob sie überhaupt über ihre Erlebnisse sprechen wollte. Egal mit wem.

Je länger sie schweigend dasaß, desto schwieriger war es, mit dem Reden anzufangen. Sie schluckte schwer und leckte sich die Lippen. Dann nahm sie einen Schluck des Wassers, das vor ihr stand. Sie faltete ihre Hände, legte sie dann auf ihre Shorts und versuchte, den Schweiß von ihren Handflächen zu wischen.

Sie machte den Fehler aufzuschauen und sah den ungeduldigen Blick einer der Polizeibeamten, bevor er wegschaute.

Scheiße. Sie konnte es nicht tun.

Als sie gerade herausschreien wollte, dass sie wieder in ihr Zimmer zurückgehen wollte, nahm Beatle ihre Hand. Er saß auf der einen Seite von ihr und Coach, sein Teamkollege, auf der anderen Seite. Ghost, Blade und Hollywood standen irgendwo hinter ihr. Fletch und Truck waren nicht im Raum; sie hatte keine Ahnung, wo sie waren oder was sie gerade taten.

Sie fühlte einen Finger unter ihrem Kinn und hätte fast die Augen verdreht. Beatle tat das gern, aber sie drehte gehorsam den Kopf und sah ihn an.

»Sieh sie nicht an. Erzähle *mir*, was geschehen ist.«

Casey war sich nicht sicher, ob das besser war. Doch sie schloss die Augen und atmete tief durch. Sie spürte, dass Beatle jetzt auch noch ihre andere Hand nahm. Mit dem Daumen streichelte er ihren Handrücken und erstaunlicherweise half das dabei, sie zu beruhigen.

»Wir waren an der Forschungsstelle im Dschungel, die wir seit mehreren Tagen besucht hatten. Wir hatten eine Blattschneiderameisenkolonie gefunden, die wir studiert und fotografiert hatten. Astrid hatte ihre Notizen vom Vortag vergessen und sie und Kristina waren nach Guacalito zurückgefahren, um sie zu holen. Ich achtete immer darauf, dass wir zu zweit reisten. Denn, nun ja, es war sicherer.«

Casey schnaubte. »Von wegen sicherer. Jedenfalls waren sie

schon ziemlich lange weg gewesen, sodass ich mir langsam Sorgen um sie machte. Also machten auch Jaylyn und ich uns zurück auf den Weg in die Stadt, um nachzusehen, warum sie so lange brauchten. Ich ging hinter Jaylyn und sah, wie uns zwei Männer entgegenkamen. Ich lächelte und rief ihnen eine Begrüßung zu, als ich sah, dass einer von ihnen ein Messer hatte. Bevor ich wusste, wie uns geschah, waren wir umzingelt. Sie riefen uns etwas auf Spanisch und Englisch zu. Sie sagten uns, wir sollten den Mund halten und niemand würde verletzt werden. Sie schafften uns von der Stadt weg, und nachdem wir eine kurze Weile gegangen waren, schafften sie uns in einen Pritschenwagen. Astrid und Kristina waren ebenfalls dort, bereits gefesselt und mit verbundenen Augen. Dann haben sie auch Jaylyn und mich gefesselt und uns nicht erklärt, was los war. Wir fuhren eine Zeit lang, dann zwangen sie uns, auszusteigen und zu Fuß weiterzugehen. Ich weiß nicht mehr, wie lange wir gelaufen sind, aber es kam mir ziemlich lange vor. Dann kamen wir im Dorf an und sie stießen uns in eine Hütte. Sie machten sich nicht die Mühe, uns die Fesseln oder die Augenbinden abzunehmen, doch ich brachte Astrid dazu, mir den Rücken zuzuwenden, und ich konnte ihre Fesseln lösen. Dann hat sie mir geholfen, die Fesseln zu lösen, und wir haben die beiden anderen befreit. Wir haben uns in der Hütte umgesehen, doch es gab keinen Weg nach draußen. Wir versuchten sogar, einen Tunnel zu graben, doch der Boden war mit einer Art Maschenzaun gesichert, sodass wir nicht weit kamen.«

Als sie tief durchatmete, fragte Beatle: »Haben sie euch gesagt, was sie mit euch vorhatten, oder habt ihr gehört, wie sie darüber gesprochen haben?«

»Nein.«

Beatle drückte ihre Hände. »Mach die Augen zu und denk nach, Casey. Ich weiß, dass es wehtut, aber versuche, dich an das zu erinnern, was du gehört hast. Hat irgendjemand etwas gesagt, während ihr im Wagen eingesperrt wart? Haben sie darüber gesprochen, wohin ihr fahrt? Und als ihr im Dorf angekommen seid, haben sie da irgendetwas gesagt? Hast du eventuell ein Gespräch zwischen den Einheimischen gehört?«

Casey machte die Augen fest zu und versuchte, sich zu erinnern. Ohne dass es ihr bewusst wurde, begann sie zu zittern. Je mehr sie versuchte, sich zu erinnern, umso mehr zitterte sie. Irgendetwas nagte in ihrem Hinterkopf, doch sie konnte sich nicht erinnern. Sie wusste nur noch, wie viel Angst sie gehabt hatte. Aber die Mädchen brauchten sie, also hatte sie sich zusammengerissen ...

»Ist schon okay, Case«, hörte sie jemanden sagen. »Mach die Augen auf. Sieh mich an.«

Sie tat, wie geheißen, und blickte in Beatles wunderschöne braune Augen. »So ist es richtig. Wir kommen später noch einmal darauf zurück. Was ist passiert, während ihr in der Hütte wart?«

Aus irgendeinem Grund hatte sie das Gefühl, noch einmal mit knapper Not entkommen zu sein, und sie erzählte weiter. »Eine Zeit lang waren die Dinge in der Hütte ... okay. Natürlich war es nicht toll, doch sie brachten uns Nahrung und Wasser. Nicht gerade viel, aber ich teilte es so auf, dass jeder einen gerechten Anteil bekam. Die Mädchen waren jetzt nicht mehr so aufgebracht und wir warteten einfach nur. Niemand hatte uns etwas getan und wir fühlten uns nicht bedroht. Tatsächlich langweilten wir uns, ob du es glaubst oder nicht. Und dann kam plötzlich der Typ aus dem Dschungel, der mit den Ameisen, zur Hütte und sagte mir, ich solle aufstehen. Dass jemand Lösegeld für mich bezahlt hätte und ich nach Hause dürfe. Ich wusste nicht, wovon er redete. Ich meine, ich wusste ja nicht mal, dass man Lösegeld für uns gefordert hatte. Ich versicherte den Mädchen, dass ich dafür sorgen würde, dass auch ihr Lösegeld so schnell wie möglich gezahlt würde, und ging.«

Casey wurde auf einmal still und dachte über das nach, was sie gerade gesagt hatte. »Es gab kein Lösegeld, nicht wahr?«, fragte sie Beatle.

»Nein, Süße. Niemand hat eine Lösegeldforderung gestellt.

Als Astrids Vater länger nichts mehr von ihr gehört hatte, versuchte er herauszufinden, wo sie war, und als ihm das nicht gelang, schaltete er die dänische Spezialeinheit ein, um sie zu finden.«

»Wären wir also ohne sie in Costa Rica auf Forschungsreise gewesen, hätte keiner gemerkt, dass wir entführt worden waren?«, fragte Casey, als ihr auf einmal klar wurde, wie viel Glück sie gehabt hatten.

»Was geschah, nachdem du aus der Hütte geholt worden warst?«, fragte Beatle, ohne auf ihre Frage einzugehen.

Das musste er auch gar nicht. Casey wusste ganz genau, was geschehen wäre, hätte sich die Diplomatentochter nicht unter ihnen befunden. Sie wären zwar irgendwann vermisst worden, doch dann wäre es zu spät gewesen. Besonders für sie. Casey wusste zwar nicht genau, was mit den Mädchen geschehen war, die sie in der Hütte zurückgelassen hatte, aber von dem wenigen, was sie von Truck und Beatle erfahren hatte, war ihr klar, dass es auch für sie kein gutes Ende genommen hätte. Sie wäre in dem Loch im Boden gestorben und niemand hätte je ihre Leiche gefunden. Sie erschauderte und sah hinab auf ihren Schoß.

»Du bist in Sicherheit«, versicherte Beatle, der immer noch neben ihr saß. »Ich habe dich gefunden und du hast dem Dschungel gezeigt, wer hier das Sagen hat, und jetzt befinden wir uns in einem Luxushotel und warten nur darauf, nach Hause zu kommen. Du bist *wirklich* in Sicherheit.«

Casey nickte. Das war sie. Beatle hatte recht. Also atmete sie tief durch und machte mit ihrer Geschichte weiter. »Sie verbanden mir wieder die Augen und ich dachte, sie würden mich zum Pritschenwagen zurückbringen und ich würde nach Guacalito zurückfahren. Ich Dummkopf, ich habe nicht einmal an ein anderes Szenario gedacht. Ich war zu sehr darauf konzentriert, mir zu überlegen, wie ich auch die anderen Mädchen befreien könnte. Ich musste eine Weile laufen und hörte ein Flüstern um mich herum, dann brachte mich der

Mann, der mich aus der Hütte geholt hatte, dazu anzuhalten. Er riss mir die Augenbinde vom Kopf und ich sah das Loch dort vor mir. Ich konnte den Blick nicht davon abwenden. Ich hätte mich umschauen sollen, um zu sehen, wer noch da war, aber ich konnte nur an das verdammte Loch denken. Ich brauchte eine Sekunde, um zu verstehen, was passierte, und als ich das tat, wehrte ich mich. Aber es hat nichts genützt. Sie stießen mich vorwärts und ich fiel direkt hinein. Einen Moment lang bekam ich keine Luft mehr und als ich wieder bei Sinnen war, schaute ich auf und sah, wie das Loch über mir abgedeckt wurde. Ich –«

Casey massierte ihre Schläfe, denn wie aus dem Nichts hatte sie plötzlich Kopfschmerzen. Es gab etwas, an das sie sich unbedingt erinnern musste, aber es gelang ihr nicht. Es war in ihrem Hinterkopf, aber sie konnte es nicht in den Vordergrund bringen. Etwas war passiert, als sie am Boden des Lochs gelegen und nach oben geschaut hatte, aber was? Sie erinnerte sich, dass sie die Bäume über ihrem Kopf sah und Stimmen hörte, dann war es dunkel geworden. Woran erinnerte sie sich nicht?

»Casey?«, fragte ihr Bruder hinter ihr.

Seine Stimme holte sie in die Gegenwart zurück und das, woran sie sich zu erinnern versuchte, war wieder verschwunden.

»Sie deckten das Loch ab und es wurde plötzlich stockdunkel«, sprach Casey weiter. »Es dauerte eine Weile, bis ich herausfand, dass von oben Wasser ins Loch lief. Ich versuchte vergebens herauszuklettern. Allerdings benutzte ich die Bretter, die überall verstreut lagen, um mir ein Podest zu machen, damit ich dem Wasser auf dem Boden des Lochs eine Zeit lang entkommen konnte. Ihr wisst ja, dass ich mir mit meinem BH einen Wasserfilter gebaut habe«, erklärte sie Beatle mit einem armseligen Versuch zu lächeln. Er erwiderte ihr Lächeln nicht.

»Hast du sonst noch etwas gehört, als du dort unten warst?«

»Nicht wirklich«, entgegnete Casey. »Ich meine, ab und zu

habe ich gehört, wie Leute sich unterhalten haben. Ich versuchte, mich durch Schreien bemerkbar zu machen, schrie, dass sie mir helfen sollten, aber sie haben mich entweder nicht gehört oder mich ignoriert. Ich weiß nicht, wie viel Zeit vergangen war, als ich Schüsse hörte, ich glaube, das war, als die Mädchen gerettet wurden. Ich war mir sicher, dass sie mich auch finden würden, aber als alles wieder ruhig wurde, dachte ich, ich wäre erledigt.«

Sie sah Beatle an. »Wie hast du mich gefunden?«

»Ich weiß es nicht«, erklärte er ihr, ohne den Blick abzuwenden. »Eine Mischung aus Instinkt, einer Vorahnung und einem verdammten Haufen Glück.«

»Sie tragen Kameras, richtig?«, fragte einer der Polizisten auf der anderen Seite des Tisches.

Beim Klang seiner Stimme zuckte Casey zusammen. Sie hatte nicht mehr daran gedacht, dass sie ebenfalls im Zimmer waren.

»Ja«, erwiderte Ghost. »Wir haben sie eingeschaltet, als wir uns dem Dorf näherten.«

»Wir hätten gern Kopien der Aufnahmen«, befahl der andere Polizist.

»Sobald wir zu Hause sind, werden wir Kopien anfertigen und sie Ihnen schicken lassen«, versicherte Ghost ihnen. »Als wir dort ankamen, war das Dorf verlassen. Es gab Anzeichen dafür, dass die Spezialeinheit der Dänen während der Rettungsmission wohl leider ein paar der Dorfbewohner getötet hatte. Sie haben auch ein paar der Hütten niedergebrannt, aber wir haben nichts gesehen, das auf großflächige Zerstörung oder das Abschlachten eines gesamten Dorfes hingewiesen hätte. Ich weiß, dass Sie keinen Grund haben, uns zu glauben, aber wenn Sie die Videos anschauen, werden Sie feststellen, dass die Hütten schon vor einigen Tagen gebrannt hatten, als wir dort ankamen, und auch der Zustand der Leichen wird beweisen, dass wir nicht diejenigen waren, die diese Leute getötet haben.«

»Du hast eine Kamera getragen?«, fragte Casey und sah Beatle mit großen Augen an.

»Ja.«

»Hast du ... hast du mich in dem Loch gefilmt?« Sie wollte das auf keinen Fall sehen. Niemals. Tatsächlich wollte sie nicht, dass überhaupt jemand es sah. Sie fand es entsetzlich, dass jemand sehen sollte, wie tief sie wortwörtlich gesunken war. Sie wusste, wie nahe sie dem Tod gewesen war. Sie hatte sogar sterben *wollen*.

Beatle legte ihr die Hände auf die Wangen und sagte: »Du hast nichts falsch gemacht. Ganz im Gegenteil, du hast alles richtig gemacht.«

»Ich will einfach nicht ... dass Leute mich so sehen.«

»Was sie sehen, ist ein Wunder, Case. Das ist auch das, was ich gesehen habe. Ich schwöre bei Gott, als ich mich in das Loch gebeugt und gesehen habe, wie du zu mir hochgeschaut hast, war es das Schönste, was ich jemals im Leben gesehen hatte. Es gibt nichts, wofür du dich schämen müsstest. *Nichts*. Und die einzigen Menschen, die dieses Video jemals zu Gesicht bekommen werden, sind die Polizisten hier und mein Kommandant. Die Aufnahmen werden dazu benutzt, *unsere* Verhaltensweise zu beurteilen, und nicht andere Leute, die vielleicht auch auf dem Video zu sehen sind, zu verurteilen. Vertrau mir.«

Casey sah in seinem Blick, dass er es ernst meinte, und konnte nur noch nicken. Sie vertraute ihm. Wie konnte sie das auch nicht? »Okay.«

»Okay«, wiederholte Beatle.

Der Rest des Verhörs mit den Polizisten verging ziemlich schnell. Beatle beschrieb ihr Zusammentreffen mit der Gruppe Männer, die gesagt hatten, dass ihr Boss sie zurückhaben wollte. Coach steuerte bei, was seine Gruppe erlebt hatte, wie jemand auf sie geschossen hatte und wie es ihnen gelungen war, die Männer, die offensichtlich nach Casey und ihren Rettern suchten, zu neutralisieren.

Als die Polizisten das Gefühl hatten, alles erfahren zu haben, standen sie auf. Sie schüttelten sich gegenseitig die Hände und die Polizeibeamten erklärten Ghost, dass sie sich bald bei ihm melden würden.

Und ehe sie es sich versah, waren nur noch sie und die Deltas im Raum.

»Du siehst erschöpft aus«, erklärte Blade seiner Schwester. »Warum gehst du nicht aufs Zimmer legst dich hin?«

Ohne Beatle wollte sie nirgendwo hingehen, doch sie zwang sich zu nicken. In ein oder zwei Tagen wäre sie sowieso dazu gezwungen, ohne ihn klarzukommen. Schließlich konnte sie nicht den Rest ihres Lebens an seinem Rockzipfel hängen.

»Ich bringe dich hoch«, erklärte ihr Beatle. Dann sagte er an seine Freunde gewandt: »Irgendwer da draußen versucht verzweifelt, sie zu finden. Wir können sie nicht allein lassen, bis wir aus diesem Land verschwunden sind.«

»Da stimme ich dir zu. Wir sollten besser alle nach oben gehen, dann können wir uns in einem Zimmer neben ihrem treffen. So stören wir sie nicht, können sie aber trotzdem im Auge behalten«, sagte Hollywood.

»Wäre das in Ordnung?«, fragte Beatle sie. »Wir lassen die Verbindungstür offen, nur für den Fall, aber immerhin hast du ein bisschen Privatsphäre.«

Casey wollte ihn eigentlich fragen, ob er nicht bei ihr im Zimmer bleiben könnte, doch dann traute sie sich nicht. Sie wollte vor ihrem Bruder nicht schwach wirken und außerdem wollte sie nicht, dass Beatle dachte, sie wäre verzweifelt. »Das wäre großartig. Ich kann es kaum erwarten, mich auf der gemütlichen Matratze auszustrecken«, versuchte sie lässig zu erwidern, war sich aber nicht sicher, ob es ihr gelang, vor allem mit dem Seitenblick, den Beatle ihr zuwarf.

Aber er stellte sie nicht bloß, obwohl er ihre vorgetäuschte Tapferkeit durchschaute, sondern fasste sie einfach bei der Hand und führte sie aus dem Raum. Sie stiegen alle in den Aufzug ein und fuhren zu ihrem Stockwerk. Sie erreichten ihr

Zimmer und Beatle schloss die Tür auf. Er legte ihr seine Hand ins Kreuz und führte sie hinein.

»Mach die Tür auf«, bat er Coach mit einem Kopfnicken in die entsprechende Richtung. »Ich bin in ein paar Minuten bei euch.«

»Alles klar«, entgegnete Coach und folgte Hollywood in das Zimmer nebenan.

»Ich hole Truck und Fletch«, sagte Blade.

Ghost blieb noch einen Augenblick stehen und sah Casey lange an, dann nickte er schließlich Beatle zu und folgte Coach.

»Geh hinein, Case«, befahl Beatle ihr.

Sie machte ein paar Schritte in den Raum und er schloss die Tür hinter sich und verriegelte sie.

Er führte sie zum Bett und griff nach der Flasche Wasser, die er vorher hochgebracht hatte. Dann schraubte er sie auf und reichte sie ihr. »Alles in Ordnung?«

»Es geht mir gut.«

»Lüg mich nicht an«, bat er, während er vor ihr auf und ab ging.

Casey nahm sich die Zeit, ihn zu betrachten. Er sah richtig gut aus. Er fuhr sich ständig mit der Hand über sein kurzes rotblondes Haar und selbst der besorgte Gesichtsausdruck beeinträchtigte sein gutes Aussehen nicht. Er trug nur eine kurze Hose und ein T-Shirt, aber sein Outfit minderte kein bisschen den Eindruck, dass mit ihm nicht zu spaßen war. Ihre Kleidung befand sich irgendwo tief im Inneren des Hotels, wo sie gereinigt wurde, und der Angestellte hatte versprochen, dass sie in ein paar Stunden fertig wäre. Spätestens am Morgen, wenn sie sie brauchte, um sich anzuziehen.

Beatles Oberschenkelmuskeln spannten sich bei jedem Schritt, den er machte, und Casey konnte nicht anders, als ihn anzustarren. Sie hatte sich zu ihm hingezogen gefühlt, als er im Dschungel von Kopf bis Fuß mit seiner Ausrüstung bedeckt gewesen war, aber praktisch nackt? Da war er noch attraktiver.

Casey wurde vor Scham rot. Sie sollte nicht so an ihn denken. Besonders nicht, da er mit ihrem Bruder befreundet war. Er war ein Soldat, der sie gerettet hatte. Er konnte nichts anderes sein. Er würde nichts anderes sein wollen.

Aber dann erinnerte sie sich an seine Küsse. Und den Blick der Begierde in seinen Augen.

Sie hatte einen One-Night-Stand während ihrer Collegezeit gehabt, und obwohl es damals aufregend gewesen war, hatte sie sich danach vor sich selbst geekelt. Sie hatte nichts über den Kerl gewusst, mit dem sie geschlafen hatte, und weil sie ein schlechtes Gewissen hatte, war sie danach lange Zeit keine andere Beziehung mehr eingegangen.

Sie wollte keinen One-Night-Stand mit Beatle und sie glaubte auch nicht, dass er das von ihr wollte. Dabei zuzusehen, wie er auf und ab ging, erweckte ihre lange verloren geglaubte Libido zu neuem Leben. Sie hatte seit Jahren keinen Freund gehabt; sie war zu sehr damit beschäftigt gewesen, ihren Doktor zu machen und zu arbeiten. Vielleicht war das, was sie fühlte, einfach eine Möglichkeit zu bestätigen, dass sie noch lebte, vielleicht war sie ihm auch einfach nur dankbar, sie gerettet zu haben. Aber tief in ihrem Inneren wusste Casey, dass nichts von all dem wahr war.

Sie wollte Troy »Beatle« Lennon. Und zwar sehr.

Sie wurde aus ihren Gedanken gerissen, als er innehielt und sich vor das Bett hockte, auf dem sie saß. »Bitte lüg mich nicht an«, wiederholte er. »Bist du nach all dem wirklich in Ordnung? Es ist dir nicht leichtgefallen, das alles noch einmal durchzumachen. Ich weiß genau, dass es so ist.«

»Es geht mir gut«, versicherte sie ihm sofort. »Es war nicht leicht, aber du warst da und jetzt bin ich in Sicherheit. Geh und rede mit deinem Team.« Sie musste all ihre Willenskraft aufbringen, um seinem Blick nicht auszuweichen. Es hatte nicht mehr bedurft, als dabei zuzusehen, wie er in die Hocke ging und seine Knie öffnete, sodass sie sehen konnte, wie sich die Muskeln seines inneren Oberschenkels anspannten, und schon war sie feucht geworden. Sie brauchte jetzt etwas Abstand von ihm. Abstand, um ihre vollkommen außer Kontrolle geratene Libido wieder unter Kontrolle zu bringen. »Ich gehe jetzt ins Bett und schlafe.«

Er sah sie skeptisch an. Dann beschloss er, ihr zu vertrauen, und versicherte ihr: »Ich bin gleich nebenan. Das sind wir alle. Wenn du nervös wirst oder Angst bekommst oder wenn jemand an deine Tür klopft, dann ruf einfach nur und wir kommen alle sofort rüber, okay?«

»Okay«, versicherte sie ihm.

Einen Moment lang rührte Beatle sich nicht, dann stand er ganz langsam auf. Casey hob dabei den Kopf, da sie wusste, dass sein Schwanz ihr genau auf Augenhöhe gegenüber sein würde, wenn sie es nicht tat. Es wäre die perfekte Höhe, um nach dem Bund seiner Hose zu greifen und –

Sie musste schlucken und zwang sich zu fragen: »Machst du bitte das Licht im Badezimmer an, bevor du gehst?«

Seine Stimme wurde sanft und er strich ihr über die Wange. »Natürlich. Ab ins Bett, meine Süße.«

Sie tat, wie geheißen, und hielt sich an der Decke fest. Casey hätte ihn gern gefragt, ob er im gleichen Zimmer wie sie schlafen würde, doch es war ihr zu peinlich. Immerhin war sie neunundzwanzig Jahre alt, verdammt. Und sie brauchte ihn nicht, um nicht allein zu sein. Allerdings hätte sie bei dem Gedanken daran, allein zu sein, fast die Fassung verloren, doch dann lächelte sie zu Beatle hoch.

Er beugte sich über sie, seine Fäuste hatte er neben ihre Schultern auf die Matratze gestützt. »Ich bin gleich nebenan, wenn du mich brauchst.«

»Mach dir keine Sorgen um mich, es geht mir gut«, sagte sie mit Nachdruck.

Einen Moment lang glaubte sie, dass er ihre Lüge durchschaute, doch dann beugte er sich einfach vor, küsste sie auf den Mund und richtete sich wieder auf. »Gute Nacht, Case.«

»Gute Nacht, Beatle. Und vielen Dank für … für … alles.«

Er antwortete nicht, sondern stand auf und machte das Licht neben ihrem Bett aus.

Casey musste schlucken, als sie sofort ein Gefühl der Beklemmung überkam. Es war fast so, als würde sie wieder am Grund dieses Loches stehen und zu Männern hinaufsehen, die dabei waren, es zu verschließen.

Erneut regte sich etwas in ihren Gedanken, doch als sie Beatle ansah, war es wieder verschwunden.

Er betrachtete sie eingehend und einen Moment später ging er schnell zum Badezimmer und machte das Licht an, bevor er die Tür ein wenig zuzog. Dann sagte er leise: »Es muss dir nicht peinlich sein, dass du das Licht anhaben möchtest, Case.«

»Danke«, murmelte sie.

Dann ging er zur Verbindungstür, hielt inne und wartete darauf, dass sie ihn ansah. Als sie das tat, zeigte er erst auf sich und dann auf das Nebenzimmer.

Casey verstand ihn und nickte und war sofort beruhigt bei dem Gedanken, dass er immerhin im Nebenzimmer war, auch wenn er sich nicht bei ihr im Zimmer aufhielt.

Dann war er verschwunden. Casey sah, dass die Verbindungstür einen Spaltbreit offen stand, und sie hörte, wie Beatle seine Teamkollegen begrüßte. Sie konnte nicht ganz ausmachen, worüber sie sprachen, doch das Geräusch ihrer Stimmen beruhigte sie trotzdem. Solange sie sie hörte, wusste sie, dass sie nicht allein war.

Sie drehte sich um und machte die Augen zu. Einschlafen. Wenn sie nur endlich einschlief, würde sie keine Angst mehr haben.

KAPITEL VIERZEHN

Beatle war müde. Er wollte nichts mehr, als zurück in Caseys Zimmer zu gehen und sich hinzulegen. Er und die anderen waren alles, was Casey ihnen erzählt hatte, immer wieder durchgegangen und waren der Antwort auf die Frage, wer hinter der Entführung stecken könnte, nicht näher, als sie es vor zwei Stunden waren.

Sie hatten etwas übersehen. Etwas Großes, aber niemand wusste, was es war. Sie hatten einige Zeit damit verbracht, die Bänder ihrer Kameras zu überprüfen, ob sie etwas Offensichtliches übersehen hatten. Wenn die Bedrohung von jemandem aus Costa Rica ausging, wäre es besser, das jetzt herauszufinden, als zu warten, bis sie nach Hause kamen. Aber sie hatten nichts aufgezeichnet, was ungewöhnlich wirkte. Sie würden die Aufnahmen nach ihrer Rückkehr nach Texas noch sorgfältiger überprüfen müssen. Vielleicht sollten sie ihren Freund Tex, der ein Computergenie war, oder einen der Techniker auf dem Stützpunkt dazu bringen, sie genauer zu untersuchen.

Beatle war mehrmals aufgestanden, um nach Casey zu sehen, und jedes Mal lag sie still unter der Decke. Er hoffte, dass es sowohl körperlich als auch geistig Wunder wirken würde, wenn sie sich endlich mal richtig ausschlief.

Sie hatte nicht verheimlicht, dass sie Angst hatte. Hatte es nicht mal annähernd geschafft. In der Vergangenheit hatte er in Situationen wie dieser Mitleid mit dem Opfer gehabt, aber das war definitiv nicht das, was er für Casey empfand.

»Du magst sie wirklich«, murmelte Blade. Er war zu ihm gekommen und hatte sich neben ihn in die Verbindungstür gestellt.

Ohne den Blick von der schlafenden Frau im Bett abzuwenden, nickte Beatle. »Ich hoffe, du meintest es ernst, als du sagtest, du hättest nichts dagegen, wenn ich eine Beziehung mit deiner Schwester einginge.«

»Natürlich habe ich das ernst gemeint«, versicherte Blade ihm. »Ich kenne dich, Beatle. Und ich habe noch nie gesehen, dass du dich bei einer Frau so benimmst wie bei ihr.«

Beatle drehte sich zu seinem Freund und Kollegen um. »Das liegt daran, dass ich noch nie für eine Frau so empfunden habe wie für deine Schwester. Ich weiß auch nicht, woran es liegt, aber ich habe mich Hals über Kopf in sie verliebt.«

»Sie lebt in Florida.«

Beatle fuhr sich mit der Hand durchs Haar. »Ich weiß. Und glaube mir, wenn ich dir sage, dass ich die ganze Zeit *darüber* nachdenke.«

»Ich bin mir nicht so sicher, dass es das Beste wäre, jetzt direkt dorthin zurückzukehren«, entgegnete Blade. »Ich meine, offensichtlich hat es jemand darauf angelegt, dass sie den Dschungel nicht verlässt. Und um dafür zu sorgen, hat derjenige ein Dutzend bewaffnete Männer anrücken lassen. Ich bin nicht davon überzeugt, dass sie in Sicherheit ist, wenn wir von hier weg sind.«

»Was zum Teufel ist da los? Sie hat doch behauptet, sie sei einfach nur eine Professorin an der Universität. Wer könnte sie tot sehen wollen? Und warum? Was wollen sie? Sie in ein weiteres Loch schmeißen? Sie foltern? Es muss doch einen anderen Grund für all das geben, Blade.«

»Ich weiß, und ich bin *ganz* deiner Meinung. Deswegen bin

ich davon überzeugt, dass wir sie im Auge behalten sollten, bis wir der Sache auf den Grund gegangen sind. Ich will auf keinen Fall, dass dieses Arschloch sie noch einmal in die Finger bekommt. Bis jetzt kommt sie einigermaßen mit der Sache klar. Aber ich glaube, dass sie daran zerbrechen würde, wenn sie noch einmal entführt würde, und dass sie dann nie wieder die kleine Schwester wäre, die ich kenne und liebe.«

Bilder von Casey, wie sie mit gebrochenem Geist und zerbrochenem Körper auf einem Bett liegt, erschienen vor Beatles geistigem Auge und er zuckte zusammen. Schnell sah er zu ihr, um sich davon zu überzeugen, dass sie sich in Sicherheit befand.

»Es ist nur so«, sprach Blade weiter, »ich kenne meine Schwester. Sie möchte niemandem zur Last fallen. Es wird ihr nicht gefallen, wenn wir sagen, dass sie einen Babysitter braucht. Sie wird nach Florida zurückkehren wollen, um nach ihren Studentinnen zu sehen. Wahrscheinlich ist sie überzeugt davon, dass sie zu ihrem alten Leben zurückkehren muss, und sie wird so tun, als wäre nichts geschehen.«

»Was schlägst du also vor?«, wollte Beatle wissen. Er hasste den Gedanken, dass er Casey noch nicht gut genug kannte, um ganz instinktiv zu wissen, wie er mit ihr umgehen musste, aber Tatsache war nun mal, dass er es nicht tat. Sie kannten einander noch nicht sonderlich lange, auch wenn die Zeit, die sie miteinander verbracht hatten, ziemlich intensiv gewesen war und sie sich folglich sehr nahegekommen waren. Blade war ihr Bruder. Sie kannten einander schon ihr ganzes Leben. Wenn jemand wusste, was zu tun war, dann er.

»Sie ist nicht dumm«, erklärte Blade. »Sie wird nicht nur aus Trotz ihr Leben riskieren. Aber ... ich glaube, dass sie auf dich eher hören würde.«

Beatle seufzte. Ja, er hatte sich schon gedacht, dass Blade so etwas in der Art sagen würde. »Wir ... ich bin mir nicht sicher, dass ich sie überzeugen kann.«

»Das wirst du. Du hast jetzt schon großen Einfluss auf sie«, sagte Blade mit Nachdruck.

»Ich bin der gleichen Meinung«, fügte Truck leise von hinten hinzu.

Beatle erschrak. Er hatte den anderen Mann nicht kommen hören. Er hatte sich zu sehr auf die schlafende Casey konzentriert.

»Von der Sekunde an, als ihr euch das erste Mal gesehen habt, bestand eine Verbindung zwischen euch beiden. Das kannst du nicht verleugnen«, sagte Truck.

»Ich leugne es doch gar nicht«, erwiderte Beatle. »Aber es besteht ein großer Unterschied zwischen eine Verbindung haben und sie davon zu überzeugen, nach Texas zu ziehen, damit wir sie auf unbestimmte Zeit im Auge behalten können. Was ist mit ihrer Arbeit? Ihren Studenten? Ihren Freunden?«

»Alles berechtigte Fragen«, stimmte Truck ihm zu. »Aber die Frau ist zu Tode verängstigt. Das sieht man auf den ersten Blick. Blade hat doch selbst gesagt, dass sie nicht dumm ist. Außerdem ist es ja nicht so, als würdest du ihr sagen müssen, dass sie nie wieder nach Florida zurückkehren darf. Rede mit ihr, Beatle. Sie muss erfahren, worüber wir heute Abend gesprochen haben. Ich habe das Gefühl, dass sie eine Schlüsselrolle darin spielt, das Ganze aufzudecken. Aber sie hat schon einiges durchgemacht, also braucht sie Zeit, um sich sicher zu fühlen und damit ihr Gehirn die Möglichkeit hat, sich zu erholen, damit sie sich an jedes noch so kleine Detail erinnert. Eine Nichtigkeit, die sie am Rande gesehen oder gehört hat, ist vielleicht der Schlüssel, damit wir dafür sorgen können, dass sie ein für alle Mal in Sicherheit ist.«

Beatle stimmte zu. Er hatte gesehen, wie Casey die Stirn gerunzelt hatte, als würde sie versuchen, sich an etwas zu erinnern, aber dann war sie unterbrochen worden und der Anflug einer Ahnung war wieder verschwunden. »Ich werde alles in meiner Macht Stehende tun, damit sie in Sicherheit ist«, schwor er.

»Sie hat gesagt, sie hätte eine Kollegin an der Uni, die Psychologin ist«, sagte Truck. »Vielleicht könntest du ihr vorschlagen, sie nach Texas fliegen zu lassen?«

»Vielleicht«, entgegnete Beatle. »Obwohl es manchmal leichter ist, sich einem Fremden anzuvertrauen als einem Freund.«

»Sprich mit ihr«, drängte Blade ihn. »Fletch hat gesagt, dass ihr in der Wohnung über seiner Garage bleiben könntet. Dort könnten wir sie besser im Auge behalten als in deiner Wohnung.«

Je mehr sie darüber sprachen, desto mehr wünschte sich Beatle, dass Casey mit ihm nach Texas zurückkehrte. Es war verrückt. Aber es fühlte sich auch richtig an. Sie kannten sich noch nicht lange, aber die Zeit, die sie zusammen verbracht *hatten*, war intensiv gewesen. Was war das für ein Film? *Speed*? In dem Sandra Bullock Keanu Reeves erzählte, dass Beziehungen, die unter intensiven Umständen beginnen, nie von Dauer waren?

Scheiß drauf.

»Ich werde sehen, was ich tun kann«, versicherte er seinen Freunden. »Und falls sie sich aus irgendwelchen Gründen weigern sollte, nach Texas zu kommen, ziehe ich nach Florida.«

Schweigen folgte seiner Aussage, doch dann sagte Truck: »Aber dort hast du keine Verstärkung. Ich bin mir nicht sicher, ob du solange Urlaub bewilligt bekommst, wie es dauern könnte, bis das alles geklärt ist.«

Beatle sah seinem Freund fest in die Augen. »Das ist mir egal. Sie ist nicht in Sicherheit. Das habt ihr beide gesagt. Und ich werde sie nicht dazu zwingen, irgendetwas zu tun, das sie nicht will, und natürlich werde ich sie auch nicht der Gefahr aussetzen, erneut entführt zu werden.«

»Falls es so weit kommen sollte, werde ich mit dem Kommandanten sprechen«, sagte Ghost hinter ihnen.

Beatle wandte sich um und sah, dass Ghost und der Rest

des Teams direkt hinter ihnen standen. Offensichtlich hatten sie das gesamte Gespräch mitbekommen.

»Das wäre sehr nett.«

Plötzlich erklang ein Wimmern aus dem anderen Zimmer. Und Beatle hatte sich bereits in Bewegung gesetzt, bevor er einen klaren Gedanken fassen und die Situation überreißen konnte.

Innerhalb von Sekunden war er in Caseys Zimmer und an ihrer Seite. Doch selbst diese kurze Zeit reichte aus, dass sie sich in dem Albtraum verlor, den sie erlebte. Sie wandte sich, schlug auf dem Bett um sich und kämpfte mit dem Laken in dem verzweifelten Versuch zu entkommen.

»Ganz ruhig, es ist nur ein Traum, du bist in Sicherheit«, murmelte er.

Sie hörte ihn nicht. Sie schlug stärker um sich, trat mit den Füßen und schmiss den Kopf nach links und nach rechts, als würde sie sich gegen jemanden wehren, der sie festhielt.

»Casey«, wiederholte Beatle und legte ihr eine Hand auf die Schulter.

Doch anstatt sie zu beruhigen, schien seine Berührung ihr nur noch mehr Angst zu machen. Sie wich vor ihm zurück und riss die Augen auf. Ihr Blick war trübe und ohne Fokus, als würde vor ihrem geistigen Auge ein Film ablaufen, den nur sie sehen konnte. Oder als würde sie den schrecklichsten Moment ihres Lebens noch einmal durchleben.

»Nein! Nicht. Stoßt mich nicht dort rein! Ich werde alles tun, was ihr von mir verlangt! Bitte kommt zurück!« Dann drückte sie den Rücken durch und schrie, als sich jeder Muskel ihres Körpers anspannte.

»Oh mein Gott.«

»Verdammte Scheiße.«

»Diese verdammten Arschlöcher!«

Beatle blendete die Ausrufe seiner Teamkollegen aus und konzentrierte sich auf Casey. Ohne nachzudenken, tat er das Einzige, was in diesem Fall richtig erschien. Er schlug die

Decke zurück und kroch mit ihr ins Bett. Er murmelte beruhigende Worte, als er ihren zuckenden Körper in seine Arme nahm. Er hielt ihren Kopf an sich gedrückt und schaukelte sie hin und her.

Zuerst kämpfte sie gegen ihn, aber langsam beruhigte sie sich. Er konnte fühlen, wie ihr Puls hämmerte, und er spürte die schnellen Atemzüge, die aus ihrem Mund kamen, heiß an seinem Hals. Doch schließlich schloss sie die Augen und klammerte sich an ihn, als würde sie ihn nie mehr loslassen. Sie drehte sich zu ihm und kletterte quasi auf ihn. Beatle ließ sich auf den Rücken fallen, um ihr Platz zu machen. Casey schob ihre Arme unter ihn und zog die Knie an. Sie kauerte sich auf ihn, als hinge ihr Leben davon ab, dass er sie festhielt.

Beatle schluckte schwer und legte seine Arme um sie. Er legte ihr eine Hand auf den Hinterkopf, die andere auf die nackte Haut ihres Kreuzes. Ihr Hemd war bei ihrem wilden Kampf nach oben gerutscht und der Hautkontakt machte ihn fast schwindelig.

»Ich bleibe hier«, informierte Truck Beatle und die anderen Teammitglieder leise.

»Sie ist an mich gewöhnt.«

Beatle sah Blade an. Er hatte gesagt, es wäre für ihn in Ordnung, dass er eine Beziehung mit Casey einging, aber es zu sagen und seine kleine Schwester mit ihm im Bett zu sehen, oder besser gesagt auf ihm, war etwas völlig anderes.

»Kümmere dich gut um sie«, sagte Blade leise, bevor er sich umdrehte und das Zimmer verließ.

Coach beugte sich vor und zog Casey die Decke über den Rücken. Sie wachte nicht auf, drängte sich aber noch stärker an Beatle.

Ghost und Hollywood verabschiedeten sich mit einem Nicken von Beatle, bevor sie zur Verbindungstür gingen.

»Sie muss nach Texas kommen«, sagte Fletch mit zusammengebissenen Zähnen. »Sie kann nicht nach Florida zurückkehren. Sie muss noch zu viel verarbeiten, als dass man sie allein lassen könnte.«

»Ich weiß«, entgegnete Beatle leise, da er die Frau in seinen Armen nicht wecken wollte.

»Du weißt doch, dass Annie sie unter ihre Fittiche nehmen und dafür sorgen wird, dass sie all ihre Sorgen vergisst«, versicherte ihm Fletch.

Beatle nickte. Ja, Annie war unglaublich. Es war, als wüsste sie genau, was die Verwundbaren und Verletzten brauchen. Sie war unglaublich mit Fish, dem Ehrenmitglied ihres Teams, gewesen. Er war relativ neu in ihrem Freundeskreis und war vor Kurzem nach Idaho gezogen. Aber bei Fletchs Hochzeit hatte Annie den Mann vom ersten Moment an um ihren kleinen Finger gewickelt. Dasselbe hatte sie auch mit Truck gemacht. Als sie ihn zum ersten Mal traf, hatte sie ihre kleine Hand auf seine vernarbte Wange gelegt und wollte wissen, ob es wehgetan hatte. Ja, Annie wäre gut für Casey.

Und er musste sich eingestehen, dass er wollte, dass sie auch die anderen kennenlernte. Rayne, Emily, Harley, Kassie und selbst Mary würden ihr guttun. »Ich werde mein Bestes geben, um sie zu überzeugen.«

»Tu das«, sagte Fletch, bevor er auf dem Absatz kehrtmachte und ging.

»Sobald wir landen, rufe ich Harley an und sage ihr, dass sie sich bei Kassie melden soll, damit sie ihr vielleicht ein paar Klamotten bei JCPenney besorgen. Sie braucht ja etwas anzuziehen.«

»Danke, Coach«, erklärte Beatle seinem Freund.

»Nicht dafür. Wir helfen einander aus der Patsche.« Und damit ging auch Coach und machte die Verbindungstür fast ganz hinter sich zu.

Beatle schloss die Augen und versuchte, sich einzuprägen, wie sich diese Frau in seinen Armen anfühlte. Es gefiel ihm nicht, dass sie zusammengerollt auf ihm lag, anstatt entspannt neben ihm. Aber er konnte ihren nackten Bauch auf seinem spüren. Sowohl ihr als auch sein T-Shirt waren hochgerutscht. Durch die ganze Aufregung war ihre Haut mit einem leichten Schweißfilm bedeckt. Beatle fühlte sich wie ein Arschloch, weil vor seinem geistigen Auge sofort das Bild erschien, wie sie so zusammenlagen, nachdem sie sich ausgiebig und schweißtreibend geliebt hatten.

»Alles okay? Kann ich dir noch irgendetwas holen?«, fragte Truck vom anderen Bett aus. Er hatte sich auf dem zweiten Doppelbett im Zimmer diagonal ausgestreckt, damit er hineinpasste, und Beatle spürte, wie er ihn ansah.

»Nein. Ich glaube, wir brauchen nichts.«

»Du tust ihr gut«, stellte Truck fest. »Ich habe noch nie gesehen, dass zwei Menschen sofort eine Verbindung zueinander hatten, wie es bei euch der Fall war. Ich würde alles dafür geben, damit Mary mich so ansieht, wie Casey dich ansieht.«

Beatle wusste nicht, was er darauf antworten sollte. Er konnte schließlich nicht behaupten, dass Mary das bestimmt irgendwann tun würde, da er sich dessen nicht sicher war. Die Dynamik zwischen Truck und Mary konnte man durchaus als interessant bezeichnen. Es war wirklich kein Geheimnis, dass Truck die Frau liebte, allerdings war *überhaupt* nicht klar, wie Mary zu ihm stand.

Die Möglichkeit, mehr über Trucks Beziehung zu Raynes bester Freundin zu erfahren, verstrich, als Truck sagte: »Ich werde mich morgen früh gleich verdrücken, damit sie sich nicht komisch vorkommt.«

»Danke, Truck. Und … falls du jemals etwas brauchst … ein offenes Ohr oder so was, bin ich für dich da.«

»Ich weiß es zu schätzen. Aber mach dir keine Sorgen. Mary mag zwar ziemlich dickköpfig sein, aber ich bin noch dickköpfiger. Irgendwann wird sie sich schon fügen.«

Und damit wendete Truck Beatle und Casey den Rücken zu und gab ihnen so viel Privatsphäre, wie in diesem kleinen Raum möglich war.

Beatle legte sich anders hin und rückte das Kissen unter seinem Kopf zurecht, um es gemütlicher zu haben. Erstaunlicherweise machte es ihm überhaupt nichts aus, dass sie auf ihm lag. Er spürte ihr Gewicht kaum, sie fühlte sich eher an wie eine schwere Decke oder so was. Er hatte sich bei ihrem Weg durch den Dschungel so daran gewöhnt, dass sie ganz dicht bei ihm schlief, dass es sich einfach richtig anfühlte, sie in den Armen zu halten.

Sie stöhnte ein wenig tief in ihrer Kehle und Beatle fuhr sanft mit den Fingern durch ihr sauberes, blondes Haar. »Pst, meine Süße. Ich passe auf dich auf. Du bist in Sicherheit.«

Seine Worte schienen wirklich zu helfen, denn sie beruhigte sich.

Die Tatsache, dass er dafür verantwortlich war, dass sie sich entspannte und nach dem Albtraum selig schlief, trieb ihm die Tränen in die Augen. Er hatte noch nie so für jemanden empfunden wie für diese Frau in seinen Armen. Er konnte nicht mehr ohne sie leben. Es war ihm einfach nicht möglich.

Beatle wusste nicht, wie viel Zeit verstrichen war, doch schließlich fielen ihm auch die Augen zu und er versank in einen tiefen Schlaf. Bevor er sich jedoch vollständig vom Schlaf übermannen ließ, wandte er den Kopf, drückte Casey seine Lippen auf die Schläfe und ließ sie dort.

Casey wachte langsam auf. Sie hielt die Augen geschlossen und versuchte, sich daran zu erinnern, wo sie war. Sie hatte sich in ihrem ganzen Leben noch nie so wohlgefühlt und erinnerte sich nicht daran, wann ihre Matratze schon einmal so gemütlich gewesen war wie jetzt.

Als die Matratze unter ihr sich bewegte, wäre Casey fast vor Angst aus dem Bett gesprungen. Dann fiel ihr plötzlich alles wieder ein. Costa Rica. Die Entführung. Das Loch. Die Flucht durch den Dschungel. Beatle.

Sie öffnete die Augen und es dauerte einen Moment, bis sie verstand, was sie da sah. Beatles Kiefer. Dann wurde ihr klar, dass sie auf ihm lag. Es schien intimer zu sein als die Male, die sie im Dschungel zusammen in der Hängematte geschlafen hatten. Dort hatte sie an ihn gedrückt geschlafen, aber sie hatten mehr Seite an Seite gelegen. Jetzt lag sie buchstäblich auf ihm. Sie musste ihn erdrücken, aber es schien ihn nicht zu kümmern. Er atmete langsam und leicht, und er war unter ihr völlig entspannt.

Casey bewegte keinen einzigen Muskel. Das Ganze gefiel ihr. Sehr sogar. Sie versuchte, sich daran zu erinnern, wie sie in diese Position gekommen waren, aber es gelang ihr nicht. Sie erinnerte sich nur noch daran, dass sie im Bett gelegen und auf die Verbindungstür gestarrt hatte.

»Nachdem du auf ihn draufgeklettert warst, hast du wie ein Stein geschlafen.«

Casey sog scharf die Luft ein, löste sich aber nicht erschreckt aus Beatles Armen. Sie erkannte die Stimme. Truck. Sie wandte den Blick von Beatles Gesicht ab und sah zu dem benachbarten Bett. Truck lag auf dem Rücken, einen Arm unter dem Kopf, den anderen auf dem Bauch.

»Daran erinnere ich mich gar nicht«, sagte sie leise, um Beatle nicht zu wecken.

»Du hattest einen Albtraum. Wir stürmten alle herein, um denjenigen umzubringen, der in dein Zimmer eingedrungen war, doch außer dir war niemand hier.«

»Ich erinnere mich an nichts davon«, wiederholte Casey.

»Du hast wohl geträumt, dass du wieder in diesem Loch bist. Und du hast wie verrückt gekämpft. Wahrscheinlich genau wie damals, als es tatsächlich passiert ist.«

Diesmal antwortete sie nicht. Sie *hatte* sich wie verrückt gewehrt. Sie hatte alles versucht, um aufzustehen und aus dem Loch zu kommen, nachdem sie hineingeworfen worden war. Sie war weggeworfen worden wie Müll, der entsorgt werden musste.

»Wir haben unsere Reisepläne vorverlegt«, erklärte Truck ihr. »Ich habe gehört, wie Ghost im Nebenzimmer darüber geredet hat. Wir brechen schon heute Abend auf. Aufgrund der Tatsache, dass du bereits gestern mit der Polizei gesprochen hast, und mit ein bisschen Hilfe von einem guten Freund in den Staaten, der ein paar Verbindungen hat, werden wir dieses Land verlassen, bevor die Sonne untergeht.«

Casey atmete erleichtert auf. Sie konnte es kaum erwarten, Costa Rica zu verlassen.

»Allerdings hast du eine Entscheidung zu treffen«, sprach Truck weiter und sie sah ihn erneut an. »Wir müssen wissen, wohin wir dich bringen sollen.«

Er hielt inne und Casey stöhnte überrascht. Ehrlich gesagt hatte sie sich noch nicht allzu viele Gedanken darüber gemacht. Ihr ging es hauptsächlich darum, endlich aus Costa Rica zu verschwinden. Aber es stimmte natürlich, wahrscheinlich hätte sie sich das schon mal überlegen sollen.

»Du kannst natürlich nach Hause nach Florida zurückkehren, das würde ich dir allerdings nicht empfehlen. Wir wissen nicht, wer dich entführt hat. Vielleicht handelte es sich nur um einen Zufall und jemand hier in Costa Rica dachte, er könnte schnell Geld machen, doch das ist ziemlich unwahrscheinlich, wenn man bedenkt, dass nie eine Lösegeldforderung gestellt wurde. Und der Kampf im Dschungel ist auch ein Hinweis darauf, dass derjenige es wirklich darauf anlegt, dich in die Finger zu bekommen.«

»Du hast gesagt, ich hätte eine Entscheidung zu treffen. Wo soll ich denn sonst hin? In ein Zeugenschutzprogramm?«

Truck lachte leise. »Nichts derart Dramatisches. Du könntest mit uns nach Texas kommen. Mit Beatle.«

Casey machte große Augen. »Wie bitte?«

»Beatle wird später mit dir darüber reden. Er wird dir vorschlagen, dass du mit uns kommst. Wir sorgen dafür, dass du in Sicherheit bist, Casey, da kannst du dir sicher sein. Aber es ist deine Entscheidung. Ich wollte dich schon mal vorwarnen, damit du darüber nachdenken kannst. Damit du dich nicht überrumpelt fühlst.«

Casey schloss die Augen. Ja, genau so fühlte sie sich jetzt. Überrumpelt. Texas? Sie schämte sich zuzugeben, sogar vor sich selbst, dass sie davon geträumt hatte, Beatle würde sie bitten, mit ihm nach Texas zu kommen. Dass er ihr sagte, er würde sie lieben und könnte nicht ohne sie Leben. Aber das war nur eine Fantasie. Natürlich liebte er sie nicht.

Und außerdem musste sie nach Florida zurückkehren, oder etwa nicht? Ihr Job wartete dort auf sie. Ihre Wohnung. Ihr Leben. Sie konnte doch nicht einfach ... abhauen.

Aber sie hatte immer noch dieses merkwürdige Gefühl im Hinterkopf. Sie war noch nicht in Sicherheit. Sie erinnerte sich an den Mann im Dschungel und wie er ihr gedroht hatte, sie zu vergewaltigen, bevor er sie seinem »Boss« übergab. Und dieser Mensch wollte dafür sorgen, dass sie Costa Rica nicht lebend verließ. Oder zumindest nicht bei klarem Verstand.

Bei dem Gedanken bekam sie eine Gänsehaut und erneut hatte sie dieses nagende Gefühl im Hinterkopf.

»Denk darüber nach«, sagte Truck und riss sie damit aus ihren Gedanken. »Ich würde mich freuen, wenn du Mary kennenlernst.«

Und damit stieg der große Mann aus dem Bett und stand auf. Ohne ein weiteres Wort ging er auf die Verbindungstür zu und verschwand dahinter.

Casey schaute wieder zu dem Mann, auf dem sie lag. Im Raum war es dank der aufgehenden Sonne heller geworden, und so nahe, wie sie ihm war, konnte sie sehen, dass seine Stoppeln einen Hauch von Rot hatten. Seine Wimpern waren unglaublich lang, besonders für einen Mann. Sie waren ebenfalls rotbraun. Mit dem Blick folgte sie der Form seiner Lippen, seiner Nase und sogar seiner Wangenknochen. Er war gut aussehend, aber auf eine raue Art und Weise. Nicht wie sein Freund Hollywood, der umwerfend schön war.

Aber Casey fühlte sich überhaupt nicht zu Hollywood

hingezogen. Auch zu keinem von Beatles anderen Freunden. Nein, *er* war derjenige, der ihr Schmetterlinge im Bauch bescherte und dafür sorgte, dass ihre Muschi feucht wurde.

Sie kniff die Augen zu. Verdammt, sie sollte nicht scharf werden. Wie konnte sie jetzt heiß sein? Ihr ganzes Leben war in Aufruhr. Sie musste nach ihren Studentinnen sehen, sich vergewissern, dass ihre Eltern wussten, dass sie noch lebte und dass es ihr gut ging, ihre Freundinnen und die Dekanin der Universität kontaktieren, damit sie wussten, dass es ihr gut ging.

Aber irgendwie verblassten all diese Dinge angesichts der Tatsache, dass sie bei Beatle – okay, *auf* Beatle – im Bett lag. Sie war froh, dass Truck sie darauf aufmerksam gemacht hatte, welche Entscheidung ihr bevorstand. Florida oder Texas? Sie war sich ehrlich gesagt nicht sicher. Texas wäre zwar klüger, aber sie war sich nicht sicher, ob sie noch länger mit Beatle zusammen sein konnte, ohne seiner Anziehungskraft nachzugeben. Und wenn er verschwinden und ihren Bruder an ihrer Seite lassen würde, würde es wehtun.

Wenn sie in die Staaten zurückkehrten und ihm klar wurde, dass die Gefühle, die er in Mittelamerika für sie gehabt hatte, ein Ergebnis des Adrenalins und der Aufregung über die Rettung waren, würde sie sich davon nie wieder erholen. Casey wusste das. Aber ihr war klar, dass sie es bereuen würde, wenn sie nach Florida ging und ihnen nicht einmal eine Chance gab. Ganz zu schweigen von dem kleinen Detail, dass offenbar jemand ihren Tod wollte.

Sie konnte auch nach Arizona fliegen und bei ihren Eltern bleiben, aber was, wenn sie sie dadurch ebenfalls in Gefahr brachte? Scheiße, sie war so verwirrt.

Und da ließ jemand nebenan etwas fallen und Beatle bewegte sich so schnell, dass Casey nicht einmal ansatzweise verarbeiten konnte, was da vor sich ging. In der einen Sekunde schlief er noch und in der nächsten hatte er sich so gerollt, dass sie unter ihm lag und sein Körper ihren schützte.

»Scheiße, es tut mir leid«, murmelte er und da er noch immer verschlafen war, klang seine Stimme tief und rau. Er stützte sich auf den Ellbogen ab. »Alles in Ordnung?«

»Ja, es geht mir gut.«

Sein Körper entspannt sich langsam, als niemand ins Zimmer gestürmt kam. »Gut geschlafen?«

»Ja. Und du?«

»Ich glaube, ich habe in meinem ganzen Leben noch nie so gut geschlafen.«

Oh. Mein. Gott.

Casey musste schlucken und konnte den Blick nicht von ihm abwenden, selbst wenn ihr Leben davon abhing.

»Es gefällt mir, dich im Arm zu halten. Danach könnte ich süchtig werden. Süchtig nach dir.«

Und dann, als hätte er nicht gerade ihre ganze Welt erschüttert, rollte er sich herum und schwang die Beine aus dem Bett. Er drehte sich zu ihr um. Er streckte eine Hand aus und strich ihr eine Strähne aus dem Gesicht, und zwar so sanft, dass sie es kaum spürte. »Bleib im Bett, ruh dich aus. Ich stehe auf und finde heraus, was wir heute vorhaben. Außerdem besorge ich noch etwas Shampoo und andere Sachen fürs Bad und sehe mal nach, was deine Klamotten machen. Weißt du, was du frühstücken möchtest?«

Sie schüttelte den Kopf. »Ich lasse mich überraschen.«

»Gibt es irgendetwas, das du nicht magst?«, wollte er wissen.

»Alles ist mir recht, solange es keine Feldration aus deinem Rucksack ist«, neckte sie ihn.

Seine Augen blitzten amüsiert auf. »Geht in Ordnung, Süße.« Dann überraschte er sie, als er sich wieder zu ihr beugte und ihr die Hand unter den Hinterkopf schob. Er hob sie an und senkte gleichzeitig seinen Mund auf ihren.

Das war kein sanfter Gutenmorgenkuss. Dies war eine Inbesitznahme. Ein besitzergreifender, leidenschaftlicher, ich-wünschte-ich-könnte-den-ganzen-Tag-im-Bett-bleiben Kuss.

Als er sich schließlich von ihr löste, leckte Casey sich die Lippen und schmeckte ihn dort.

»Keine Militärrationen. Verstanden.« Er strich ihr mit dem Daumen über die Lippen und atmete tief durch. Dann stand er langsam und widerstrebend auf. Ohne sich umzudrehen, ging er zum Badezimmer.

Casey blieb liegen, betrachtete die Decke und versuchte, ihr rasendes Herz unter Kontrolle zu bringen. Dieser Mann war tödlich und genau in diesem Moment traf sie ihre Entscheidung.

Sie wollte da sein, wo Beatle war.

Dann also Texas.

KAPITEL FÜNFZEHN

Casey hätte wahrscheinlich nervös sein müssen, aber das war sie nicht. Nach einem köstlichen Frühstück mit Eiern, Speck, Pfannkuchen und Orangensaft – oh mein Gott, Orangensaft, so etwas Gutes hatte sie noch nie in ihrem ganzen Leben gekostet – hatte sich Beatle sofort mit ihr zusammengesetzt, um die nächsten Schritte zu besprechen. Sie war dankbarer, als sie mit Worten ausdrücken konnte, dass Truck sie vorgewarnt hatte, worüber Beatle mit ihr sprechen würde.

Als sie ihm sagte, dass sie mit ihm nach Texas gehen wollte, glaubte sie, Erleichterung auf seinem Gesicht gesehen zu haben. Erleichterung und Verlangen. Aber sie war sich nicht sicher, ob sie es sich nur einbildete, weil sie es sich so verzweifelt wünschte, oder ob er sie wirklich ebenso sehr wollte wie sie ihn.

Sie wusste, dass sie nach ihrer Rückkehr in die Staaten eine Menge Leute kontaktieren musste, aber sie machte sich jetzt keine Gedanken darüber.

Ihren letzten Tag in Costa Rica verbrachte sie sicher und glücklich im Hotel. Die Klimaanlage lief auf Hochtouren und Beatle blieb den ganzen Tag an ihrer Seite. Die anderen

Männer gingen ein und aus, und sie lernte dadurch eine Menge über sie und die Frauen in ihrem Leben.

Irgendwann setzten sich alle acht hin und spielten ein unglaublich witziges Kartenspiel namens »Cards Against Humanity«. Anscheinend hatte Hollywood mit einer Hotelangestellten gesprochen und erwähnt, dass Casey sich langweilte, und diese hatte das leicht skandalöse Spiel ausgegraben.

Casey hatte in ihrem ganzen Leben noch nie so gelacht. Als sie das Hotel verlassen mussten, hatte sie das Gefühl, das Delta Force-Team schon seit Jahren zu kennen.

Als sie also von den fröhlichen Männern, mit denen sie den Nachmittag verbracht hatte, zu den wachsamen, tödlichen Soldaten wurden, die sie kannte, war sie nicht einmal beunruhigt. Tatsächlich vertraute sie ihnen mehr als zuvor.

Während der ganzen Fahrt vom Hotel zum privaten Flughafen blieb Beatle an ihrer Seite. Er legte seine Hand auf ihren Arm oder hielt ihre Hand, und das war tröstlich und beruhigend. Und als es auf dem Flughafen ein kleines Problem gab, geriet sie nicht in Panik, sondern tat nur, was Beatle ihr sagte, und legte ihr Leben wieder ohne Zögern in seine Hände.

Sie schlief ein wenig im Flugzeug, wobei ihr Kopf auf Beatles Schulter ruhte, seine Hand in der ihren. Der Flug zum Fort Hood Army Airfield dauerte etwa sechs Stunden. Die Sonne ging gerade über dem texanischen Horizont auf, als sie landeten. Es dauerte ein wenig, bis das Flugzeug gelandet war, und Casey wusste, dass sie sich noch mit dem Kommandanten des Teams treffen musste, aber sie machte sich keine Sorgen.

Wie konnte sie sich Sorgen machen, wenn sie mit Beatle und seinen Mannschaftskameraden zusammen war? Sie hatten immer und immer wieder bewiesen, dass ihnen ihr Wohl am Herzen lag und dass sie sie in Sicherheit bringen würden.

Nein, zu diesem Zeitpunkt war sie weniger um ihre Sicherheit besorgt und überließ das dem Mann an ihrer Seite, und sie war stattdessen gespannt darauf, die Frauen zu treffen, von denen sie in den letzten zwölf Stunden so viel gehört hatte.

Aber wenn sie ehrlich war, war Annie die Person, die sie am liebsten kennenlernen wollte. Fletchs Tochter war sieben Jahre alt, und wenn Casey alles glaubte, was er über sie behauptete, dann war sie das süßeste, klügste und erstaunlichste Kind, das je geboren wurde. Sie wollte den knallharten Soldaten mit dem kleinen Mädchen sehen, das ihn offensichtlich um den Finger gewickelt hatte.

Eine Stunde nach Verlassen des Flugzeugs und nach einem kurzen Gespräch mit Beatles Kommandanten und nachdem Ghost das gesamte Videomaterial aus ihrer Zeit im Dschungel übergeben hatte, machten sie sich auf den Weg zu Fletchs Haus. Anscheinend hatte er eine Wohnung über seiner Garage, in der sie wohnen sollte. Beatle hatte gesagt, dass sie auch bei ihm wohnen könnte, aber dass Fletchs Grundstück über ein umfangreiches Sicherheitssystem verfügte und es daher einfacher wäre, dort auf sie aufzupassen.

Wieder einmal schreckte Casey davor zurück, ihn zu fragen, ob er bei ihr bleiben würde. Sie würde es bald herausfinden.

»Was geht in deinem hübschen Köpfchen vor?«, fragte Beatle, als Fletch sie nach Hause fuhr.

Casey zuckte mit den Achseln.

»Machst du dir Sorgen?«

»Ein wenig. Ich meine, ich habe keine Ahnung, ob derjenige, der versucht hat, mich in Costa Rica zu töten, mir in die Staaten folgen und es noch einmal versuchen wird. Ich weiß nicht, was aus meinem Job wird. Meine Eltern flippen aus und drohen damit, nach Texas zu fahren, um sich selbst davon zu überzeugen, dass es mir gut geht. Ich möchte, dass die Frauen deiner Freunde mich mögen, aber da ich in meinem Leben nicht viele echte Freundinnen hatte, mache ich mir Sorgen, dass das vielleicht nicht der Fall sein wird. Und als wäre das noch nicht genug, habe ich das Gefühl, dass ich Fletch und seine Familie in Gefahr bringe, nur weil ich mich auf seinem Grundstück befinde.«

Beatle entging nichts und er ging auf jede ihrer Befürchtungen ein. »Ich hoffe, dass derjenige, der hinter dir her ist, versucht, dich zu kriegen, während du hier bist. Das wird es uns erleichtern, ihn zu finden und aufzuhalten. Aber er wird dir kein einziges Haar krümmen, das verspreche ich dir. Was auch immer mit deinem Job passiert, wird passieren. Ich versuche nicht, ein Arschloch zu sein, denn ich weiß, dass er dir wichtig ist, aber wenn die Universität nicht nachsichtig mit dir sein kann nach allem, was dir auf einer von der Schule gesponserten Reise passiert ist, dann scheiß drauf. Es gibt andere Universitäten und andere Jobs. Mit deinen Referenzen bekommst du leicht einen anderen Lehrstuhl. Und ich nehme es deinen Eltern nicht übel; wenn ich ein Kind hätte, das entführt und durch den Dschungel gejagt worden wäre, würde ich es persönlich sehen wollen, um mich davon zu überzeugen, dass es ihm auch wirklich gut geht. Sie sind herzlich eingeladen, etwas Zeit mit dir zu verbringen.

Und alle werden dich lieben, Case. Wie könnten sie das nicht? Ich weiß nicht, warum du in der Vergangenheit keine engeren Freundinnen hattest, aber ich habe das Gefühl, sobald Kassie, Rayne und die anderen dich zu Gesicht bekommen, werden sie dich als eine der ihren annehmen. Ich werde mit Sicherheit alles in meiner Macht Stehende tun, damit auch das geschieht. Und du bringst absolut niemanden in Gefahr. Fletch war derjenige, der vorgeschlagen hat, dass du bei ihm wohnst. Du bist nicht die Erste und wirst auch nicht die Letzte sein, die dort Zuflucht sucht. Wenn die Kacke am Dampfen ist, wissen sowohl Emily als auch Annie, was zu tun ist. Du bist dort in Sicherheit, versprochen.«

»Also gut«, sagte Casey, ganz benommen von all dem, was er zu ihr gesagt hatte. »Dann kann ich ja auch einfach die

Gedanken in meinem hübschen Köpfchen abstellen und die Fahrt genießen.«

Beatle lächelte sie an und sie glaubte, Fletch vom Vordersitz aus schnauben zu hören, aber sie ließ den Mann neben ihr nicht aus den Augen, um sich zu vergewissern.

Mit Beatle zu scherzen war neu für sie. Wenn man ihre gemeinsame Zeit überhaupt als Beziehung bezeichnen konnte, war sie während ihrer gesamten Beziehung verängstigt und halb wahnsinnig vor Angst gewesen. Sie hatte entweder in seinen Armen geweint oder versucht, sich zusammenzureißen. Aber jetzt, da sie endlich aus Mittelamerika weg waren, fühlte sie sich wieder mehr wie sie selbst. Leichter. Sicherer.

Er berührte ihre Nase mit seinem Zeigefinger und grinste. »Ja. Genau.«

Casey verdrehte die Augen. Dann beugte sie sich vor, um mit Fletch zu reden. »Also ... du und deine Frau, ihr erwartet ein Kind?«

»Verdammt«, grummelte Fletch und sah sie im Rückspiegel an. »Du hast gehört, wie ich mich im Hotel mit ihm unterhalten habe, richtig? Ich dachte, du würdest schlafen.«

Casey zuckte mit den Achseln. »Ich habe nicht geschlafen.«

»Ist schon in Ordnung. Es ist noch ganz frisch. Wir haben offiziell noch niemandem davon erzählt«, erklärte Fletch ihr.

»Dann wird das langsam mal Zeit«, sagte Beatle grinsend, lehnte sich zurück und verschränkte die Arme vor der Brust. »Ich meine, du bist schließlich derjenige, der immer darüber redet, wie sehr er versucht, sie zu schwängern.«

»In der wievielten Woche ist sie?«, wollte Casey von Fletch wissen.

»Erst ungefähr in der sechsten. Ich weiß, dass man eigentlich bis zur zwölften Woche warten sollte, bis man irgendetwas bekannt gibt, aber wir sind beide so aufgeregt, dass wir es nicht länger für uns behalten können. Und außerdem möchte ich, dass unsere besten Freunde für uns da sind, um uns zu unterstützen, falls etwas mit unserem Baby sein sollte. Ich weiß nicht, warum es etwas Schlechtes sein sollte, jedem Bescheid zu sagen.«

»Mich überrascht es bereits, dass du es nicht von den Dächern geschrien hast, als sie zwei Tage schwanger war«, neckte Beatle ihn.

Fletch zwinkerte Casey im Rückspiegel zu und sie unterdrückte ein Kichern. »Tja, ich kann eben nichts dafür, dass sie so unwiderstehlich ist, dass ich meine Finger nicht von ihr lassen kann. Bis jetzt haben wir allerdings noch niemandem sonst Bescheid gesagt und offiziell wissen es nur sie und ich. Ich würde es zu schätzen wissen, wenn ihr unser kleines Geheimnis noch ein wenig länger für euch behalten könntet. Wir wollen nächste Woche eine Schwangerschaftsparty geben. Zumindest nennt sie sie so. Ich weiß auch nicht, warum sie nicht einfach jeden anruft und es ihm sagt, aber sie besteht darauf, dass man so etwas heutzutage mit einer Party feiert.«

Casey betrachtete Fletch. Er hatte den Blick wieder auf die Straße gerichtet, doch das Lächeln auf seinem Gesicht strafte seine barschen Worte Lügen. »Und du findest es toll.«

»Das tue ich, aber wenn du es ihr sagst, streite ich alles ab«, erklärte er ihr.

Casey tat so, als würde sie ihre Lippen mit einem Reißverschluss zuziehen. »Meine Lippen sind versiegelt.«

»Hast du das Geschenk für Annie fertig?«, wollte Beatle wissen.

»Ja. Emily wird mich umbringen, aber ich kann es kaum erwarten, es ihr zu geben«, sagte Fletch.

»Was ist das für ein Geschenk?«, erkundigte sich Casey.

»Also, das ist jetzt aber *wirklich* ein Geheimnis«, erklärte Fletch.

»Ach Mann, das ist nicht fair«, grummelte Casey. »Schließlich bin ich hier diejenige, die verfolgt wird, ich sollte es wissen. Nur dass ihr das wisst.«

Casey spürte, wie Beatle ihr einen Finger auf die Wange legte, und ließ zu, dass er ihren Kopf zu sich drehte. Er sah jetzt nicht mehr amüsiert aus und sagte sehr ernst: »Tu das nicht, Case.«

»Tu was nicht?«, fragte sie.

»Mach keine Scherze über das, was dir zugestoßen ist. Das ist nicht lustig.«

Er hatte recht. Es war nicht lustig. Sofort fühlte Casey sich schlecht. »Es tut mir leid. Aber du musst wissen, das ist mein wahres Ich. Ich neige dazu, viele Witze zu machen, wenn ich versuche, eine Situation zu entschärfen. Besonders wenn mir etwas passiert. Dadurch fühle ich mich ... ich weiß nicht ... weniger gestresst. Als unser Flugzeug auf dem Weg nach Mittelamerika Verspätung hatte, scherzte ich, dass es bei unserem Glück wahrscheinlich daran lag, dass wir entführt wurden. Auch das ist nicht lustig, aber manchmal erscheint beim Vergleich mit etwas noch Schrecklicherem die eigene Situation nicht so schlimm.«

»Ich ertrage einfach den Gedanken nicht, dass dir noch einmal etwas Schreckliches passiert, meine Süße. Selbst wenn du es nur im Scherz sagst.«

»Ich gebe mir Mühe, es nicht mehr so oft zu tun. Aber andererseits, Beatle, so bin ich eben.«

Er nickte und legte ihr die Hand in den Nacken und sie wusste schon, was als Nächstes kam, und ließ es zu, dass er sie an sich zog. Sie stützte sich mit den Handflächen auf dem Sitz zwischen ihnen ab.

Beatle gab ihr einen sanften Kuss und flüsterte: »Ich mag dich so, wie du bist, Case. Je mehr ich über dich weiß, umso lieber mag ich dich.«

Er ließ ihren Nacken los und Casey blieb einen Moment lang, wo sie war, bevor sie sich wieder auf ihre Seite setzte.

»Ich habe Emily angerufen und ihr Bescheid gesagt, wann wir ungefähr ankommen werden«, sagte Fletch vom Vordersitz.

»Annie hat sich ziemlich gefreut, dass wir einen neuen Gast ›in ihrem alten Zuhause‹ haben.«

Casey sah Beatle verwirrt an.

»Sie und Emily hatten die Wohnung von Fletch gemietet. So haben sie sich kennengelernt«, erklärte er ihr.

»Ah. Ich freue mich schon darauf, deine Tochter kennenzulernen«, erklärte Casey Fletch.

»Und sie freut sich genauso sehr, dich kennenzulernen«, erwiderte Fletch. »Und nur damit du Bescheid weißt, sie ist schlau. Ausgesprochen schlau. Und manchmal führt die Tatsache, dass sie so schlau ist, dazu, dass sie nicht besonders höflich ist. Manchmal sagt sie höchst unpassende Dinge. Ich würde es zu schätzen wissen, wenn du das übersiehst. Sie ist nicht absichtlich unhöflich, aber so ist sie eben.«

Casey blinzelte. »Glaubst du wirklich, ich würde mich einem kleinen Mädchen gegenüber so verhalten?«

»Nein, ich wollte nur sichergehen, dass du nichts von dem, was sie sagt, zu persönlich nimmst.« Seine Stimme wurde sanft. »Sie ist meine Tochter und ich würde Himmel und Hölle in Bewegung setzen, damit sie genau das bekommt, was sie braucht, um zu einer selbstbewussten Frau heranzuwachsen, die sich selbst so liebt, wie sie ist, egal was die Gesellschaft als richtig oder schön vorschreibt oder in welche Form sie sonst noch versucht, sie zu pressen.«

»Ich verstehe«, erklärte Casey ihm. Und das tat sie. Ihr eigener Vater war schon ziemlich gut gewesen, aber sie hatte das Gefühl, dass er gegen Fletch verblasste. Das kleine Mädchen würde sich ganz schön umsehen, wenn sie anfing, sich mit Jungen zu verabreden. In den Augen ihres Vaters wäre niemand gut genug für sie ... Und genau so sollte es auch sein.

»Ist schon in Ordnung, Fletch«, erklärte sie ihm. »Ich bin mir sicher, sie ist bezaubernd.«

»Bezaubernd«, lachte Beatle. »Ich bin mir nicht sicher, ob das das richtige Wort ist, um sie zu beschreiben.«

Casey sah ihn böse an, woraufhin er nur noch mehr lachte.

»Du wirst schon sehen«, sagte er weise. »Du wirst schon sehen.«

Schon bald darauf fuhren sie eine lange Einfahrt hinauf. Casey sah eine Garage mit einer Treppe an der Seite, dann wurde ihre Aufmerksamkeit von dem schönen Haupthaus auf sich gezogen.

Es war zweistöckig und hatte eine große umlaufende Veranda, aber was ihr auffiel, waren die beiden Personen, die auf den Stufen standen. Die große Frau mit den braunen Haaren musste Emily sein und das kleine dunkelblonde Mädchen musste Annie sein. Aber es war das Schild, das das kleine Mädchen in der Hand hielt, das sie beinahe zum Weinen gebracht hätte.

Casey war stolz darauf, wie sie sich in letzter Zeit zusammengerissen hatte. Sie hatte noch nie viel geweint, aber sie hatte das Gefühl, dass sie seit ihrer Rettung nur noch Tränen vergossen hatte.

Doch der Anblick des leuchtend rosa Schildes mit den kindlichen Buchstaben, die Annie mühsam geschrieben hatte, hätte sie fast umgehauen.

Willkommen zu Hause, Casey.
Hier bist du in Sicherheit.

Casey hatte keine Ahnung, was Fletch seiner Frau erzählt hatte oder was diese ihrerseits Annie erzählt hatte, aber natürlich hatte das Kind direkt den Kern der Sache erfasst.

Sie fühlte, wie Beatle ihre Hand ergriff und leicht drückte. Sie atmete tief ein, sah zu dem Mann neben ihr hinüber und schenkte ihm ein kleines Lächeln.

Fletch fuhr bis zum Haus vor und blieb dort stehen. Er stellte die Automatik auf Parken und war schon aus dem Auto gesprungen, bevor Casey blinzeln konnte. Er hob seine Tochter auf und warf sie sich über die Schulter, wobei ihr Schild unbeschadet zu Boden fiel. Sie quietschte vor Freude und lachte lauthals. Dann beugte er sich nach vorne und zog seine Frau mit einer Hand im Nacken zu sich, wie Beatle es immer mit

Casey tat, und küsste sie leidenschaftlich und ohne jegliche Zurückhaltung.

»Lass mich runter, Daddy!«, rief Annie.

Fletch wich ein wenig von seiner Frau zurück und legte ihr eine Hand auf den Bauch, wobei er etwas sagte, das Casey nicht hören konnte.

»Bereit?«, fragte Beatle leise.

»Bereit«, bestätigte Casey.

Beatle öffnete die Tür auf seiner Seite des Wagens und zog sie mit sich. Sie rutschte über den Ledersitz, ohne seine Hand loszulassen. Er half ihr, sich hinzustellen, und Casey war froh über seine Unterstützung, als Annie sie beinahe ansprang. Sie schloss ihre kleinen Arme um ihre Taille und drückte sie.

Casey schaute überrascht auf das herzliche Kind herab. Einige ihrer Freundinnen von der Arbeit hatten Kinder, aber keines davon hatte sie je so begrüßt, und dabei kannte sie einige von ihnen schon, seit sie klein waren.

»Oh. Hi, Annie«, sagte Casey leise.

Das kleine Mädchen schaute zu ihr hoch und ihr langes Haar reichte bis zu ihrem Hintern. Sie hatte Schmutzflecke im Gesicht und ihre Kleidung war staubig, als hätte sie sich auf dem Boden herumgewälzt. Aber sie schien es entweder nicht zu bemerken oder sie kümmerte sich nicht darum.

»Hi! Ich freue mich so, dass du da bist. Du wirst in meiner alten Wohnung leben. Aber jetzt gibt es dort mehr zu essen als damals, also ist es in Ordnung. Willst du mit mir Armee spielen? Du kannst die junge Frau in Not sein und ich bin der Soldat, der kommt, um dich zu retten, genau wie mein Daddy es mit dir gemacht hat, okay?«

Casey war von Annies Worten ein wenig irritiert. Erstens hatte sie noch nie ein Mädchen getroffen, das »Armee« spielen wollte. Dafür kannte sie ganz sicher die Regeln nicht. Aber sie fand auch die Tatsache, dass Annie diejenige sein wollte, die die Jungfrau in Not rettete, ziemlich erstaunlich.

Oder vielleicht war es doch nicht so erstaunlich. So viel

Spaß machte es nun auch wieder nicht, die Jungfrau in Not zu sein. Und das wusste Casey aus eigener Erfahrung. Also musste sie ihr zugestehen, dass es sich ziemlich gut anhörte, derjenige mit der Waffe zu sein, der alle rettete.

»Ich sehe schon, jetzt, da du eine neue Spielgefährtin hast, willst du mich nicht mal mehr begrüßen, kleine Maus.«

Annie grinste, ließ Casey los und warf sich Beatle in die Arme. »Käfermann! Du hast mir gefehlt!«

Beatle nahm Annie und warf sie in die Luft. Sie quietschte vor Vergnügen und als er sie auffing, verlangte sie: »Noch mal!«

Also tat er es. Dann küsste er sie auf die Stirn und stellte sie wieder ab. »Warum lässt du Casey sich nicht erst mal umsehen, bevor du sie dazu zwingst, mit dir zu spielen?«

Annie schmollte ein wenig. »Aber ich will jetzt mit ihr spielen!«

Casey konnte ihrem süßen kleinen Gesicht einfach nicht widerstehen. Sie ging in die Hocke und war Beatle dafür dankbar, dass er sie festhielt, da sie fast das Gleichgewicht verloren hätte. »Ich fände es schön, ein wenig später mit dir zu spielen, Annie. Und vielleicht nicht unbedingt Gefangene und Befreier, okay? Das geht mir im Moment noch ein wenig zu nahe.«

»Das geht dir zu nahe? Aber alles hier im Garten ist dir nahe.«

Casey grinste, da sie nicht anders konnte. »Entschuldige, ich meinte so was ist mir vor Kurzem tatsächlich passiert, also tut es mir ein wenig weh, daran zu denken. Aber etwas anderes spiele ich gern mit dir.«

Der Ausdruck auf Annies Gesicht spiegelte Sorge und Mitleid wider. Casey war noch kein Kind begegnet, das so mitfühlend war. Das kleine Mädchen trat vor und schlang die Arme vorsichtig um Caseys Hals. Überrascht sah Casey Beatle an.

Er nickte einfach nur und hielt sie mit einer Hand auf ihrer Schulter fest.

»Es tut mir wirklich leid, dass die bösen Jungs dich entführt haben«, flüsterte Annie Casey ins Ohr. »Ich bin auch mal entfuhren worden und ich hatte große Angst. Aber dann ist Daddy Fletch gekommen und hat mich und Mommy gerettet, genau wie bei dir.« Sie machte einen Schritt zurück und tätschelte mit ihren kleinen Kinderhänden sanft Caseys Wangen. »Der Käfermann mag dich. Mommy hat gesagt, dass Daddy das erzählt hätte. Wenn du also nachts Angst hast, klettere einfach zu ihm ins Bett und er wird dich festhalten und dafür sorgen, dass die bösen Träume verschwinden.«

Casey sah das kleine Mädchen ernst an. »Ist dir das passiert?«

Annie nickte. »Ich habe nicht mehr so viele böse Träume über den bösen Mann, aber Daddy hat mir gesagt, dass er immer für mich da ist, wenn ich ihn brauche, dass er mich beschützt und festhält, damit der böse Mann mich nicht erreichen kann. Ich wette, der Käfermann würde dasselbe für dich tun.«

Casey wandte den Blick nicht von Annie ab, spürte aber, wie Beatle sich neben sie hockte. »Natürlich mache ich das«, versicherte er ihr leise. »Genau so, wie dein Daddy es für dich macht, Annie, werde ich für Casey da sein. Willst du mal was Cooles hören?«

»Was denn?«, fragte Annie und sah Beatle an, ohne jedoch die Hände von Caseys Gesicht zu nehmen.

Casey versuchte, die Haltung zu bewahren, doch Annies unschuldige Worte trafen sie bis in ihr Innerstes. Beatle *hatte* das tatsächlich bereits für sie getan. Erst im Dschungel und dann in der Nacht zuvor auch im Hotel. Wenn sie Albträume hatte, war er da, um sie zu verscheuchen.

»Casey ist eine echte Käferfrau. Sie erforscht sie. Sie weiß alles über Insekten. Ameisen, Marienkäfer, Glühwürmchen, Libellen ... egal was, sie weiß darüber Bescheid. Sie hält sich sogar fünf riesige Kakerlaken als *Haustiere*!«

Als Annie sie diesmal ansah, waren ihre Augen voller

Aufregung und nicht mehr voller Mitleid. »Wirklich?«, fragte sie ungläubig.

»Wirklich«, versicherte Casey ihr.

»Cool!« Dann drehte sie sich um und lief zu ihrer Mutter zurück. »Mommy! Casey ist eine Käferfrau! Sie weiß *alles* über sie! Ich will auch eine Kakerlake haben! Ich muss ein paar Insekten fangen, damit sie mir alles über sie beibringen kann!« Und mit diesen Worten lief Annie am Haus vorbei zu einem großen, leeren Feld, um anscheinend ein paar Insekten zu suchen.

Beatle half Casey auf und lächelte zu ihr hinab. »In Kürze hast du schon deine erste Studentin, mein Schatz.«

»Vielen Dank«, erklärte Casey ihm.

»Wofür?«

»Dafür, dass du mich hergebracht hast. Dafür, dass du sie abgelenkt hast, sodass ich nicht die Jungfrau in Not sein musste. Dafür, dass du das tust, was du tust, dass du die Welt zu einem sichereren Ort machst, damit Kinder wie sie so lange wie möglich Kinder bleiben können.«

»Gern geschehen«, erwiderte Beatle. Dann nahm er ihr Gesicht in seine Hände und streichelte ihr mit den Daumen über die Wangen. »Sie hat dich ein bisschen schmutzig gemacht«, erklärte er ihr, während er sich darauf konzentrierte, ihr Gesicht zu säubern.

Casey lächelte. »Sie war *wirklich* ziemlich schmutzig, was?«

»Ich muss mich für meine Tochter entschuldigen«, sagte Emily hinter ihnen.

Casey wandte sich von Beatle ab, fuhr sich schnell mit dem Arm übers Gesicht und betrachtete die andere Frau. »Es ist schon okay, ich wollte mich nicht beschweren.«

»Sie spielt eben gern im Dreck. Keine Ahnung, woher sie das hat, da ich selbst Dreck nicht gut vertrage, aber«, Emily zuckte mit den Achseln, »wenn es sie glücklich macht, werde ich sie nicht davon abhalten. Willkommen zu Hause, Casey. Ich bin so froh, dass es dir gut geht und dass du jetzt hier bist.«

»Ich auch«, erwiderte Casey leise. Dann streckte Emily die Hände aus, genau wie ihre Tochter es getan hatte, und zog sie in eine echte und ehrliche Umarmung.

Casey lächelte, als ihr klar wurde, dass sie in der letzten Woche mehr umarmt worden war als in den ganzen letzten fünf Jahren zusammen.

»Also«, sagte Emily und ließ sie los, »Fletch hat gesagt, dass du nichts zum Anziehen hast, abgesehen von den Klamotten, die du am Leib trägst, also habe ich Kassie angerufen und sie hat mir versprochen, dass sie ein paar Sachen für dich besorgen wird. Sie arbeitet bei JCPenney und hat einen riesigen Angestelltenrabatt und du weißt ja, dass die Klamotten dort ohnehin nicht so teuer sind, also ist alles ziemlich erschwinglich. Ich muss ihr nur sagen, welche Größe du trägst und was dein Stil ist. Du weißt schon, ob du gern Jeans und T-Shirt trägst oder eher etwas Schickeres. Oh, und natürlich welche Art von Unterwäsche du bevorzugst. Eher was mit Spitze, Baumwolle, Stringtangas oder Oma-Unterhosen. Sie kann dir besorgen, was du willst.«

Casey machte große Augen. Sie war überrascht, weil jemand, den sie gerade erst kennengelernt hatte, ihr anbot, ihr etwas zum Anziehen zu besorgen, aber auch, weil sie niemals in Gegenwart von Beatle und Fletch darüber sprechen würde, welche Art von Unterwäsche sie bevorzugte.

»Auf jeden Fall Stringtangas«, bemerkte Beatle hinter ihr.

Casey fuhr herum und, ohne nachzudenken, machte sie eine Faust und schlug ihn auf den Arm. »Das ist nicht deine Entscheidung«, sagte sie aufgebracht.

Einen Moment lang erstarrte er und sie starrten einander an. Gerade als Casey klar wurde, dass sie Beatle *geschlagen* hatte, warf er den Kopf in den Nacken und lachte.

Sie hörte, wie auch Emily neben ihr gluckste. »Bitte entschuldige«, entgegnete sie und hakte sich bei Casey unter. »Ich habe nicht nachgedacht. Und du, Beatle, halt die Klappe, *so* witzig war es nun auch wieder nicht«, rügte sie ihn. »Komm, wir gehen ins Haus, damit du mir *unter vier Augen* sagen kannst, was du haben möchtest.«

Bevor Emily mit ihr verschwinden konnte, sagte Beatle: »Ich bin hier draußen und sorge dafür, dass in der Wohnung alles ist, was wir benötigen.«

Mit einem Wort hatte Beatle ihr die Nervosität genommen, von der Casey noch nicht mal gewusst hatte, dass sie noch immer da war.

Alles, was *wir* brauchen.

Er wollte sie hier nicht allein lassen.

Er wollte bei ihr bleiben.

Sie lächelte ihn schüchtern an und nickte.

Als wären sie schon seit Jahren zusammen, statt nur Tagen, las Beatle die Erleichterung in ihren Augen. Er ignorierte die Tatsache, dass Emily genau dort stand, lehnte sich zu ihr und küsste Casey auf die Lippen. Es war eine kurze, aber intime Liebkosung.

»Sag mir Bescheid, wenn du mich brauchst.«

»Das werde ich.«

Dann legte er ihr noch ein letztes Mal die Hand auf den Arm, bevor er sich umdrehte und mit Fletch in Richtung Garage verschwand.

»Hey«, sagte Emily, »ich kann es kaum erwarten, dich den anderen vorzustellen. Wir haben so viel zu besprechen, aber ich habe den anderen versprochen, dir keine Details zu entlocken, bis wir alle zusammen sind.«

Casey lächelte Emily an. »Ich weiß nicht, ob ich viele Details für euch habe, aber ich glaube, ich könnte ein paar Ratschläge gebrauchen. Ich bin mir nicht ganz sicher, dass ich weiß, wie man mit einem Soldaten der Delta Force umgeht.«

»Also *dabei* können wir dir helfen«, erklärte Emily ihr mit breitem Grinsen. »Komm, holen wir dir erst mal was zu essen. Und wahrscheinlich bist du auch ziemlich müde. Du kannst dich ausruhen, während ich mir deine Größen aufschreibe und eine Liste mache von allem, was du brauchst. Bei uns bist du in guten Händen, Casey.«

Casey ließ sich ins Haus schleppen und stellte fest, dass sie nicht aufhören konnte zu lächeln. Es war die richtige Entscheidung gewesen, nach Texas zu kommen. Definitiv.

KAPITEL SECHZEHN

Beatle schaute zum hundertsten Mal zu Casey hinüber. Sie schien sich sehr gut zu halten. Sie hatte nicht gezögert, mit Emily zu gehen, während er und Fletch das Apartment über der Garage überprüft hatten, um sich davon zu überzeugen, dass es für sie bereit war.

Als sie zurück ins Haus kamen, hatte Casey Emily ihre Vorlieben und Größen für Kleidung mitgeteilt und machte ein Nickerchen. Er hatte nach ihr gesehen, um sicher zu sein, dass es ihr gut ging, und hatte sie in einem der Gästezimmer schlafend vorgefunden. Er hatte sich sehr zusammenreißen müssen, um die Tür zu schließen und sie in Ruhe zu lassen.

Später war Kassie mit den neuen Kleidern aufgetaucht und hatte nicht zugelassen, dass Casey sich bedankte. Sie war jetzt stolze Besitzerin von drei Paar neuen Jeans, zwei langärmeligen T-Shirts, zwei kurzärmeligen T-Shirts, vier schickeren Blusen, zwei Hosen, zwei Pyjamasets und zwei Paar schwarzen Leggings. Er hatte außerdem mehrere Paar Spitzenunterhosen mit passenden BHs gesehen.

Als er die Unterwäsche sah, dachte er an den Dschungel zurück, als er die Kratzer auf ihrer Brust verarztet hatte. Und wenn er an ihre Titten dachte, wurde sein Schwanz in seiner

Jeans größer. Er hatte einen Oscar dafür verdient, als er so getan hatte, als interessierte er sich überhaupt nicht für die Kleidung, die Kassie mitgebracht hatte, während er in Wirklichkeit nur an Casey denken konnte, wie sie vor ihm stand und nichts als die Spitzenunterwäsche trug.

Casey hatte ihre Eltern angerufen und ihnen den Besuch ausgeredet, indem sie ihnen versichert hatte, dass Aspen ein Auge auf sie hatte und dass es ihr gut ginge. Sie hatte Kristina, eine ihrer Schülerinnen, angerufen und erfahren, dass Astrid nach Dänemark zurückgekehrt war, aber sie und Jaylyn hatten Termine für ein Gespräch mit Dr. Santos, der Psychologieprofessorin, die Casey kannte. Sie war derzeit im Urlaub, wurde aber in der folgenden Woche zurückerwartet.

Der verstörte Blick in Caseys Augen war nach dem Gespräch mit ihrer Studentin wiederaufgetaucht und Beatle hatte sie gebeten, eine Pause von ihren Anrufen einzulegen, aber sie hatte sich geweigert. Sie hatte mit ihrem Vermieter, der Dekanin ihrer Universität und ihrer Bank gesprochen, um ihre alte Kreditkarte sperren und sich eine neue nach Texas schicken zu lassen, und schließlich noch mit einem Nachbarn, der versprach, nach ihren Kakerlaken zu sehen.

Beatle war bewusst, dass Casey an der Grenze ihrer Belastbarkeit war. Der Umgang mit den alltäglichen Dingen ihres Lebens und der Versuch, ihr Leben aus über zweitausend Kilometern Entfernung wieder auf die Reihe zu bringen, war schwierig. Dass sie immer wieder zu hören bekam, dass keiner geglaubt hatte, sie nach ihrer Entführung lebend wiederzusehen, war auch nicht gerade hilfreich.

Aber Annie war zu ihrer Rettung gekommen. Sie hatte eine ganze Reihe von Wanzen aus dem Garten eingesammelt und sie und Casey hatten stundenlang über jede einzelne diskutiert und etwas darüber gelernt. Als das Abendessen fertig war, sah Casey entspannter aus, obwohl sie immer noch dunkle Ringe unter den Augen hatte.

Sie saßen nun im Wohnzimmer herum. Annie schaute fern, während die Erwachsenen sich unterhielten.

»Nachdem Fletch mich angerufen hatte, um mir zu sagen, dass du kommst, habe ich dafür gesorgt, dass der Kühlschrank in der Wohnung voll ist«, erklärte Emily Casey. »Aber falls du irgendetwas brauchst, was du nicht findest, sag mir einfach kurz Bescheid.«

»Vielen Dank. Ich weiß es wirklich zu schätzen. Ich weiß noch nicht, wie lange ich hierbleiben werde, aber vielleicht kann ich ja mal das Abendessen für euch zubereiten.«

Emily strahlte. »Das fände ich toll.«

»Wir tun alles in unserer Macht Stehende, um diese ganze Geschichte so schnell wie möglich aufzuklären«, versprach Fletch nüchtern. »Ghost sieht sich noch einmal die Aufnahmen der Kameras an, um zu sehen, ob er dort irgendwelche Anhaltspunkte findet, und falls unser Kommandant weitere Informationen von den costa-ricanischen Behörden erhält, gibt er sie an uns weiter.«

Casey nickte. »Eigentlich macht es mir gar nichts aus, hier zu sein. Die Dekanin meiner Uni hat gesagt, ich könne mir den Rest des Semesters problemlos freinehmen. Aber was, wenn wir nicht herausfinden, wer der Entführer war? Ich kann ja nicht für immer hierbleiben.«

»Warum eigentlich nicht?« Emily sprach aus, was Beatle dachte.

»Äh ... weil ich in Florida lebe. Dort befindet sich mein Job«, erklärte Casey ihr.

»Aber was, wenn es dir hier so gut gefällt, dass du gar nicht zurückkehren möchtest?«, fragte die andere Frau. »Ich weiß, dass wir uns gerade erst kennengelernt haben, aber ich mag dich, Casey. Und ich habe eine ziemlich gute Menschenkenntnis, wenn man von Annies leiblichem Vater einmal absieht. Ich fände es schade, wenn du wieder gehst.«

»Lass sie in Ruhe«, befahl Fletch ihr sanft. »Sie ist gerade mal zehn Stunden hier.«

Beatle hielt sich aus dem Gespräch zwischen Fletch und seiner Frau heraus und behielt stattdessen Casey im Auge. Er hätte sie am liebsten gebeten zu bleiben, genau wie Emily es getan hatte, aber Fletch hatte recht. Dazu war es noch zu früh. Sie hatte heute bereits einen ziemlich harten Tag gehabt. Und er musste es langsam angehen lassen, dafür sorgen, dass Casey sich einlebte. Ihr zeigen, was für tolle Freundinnen Kassie, Harley, Rayne und Mary wären. Er hoffte, dass die Wahrscheinlichkeit, dass sie ganz bleiben *wollte,* stieg, je länger sie da war. Er war ausgesprochen glücklich darüber, dass ihre Vorgesetzte ihr den Rest des Sommers freigegeben hatte.

Beatle war so sehr damit beschäftigt, darüber nachzudenken, wie er das Thema ansprechen sollte, dass sie für immer blieb, dass er beinahe nicht bemerkt hätte, wie Casey zusammenzuckte, als die Musik in einer dramatischen Szene in dem Zeichentrickfilm, den Annie sich ansah, plötzlich zu einer Kakophonie von Lärm anschwoll.

»Kopfschmerzen?«, fragte er sie leise.

»Es geht mir gut«, erwiderte Casey sofort.

»Case, wir befinden uns nicht mehr mitten im Dschungel. Du musst hier nicht das harte Mädchen spielen.«

Sie wandte sich zu ihm um und sah ihn wütend an. »Es geht mir gut«, presste sie zwischen zusammengebissenen Zähnen hervor. »Es ist ja nicht so, als würde ich mich von einer Schusswunde erholen. Es sind ja nur Kopfschmerzen.«

»Du hast Kopfschmerzen?«, fragte Emily von der anderen Seite des Raumes. »Ich habe Aspirin im Haus, wenn du möchtest.«

»Nein danke, ich –«

»Danke, Emily«, fiel Beatle ihr ins Wort. »Ich glaube, wir werden zu Bett gehen.«

Er konnte geradezu spüren, wie Caseys Blick sich in seinen Kopf bohrte, und hätte fast gelächelt. Aber nur fast. »Ich glaube, ich habe ein paar Tabletten im Medizinschrank im Badezimmer der Wohnung gesehen, richtig?«

»Ja. Dort findet ihr alles, was ihr braucht«, erwiderte Fletch.

Beatle wusste, dass sein Freund damit auf die Kondome anspielte, die er zuvor in der Wohnung versteckt hatte, und wenn es nach ihm ginge, würden sie sich als äußerst nützlich erweisen. Aber nicht heute Abend. Heute Abend hatte sein Mädchen Kopfschmerzen und musste schlafen.

Er stand auf und hielt Casey die Hand hin. Sie seufzte, legte aber trotzdem ihre Hand in seine und ließ sich von ihm aufhelfen. Sofort legte er ihr einen Arm um die Taille. Dann gingen sie gemeinsam hinüber zu Annie, die immer noch den Fernseher anstarrte, als wäre er der Sinn des Lebens.

»Bis morgen, Mäuschen.«

»Tschüss«, sagte sie geistesabwesend, ohne den Blick vom Fernseher abzuwenden.

Beatle schüttelte den Kopf und wandte sich an seine Freunde. »Vielen Dank für das Abendessen. Fletch, der Kommandant weiß, dass ich morgen früh nicht zum Training erscheinen werde. Aber ich komme später.«

»Ich werde ihn daran erinnern«, versicherte Fletch Beatle.

»Und danke noch mal, dass du dich mit Kassie in Verbindung gesetzt hast, um mir Kleidung zu besorgen«, bedankte sich Casey bei Emily. »Ich weiß es wirklich zu schätzen. Und ich begleiche meine Schulden bei ihr, sobald ich kann.«

Emily winkte abfällig mit der Hand. »Das ist nicht nötig. Und falls du es tatsächlich versuchen solltest, macht uns das eher sauer. Betrachte es als Willkommen-im-Klub-Geschenk.«

»Im Klub?«, fragte Casey und zog verwirrt die Augenbrauen hoch.

»Ja, der Klub der Delta-«

Fletch legte seiner Frau eine Hand auf den Mund und unterbrach sie. »Gute Nacht, Leute. Bis morgen.«

Beatle nickte seinem Freund dankbar zu. Es freute ihn natürlich, dass Emily Casey bereits als Mitglied des Klubs der Delta-Frauen betrachtete, doch ihm war klar, dass er mehr Zeit brauchte, um auch Casey davon zu überzeugen. Er war sich auch darüber im Klaren, dass sie immer noch glaubte, er wäre aufgrund irgendeiner psychologischen Sache in Bezug auf die Rettung mit ihr zusammen, aber das war überhaupt nicht der Fall. Er hatte Hunderte von Menschen gerettet und zu niemandem hatte er sich so hingezogen gefühlt wie zu Casey.

Er führte sie aus dem Haupthaus und über den Hof und zeigte ihr währenddessen, wo die Kameras sich befanden.

»Warum so viele?«, fragte Casey.

»Fletch hatte immer ein paar Kameras, aber nach dem Missverständnis mit Emily, das sie und ihre Tochter fast das Leben gekostet hätte, hat er weitere angeschafft. Und nach ihrer Hochzeit, als sie sich zehnfach bezahlt gemacht haben, hat er noch ein paar hinzugefügt.«

Als sie die Stufen zum Apartment hinaufgestiegen waren und er die Tür aufgeschlossen hatte, hatte Casey bereits alles über den versuchten Raubüberfall auf der Hochzeitsfeier erfahren und wie mühelos alle anwesenden Soldaten der Spezialeinheit ihm ein Ende bereitet hatten. Und nicht nur das, Fletch hatte auch noch Handwerker angeheuert, um einen Panikraum in seinem Haus einzurichten. Er hatte Annie das Codewort Rot beigebracht – natürlich – und jedes Mal, wenn er oder ihre Mutter dieses Wort sagte, sollte sie sich klaglos ins Haus begeben und in den Schutzraum gehen. Er war mit allem ausgestattet, was die Familie brauchte, um sicher zu sein, bis die Polizei eintraf. Bildschirme, die an die Kameras auf dem Grundstück angeschlossen waren, Telefonleitungen, die von außen nicht manipuliert werden konnten, sowie Nahrungsmittel, Wasser und Bettzeug.

»Man kann ihm keinen Vorwurf für all die Sicherheitsmaßnahmen machen«, bemerkte Casey, als sie die Wohnung betraten.

Ohne ein weiteres Wort zu verlieren, ging Beatle ins Badezimmer, um Aspirin zu holen. Als er zurückkam, gab er ihr zwei Tabletten. Sie nahm sie und schluckte sie, ohne zu protestieren, mit ein bisschen Wasser.

»Du bist erschöpft«, stellte Beatle fest. »Warum gehst du nicht schon mal ins Bett?«

Sie nickte und ging in Richtung Schlafzimmer. Dann hielt sie inne und drehte sich noch einmal zu ihm um.

Beatle wartete geduldig, während sie erst ihn, dann ihre Füße und dann die Wand neben sich anstarrte.

»Was ist denn los, meine Süße?«

»Bleibst du hier?«, fragte sie leise und biss sich auf die Unterlippe, wobei sie auch weiterhin seinem Blick auswich.

Daraufhin ging Beatle zu ihr und drang in ihren persönlichen Bereich ein. Er wartete geduldig darauf, dass sie zu ihm hochsah.

»Möchtest du das denn?«

Es war wahrscheinlich nicht nett von ihm, sie zu drängen. Er hätte einfach sagen können, ja, er würde bleiben. Dass er nicht die Absicht hatte, sie allein zu lassen, bis sie nach Florida zurückkehrte. Aber er musste wissen, dass die Anziehungskraft, die er in ihren Augen gesehen hatte, immer noch da war. Dass die Küsse, die sie sich gegeben hatten, nicht einfach nur aus der Hitze des Gefechts resultierten, als sie in Gefahr war.

Casey leckte ihre Lippen und Beatle unterdrückte ein Stöhnen, das bei der unabsichtlich sinnlichen Handlung seiner Kehle zu entweichen drohte.

»Ja.«

»Ich kann hier draußen schlafen«, erklärte Beatle ihr und zeigte auf die Couch hinter sich.

Sie wandte den Blick nicht von ihm ab. »Würdest du ...« Sie zögerte und sprach die Worte dann so schnell aus, dass sie wie eins klangen, »beimirschlafen?«

»Aber natürlich. Nichts wäre mir lieber. Geh du schon mal vor ins Bad. Ich komme gleich nach.«

»Okay.«

Es war fast schmerzlich zu sehen, wie erleichtert sie war, doch Beatle machte diesbezüglich keine Bemerkung. Das wäre ihm respektlos vorgekommen, besonders in Anbetracht der

Tatsache, dass sie sich nach der ganzen Entführung so wunderbar schlug. Er sah ihr nach, als sie zum Schlafzimmer ging, und dann, als sie eine Minute später mit einem Pyjama in der Hand wieder herauskam. Sie lächelte ihn schüchtern an und verschwand dann im Badezimmer.

Erst dann atmete Beatle wieder normal. Er wandte sich der Küche zu und griff nach einer Flasche Wasser. Er leerte sie, während er versuchte, seine rasende Begierde in den Griff zu bekommen. Er war noch nie zuvor ein solch geiler Bock gewesen. Er hatte Beziehungen gehabt, aber keine hatte sich so intensiv angefühlt wie diese … und dabei hatten er und Casey nicht einmal Sex.

Wenn er von ihr getrennt war, wollte er sie sehen. Wenn er mit ihr zusammen war, wollte er sie berühren. Und wenn er sie berührte, wollte er das Recht haben, ihr langsam alle Kleider auszuziehen und jeden Zentimeter ihrer Haut zu kosten. Es war ein Teufelskreis, aber einer, bei dem er sich so lebendig fühlte, wie er sich seit Langem nicht mehr gefühlt hatte.

Er liebte seine Arbeit mit dem Team, aber es war hart, dabei zuzusehen, wie sich seine Freunde nach und nach niederließen. Beatle fuhr allein nach Hause in seine kleine Wohnung und seine Freunde durften alle zu Frauen nach Hause zurückkehren, die sie liebten und die sich freuten, dass sie wieder bei ihnen waren.

Er war kein Idiot. Er wusste, dass er und Casey einige verdammt große Hürden zu überwinden hatten, bevor er sicher sagen konnte, dass sie ein Paar waren, aber er hoffte, dass sie es gemeinsam schaffen würden.

Beatle machte sich eine geistige Notiz, mit dem Kommandanten darüber zu sprechen, ob es möglich wäre, dass Casey bald einen Termin mit einem der Psychologen des Stützpunktes bekam. Er wusste, dass sie eine Kollegin hatte, die gern mit ihr über die Geschehnisse sprechen würde, aber sie war in Florida. Casey brauchte jemanden hier.

Sie brauchte auch noch weitere ihrer eigenen Sachen. Es

war toll, dass Kassie ihr ein paar Kleider besorgt hatte, aber sie brauchte mehr als nur ein paar Outfits. Er wusste, dass sie sich besser fühlen würde, wenn sie ein paar von ihren eigenen Sachen hätte. Dann würde sich Texas mehr wie ein Zuhause anfühlen.

»Ich bin fertig.«

Caseys leise Stimme unterbrach seine Gedanken und Beatle drehte sich um.

Er wusste, dass ihm der Mund offen stand, konnte aber nichts dagegen tun. Sie war wunderschön. Das Licht im Flur war aus, aber trotzdem konnte man die hellrosa Schlafshorts und das Top mit den Spaghettiträgern leicht ausmachen. Das Oberteil war ihr ein wenig zu groß, doch Beatle konnte immer noch die Rundung ihrer Brüste unter dem Stoff ausmachen. Ihre Beine waren lang und schlank und sofort hatte er verdorbene Gedanken. Er konnte die weiche Haut auf der Innenseite ihrer Schenkel beinahe spüren, wenn er daran dachte, dass sie sie ihm um die Hüften schlang, während er mit dem Schwanz langsam in ihren engen, heißen Körper eindrang.

»Ich gehe jetzt ins Bett«, sagte sie und unterbrach damit seine Fantasie.

Beatle hatte das Gefühl, er würde rot werden, doch er nickte ihr nur zu, da er noch nicht ganz dazu in der Lage war, wieder zu sprechen.

Als sie sich der Schlafzimmertür zuwandte, musste Beatle die Augen zumachen, doch es war schon zu spät und das Bild brannte sich für immer in sein Gedächtnis. Ihre Shorts waren eng und schmiegten sich an ihren perfekten, runden Hintern. Sie war unglaublich schön. Sie hatte sanfte Rundungen an all den richtigen Stellen und war unheimlich weiblich. Und Beatle wollte sie. Sehr sogar. Er konnte das Blut in seinem Schwanz pochen hören, wie einen Puls. Er wusste ohne den geringsten Zweifel, dass er keine Minute durchhalten würde, falls er jemals die Chance haben sollte, mit Casey Shea zu schlafen.

Und dabei versuchte sie noch nicht einmal, ihn zu verführen, und es gelang ihr trotzdem schneller als jeder Frau zuvor.

Er beugte sich ein wenig vor, um den pochenden Schmerz in seinem Ständer ein wenig zu reduzieren und um an etwas anderes zu denken, als ihr ins Schlafzimmer zu folgen, ihr den neuen Pyjama auszuziehen und sich in ihrem Körper zu verlieren.

Es dauerte ein paar Minuten, aber schließlich konnte Beatle wieder laufen, ohne zu humpeln. Er ging ins Badezimmer und putzte sich die Zähne. Dann ging er ins Schlafzimmer.

Casey lag unter der Decke und wartete mit großen Augen auf ihn. Er hatte gehofft, sie würde schon schlafen, doch da sie erst vor ein paar Minuten zu Bett gegangen war, war das wohl etwas zu optimistisch.

Er wandte ihr den Rücken zu und zog sich das T-Shirt aus. Dann knöpfte er die Jeans auf, befahl seinem Schwanz, sich zu benehmen, zog die Jeans aus und hatte jetzt nichts weiter als seine Boxershorts an.

Ohne ein weiteres Wort setzte er sich aufs Bett und schwang dann die Beine unter die Decke. Er nahm Casey in die Arme und atmete tief ein. Ein großer Fehler.

Der Duft der Lotion, die Kassie ihr mitgebracht hatte, füllte seine Nase, und als hätte er nicht schon ein ernstes Gespräch mit seinem Schwanz haben müssen, füllte sich dieser wieder mit Blut und bereitete sich darauf vor, zum Einsatz zu kommen.

»Danke, dass du die Tür offengelassen hast«, erklärte Casey ihm.

»Ist doch selbstverständlich. Ist es hell genug?«, wollte Beatle wissen.

»Ich glaube schon.«

»Wenn du möchtest, kann ich im Flur das Licht anmachen.«

An seiner Schulter schüttelte sie den Kopf. »Nein. Geh nicht.«

Verdammt. Als könnte er irgendwo hingehen, nachdem er diese beiden Worte von ihren Lippen gehört hatte. »Haben deine Kopfschmerzen schon nachgelassen?«

»Ein bisschen.«

»Gut.«

Ein oder zwei Minuten waren verstrichen, bevor sie sagte: »Das Ganze ist merkwürdig. Warum ist es so merkwürdig?«

»Es ist nicht merkwürdig«, erwiderte Beatle augenblicklich. »Entspann dich.«

»In Costa Rica kam es mir ganz normal vor, aber jetzt ... jetzt ist es merkwürdig.«

Beatle rollte herum, bis Casey auf dem Rücken lag, und stützte sich über ihr ab. Seine Hände waren in ihrem Haar und er hielt ihren Kopf fest. Er wusste, dass seine Erektion gegen ihre Hüfte drückte, doch es war ihm egal. »In Costa Rica hattest du Angst, und ich habe dir dabei geholfen, dich in Sicherheit zu fühlen. Im Hotel hattest du einen Albtraum, und ich habe dich im Arm gehalten, damit du dich beruhigst. Jetzt, da du dich nicht in unmittelbarer Gefahr befindest, melden sich auch noch andere Gefühle. Und ich hoffe sehr, dass du wirklich nicht das Gefühl hast, dass das sehr merkwürdig ist, obwohl es eigentlich dein Körper ist, der dir andere Sachen zuflüstert.«

»Wie zum Beispiel was?«, fragte sie leise.

»Wie zum Beispiel, dass du dich zu mir hingezogen fühlst. Dass du gern in meinen Armen liegst, und zwar nicht, weil du dich dann in Sicherheit fühlst, sondern weil du mich magst. Denn es ist eine Tatsache, und das möchte ich einmal gesagt haben, dass es mir gefällt, dich im Arm zu halten. Zu spüren, wie du dich an mich kuschelst. Und, Schatz, ich bin eigentlich kein Kuschler. Bisher wollte ich beim Schlafen immer ausreichend Platz haben. Aber während jener ersten Nacht in der Hängematte, als du neben mir lagst und in meinen Armen geschwitzt hast, habe ich beschlossen, dass es keinen

Ort auf der Welt gibt, an dem ich lieber wäre als genau hier bei dir.«

Er machte eine Pause und starrte in Caseys große grüne Augen. »Ich will dich zu nichts drängen. Falls es dir wirklich merkwürdig vorkommt, wenn ich hier schlafe, dann schlafe ich eben draußen auf der Couch. Aber du musst wissen, dass ich unheimlich gern mit dir schlafe. Und das meine ich ernst. *Schlafen*. Ich will ja nicht behaupten, dass das alles ist, was ich von dir will, aber ob und wann mehr daraus wird, bleibt ganz dir überlassen.«

»Und das sagst du jetzt ganz ehrlich nicht nur, weil du mich für zu schwach hältst, um alleine zu schlafen?«

»Schwach? Mein Gott, Casey. Nein. Schwäche wäre das Letzte, was mir in den Sinn kommt, wenn ich an dich denke. Ich bin mir deiner Stärke durchaus bewusst.«

»Aber im Moment fühle ich mich nicht besonders stark.«

»Es kann schon sein, aber das bedeutet noch längst nicht, dass du es nicht bist.«

»Hmmm. Ich fühle mich zu dir hingezogen. Ich glaube, du weißt das.«

»Ich nahm es an, war mir aber nicht sicher«, erklärte Beatle ehrlich.

»Und das ist es ja, was ich meine. Leute, die miteinander befreundet sind, schlafen so nicht.«

»*Wir* schon«, entgegnete Beatle mit Nachdruck.

»Aber du bist ... du bist erregt, Beatle«, sagte Casey mit rot glühenden Wangen.

»Das bin ich. Aber das bedeutet noch längst nicht, dass zwischen uns etwas geschieht. Das wird es erst, wenn du dazu bereit bist.«

»Kannst du so überhaupt schlafen?«, fragte Casey und verzog das Gesicht.

Beatle lachte leise. »Ja, Süße, ich kann schlafen. Und hier mit dir im Arm kann ich mich besser entspannen als draußen auf der ungemütlichen Couch. Und mach dir um den keine

Sorgen«, er drückte ihr leicht seinen Schwanz ans Bein, »in ein paar Minuten hat er sich wieder beruhigt.«

»Aber das ist nicht fair dir gegenüber«, protestierte Casey und sah besorgt aus.

Beatle lächelte sie an und drehte sich um, bis sie wieder auf der Seite neben ihm lag. Beide rutschten herum, bis sie eine gemütliche Position gefunden hatten, wobei ihre Handfläche auf seiner nackten Brust lag und seine auf dem Stoff ihrer Schlafhose an der Hüfte ruhte. »Das ist keine Frage von Fairness«, erklärte er ihr. »Das ist der Normalzustand, wenn du in der Nähe bist. Und dabei ist es egal, ob du von Kopf bis Fuß voller Schmutz bist oder gerade frisch aus der Dusche kommst. Das ist deine Wirkung auf mich, Case.«

»Du bist verrückt«, sagte sie zu ihm.

»Wahrscheinlich«, entgegnete Beatle. »Und jetzt sei still und schlaf.«

Nichts auf der Welt fühlte sich besser an, als zu spüren, wie Casey sich komplett an ihm entspannte.

Ja, er hatte noch immer einen Ständer und er wusste, dass es eine fast außerkörperliche Erfahrung für ihn sein würde, wenn sie jemals mit ihm schlief, aber trotzdem war es ein unglaubliches Gefühl, dass Casey genügend Vertrauen zu ihm hatte, um ihre Deckung fallen zu lassen.

Beatle wandte den Kopf und küsste sie auf die Stirn.

Und lächelte noch breiter, als sie sich unbewusst tiefer in seine Umarmung schmiegte.

KAPITEL SIEBZEHN

Die letzten anderthalb Wochen waren für Casey voller Höhen und Tiefen.

Zu den Höhepunkten gehörte es, alle Frauen der Delta Force kennenzulernen. Sie liebte jede einzelne von ihnen. Rayne war reizend und großzügig und bot an, sich mit Casey zu treffen, wann immer sie wollte. Harley war wunderschön. Sie war groß und schlank, aber mehr als das, sie war urkomisch. Sie war superschlau und hatte einen Nachmittag lang mit ihr Videospiele gespielt, als die Männer auf dem Stützpunkt beschäftigt waren.

Annie war auch etwas ganz Besonderes. Sie war jeden Morgen in aller Herrgottsfrühe aufgetaucht, um zu spielen. Emily musste ihr schließlich verbieten, das Haus vor neun Uhr morgens zu verlassen, damit Casey Zeit hatte, aufzuwachen und ihren Kaffee zu trinken, bevor sie mit der Fröhlichkeit und Energie eines kleinen Mädchens überschüttet wurde ... und mit Fragen über Insekten.

Beatle war ein weiterer Höhepunkt. Er stand zu seinem Wort und hatte nicht mehr von ihr verlangt, als sie zu geben bereit war. Und das war im Moment nicht mehr als Knutschen und leichtes Petting, wenn sie ins Bett gingen. Sie wollte ihn, aber ihre Situation war so unklar, dass sie es für keinen von ihnen für fair hielt, eine sexuelle Beziehung einzugehen, bis sie sicher war, was in ihrem Leben vor sich ging.

Zu den Tiefpunkten gehörte der E-Mail-Austausch mit Dr. Santos. Ihre Freundin und Kollegin hatte sich täglich mit Jaylyn und Kristina getroffen. Casey hatte ihnen selbst E-Mails geschrieben und wusste, dass sie Dr. Santos die Erlaubnis gegeben hatten, mit ihr über ihre Erfahrungen und Therapiesitzungen zu sprechen. Marie hatte Casey eine E-Mail geschickt, um zu berichten, dass es den Mädchen nicht gut ging. Sie schliefen nicht, hatten Angst, Albträume und litten unter Appetitlosigkeit.

Sie selbst ging zu einem Arzt auf dem Stützpunkt, den Beatle ihr empfohlen hatte. Zuerst war es ihr unangenehm gewesen, aber jetzt, da sie sich bei ihm wohler fühlte, begann sie, sich zu öffnen. Sie gab sogar zu, dass sie einige Lücken in ihrem Gedächtnis hatte, und er versicherte ihr, dass sie sich höchstwahrscheinlich erinnern würde, sobald sie sich sicher genug fühlte und mehr Zeit verstrichen wäre. Er hatte ihr sogar angeboten, sie zu hypnotisieren, wenn sie wirklich das Gefühl hatte, dass das, woran sie sich nicht erinnerte, so wichtig war.

Die andere nicht so tolle Sache war, dass die Videos aus dem Dschungel, die jeder der Delta-Soldaten aufgenommen hatte, noch nicht von der Armee überprüft worden waren. Anscheinend waren die Techniker auf dem Stützpunkt zu beschäftigt und hatten einfach noch keine Zeit gehabt.

Casey stellte fest, dass sie nun eine krankhafte Faszination auf sie ausübten und sie die Aufnahmen unbedingt anschauen wollte. Sie wollte mehr von dem Dorf sehen, in dem sie als Geisel festgehalten worden war. Als sie dort war, hatte sie gewiss nicht viel davon gesehen.

Die Zeit schien in Lichtgeschwindigkeit zu vergehen – der Beginn des Herbstsemesters an der Universität würde anstehen, bevor sie es sich versah –, aber es ging auch langsam voran. Es fühlte sich an, als würde sie schon ewig in Fletchs kleiner Wohnung wohnen. Als würde sie die Männer und Frauen in der Gruppe der Spezialeinheit schon ihr ganzes Leben lang kennen.

Emily war eingeknickt und hatte Casey von ihrer Schwangerschaft erzählt. Sie sagte, sie wäre einfach zu aufgeregt und sie könnte sich genauso gut aussprechen, weil es sowieso bald alle wissen würden. Noch am selben Nachmittag gab sie ihre »Schwangerschaftsoffenbarungsparty«, obwohl sie nicht vorher erwähnte, dass es das war. Sie hatte Caseys Ankunft als Vorwand benutzt, um eine Grillparty zu veranstalten.

Casey hatte ihr den ganzen Morgen beim Kochen geholfen. Emily hatte alle möglichen Arten von Fingerfood geplant. Teufelseier, Kartoffelsalathappen, Mini-Corndogs, Caprese-Stücke, Obstspieße, Pesto-Scheiben und jede Menge Kekse.

Sie und Emily hatten den ganzen Tag über die Ankündigung und das, was alle sagen würden, gekichert, und deshalb war Casey fast genauso aufgeregt über die Party wie Emily.

»Alles in Ordnung?«, fragte Casey Emily, nachdem sie das letzte Blech Kekse auf Teller angerichtet hatten. Der Tisch im Esszimmer bog sich unter den ganzen Speisen. Um den ganzen Tisch herum und im Wohnzimmer standen Stühle, und sobald Fletch nach Hause kam, würde er den Grill im Garten hinter dem Haus anwerfen.

»Ja. Ich weiß deine Hilfe wirklich zu schätzen. Ich weiß nicht, wie ich das ohne dich geschafft hätte«, erklärte Emily ihr.

»Das hättest du sicher ... allerdings hätte es vielleicht etwas länger gedauert«, neckte Casey sie.

Emily seufzte, lächelte aber trotzdem und legte eine Hand auf ihren Bauch. »Ich hoffe, dieser kleine Mann macht mir nicht das Leben schwer.«

»Äh ... ich bin zwar keine Expertin, aber ist es nicht noch zu früh, um das Geschlecht des Babys zu bestimmen?«, fragte Casey.

Emily nickte lachend. »Ja, aber Fletch und ich haben beide

das Gefühl, dass es ein Junge wird. Ich bin sogar schon seit dem ersten Tag davon überzeugt.«

»Bist du enttäuscht, wenn es ein Mädchen ist?«

Emily schüttelte den Kopf. »Nein. Mädchen, Junge, Zwillinge, ist mir egal. Es spielt wirklich keine Rolle.«

Casey lächelte. »Wenn es nach Annie ginge, würdest du noch ein Dutzend weitere bekommen. Ich habe noch nie ein Kind gesehen, dass sich ein Geschwisterchen mehr wünscht als sie.«

»Ist dir das auch aufgefallen?«, bemerkte Emily. »Ich fühlte mich schlecht, dass ich ihr nicht sofort in dem Moment gesagt habe, dass sich ihr größter Wunsch erfüllt, als Fletch und ich es erfahren haben, aber ich weiß, dass sie mich von dem Moment an mit Fragen löchern wird, sobald ihr klar wird, dass sie bald eine große Schwester ist. Sie hat auch überhaupt keine Geduld. Du solltest sie mal zur Weihnachtszeit sehen. Du meine Güte.«

Casey grinste. »Ich finde sie toll. Ihr habt großes Glück.«

»Ich weiß. Und jetzt ... mach dich fertig. In etwa einer Stunde kommen die anderen«, erklärte Emily ihr.

Casey wischte sich noch einmal die Hände ab und ging zur Tür. Sie ging über die Einfahrt und den Hof zum Apartment. Als sie die Treppe erreichte, die neben der Garage nach oben führte, hielt sie inne und schaute nach oben. Der Himmel erstrahlte in einem leuchtenden Blau. Sie hörte den Gesang der Vögel und den auffallend lauten Klang der Zikaden in den Bäumen um sie herum.

Sie schwor sich auf der Stelle, ihre Freiheit niemals als gegeben hinzunehmen. Vor nicht allzu langer Zeit gab es einen Punkt, an dem sie nicht wusste, ob sie jemals wieder den Himmel sehen würde. Im Hof einer Familie zu stehen, die schnell zu engen Freunden wurde, war etwas, das sie nie vorausgesehen hätte.

Sie schüttelte sich, um sich aus ihren Gedanken zu lösen, und eilte die Treppe hinauf. Das Handy, das Beatle für sie besorgt hatte, klingelte, als sie die Tür aufschloss, und Casey lief zum Tisch und drückte auf das Display in der Hoffnung, dass es noch nicht zu spät war.

»Hallo?«

»Hallo? Casey?«

»Marie?«

»Ja, ich bin es. Es tut mir leid, wenn ich dich störe. Ich wollte dich nur anrufen und dir persönlich sagen, wie froh ich bin, dass es dir gut geht. Ich meine, ich weiß natürlich, dass ich es dir schon in einer E-Mail geschrieben habe, aber es ist noch einmal etwas anderes, es persönlich zu sagen. Es muss dir so schwergefallen sein, dich nach allem, was passiert ist, wieder in die Gesellschaft zu integrieren.«

Casey verzog das Gesicht und bei den Worten ihrer Freundin fühlte sie sich schuldig. Und zwar, weil sie ehrlich gesagt den ganzen Tag überhaupt nicht an das gedacht hatte, was ihr widerfahren war. Emily und sie hatten den ganzen Tag gelacht, Scherze gemacht und sich über normale Mädchendinge unterhalten.

»Es geht mir gut, danke. Wie bist du an diese Nummer gekommen?«, wollte Casey wissen.

»Ich habe sie von Jaylyn. Sie hat gesagt, sie hätte dich schon ein paarmal angerufen, und ich habe sie gebeten, mir deine Nummer zu geben, damit ich auch mal mit dir reden kann.«

Casey saß am Rand des Sofas und nickte. »Ja, es tut mir wirklich leid zu hören, dass sie und Kristina nicht so gut mit dem zurechtkommen, was passiert ist.«

»Ja, das ist wirklich schade«, pflichtete Marie ihr traurig bei. »Jaylyn hat gesagt, dass du sie bei eurem letzten Telefonat gefragt hättest, ob sie sich daran erinnert, irgendetwas Merkwürdiges gehört oder gesehen zu haben, als ihr entführt wurdet, und auch später, als ihr in der Hütte eingesperrt wart.«

»Das habe ich«, bestätigte Casey. »Die Männer, die mich gerettet haben, versuchen schon die ganze Zeit herauszufinden, wer in aller Welt Grund dazu hätte, uns zu entführen, und es sind sich alle einig, dass wir vielleicht etwas gehört oder gesehen haben, aber mit all den schrecklichen Dingen, die wir durchgemacht haben, kann es sein, dass wir es verdrängt haben.«

»Das ist durchaus möglich«, entgegnete Marie. »Zu den psychologischen Folgen des Traumas, das ihr vier durchlebt habt, kann definitiv gehören, dass ihr manche Dinge ausgeblendet habt. Wurdet ihr vergewaltigt?«

Casey unterdrückte ein Keuchen. Verdammt, selbst die Deltas waren taktvoller gewesen als Marie. Und die sollte eigentlich ihre Freundin sein. »Nein«, erwiderte sie knapp.

»Na, das ist ja immerhin etwas«, sagte Marie, ohne zu bemerken, wie brüsk Casey geantwortet hatte. »Jaylyn und Kristina wohl auch nicht. Aber ist das nicht merkwürdig? Frauen, die in Südamerika entführt und dann nicht vergewaltigt werden? Vielleicht fanden sie euch einfach nicht attraktiv oder so was.«

Casey blieb vor Schock der Mund offen stehen. Das hatte sie jetzt nicht wirklich gesagt. »Das hast du doch jetzt *nicht* wirklich gesagt«, entgegnete sie entrüstet.

»Oh ... entschuldige. Ich wollte nicht taktlos sein«, erwiderte Marie und es hörte sich so an, als würde es ihr leidtun.

»Hast du aus einem bestimmten Grund angerufen?«, fragte Casey, da sie nur allzu gern aufgelegt hätte.

»Ja, das habe ich. Es geht um die Mädchen. Du weißt ja, dass ich mich jeden Tag mit ihnen treffe, um ihnen dabei zu helfen, das Erlebte zu verarbeiten. Wir haben uns unterhalten und ich glaube, dass ein Gruppentreffen Sinn macht.«

»Okaaaay«, entgegnete Casey gedehnt, weil sie nicht verstand, warum sie anwesend sein musste, wenn Jaylyn und Kristina mit der Psychologin redeten.

»Mit dir zusammen, Casey«, erklärte Marie. »Schließlich warst du ihre Anführerin. Sie haben mir erzählt, dass es ihnen ziemlich gut ging, bevor du weggeholt wurdest. Ihr habt die Nahrung geteilt und hattet Hoffnung darauf, gerettet zu werden. Aber als sie glaubten, dass du gerettet worden warst und sie zurückgelassen hast, sind sie daran zerbrochen. Ich halte es für eine gute Idee, wenn wir alle gemeinsam darüber reden.«

»Oh, okay ... ja. Das kann ich gern machen. Wenn ihr mir sagt, wann ihr euch trefft, kann ich mit euch skypen oder so was.«

»Nein!«, rief Marie. Und dann erklärte sie mit ruhiger Stimme: »Ein Videoanruf reicht nicht. Die Mädchen müssen dich sehen. Sich mit eigenen Augen davon überzeugen, dass es dir gut geht. Skype reicht also überhaupt nicht und ist nicht das Gleiche, wie dich persönlich zu treffen und dich anfassen und umarmen zu können. Ich glaube wirklich, dass sie dich sehen müssen, direkt vor sich und in voller Lebensgröße, damit sie sich sicher sein können, dass es dir gut geht. Wann kommst du nach Hause? Du solltest sowieso besser hier bei deinen Freundinnen sein. Es wird dir dabei helfen, alles zu verarbeiten.«

Casey hatte das Gefühl, dass sie bereits dabei war, alles zu verarbeiten. »Es geht mir aber wirklich gut. Ich gehe zu einem Psychologen hier auf dem Stützpunkt. Er hilft mir sehr.«

»Wirklich?«

»Ja.«

»Und worüber sprecht ihr?«

Casey nahm einen Moment lang ihr Telefon vom Ohr und starrte es an, als könnte sie nicht glauben, was zum Teufel da vor sich ging. Würde sie es nicht besser wissen, hätte sie vielleicht denken können, dass sie verarscht wurde oder so was. »Ich werde dir nicht sagen, worüber ich mit meinem Therapeuten rede, Marie. Ich weiß, dass wir Freunde sind und du Psychologin bist, aber das geht zu weit.«

»Ich bin nicht absichtlich taktlos«, erwiderte Marie ein wenig defensiv. »Ich bin eben nur der Meinung, dass die Mädchen schneller Fortschritte machen würden, wenn ihr alle zusammen wärt. Wenn ihr miteinander darüber reden könntet, was passiert ist. Vielleicht würdest du dich auch wieder an das erinnern, was du glaubst, vergessen zu haben, wenn du Jaylyn and Kristina wiedersiehst. Eine Nachstellung der Ereignisse könnte auch hilfreich sein.«

»Eine Nachstellung der Ereignisse?«, fragte Casey ungläubig. Sie hatte dieses Gespräch eindeutig satt. Sie war in einer solchen Hochstimmung gewesen, aber jetzt war sie irritiert und wütend. »Ich werde keinesfalls meine Entführung noch einmal durchspielen, Marie. Ich finde es unglaublich, dass du so etwas überhaupt vorschlägst!«

»Du würdest dich wundern, wie heilsam es sein kann, Casey. Ganz offensichtlich bist du wütend auf mich, aber ich will wirklich nur, was für dich und die Mädchen das Beste ist. Ich möchte, dass ihr verarbeitet, was passiert ist, und dabei möchte ich euch helfen. Wenn ihr mir helft, könnte es darüber hinaus auch noch sein, dass nicht alles umsonst war und ihr Opfern von Entführungen in Zukunft helfen könnt, ihre Erfahrungen zu verarbeiten.«

Casey musste den Kopf schütteln. Marie verstand es einfach nicht. »Ich melde mich gern, wenn du dich mit Jaylyn und Kristina triffst. Sag mir dann einfach Bescheid.«

»Da werden sich die beiden freuen«, entgegnete Marie. »Ich werde mit den beiden sprechen und wir werden uns auf eine Zeit einigen. Bitte melde dich auf jeden Fall, wenn dir irgendwas einfällt, was den Mädchen helfen könnte. Sie haben Angst, dass jemand kommt, um sie zu holen, weißt du. Alles, woran du dich erinnerst, was ihnen helfen könnte, sich sicher zu fühlen, wäre eine große Erleichterung und ein enormer Fortschritt in ihrem Heilungsprozess.«

Casey nickte. Sie wusste, dass das stimmte, weil sie das Gleiche empfand. »Das werde ich. Falls mir irgendetwas einfällt, melde ich mich bei dir.«

»Ich bin wirklich froh, dass es dir gut geht. Ich kann es kaum erwarten, dass du nach Hause kommst. Wir treffen uns dann zum Mittagessen, okay?«

»Klar«, sagte Casey ohne Überzeugung.

»Bis bald.«

»Tschüss.« Casey legte auf und starrte einen Moment ihr Telefon an. »Was zum Teufel war das denn?«, fragte sie laut.

Niemand antwortete ihr, und das war auch gut so, denn sie war allein in der Wohnung.

Casey schloss die Augen und dachte über das Gespräch nach. Es war nicht nur äußerst unpassend gewesen, sondern auch ziemlich merkwürdig. Sie war zwar mit Marie befreundet, aber sie waren keinesfalls *eng* miteinander befreundet. Sie sahen einander an der Universität oder bei Veranstaltungen, trafen sich aber außerhalb der Arbeit so gut wie nie.

Es war schon irgendwie nett, dass die Psychologin sich Sorgen um sie machte, aber machte sie sich nicht vielleicht sogar ein bisschen *zu viele* Sorgen? Und warum wollte sie unbedingt, dass sie nach Hause kam, wenn es ihr hier gut ging? Hatten ihre Studentinnen Marie vielleicht mehr erzählt, als diese zugegeben hatte?

Ein Teil von Casey wäre gern nach Florida zurückgekehrt, um zu sehen, wie es Jaylyn und Kristina ging. Aber ehrlich gesagt konnte sie auch nichts für sie tun. Sie mussten einfach weiter zu einer Psychologin gehen. Und warum hatte Marie so großes Interesse daran, woran genau sie sich während der Entführung erinnerte und woran nicht?

Casey lief ein Schauer über den Rücken. Konnte es sein, dass die Ärztin vielleicht Hintergedanken hatte? Aber was für welche? Das ergab keinen Sinn.

Und just in dem Moment öffnete sich die Tür der Wohnung und eine männliche Stimme dröhnte durch den Raum. »Casey?«

Sie erschrak so sehr, dass sie in ihrer Panik fast von der Couch gefallen wäre. Sie wirbelte herum und sah, dass Beatle in der Tür stand. Ihr wurde ganz schwindelig vor Erleichterung.

Sie spürte seine Hände auf ihren Schultern und entspannte sich. »Du hast mir eine Heidenangst eingejagt«, sagte sie leise.

»Was ist denn los?«

Sie schaute in Beatles braune Augen, mit denen er sie besorgt ansah. »Nichts. Du hast mir nur einen Schreck eingejagt.«

»Blödsinn. Was ist wirklich los? Normalerweise würdest du dich niemals so erschrecken, nur weil ich hier reinkomme, wenn nicht etwas vorgefallen wäre. Ich kenne dich, Case. Rede mit mir.«

»Es ist nichts, nur ein merkwürdiges Telefongespräch mit Marie.«

»Deiner Freundin, der Psychologin? Und inwiefern merkwürdig?«

»Einfach nur ... merkwürdig. Können wir das Thema bitte fallen lassen? Ich muss mich fertig machen. Und ich habe noch nicht geduscht.«

Sie spürte, dass Beatle das Thema nicht ruhen lassen wollte, doch nach einem langen Blick gab er schließlich nach. »Okay, aber später reden wir darüber, okay? Du erzählst mir, warum es dich so nervös gemacht hat.«

Das konnte sie tun. »Ja.«

»Gut. Emily hat mich hergeschickt, um dich daran zu erinnern, dass das Ganze keine förmliche Angelegenheit ist.«

»Das wusste ich doch«, sagte Casey verwirrt. »Warum sollte sie dich herschicken, um mir etwas mitzuteilen, das ich bereits weiß?«

Sie betrachtete Beatle – und war überrascht, als sie eine leichte Röte seinen Hals hinaufsteigen sah. Er rieb sich mit der Hand über sein kurzes Haar. »Okay, ich habe gelogen. Sie hat mich nicht geschickt. Ich bin gerade mit Fletch zurückgekommen und wollte dich sehen.«

»Du hast mich doch heute Morgen gesehen«, entgegnete Casey.

»Ja, aber das ist ja schon sieben Stunden her.«

Ihr war klar, dass das Grinsen, das sich auf ihrem Gesicht

ausbreitete, wahrscheinlich idiotisch war, aber es war egal. »Du hast mich vermisst«, flüsterte sie.

»Ja, Süße, ich habe dich vermisst«, stimmte Beatle ihr augenblicklich zu.

Ohne nachzudenken, lehnte Casey sich vor und küsste ihn. Sie hatte vorgehabt, ihm einen kleinen Wie-lieb-von-dir-Kuss zu geben, aber Beatle hatte etwas anderes im Sinn. Sofort ließ er sich mit ihr auf die Couch fallen und vertiefte den Kuss.

Er küsste sie so leidenschaftlich, als hätte er sie seit Monaten nicht mehr gesehen und nicht nur seit wenigen Stunden. Aber Casey beschwerte sich nicht. Die letzten zehn Tage gehörten mit zu den besten ihres Lebens. Und zwar wegen Beatle. Dank ihm fühlte sie sich schön und stark. Er hatte sie ohne Vorbehalte in den Kreis seiner Freunde aufgenommen. Und als sie seine Stärke und seinen Schutz mitten in der Nacht gebraucht hatte, war er für sie da gewesen, ganz ohne Hintergedanken.

Sie war sich ganz sicher, dass er sich zu ihr hingezogen fühlte, aber sie war noch nicht bereit dazu, eine Beziehung einzugehen. Doch mit der Zeit hatte er ihren Widerstand aufgeweicht, und jetzt, da sie unter ihm auf der ungemütlichen Couch in der Wohnung seines Freundes lag, erwachte Caseys Libido plötzlich zum Leben.

Sie wollte ihn.

Mit Haut und Haaren.

Und als hätte er die wichtige Entscheidung gespürt, die sie gerade getroffen hatte, zog Beatle sich zurück. Er hatte seine Hand unter ihr T-Shirt wandern lassen und spielte mit den Fingern an ihrer Brustwarze über dem Stoff des BHs, doch als er sie ansah, erstarrte er. »Was ist los?«

»Was soll denn los sein?«, fragte Casey lässig.

»Irgendetwas stimmt nicht. Was ist es?«

»Es ist alles in Ordnung«, entgegnete sie. »Ich würde sagen, zum ersten Mal ist jetzt tatsächlich alles in Ordnung.«

Beatles Pupillen weiteten sich und er leckte sich über die Lippen. »Sag mir, was das bedeutet«, befahl er ihr heiser.

»Ich will dich, Beatle.« Die Worte kamen ihr nur schwer über die Lippen, doch er hatte sie verdient. Er war mehr als nur geduldig mit ihr gewesen. Er hatte ihr nie das Gefühl gegeben, sie würde ihm etwas schulden. Je mehr Zeit sie mit ihm verbrachte, umso mehr bewies er, dass er gern mit ihr zusammen war. Und dass er problemlos so lange warten würde, wie es eben dauern würde, bis sie ihn auch wollte. Und selbst wenn sie zu dem Entschluss gekommen wäre, dass sie ihn nicht wollte, wusste sie bis in ihr tiefstes Innere, dass er sie nie zu irgendetwas gezwungen hätte.

Troy Lennon war ein guter Mann. Durch und durch. Und sie wollte ihn. Ganz und gar. Und zwar sofort.

Doch anstatt sich auf sie zu werfen, wie sie es sich von ihm erhofft hatte, als sie ihm gestanden hatte, dass es sie nach ihm verlangte, legte er den Kopf in den Nacken und schloss die Augen.

»Beatle?«

Er senkte den Kopf wieder und verzog das Gesicht. »Jetzt, verdammt? *Jetzt* sagst du mir, dass ich dich haben kann? Wenn wir uns mit unseren Freunden treffen?«

Sie kicherte. »Schlechtes Timing?«

»Das kann man wohl sagen«, erklärte er. Dann lehnte er sich zu ihr und legte seine Stirn an ihre. »Aber weißt du was? Jetzt habe ich schon so lange gewartet, jetzt kann ich auch noch die paar Stunden aushalten. Dir ist schon klar, was du mir da gerade geschenkt hast, oder?«, fragte er.

Casey nickte.

»Was? Was hast du mir gegeben?«, fragte Beatle.

»Mich«, entgegnete Casey einfach. »Ich habe dir mich gegeben.«

»Das hast du. Und im Gegenzug gebe ich mich dir. Mir ist schon bewusst, dass du mir nicht deine Liebe gestanden hast oder möchtest, dass wir zusammen durchbrennen, um zu heiraten, aber du solltest schon wissen, dass das für mich mehr als eine Affäre ist. Ich will eine Beziehung.«

Casey nickte. Sie wusste das. Es war eines der Dinge gewesen, die sie zurückgehalten hatten. Sie hatte sich nicht vorstellen können, wie eine Beziehung zwischen den beiden funktionieren würde, mit ihm hier und ihr in Florida. Aber dank des Anrufs von Marie war ihr klar, dass sie sich nicht sicher war, ob sie zu ihrer Arbeit zurückkehren wollte. Ja, sie unterrichtete gern, aber wie Beatle einmal gesagt hatte, gab es in Texas auch Universitäten. Oder das Internet. Sie konnte online unterrichten und leben, wo immer sie wollte.

»Ich will sehen, wohin es führt«, erklärte sie ihm. »Ich habe von den anderen genug mitbekommen, um zu wissen, dass es nicht unbedingt leicht ist, mit einem Typen von der Armee zusammen zu sein, aber ich würde es gern versuchen. Natürlich nur, wenn du das möchtest.«

»Verdammt, auf jeden Fall«, erklärte Beatle, bevor er dann erneut ihren Mund in Beschlag nahm.

Casey war sich nicht ganz sicher, wie ihm das gelungen war, aber zehn Minuten später setzte er sich mit ihr in den Armen aufrecht hin und zwang sie aufzustehen. »Geh jetzt duschen, meine Süße. Wenn ich dich noch länger unter mir spüre, kann ich nicht mehr warten.«

Sie blickte in seinen Schritt und auf die Erektion, die sie in den letzten zehn Minuten gefoltert hatte. »Kannst du damit überhaupt laufen?«, neckte sie ihn.

»Keine Ahnung«, antwortete er und legte die Stirn in Falten.

Casey konnte nicht anders. Sie lachte los. Und zwar laut.

Als sie sich wieder unter Kontrolle hatte und die Augen aufmachte, sah sie, wie Beatle sie mit einem merkwürdigen Ausdruck auf dem Gesicht ansah.

»Was ist?«

»Es gefällt mir, dich lachen zu sehen. Ich würde alles dafür geben, dass du dieses wunderschöne Lächeln immer auf deinem Gesicht hast.«

Sie wurde ernst. »Beatle.«

»Nein. Noch mehr halte ich nicht aus. Geh duschen. Ich warte hier draußen auf dich. Dann gehen wir zusammen zum Haus.« Er strich mit einem Finger ihren Arm hinauf. »Heute Nacht wirst du mir gehören.«

»Aber nur, wenn du mir gehörst«, erwiderte Casey.

»Ich gehöre dir doch bereits«, antwortete er. »Und jetzt geh.«

Wie in Trance tat sie, wie geheißen.

Während der ganzen Dusche hörte sie in ihrem Kopf immer und immer wieder seine Worte.

Ich gehöre dir doch bereits.

Wie sollte sie dem widerstehen?

Das konnte sie nicht.

Und sie würde es auch nicht weiter versuchen.

KAPITEL ACHTZEHN

»Danke, dass ihr alle gekommen seid«, sagte Emily später am Abend.

Fünfzehn Leute waren anwesend, sahen zu ihrer Gastgeberin auf und warteten gespannt, was sie ihnen zu sagen hatte.

Es schien niemandem etwas auszumachen, dass das Wohnzimmer für sie alle viel zu klein war. Sie waren einfach glücklich, zusammen zu sein, und das merkte man ihnen an.

Casey sah sich lächelnd im Raum um.

Rayne und Ghost saßen dicht nebeneinander auf einer Seite des Sofas und Kassie und Hollywood auf der anderen Seite. Harley hatte es sich auf Coachs Schoß in einem der Sessel neben dem Sofa bequem gemacht. Fletch saß auf dem Boden vor dem Sofa und Annie vor ihm, an seine Brust gelehnt.

Annie hatte eine große, schöne Plastikschachtel mit einer Soldatenpuppe darin mitgebracht. Sie erzählte allen, dass sie eigentlich zwei davon gehabt hatte, aber ihr bester Freund, Frankie, der taub war und in Kalifornien wohnte, hatte die zweite, und sie spielten immer zusammen damit über ein spezielles Programm auf ihrem iPad. Nachdem sie das ausführlich erläutert hatte, spielte sie zufrieden vor sich hin, bis ihre Mutter zu sprechen begann.

Truck stand hinter Mary, die auf einem der Stühle aus dem Esszimmer saß. Casey bemerkte den liebevollen Ausdruck in seinen Augen. Es war der gleiche Ausdruck, mit dem Beatle sie in den letzten zwei Wochen angesehen hatte. Es war offensichtlich, dass Truck mehr als nur Zuneigung für diese Frau empfand, aber Mary hatte den ganzen Abend alles getan, um ihn auf Abstand zu halten.

Casey hatte sie voller Interesse beobachtet. Mary mochte so tun, als ob sie Truck nicht in ihrer Nähe haben wollte, aber ihre Augen und ihre unbewussten Gesten sagten etwas völlig anderes. Sie konnte den Blick nicht von dem großen, starken Mann lassen und als Blade ihn wegen seiner Narbe aufzog, hatte sich ein harter und beschützender Ausdruck in Marys Gesicht gestohlen. Zwar hatte sie sich unter Kontrolle und war Blade nicht ins Gesicht gesprungen, aber Casey konnte sehen, dass es sie viel Selbstbeherrschung kostete.

Die beiden Männer, die keine Frauen hatten – Blade und Raynes Bruder Chase –, lehnten an der Wand. Beide hatten die Arme vor der Brust verschränkt und sahen konzentriert und aufmerksam aus. Bereits kurz nachdem sie in die Wohnung auf der anderen Seite des Gartens eingezogen war, hatte Casey bemerkt, dass alle Deltas so waren. Auch die, die Frauen oder Freundinnen hatten. Sie schenken ihnen zwar sehr viel Aufmerksamkeit, waren aber immer wachsam für alles, was um sie herum geschah. Für alle Fälle.

Casey selbst stand etwas abseits in der Nähe der Küche. Sie hatte gerade Geschirr gespült und Beatle hatte ihr dabei geholfen. Sie war schon vollkommen in die Gruppe aufgenommen worden, aber es lag ihr nicht, herumzusitzen und nichts zu tun. Emily hatte das ganz schnell verstanden und nach einigen höflichen Protesten in den ersten Tagen ließ sie sie einfach gewähren.

Casey spürte, dass Beatle hinter ihr auftauchte. Er legte

seine Arme um ihre Taille und sie lehnte sich zurück und schmiegte sich an ihn. Sie fühlte sich entspannt und glücklich und konnte es kaum erwarten, dass Emily ihren Freunden endlich verkündete, dass sie schwanger war.

»Nun mach schon! Ich will endlich Kuchen!«, scherzte Hollywood.

Kassie stieß ihn mit dem Ellbogen an. »Halt die Klappe!«

Alle lachten und dann fuhr Emily fort: »Wie ihr vielleicht wisst, haben Fletch und ich, auf Annies Wunsch hin, an einem kleinen Brüderchen oder Schwesterchen ... äh ... gearbeitet ...«

»Oh mein Gott!«, kreischte Annie, sprang auf die Füße und hüpfte vor Aufregung auf und ab. »Du bekommst ein Baby! Bitte, bitte, sag, dass du schwanger bist!«

»Ich bin schwanger«, antwortete Emily ihrer Tochter gehorsam.

Das kleine Mädchen rannte zu ihrer Mutter und schlang seine Arme um sie. »Wann?«, fragte sie und sah sie forschend an.

»Es wird noch eine Weile dauern. Noch mindestens sieben Monate«, erwiderte Emily und strich ihr über den Kopf.

»Juhuu!«, jubelte Annie, ließ ihre Mutter los und machte einen drolligen, kleinen Freudentanz mitten im Zimmer.

Emily hob die Hand, damit nicht alle ihre Freunde aufstanden, um ihr zu gratulieren. Sie sah ihren Mann an. »Wir wissen noch nicht, ob es ein Junge oder Mädchen wird, aber wenn ihr Wetten abschließen wollt, wir glauben, dass es ein Junge wird.«

»Ein Bruder«, hauchte Annie und brach in Tränen aus.

Fletch stand auf, nahm seine Tochter in die Arme und fragte beunruhigt: »Das sind doch Freudentränen, oder, Schätzchen?«

Annie sah ihren Vater an und heulte: »Ich habe mir wirklich, *wirklich* einen kleinen Bruder gewünscht! Einen, der mit mir Soldat spielt!«

»Wir wissen es noch nicht, Schatz. Es ist noch zu früh. Es könnte auch ein Schwesterchen werden.«

Annie schüttelte heftig den Kopf. »Ganz ehrlich, ich wäre schon ein bisschen enttäuscht, wenn es ein Mädchen wird, denn ich bin so brav gewesen. Der Weihnachtsmann hat mich bestimmt gut beobachtet und weiß genau, wie lieb ich war. Braver geht es gar nicht!« Die Begeisterung und Ernsthaftigkeit des kleinen Mädchens waren zu niedlich.

Fletch schüttelte leicht den Kopf und lächelte seine Tochter an. »*Falls* es wirklich ein Junge ist, hast du vielleicht gar keine Lust mehr, mit ihm zu spielen, wenn er dazu endlich groß genug ist«, gab er zu bedenken.

»Nee. Mir ist es egal, ob ich dann alt bin. Vielleicht sogar *dreißig*. Ich werde immer Soldat spielen wollen.«

Casey spürte, wie Beatles Brust hinter ihr vor verhaltenem Lachen vibrierte. Er beugte sich vor. »Wenn dreißig alt ist, dann sind wir alle uralt.«

Casey lächelte und nickte zustimmend. Sie konnte den Blick nicht von der niedlichen Szene abwenden, die sich vor ihr abspielte.

»Na ja ... da jetzt anscheinend ein guter Zeitpunkt ist, um Geheimnisse zu offenbaren, dann können Harley und ich ja auch unseres preisgeben«, verkündete Coach.

Alle wandten sich ihm zu. Er war nicht aus seiner bequemen Position im Sessel aufgestanden und Harley saß noch immer auf seinem Schoß. Coach hatte einen Arm um ihre Taille gelegt und der andere ruhte auf ihrem Schenkel. Er nahm ihre Hand und ließ seinen Daumen über den Ring an ihrem linken Ringfinger gleiten.

»Das hier ist kein Verlobungsring, sondern ein Ehering. Wir sind verheiratet. Wir haben uns standesamtlich trauen lassen, gleich nachdem sie von ihrem Unfall genesen war. Wir wollten einfach nicht mehr warten.«

»*Echt jetzt?*« Rayne stand von der Couch auf. »Ihr habt geheiratet und uns nichts davon gesagt? Das ist nicht cool. Überhaupt nicht cool! Was ist mit der Party? Ihr werdet doch noch *feiern,* oder?«

»Beruhige dich, Mom«, neckte Harley. »Ja, wir werden eine Party feiern. Wir wollten nur eine Weile unser Eheleben genießen, ohne den ganzen Rummel.«

»Möchte noch jemand irgendwelche dunklen Geheimnisse preisgeben?«, fragte Rayne. »Und bevor ihr fragt, nein, Ghost und ich sind nicht verheiratet. Mir ist es egal, ob wir das Paar sind, das am längsten zusammen ist. Mary und ich haben uns immer eine Doppelhochzeit gewünscht, also werde ich warten, bis sie so weit ist.« Sie winkte ihrer besten Freundin strahlend zu.

Wenn Casey nicht hinter Mary und Truck gestanden hätte, wäre ihr entgangen, wie Truck sich diskret neben sie stellte und seine Hand kurz auf Marys Rücken legte. Oder wie Mary die Stuhllehnen so fest umklammerte, dass ihre Knöchel ganz weiß wurden. Oder wie sich Truck, nachdem alle ihre Aufmerksamkeit auf Fletch richteten, als er zu sprechen begann, zu Mary niederbeugte und ihr etwas ins Ohr flüsterte, woraufhin sie ihm in die Augen sah und ganz leicht den Kopf schüttelte.

Casey wollte zu gern wissen, was zwischen den beiden lief, besonders nachdem Truck in Costa Rica so viel über »seine Mary« gesprochen hatte, aber jetzt hatte Hollywood das Wort ergriffen.

»Okay, ja, jetzt ist vielleicht ein guter Zeitpunkt, es euch zu verraten – Kassie bekommt auch ein Baby!«

Alle gratulierten gleichzeitig, strahlend und glücklich. Casey hatte noch nie so viel Liebe in einem Raum gespürt wie hier in diesem Moment im Wohnzimmer von Fletch.

»Wann ist es bei dir so weit?«, fragte Emily ihre Freundin.

»Vor dir«, antwortete Kassie. »Noch viereinhalb Monate.«

»Verdammt! Ich kann es nicht fassen, dass du das so lange vor uns geheim gehalten hast!«, rief Rayne aus. »Wie ist es möglich, dass man dir noch gar nichts ansieht?«

Kassie zuckte die Achseln. »Darüber habe ich mir auch Sorgen gemacht, aber mein Arzt sagt, das sei ganz normal.

Babys wachsen eben unterschiedlich schnell. Aber es geht ihr sehr gut.«

Hollywood legte seine Hand auf den Bauch seiner Frau und streichelte sein darin heranwachsendes Baby.

»Ihr?«, fragte Mary.

»Ihr«, bestätigte Kassie.

»Ich freue mich ja so sehr für uns!«, rief Emily und brachte alle zum Lachen.

Fletch hockte noch immer neben seiner Tochter. Er sah sie an und sagte: »Mom und ich haben ein Geschenk für dich, Schätzchen.«

»Für mich?«, fragte sie aufgeregt und ihre Augen wurden ganz groß in ihrem kleinen Gesichtchen.

»Ja. Für dich.« Fletch hob Annie hoch und setzte sie auf seine Schultern. Sofort schloss sie ihre kleinen Händchen unter seinem Kinn, um sich festzuhalten. »Die Jungs und ich haben ziemlich lange daran gearbeitet, um es perfekt zu machen. Los Leute, ihr dürft gern mit uns nach draußen kommen«, forderte Fletch seine Freunde auf.

»Was hat er denn für sie?«, fragte Casey, als Beatle sie mit allen anderen herausführte.

»Das wirst du gleich sehen«, antwortete er geheimnisvoll.

Vor dem Haus stand ein riesiger Karton, der in Geschenkpapier mit Tarnmuster eingepackt war. Man konnte Annies Freudenschrei, als sie ihr Geschenk erblickte, wahrscheinlich quer durch den ganzen Staat hören. Fletch beugte sich vor und stellte seine Tochter auf den Boden. Sofort rannte sie zu dem Karton und begann, das Papier abzureißen.

Dann, ohne auf die Hilfe ihres Vaters zu warten, hob sie den Karton, der keinen Boden hatte, in die Höhe und enthüllte, was darunter versteckt war.

»Ich wusste es!«, rief Annie. »Ich *wusste* es! Danke, danke, danke! Ich habe meinen eigenen Panzer!«

»Oh ja. Allerdings gibt es Regeln, wann und wo du damit fahren darfst«, warnte Fletch.

Annie nickte eifrig, aber es war offensichtlich, dass sie kaum zuhörte.

»Gib auf«, wandte Hollywood sich an Fletch. »Sie wird erst mal kein einziges Wort hören, das du zu ihr sagst. Hast du die Batterien aufgeladen, bevor du ihn eingepackt hast?«

»Natürlich. Ich wusste doch, dass sie sofort damit fahren will.«

Coach und Truck halfen Annie, in das kleine Motorfahrzeug zu klettern, das genauso aussah wie ein Sherman-Panzer.

Annie sauste damit durch den Hof und tat so, als ob sie unsichtbare Feinde abschoss.

Casey sah zu Beatle auf. »Ein Panzer?«

Er zuckte die Achseln. »Sie hat online irgend so eine billige Plastikversion gesehen und wollte das Ding unbedingt haben. Das Teil kostete natürlich Tausende von Dollars, also hat Fletch ihr gesagt, sie müsse sich das Geld dafür selbst verdienen. Das hat sie auch getan, und zwar verdammt gut.«

Casey sah das schelmische Glitzern in Beatles Augen. »Mit reichlich Hilfe von ihren Onkeln, nehme ich an.«

»Natürlich«, entgegnete er. »Allerdings ist dieser Panzer nicht der, den sie gesehen hatte. Wir haben uns darüber unterhalten und festgestellt, dass der Online-Panzer ein billiges Stück Scheiße war. Also haben wir die Köpfe zusammengesteckt und geplant, wie wir eines dieser Barbie-Autos, die in Spielzeuggeschäften verkauft werden, umändern könnten. Wir haben den Motor davon verwendet, aber das war auch schon alles. Bei jeder Gelegenheit haben wir daran gearbeitet. Es gibt einen Typen online, der einen von Grund auf gebaut hat, mit dem hatten wir einen regen E-Mail-Austausch, um die Mängel an unserer Version auszubügeln, aber ich denke, das Ergebnis ist ziemlich cool.«

»Stimmt. Es ist supercool«, stimmte Casey zu. »Also, mit dem Geld, das sie verdient hat, habt ihr die Teile gekauft?«

»Ja. Aber eigentlich glaube ich, dass Hollywood den Löwenanteil von dem verdammten Ding bezahlt hat. Annie hat ziemlich schnell verstanden, dass er ihr Geld gab, damit sie ihn und Kassie in Ruhe ließ, wenn sie rummachen wollten. Sie tauchte immer genau in dem Moment auf, wenn sie am wenigsten erwünscht war.« Beatle lachte vor sich hin.

Casey musste mitlachen. Sie warf einen Blick auf die umstehenden Erwachsenen, die Annie dabei zusahen, wie sie im Hof und in der Einfahrt herumsauste. Sie war überglücklich und es war wunderbar, an ihrer Freude teilzuhaben.

Die Liebe, die diese Gruppe von Männern und Frauen verband, war einzigartig. Casey stellte fest, dass sie dazugehören wollte. Das wünschte sie sich mehr als alles andere in ihrem Leben. Eigentlich war ihre Entführung das Schrecklichste gewesen, das sie jemals mitgemacht hatte, aber auf der anderen Seite ... hatte sie dadurch diese Menschen kennengelernt.

Durch diese Erfahrung hatte sie Beatle getroffen, hatte entdeckt, dass sie mehr innere Stärke besaß, als sie es sich jemals zugetraut hatte, und war von seinen Freunden mit offenen Armen aufgenommen worden. Natürlich sollte sie nicht dankbar sein, dass sie entführt worden war ... aber irgendwie war sie es doch.

Als die Sonne langsam unterging, löste sich die Gruppe nach und nach auf, bis nur noch Casey und Beatle übrig waren.

Casey spürte, wie Beatle seine Hände über ihren Körper gleiten ließ. Er lehnte an der Seitenwand des Hauses und sie hatte sich an ihn gelehnt. Annie fuhr noch immer mit ihrem Spielzeugpanzer durch den Hof, aber auch sie wurde langsam ruhiger. Sie war erschöpft, aber Adrenalin und Begeisterung hielten sie noch wach. Emily war schon hineingegangen, um aufzuräumen und dann die Füße hochzulegen, und Fletch versuchte, seine Tochter einzufangen.

Beatles warmer Atem streifte Caseys Hals, als er sich über sie beugte. Er streichelte ihren Körper und strich über die Seiten ihrer Brüste. »Sollen wir hochgehen?«

Casey atmete tief ein und nickte sofort. Ja, das wollte sie. Sehr sogar.

Beatle nahm ihre Hand und ging auf die Garage zu. Er nickte Fletch im Vorbeigehen kurz zu. Casey war versucht zu kichern, musste sich aber sehr konzentrieren, um nicht über ihre eigenen Füße zu stolpern, als sie mit Beatles schnellen Schritten mithalten musste.

Mit unmenschlicher Selbstbeherrschung gelang es Beatle, nicht wie ein Wilder loszulaufen und Casey hinter sich her zu zerren, als er die Treppe zu der Wohnung hinaufeilte, die er mit der Frau teilte, die ihm nicht mehr aus dem Kopf ging. Er wusste, dass er irgendwann in seine eigene Wohnung zurückkehren musste, aber im Moment war er sehr froh, bei Fletch zu wohnen. Zumindest bis Casey eine Entscheidung getroffen hatte, wo sie leben wollte. Als er die Tür öffnete und eintrat, atmete er tief und genüsslich ihren ganz persönlichen Duft ein, der sie umgab.

Ihr Shampoo. Ihre Körperlotion. Sie.

Sie sagte, es wäre Frangipani, doch er hatte keine Ahnung, was das war. Aber er würde diesen süßen, blumigen Duft immer mit Casey in Verbindung bringen. Er zwang sich, stehen zu bleiben, ließ ihre Hand los und trat einen Schritt von ihr zurück.

Casey sah ihn verwirrt an, ging aber nicht von der nun geschlossenen Tür weg. »Beatle?«

»Ich will, dass du dir sicher bist, Casey«, sagte er mit rauer Stimme. »Geh nicht mit mir ins Bett, wenn du es nicht wirklich willst.«

Ein schüchternes Lächeln breitete sich auf ihrem Gesicht aus und traf ihn direkt ins Herz. »Ich bin mir sicher. Ganz sicher.«

Sofort ging er zu ihr, nahm ihr Gesicht in beide Hände,

beugte sich hinab und küsste sie sanft. Dann zog er sich wieder zurück. »Wenn das alles hier vorbei ist, werde ich dich bitten, zu mir zu ziehen«, sagte er. »Mir ist klar, dass es nicht ganz fair ist, von dir zu verlangen, dass du alles aufgibst, während ich so gut wie nichts aufgebe, aber ich schwöre dir, dass du in meinem Leben immer an erster Stelle stehen wirst. Ich weiß, dass die Armee viel von meinem Leben kontrolliert, aber ich werde alles tun, was in meiner Macht steht, damit du immer weißt, dass ich verstehe, was du für mich aufgibst, und wann immer möglich werde ich deine Bedürfnisse über meine stellen.«

Sie schüttelte den Kopf. »Das musst du gar nicht, Beatle. Wenn eine Beziehung zwischen uns funktionieren soll, muss einer von uns umziehen, und es macht Sinn, wenn ich diejenige bin. Ich möchte nicht, dass du dein Team verlässt. Ihr seid offensichtlich stark miteinander verbunden und ich glaube, dass ihr deshalb so gut zusammenarbeitet. Außerdem ... mag ich die Mädchen und ich möchte dabei sein, wenn Annies kleiner Bruder zur Welt kommt. Ich möchte die beiden aufwachsen sehen. Es gefällt mir hier. Ich finde das Leben hier schöner als mein altes Leben in Florida, so seltsam das auch klingen mag.«

»Verdammt«, murmelte Beatle. »Womit habe ich so viel Glück verdient?«

»Ich denke, ich bin die Glückliche«, entgegnete Casey. »Nun ... tun wir es jetzt oder bleiben wir den ganzen Abend hier stehen und sind sentimental?«

Er grinste. »Wir tun es, auf jeden Fall.« Mit diesen Worten legte er eine Hand auf ihren Rücken und eine an ihren Hinterkopf und zog sie an sich. Sie stellte sich auf die Zehenspitzen, um ihm entgegenzukommen, und erwiderte seinen Kuss sofort.

Ohne ihre Lippen voneinander zu lösen, zogen sie sich auf dem Weg zum Schlafzimmer aus. Kleidungsstücke flogen auf den Boden, Schuhe und Socken wurden abgestreift. Casey trat kurz einen Schritt zurück, um sich ihr Hemd über den Kopf zu ziehen, und Beatle tat das Gleiche. Dann prallten ihre Münder wieder aufeinander und Casey setzte ihren Weg rückwärts zum Schlafzimmer fort.

Beatle griff im gleichen Moment nach ihrer Hose, als Casey sich an seinem Gürtel und Reißverschluss zu schaffen machte. Fast wäre sie über ihre Hose gestolpert, die nun um ihre Knöchel hing, aber Beatle hob sie einfach hoch, bis ihre Füße einige Zentimeter über dem Boden baumelten.

Er schlurfte auf das Bett zu und entledigte sich dabei seiner eigenen Hose. Dann ließ er sich auf das Bett fallen, sodass Casey unter ihm lag. Sofort drehte er sich auf den Rücken, zog Casey mit sich und lächelte sie an, als sie rittlings auf ihm saß.

Hingebungsvoll strich er mit den Händen über ihre Seiten. So hatte er sie auch vorher schon berührt, aber noch nie, wenn sie nur Unterwäsche trug. Beatles Blick wanderte über ihren schwarzen Spitzen-BH, der ihre Brüste hochschob und so für ein üppiges Dekolleté sorgte. Es sah wunderschön aus, aber er sehnte sich danach, sie so nackt zu sehen wie damals im Dschungel.

»Zieh den BH aus, meine Süße«, befahl er.

Mit einem schelmischen Grinsen griff sie nach hinten zu ihrem Rücken und öffnete das sexy Teil. Verspielt ließ sie die Träger über ihre Schultern fallen und hielt die Schalen noch über ihren Brüsten fest. Beatle war klar, dass er vor Lust keuchte, aber er konnte nichts dagegen tun. Er hob die Knie an und stützte ihren Rücken damit. Mit den Daumen fuhr er in das Bündchen ihres Slips, während er darauf wartete, dass sie ihm ihre Brüste offenbarte.

Mit einer Bewegung, die der Kunst einer professionellen Stripperin in nichts nachstand, ließ sie die Arme sinken und zog gleichzeitig den BH aus. Beatle hatte keine Ahnung, was sie mit dem Teil machte, denn er hatte nur noch Augen für ihre runden, kleinen Brustwarzen, die schon ganz hart waren und geradezu darum bettelten, von ihm berührt zu werden.

»Komm her«, forderte er.

Casey beugte sich sofort vor und bot sich seinem hungrigen Mund an. Er nahm eine Brust in seine Hand, drückte leicht zu und zog sie hinab, bis sie in Reichweite seiner Lippen war. Er blies sanft auf ihre Brust und sah fasziniert zu, wie ihre Brustwarzen sich noch härter zusammenzogen. Er wollte sie weiter erregen, herausfinden, was ihr gefiel und was sie heißmachte, aber er konnte es nicht mehr abwarten, sie zu schmecken.

Er fing nicht zärtlich an. Nein, statt sie leicht zu lecken und zu küssen, sog er ihre Brustwarze in seinen Mund, biss hinein und saugte daran, und zwar heftig.

Casey wölbte den Rücken und stöhnte. Einen Moment lang fürchtete er, dass er ihr wehgetan hatte, bis er spürte, wie sich ihre Fingernägel in seinen Bizeps gruben. Sie hielt sich an ihm fest, als würde sie in Tausende Stücke zerspringen, wenn sie es nicht täte.

Völlig berauscht vor Erregung tat sich Beatle an ihren Brüsten gütlich. Er saugte, leckte und knabberte an ihrer zarten Haut und sagte ihr zwischendurch immer wieder, wie gut sie schmeckte und sich in seinem Mund anfühlte. Er sagte ihr, wie perfekt sie war und wie er sich seit ihrem Aufenthalt in dem Hotel in Costa Rica sehnlich gewünscht hatte, sie auf diese Weise anzubeten. Als sie begann, ihre Hüften kreisen zu lassen, sich zu bewegen und sich an seinem Bauch zu reiben, wusste Beatle, dass sie genauso erregt war wie er.

Er drehte sie beide herum, bis sie unter ihm lag. Er schob sein Knie zwischen ihre Beine und konnte durch ihren Slip hindurch an seiner nackten Haut fühlen, wie feucht sie war. Er drückte sich hoch und küsste sie. Mit seiner Zunge gab er ihr zu verstehen, was er mit seinem Schwanz machen wollte. Casey war in keiner Weise eine passive Teilnehmerin an ihrem Liebesspiel. Sie presste ihre Hüften rhythmisch gegen sein Knie und zog ihn mit den Händen immer dichter an ihren Körper.

Ihre Lust und offensichtliche Erregung machten Beatle

noch heißer. Er setzte sich auf und bedeckte ihren Körper nach unten hin mit Küssen. Als er kurz vor ihrer Muschi haltmachte, fuhr sie ihm mit den Händen durch sein kurzes Haar.

Beatle nahm das elastische Bündchen ihres Slips zwischen die Finger. »Darf ich?«

»Bitte«, stöhnte sie.

Andächtig streifte Beatle ihren Slip über ihre Hüften hinab und enthüllte langsam ihre Weiblichkeit, die er mit Blicken verzehrte. Er hielt inne und leckte sich die Lippen, als der Stoff sich an ihren Oberschenkeln bauschte. Casey lachte, griff hinab und streifte den Slip ganz ab.

Beatle hatte keine Ahnung gehabt, was er von Sex mit Casey erwarten sollte. Oh, er wusste natürlich, dass sie beide befriedigt sein würden, aber er wusste nicht genau, wie Casey auf seine Erregung reagieren würde. Denn er *war* erregt. Sogar sehr.

Aber er hätte sich gar keine Gedanken machen müssen. Sobald sie ihr Höschen abgestreift hatte, stellte Casey ihre Füße flach auf die Matratze und öffnete die Schenkel, um ihm ungehinderten Zugang zu ihrer Muschi zu ermöglichen.

Beatle warf noch einen schnellen Blick auf ihr Gesicht, um sich zu vergewissern, dass sie das alles genauso sehr wollte wie er, und sah, dass sie sich voller Erwartung die Lippen leckte. Mehr Bestätigung brauchte er nicht; er legte seine Hände auf die Innenseite ihrer Oberschenkel, spreizte sie weiter auseinander und senkte den Kopf.

Sobald er ihre prickelnde Süße schmeckte, bildeten sich Liebestropfen an der Eichel seines Schwanzes. Er ignorierte die Wünsche seines eigenen Körpers und konzentrierte sich ganz darauf, Casey zu lecken. Er leckte und saugte. Er benutzte sein Kinn und seinen stoppeligen Dreitagebart, um sie zu erregen. Er fickte sie mit seiner Zunge und liebkoste ihre Rosette, während er ihre Klitoris leckte.

Casey stöhnte und wand sich vor Lust unter ihm. Manchmal musste er sie mit dem Arm festhalten, damit sie nicht von seinen Lippen wegrutschte. Er genoss jede Sekunde. Beatle hatte schon einige Frauen geleckt, aber die meisten hatten einfach still dagelegen und gelegentlich gestöhnt oder ihm Anweisungen gegeben.

Aber das war schon lange her. Er war schon so lange nicht mehr mit einer Frau zusammen gewesen, dass er sich kaum daran erinnern konnte. Es war so aufregend, diese Enthaltsamkeit mit Casey zu brechen, dass er es kaum fassen konnte.

Beatle merkte, dass er seinen eigenen Höhepunkt nicht viel länger aufhalten konnte, und machte Ernst. Er umschloss mit seinen Lippen ihre Klitoris, saugte daran und benutzte seine Zunge wie einen kleinen Vibrator an den empfindlichen Nerven. Gleichzeitig steckte er zwei Finger in ihre nasse Muschi und stimulierte die Nerven in ihrem Inneren, um sie zum Orgasmus zu bringen.

Das Zusammenspiel von seiner Zunge und seinen Fingern wirkte Wunder. Casey schrie auf und spannte ihre Beine um seinen Kopf an. Sie hob die Hüften und ihre Schenkel zitterten, als ein Schwall Feuchtigkeit über seine Finger rann. Sie hatte einen unglaublichen Orgasmus. Ihr ganzer Körper erbebte und Beatle konnte sich nicht erinnern, dass er jemals so erregt gewesen war wie in diesem Moment.

Während er zwischen ihren Schenkeln lag und sie verwöhnte, hatten sich ständig Liebestropfen an seinem Schwanz gebildet. Als er spürte, wie der Höhepunkt in ihr explodierte und sie überrollte, war das das Erotischste, das er je erlebt hatte. Er zog seine Finger aus ihrem noch immer zitternden Körper und entledigte sich blitzschnell seiner Boxershorts. Mit seinen Knien drängte er ihre Beine weiter auseinander und schob sich etwas höher an ihrem Körper hinauf. Dann nahm er das Kondom, das er noch schnell aus seiner Brieftasche gezogen hatte, bevor er sich auf das Bett gelegt hatte. Schnell streifte er es über seinen eisenharten Schaft und presste seinen Schwanz sofort gegen ihre noch immer tropfnasse Muschi.

»Ja, Beatle. Oh mein Gott, ja«, stöhnte sie und hob ihm die Hüften entgegen, um ihm das Eindringen zu erleichtern.

Sie war eng und verdammt heiß, aber Beatle zögerte keine Sekunde. Er drang durch ihre zuckenden Muskeln bis er dicht an ihrem Hintern anlag. Er spürte, wie ihre Nässe seine Hoden benetzte, schloss die Augen und zwang sich, noch eine Minute durchzuhalten.

Casey legte ihre zierliche Hand um seinen Hals und sie zog ihn zu sich hinunter. Ohne die Nässe ihres Höhepunktes zu beachten, die über sein ganzes Gesicht verteilt war, küsste Casey ihn voller Leidenschaft. Sie steckte ihre Zunge in seinen Mund und übernahm die Kontrolle über den Kuss.

Beatle war so angetörnt, so verdammt erregt und erleichtert, dass sie ihn endlich an sich herangelassen hatte, dass er während des Kusses anfing, sie zu vögeln. Mit einem Keuchen zog er sich zurück und versuchte, die Bewegung seiner Hüften zu stoppen, aber er war dazu nicht mehr in der Lage. Es war, als führte sein Schwanz ein Eigenleben – was zu diesem Zeitpunkt absolut möglich war –, er bewegte sich in Caseys Muschi ein und aus, als könnte er nie genug von ihr kriegen.

»Ich kann nicht mehr warten ... verdammt ... du fühlst dich so unglaublich gut an«, stöhnte er und versuchte, an Baseballergebnisse zu denken. Aber ihm fiel nicht mal ein einziger Name eines Spielers ein, und so hatte das keinen Erfolg.

Casey half ihm auch nicht weiter. Sie hatte die Arme über dem Kopf ausgestreckt, wölbte den Rücken und rekelte sich unter ihm wie eine Katze in der Sonne. »Fick mich, Beatle. Nimm dir alles, was du willst.«

Und das tat er. Er senkte den Kopf und stützte sich an beiden Seiten von ihr mit den Händen ab. Er bewegte die Hüften in schnellem Rhythmus und vögelte sie mit seinem harten Schwanz. Die Geräusche, die ihre Körper dabei machten, wären peinlich, wenn sie nicht so verdammt sexy gewesen wären. Sie war so nass, dass sein Schwanz ungehindert in sie hinein- und wieder hinausgleiten konnte. Es fühlte sich so toll an, ihre feuchte Hitze um seinen Schaft herum zu spüren, dass Beatle wusste, er würde jeden Moment kommen.

Er sah ihr in die Augen. »Ich komme. Du fühlst dich so gut an. Ich kann nicht –« Er stöhnte, als Casey die Muskeln ihrer Muschi anspannte, als er wieder in sie eindrang, und es so schwieriger machte. Und enger.

»Verdammt, ja. Mach das noch mal«, befahl er, als er ihn wieder rauszog.

Sie gehorchte.

Nach zwei weiteren Stößen wusste Beatle, dass er verloren war. Er stieß so tief er konnte in sie hinein und spreizte ihre Pobacken, sodass er noch tiefer in sie eindringen konnte. Casey spannte ihre inneren Muskeln an und es fühlte sich an, als würde sie seinen Schwanz einklemmen.

Noch nie in seinem Leben hatte sich etwas so fantastisch angefühlt. Beatle kam.

Sein Sperma schoss so heftig aus seinem Schwanz, dass er Angst hatte, das Kondom würde platzen. Aber das war ihm jetzt vollkommen egal. Sein Schwanz zuckte, einmal, zweimal und wieder und wieder. Ihm war, als wäre er seit Jahren nicht mehr gekommen, obwohl er sich noch an diesem Morgen beim Duschen einen runtergeholt und dabei an Casey gedacht hatte.

Endlich, als er das Gefühl hatte, dass es vorbei war, ließ er ihren Hintern los und stützte sich auf seinen Händen ab. Da merkte er, dass Casey ihre Hand zwischen ihren Körpern nach unten schob.

Instinktiv wusste er, was sie vorhatte, aber sein Verstand war nach dem unglaublichsten Höhepunkt, den er je erlebt hatte, noch nicht ganz funktionstüchtig.

Er spürte die Bewegung ihrer Finger an seinem Unterkörper, als sie begann, sich selbst zu streicheln.

»Es ist so schön, dich in mir zu spüren«, sagte sie und sah ihm in die Augen, während sie über ihre Klitoris strich.

Beatle konnte jedes Zucken ihrer Muskeln an seinem weicher werdenden Schwanz fühlen. Da er keine Sekunde von dem, was sie da tat, verpassen wollte, zwang er sich auf die Knie. Er setzte sich zurück und zog sie auf seine Schenkel. Ihr Becken war nun nach oben gerichtet und sie lag auf ihren Schulterblättern. Er zog sie nahe an sich und bemühte sich, seinen Schwanz so tief wie möglich in ihr zu lassen, während sie sich selbst befriedigte.

»Bring dich selbst zum Höhepunkt«, befahl er. »Ich will dir dabei zusehen.«

Sofort rieb Casey ihre empfindsame Klitoris schneller und härter.

Beatle bewegte seine Finger an ihrer Taille, aber er behielt sie bei sich. Er hatte seinen Blick fest zwischen ihre Beine gerichtet und sah voller Erregung zu, wie sie sich selbst Lust verschaffte.

Sie ging dabei ziemlich heftig mit sich um. Keine sanften Streicheleien für sie. Sie rieb ihre geschwollene Klitoris mit zwei Fingern so schnell sie konnte. Beatle erkannte sofort, als sie sich dem Höhepunkt näherte. Er hatte es gespürt, als er sein Gesicht zwischen ihren Schenkeln vergraben hatte, aber nun konnte er ihr Zittern an seiner Taille und an seinem Schwanz fühlen.

»Ja, Case. Streichle dich an meinem Schwanz. Komm für mich. Es ist so verdammt schön.«

Kaum hatte er das letzte Wort ausgesprochen, da wurde Casey von ihrem zweiten Orgasmus überrollt. Auf ihrer Stirn bildeten sich Schweißperlen und er fühlte die feuchte Haut ihrer Taille unter seinen Händen. Sie umklammerte ihn mit den Beinen und spannte ihre inneren Muskeln so hart an, dass sie seinen jetzt ganz weichen Schwanz hinausschob. Beatle spürte, wie ihre Säfte an seinen Schenkel hinabliefen; es war das tollste Gefühl, das er je gehabt hatte.

Auch wenn er ihr nicht direkt diesen zweiten Orgasmus verschafft hatte, so hatte er es doch unglaublich schön gefunden. Besonders weil sie ihm so sehr vertraute, dass sie sich vor ihm selbst berühren konnte.

Sie blieben eine Weile so sitzen; Casey erholte sich von ihrem Orgasmus und Beatle genoss das Gefühl und den Anblick, wie sie nackt und offen auf dem Bett vor ihm lag.

Schließlich bewegte sie sich und errötete, als sie ihn ansah. »Sollte ich mich dafür schämen?«, fragte sie leise.

»Scheiße, nein«, protestierte er sofort. »Ich denke, dass wir das jedes Mal, wenn wir Sex haben, zum Abschluss tun sollten.«

»Ich kann ohne direkte Stimulierung meiner Klitoris nicht kommen. Damit will ich aber dich und deinen Schwanz nicht beleidigen«, neckte sie ihn und biss sich auf die Lippe.

»Wir fühlen uns nicht beleidigt. Ich habe kein Problem damit, in Zukunft dafür zu sorgen, dass deine hübsche, kleine Klitoris ausreichend stimuliert wird.«

Sie errötete noch tiefer, als sie zugab: »Ich habe zu Hause einen Vibrator, den ich dazu benutze. Meinst du ... wir könnten das vielleicht mal ausprobieren, wenn du in mir drin bist?«

Die Bilder, die ihre Frage in ihm hervorrief, brachten Beatle zum Stöhnen. »Na klar, meine Süße. Das werden wir ganz bestimmt ausprobieren. Ich werde mal schnell das Kondom entsorgen. Schlüpf unter die Decke, während ich weg bin, okay?«

»Okay«, stimmte sie bereitwillig zu.

Beatle half ihr, sich von seinem Körper hinunterzurollen, sodass er aufstehen konnte. Als sie es sich gemütlich gemacht hatte, beugte er sich über sie, küsste ihre Stirn und flüsterte: »Ich bin sofort wieder zurück.«

Als er ins Schlafzimmer zurückkam, hatte Casey sich nicht von der Stelle bewegt. Sie lag noch immer auf dem Rücken, wie er sie zurückgelassen hatte. Er machte sich nicht die Mühe, seine Boxershorts wieder anzuziehen, sondern glitt sofort unter die Decke und zog sie in seine warme Umarmung, wie er es jede Nacht getan hatte, seit er sie im Dschungel gefunden hatte.

Ohne zu zögern, nahm sie ihre normale Stellung ein: ihre

Wange auf seiner Schulter, eine Hand auf seiner Brust und ein Bein über seinen Schenkel gelegt. Da sie dieses Mal nackt waren, war die Stellung nun um vieles intimer.

»Ich danke dir«, sagte Beatle sanft.

»Wofür?«

»Dass du dich mir hingegeben hast. Ich habe ernst gemeint, was ich vorhin sagte. Ich werde alles tun, was in meiner Macht steht, damit du sicher und glücklich bist. Wenn ich irgendetwas tun sollte, was dich ärgert, dann sag es mir. Ich kann keine Gedanken lesen und ich möchte kein beschissener Freund sein.«

»Ich glaube kaum, dass du dazu fähig bist, ein beschissener Freund zu sein«, entgegnete Casey mit schläfriger Stimme.

»Ich freue mich ja, dass du so denkst, aber das stimmt leider nicht«, meinte Beatle trocken. »Versprich mir einfach, dass du es mir sofort sagst, wenn dich etwas stört. Egal ob es mich, deine Freundinnen, deinen Job oder irgendetwas anderes betrifft, okay?«

»Okay. Beatle?«

»Ja, meine Süße?«, antwortete er und unterdrückte ein Lächeln. Sie war wirklich süß, wenn sie so müde und erschöpft von zwei heftigen Orgasmen war.

»Wir haben noch nicht über den Anruf gesprochen.«

Beatle versteifte sich, hörte aber nicht auf, sanft ihre Haare zu streicheln. Er wollte nicht, dass sie sich anspannte.

»Darüber reden wir morgen«, beruhigte er sie.

»Okay.«

Er drehte den Kopf und küsste ihre Stirn, wie er es jede Nacht tat. »Schlaf gut, meine Schöne.«

»Du auch«, murmelte sie.

Noch vor einer Sekunde war Beatle völlig entspannt und müde gewesen. Jetzt war er hellwach und beunruhigt. Er kannte die Frau in seinen Armen gut genug, um zu wissen, dass sie den Anruf erwähnt hatte, weil er ihr Angst machte.

Er zwang sich zur Ruhe. Er konnte im Moment nichts tun.

Außerdem waren sie hier in Sicherheit. Ein Gespräch über den mysteriösen Anruf konnte warten.

Auf einem Flughafen in Florida machten es sich drei Frauen in ihren Sitzen auf dem Übernachtflug nach Dallas/Fort Worth bequem.

»Sind Sie sicher, dass es okay ist, dass wir dorthin fliegen?«, fragte Jaylyn. »Sollte ich nicht besser anrufen und ihr sagen, dass wir kommen?«

»Ich bin mir ganz sicher«, antwortet Dr. Marie Santos. »Und nein, du solltest sie auf keinen Fall anrufen«, fuhr sie ungehalten fort, mäßigte aber dann ihren Ton. »Als ich das letzte Mal mit Casey gesprochen habe, sagte sie mir, dass das letzte Gespräch mit dir wieder starke Angstgefühle in ihr geweckt hätte. Sie bat mich, euch auszurichten, dass ihr sie nicht mehr anruft, bis sie euch persönlich sehen kann.«

Jaylyn nickte, sah aber nicht sehr überzeugt aus.

»Ich bin ganz nervös, weil wir sie sehen werden«, gab Kristina zu. »Ich meine, das letzte Mal, als wir sie gesehen haben, waren wir in dieser Hütte, nicht wahr?«

Die Ärztin tätschelte der Studentin die Hand. »Ich weiß. Es wird schon alles gut werden. Wir werden uns unterhalten. Wir werden herausfinden, ob jemand sich an irgendwelche außergewöhnlichen Dinge erinnert, die ihr noch nicht den Behörden mitgeteilt habt. Sobald wir alle offen miteinander geredet haben, wird alles wieder normal werden.«

»Sie haben bestimmt recht«, entgegnete Jaylyn, schloss die Augen und lehnte sich in dem engen Sitz zurück.

»Natürlich habe ich das«, murmelte Marie vor sich hin.

»Woher wissen Sie denn, wo sie wohnt?«, fragte Kristina.

»Sie hat es mir erzählt, Liebes«, antwortet Marie. »Nun versuch, etwas zu schlafen. Die nächsten Tage werden ziemlich hart für euch sein, aber macht euch keine Sorgen, ich werde euch bei allem zur Seite stehen.«

»Wir können uns wirklich glücklich schätzen, dass Sie uns helfen«, meinte Jaylyn.

»Oh ja. Sie haben wirklich viel für uns getan. Vielen Dank«, fügte Kristina hinzu.

Marie lächelte die beiden Mädchen an und wandte sich dann ab, um aus dem Fenster zu sehen. In Wirklichkeit hatte sie Caseys Anschrift von der Dekanin bekommen. Marie hatte behauptet, dass sie Casey Blumen schicken wollte, um sie wissen zu lassen, dass sie an sie dachte. Daraufhin gab ihr die Dekanin die Adresse, ohne weiter darüber nachzudenken.

Marie verbannte die nachlässige Dekanin aus ihren Gedanken und dachte stattdessen über ihren großen Erfolg nach, den sie in Kürze feiern würde.

Sie hatte fast ihre wissenschaftliche Arbeit über die psychischen Folgen einer Entführung und wie der menschliche Verstand mit einer solch schrecklichen Erfahrung fertigwurde beendet.

In ungefähr einem Monat wäre sie bereit zur Veröffentlichung.

Pech war nur, dass ihr wichtigstes Studienobjekt gerettet worden war.

Sie hätte in dem Loch im Dschungel sterben und niemals gefunden werden sollen.

Wäre alles nach Plan verlaufen, dann wäre die psychische Belastung der Studentinnen ungefähr zehnmal höher als jetzt und hätte für eine solidere akademische Diskussion in ihrer Studie gesorgt. Aber da Casey gerettet worden war ...

Marie hatte immer noch keinen blassen Schimmer, wie das passiert war; offensichtlich waren die Einheimischen, die sie angeheuert hatte, unfähige Idioten. Aber da Casey nun mal noch lebte, musste Marie alles tun, um so viele Informationen wie möglich von ihr und den Mädchen zu erhalten, die sie dann in ihre Studie einarbeiten konnte.

Am wichtigsten war allerdings, dass Marie sicher sein musste, dass Casey sich an nichts erinnerte, was *sie* mit der Entführung in Verbindung bringen könnte. Sie war zwar äußerst vorsichtig gewesen, hatte aber nun doch Zweifel, ob sie vorsichtig *genug* gewesen war. Die Einheimischen, die sie angeheuert hatte, waren echt totale Volltrottel gewesen. Wer weiß, was sie in Hörweite der Mädchen so alles gesagt hatten.

Sie war sich ziemlich sicher, dass Jaylyn und Kristina keine Ahnung hatten, wer hinter der Entführung steckte; sie hatte sie lange und ausgiebig ausgehorcht. Bei Casey war sie sich allerdings nicht so sicher. Bei ihr hatte sie ein schlechtes Gefühl.

Auf keinen Fall würde sie zulassen, dass eine blöde Krabbeltierprofessorin ihre Forschung ruinierte.

Wenn die Universität ihr nur gestattet hätte, ihr Experiment so zu gestalten, wie sie es von Anfang an wollte, dann wäre das alles nicht passiert. Es war also alles *deren* Schuld! Und natürlich Casey Sheas – weil sie nicht gestorben war, wie sie es geplant hatte.

Aber so lange Casey sich an nichts erinnerte, das zu ihr führte, war Marie davon überzeugt, dass sie Caseys schreckliche Erfahrung für ihre Zwecke nutzen konnte. Vielleicht würde Casey Fragen über den Artikel stellen, den Marie veröffentlichen würde, aber sie würde behaupten, dass es einfach ein Zufall war, dass dieser Artikel so viele Dinge enthielt, die ihr und den Studentinnen, die sie mit nach Costa Rica genommen hatte, widerfahren waren.

Außerdem, wenn Casey sich wirklich so gut von allem erholte, wie es ich anhörte, dann wäre das ein wichtiges Ergebnis. Marie musste herausfinden warum, und es in ihren Artikel miteinbeziehen.

Während sie die Augen schloss und vorgab zu schlafen, als das Flugzeug abhob, ging Marie noch einmal in Gedanken ihren Plan durch. Casey war zu höflich, um sie einfach wegzuschicken. Marie könnte Caseys Sorge um ihre geliebten Studentinnen gegen sie verwenden. So lange Casey sich an nichts erinnerte, war alles in Ordnung. Aber wenn sie sich erinnerte ... nun, dann musste Marie alles tun, damit sie sie nicht verraten konnte.

Das Allerwichtigste auf der Welt war ihre Forschungsarbeit.

Über das Gesicht der älteren Frau huschte ein Grinsen. Sie wusste, dass einige Leute dachten, sie wäre zu alt, um weiter zu unterrichten, und dass sie sich langsam in den Ruhestand begeben sollte. Aber sie würde es ihnen zeigen. Sie würde ihre Studie veröffentlichen und die Anerkennung bekommen, die sie verdiente.

KAPITEL NEUNZEHN

Zwei Tage später erwachte Casey langsam und mit einem wunderbaren Gefühl.

Beatle.

Sie lächelte, behielt aber die Augen geschlossen, selbst während sie sich in seine Berührung wölbte.

Er hatte seine Finger zwischen ihre Beine gelegt und streichelte sie langsam.

»Guten Morgen«, begrüßte sie ihn träge.

»Morgen, mein Schatz«, murmelte er. Er begann, seine Finger härter und schneller kreisen zu lassen, genau an der richtigen Stelle. Und ehe sie sich versah, kam Casey zum Orgasmus.

Beatle hatte sie auch am Tag zuvor schon so aufgeweckt. Und genau wie gestern brachte er, nachdem sie aufgehört hatte, zu stöhnen und sich zu winden, seine Finger zu seinem Mund. Und sie liebte den zufriedenen und glücklichen Blick auf seinem Gesicht, als er das tat.

Doch im Gegensatz zu gestern, wo er sie aus dem Bett und in die Dusche gezerrt hatte, beugte er sich heute zu ihr und küsste sie sanft. »Schlaf weiter. Es ist noch früh. Ich muss jetzt zur Arbeit.«

»Mmm-kay.«

»Zum Mittagessen bin ich wieder da. Dann sprechen wir über den Anruf dieser Psychologin.«

Gestern hatten sie keine Gelegenheit dazu gehabt, da der Tag von der Sekunde an, da sie aufgestanden waren, bis abends, als sie ins Bett gingen, hektisch gewesen war. Und als sie dann endlich im Bett lagen, war das das Letzte gewesen, was ihnen in den Sinn gekommen wäre.

»Okay«, wiederholte sie. Casey wollte tatsächlich mit Beatle über ihr Gespräch mit Marie Santos sprechen. Es vermittelte ihr noch immer ein ungutes Gefühl und sie wollte wirklich wissen, was er von der ganzen Sache hielt.

»Du hast heute Morgen einen Termin beim Psychologen, stimmt's?«, fragte Beatle.

»Ja, um neun.«

»Blade hat versprochen, er bringt dich hin. Er ist um halb neun hier. Passt dir das?«

»Ja, wunderbar«, versicherte sie ihm. Er hatte darauf bestanden, dass entweder er selbst oder ein anderes Teammitglied sie begleitete, wenn sie irgendwohin musste. Sie wusste nicht, ob es daran lag, dass er noch immer glaubte, sie wäre in Gefahr, oder ob er ihr einfach das Leben leichter machen wollte. Irgendwann würde sie schließlich doch nach Florida zurückkehren müssen, um ihren Wagen und all ihre anderen Sachen zu holen … Natürlich nur, falls sie tatsächlich nach Texas zog.

Und sie war sich zu neunzig Prozent sicher, dass es das war, was sie wollte. Sie hatte sich Hals über Kopf in Beatle verliebt und allem Anschein nach ging es ihm genauso. Vielleicht war es voreilig und dumm, aber es fühlte sich richtig an. Allerdings musste sie es auch nicht jetzt in dieser Sekunde entscheiden, sie hatte immer noch zwei Wochen übrig, bevor sie der Dekanin der Universität ihre Entscheidung mitteilen musste.

»Seht ihr euch heute Morgen noch mal die ganzen Videoaufnahmen an?«, fragte Casey. Sie wusste, dass die Männer aus

Beatles Team sie schon einmal angesehen, aber nichts Ungewöhnliches bemerkt hatten. Beatle hatte ihr gesagt, das Dorf wäre verlassen gewesen, und die Bänder hätten ihnen nichts gezeigt, was sie vom Gegenteil überzeugt hätte. Niemand hatte sich hinter einer Hütte versteckt und es gab keine Hinweise, die sie zu demjenigen führten, der die Entführung ursprünglich geplant hatte.

»Ja. Ich habe das Gefühl, dass wir irgendetwas übersehen.« Er lehnte sich zu ihr und fuhr ihr mit dem Daumen über die Stirn. »Du solltest dir darüber keine Gedanken machen«, sagte er, während er versuchte, ihr die Sorgenfalten wegzustreichen.

»Was möchtest du denn zum Mittag essen?«, fragte Casey in dem Versuch, das Thema zu wechseln und seiner Bitte nachzukommen, sich keine Sorgen mehr zu machen.

»Irgendwas.«

»Ist es dir recht, wenn Annie mit uns isst?«

»Natürlich. Da brauchst du mich nicht mal zu fragen.«

Casey grinste unverschämt. »Ich war mir nicht sicher, ob du nicht vielleicht ... andere Pläne ... für die Mittagspause hast.«

»So sehr ich mir auch wünschte, für immer nackt mit dir im Bett zu bleiben, ist sogar mir klar, dass das kein Dauerzustand sein kann«, neckte Beatle sie. »Außerdem habe ich gehört, dass es die Lust steigert, wenn man ein wenig abwartet.«

Casey strich mit einem Finger seine Seite hinunter und dann über seinen Bauch, bevor er ihre Hand festhielt. »Schlaf jetzt, Case. Ich habe den Wecker auf sieben Uhr gestellt, damit du genügend Zeit hast, dich fertig zu machen und zu frühstücken, bevor dein Bruder hier auftaucht.«

»Danke. Beatle?«

»Ja, mein Schatz?«

»Ich bin glücklich.« Sie wollte ihm noch so viel mehr sagen, aber das musste vorläufig reichen.

Seine Augen leuchteten, als er zu ihr hinabblickte. »Ich auch, mein Schatz. Ich auch. Bis später.«

»Tschüss.«

Beatle beugte sich vor und küsste sie sanft und liebevoll, dann war er verschwunden.

Eineinhalb Stunden später ging der Wecker los und Casey stand widerwillig auf. Sie musste schon viel früher aufstehen, wenn sie Vorlesungen gab, aber sie war in den letzten Wochen faul geworden. Schlafen war ein Luxus, den sie genoss. Selbst wenn Beatle vor ihr aufstehen musste, hatte sie kein Problem damit, wieder einzuschlafen.

Sie stand auf, duschte, zog sich an und frühstückte, als ihr Telefon klingelte.

Da sie davon ausging, es wäre ihr Bruder oder Beatle, war sie überrascht, dass Kristinas Name auf dem Display erschien.

»Hey, Kristina, was ist los?«

»Hi, Dr. Shea. Haben Sie kurz Zeit?«

Casey sah auf die Uhr. »Ich habe fünfzehn Minuten.«

»Oh, okay, äh ...«

Casey zog besorgt die Augenbrauen zusammen. Es war völlig untypisch für Kristina, nicht gleich zur Sache zu kommen, und wenn sie so früh anrief, auch wenn es in Florida eine Stunde später war, schien irgendetwas nicht in Ordnung zu sein. »Was ist denn los?«

»Also, eigentlich nichts Bestimmtes. Es tut mir leid, dass ich so früh anrufe. Aber wir sind hier.«

»Hier?«, fragte Casey. »Was meinst du mit hier?«

»Texas. Killeen.«

Was zum Teufel? »Was? Warum?«

»Dr. Santos hielt es für eine gute Idee, ein paar gemeinsame Therapiestunden zu machen. Dass Sie mir und Jaylyn dabei helfen könnten zu verarbeiten, was passiert ist.«

Casey ballte die Hand zur Faust. Sie hatte Marie versichert, dass sie mit den Mädchen sprechen würde, und zwar am Telefon. Und sie waren stattdessen nach Texas gekommen? War sie verrückt geworden?

»Wann seid ihr denn angekommen?«, fragte sie Kristina.

»Gestern Morgen. Ich wollte Sie sofort anrufen und Ihnen mitteilen, dass wir hier sind, aber Dr. Santos sagte, dass wir uns erst einmal einleben müssten. Wir haben einige Sitzungen allein abgehalten. Wir haben darüber nachgedacht, welche Fragen wir Ihnen stellen wollen und so weiter.«

»Weiß Marie, dass du mich angerufen hast?«

»Ehrlich gesagt, nein. Sie hat uns gesagt, sie würde Sie später anrufen.«

Kristina hörte sich so verunsichert und nervös an, dass Casey das Gefühl hatte, sie beruhigen zu müssen. Schließlich war sie nicht auf die Mädchen sauer, sondern auf Marie. »Ist schon in Ordnung. Danke, dass du angerufen hast. Wie schon gesagt, ich muss jetzt los, also kann ich mich jetzt nicht mit euch treffen. Wahrscheinlich auch nicht am Nachmittag. Du kannst Marie sagen, dass du mich angerufen hast und dass ich mich später bei ihr melde, okay?«

»Sie sind nicht sauer?«

Casey seufzte. Sie war nicht sauer, besonders nicht auf Kristina, aber sie fand das Ganze merkwürdig und war frustriert und wütend auf Marie. Sie fand es unglaublich merkwürdig, dass diese Frau zwei Studentinnen durch das halbe Land schleifte, um mit ihr zu reden, obwohl das absolut nicht nötig war. Da gingen bei Casey alle Warnlichter an. Irgendetwas stimmte nicht – und sie musste unbedingt mit Marie sprechen und sie fragen, was sie sich dabei gedacht hatte.

»Ich bin nicht sauer«, erklärte sie Kristina. Als es klopfte, sagte Casey schnell: »Ich muss jetzt auflegen. Bis bald.«

»Danke, Dr. Shea.«

Casey legte auf, ihr Verstand war in Aufruhr, als sie ihren Bruder einließ. Er schien es nicht zu bemerken, und innerhalb von Minuten waren sie unterwegs zu ihrem Psychologen.

Zwanzig Minuten später saß Casey auf einem Stuhl vor dem Mann, mit dem sie die letzten zwei Wochen gesprochen hatte. Dr. Eddie Martin war ein dunkelhäutiger Mann Ende vierzig, und Casey hatte sich seit ihrer ersten Sitzung mit ihm wohlgefühlt. Er war leicht übergewichtig und trug bei ihrem Treffen gewöhnlich Jeans und Pullover. Er war vollkommen harmlos und hatte eine beruhigende Ausstrahlung. Er hatte einen leicht zurückweichenden Haaransatz und die Angewohnheit, über seinen Spitzbart zu streichen, wenn er sprach. Er hatte sie gebeten, ihn Eddie zu nennen, und hatte sie in ihrem eigenen Tempo erzählen lassen, ohne darauf zu bestehen, dass sie jedes einzelne Detail ihrer Tortur wiederholte.

Sie hatte viele Einzelheiten für sich behalten, aber letztendlich, so versicherte Eddie ihr, brauchte er sie nicht zu kennen, um ihr zu helfen.

Nach ein wenig Small Talk kam Casey zu dem, was sie beunruhigte.

»Vor ein paar Tagen rief mich eine Kollegin aus Florida an. Sie ist ebenfalls Psychologin. Sie interessierte sich brennend für das, was mir passiert ist, und fragte sogar ganz offen, ob ich vergewaltigt worden wäre. Sie betreut zwei der Frauen, die mit mir entführt wurden, und wollte eine Gruppensitzung machen. Ich war damit einverstanden, mit ihnen am Telefon zu sprechen. Aber heute Morgen erhielt ich einen Anruf von einer meiner Studentinnen und sie sagte, sie seien hier in Texas, in Killeen, und dass Dr. Santos sie hierhergebracht habe, damit wir uns alle persönlich treffen können.«

»Und das ist Ihnen nicht recht«, stellte Eddie fest.

»Doch und dann auch wieder nicht. Ich finde es einfach merkwürdig und verstehe nicht, warum sie darauf besteht.«

»Sie haben recht. Das klingt ziemlich unorthodox. Haben Sie sie gefragt, warum sie darauf besteht?«

Casey schüttelte den Kopf. »Nein. Ich habe Kristina versprochen, Marie später anzurufen.«

»Ich wohne der Sitzung gern bei, wenn Sie das möchten.«

»Danke. Das wäre schön. Ich werde Marie wissen lassen, dass ich möchte, dass Sie ebenfalls dabei sind.«

Eddie beugte sich in seinem Stuhl vor und stützte die Ellbogen auf die Knie. »Mal abgesehen davon, dass das unangemeldete Auftauchen Ihrer Kollegin Sie stresst, erscheinen Sie mir ruhiger als bei Ihrem letzten Besuch.«

Casey wusste, dass sie errötete, aber sie lächelte. Eddie hatte so eine Art, Fragen zu stellen, ohne sie tatsächlich zu stellen. »Ja. Sie wissen schon, Beatle ... der Soldat, der mir dabei geholfen hat, die Nächte zu überstehen? Der auf mich aufgepasst hat?«

Als Eddie nickte, sprach sie weiter. »Er und ich ... also ... er tut jetzt nachts *mehr*, als nur auf mich aufzupassen.«

»Und das gefällt Ihnen.«

»Ja. Sehr sogar. Allerdings befürchte ich, dass die ganze Beziehung nur auf dem beruht, was wir zusammen durchgemacht haben. Es war ziemlich intensiv.«

»Wir haben doch schon darüber gesprochen, Casey. Solange Sie offen miteinander kommunizieren und sich darüber bewusst sind, dass das eine Möglichkeit ist, werden Sie beide ziemlich schnell herausfinden, ob das alles ist, was zwischen Ihnen ist. Aber Sie leben jetzt schon zusammen, seit Sie zurückgekehrt sind, richtig?«

»Richtig.«

»Und haben sich Ihre Gefühle für ihn verändert? Oder haben Sie das Gefühl, dass seine Gefühle für Sie sich verändert haben?«

Casey schüttelte den Kopf.

»Also würde ich Ihnen raten, es einfach auf sich zukommen zu lassen. Natürlich sind die Dinge jetzt ganz toll, weil die Beziehung noch so frisch ist. Der Sex ist neu und anscheinend ziemlich gut.«

Casey errötete noch mehr, nickte aber.

»Am Anfang sind Beziehungen ganz leicht, jedoch wenn man sich erst besser kennt, werden die Dinge ein wenig klarer. Es geht nicht darum, wie Sie Ihre Beziehung begonnen haben, sondern darum, wie Sie mit den Dingen umgehen, wenn Sie eine Zeit lang zusammen gewesen sind. Vielleicht wird Ihre Beziehung funktionieren, vielleicht auch nicht, aber solange

Sie miteinander reden, haben Sie genau die gleichen Chancen wie jeder andere auch.«

Casey dachte darüber nach. Eddie hatte recht. Nur weil sie sich während ihrer Entführung kennengelernt hatten, bedeutete das noch längst nicht, dass sie es nicht schaffen würden. Sie hatte sich genauso schnell und unwiderruflich in Beatle verliebt, wie er sich in sie verliebt hatte. Und ihre Gefühle hatten sich nicht verringert, seit sie nach Texas zurückgekehrt waren und sich in ein normaleres Dasein eingelebt hatten. Natürlich arbeitete sie nicht und er hatte das Gefühl, dass sie immer noch in Gefahr war, aber trotzdem.

Sie spülten gemeinsam das Geschirr ab und hatten sich darüber gestritten, wer für die Dinge, die sie brauchte, bezahlen sollte, abgesehen von dem, was Kassie ihr bereits gegeben hatte. Sie mochten unterschiedliche Fernsehsendungen und er konnte morgens aufstehen und innerhalb von Minuten fertig sein, während sie viel länger brauchte. Aber sie waren beide Morgenmenschen, waren keine wählerischen Esser, sie mochte seine Freunde und sie waren im Bett durchaus kompatibel.

»Sie haben recht.«

»Natürlich habe ich recht«, erwiderte Eddie selbstgefällig.

Casey lachte leise.

»Also ... letztes Mal haben Sie mir erzählt, Sie hätten das Gefühl, irgendetwas über die Entführung vergessen zu haben. Ist das immer noch so?«

Sie nickte. »Ja. Und interessanterweise sagte Marie, meine Kollegin, etwas darüber, dass man wichtige Details vergessen kann, wenn man ein Trauma erlebt hat.«

»Das ist durchaus möglich«, stimmte Eddie zu. »Möchten Sie das Ganze noch einmal durchsprechen? Ich weiß, dass wir es mit Hypnose versucht haben und Sie zu den fünfundzwanzig Prozent meiner Patienten gehören, die man nicht hypnotisieren kann. Aber wenn Sie sich nicht so stark konzentrieren, können Sie sich vielleicht genug entspannen, um sich an etwas anderes zu erinnern.«

»Ich würde es noch mal probieren, wenn Sie dazu bereit sind.« Casey hatte ein schlechtes Gewissen, weil sie nicht hypnotisiert werden konnte. Denn das machte es nur umso schwerer festzustellen, was zum Teufel ihr Gehirn versuchte, vor ihr zu verstecken. Sie ging hinüber zur Couch, legte sich hin und machte es sich gemütlich.

Dreißig Minuten später war Casey genauso frustriert wie in dem Moment, als sie Fuß in Eddies Praxis gesetzt hatte. Sie konnte sich zwar an mehr Details von dem Tag erinnern, an dem sie und ihre Studentinnen entführt worden waren, doch irgendetwas fehlte noch immer.

Sie erinnerte sich an Schreie und eine Stimme, die anders klang als die spanischen Muttersprachler um sie herum, aber sie konnte weder die Stimme noch das, was gesagt wurde, verstehen.

Eddie versicherte ihr, dass sie weiterhin zusammenarbeiten würden, und er war zuversichtlich, dass sie sich schließlich daran erinnern würde. Die Tatsache, dass sie sich jetzt so erfolgreich an andere Dinge erinnert hatte, war ein gutes Zeichen.

Als Casey ging, versprach sie, Eddie später wegen der Sitzung mit Marie und den Mädchen zu kontaktieren.

Blade fuhr sie nach Hause und sie kamen zur gleichen Zeit wie Beatle an. Er kam früh zum Mittagessen nach Hause, weil er wissen wollte, wie ihre Sitzung verlaufen war. Annie fuhr mit ihrem neuen Panzer durch den Hof. Sie hatte eine Art Hindernisparcours aufgestellt und fuhr gerade über einen Haufen von Stöcken, Baumstämmen und sogar ein paar Ziegelsteinen.

»Sie wird das Ding kaputt machen«, murmelte Blade.

»Ja«, stimmte Beatle ihm zu. »Und Fletch wird Experte darin werden, das Ding für sie zu reparieren. Verdammt, Annie wird wahrscheinlich genauso viel Interesse daran haben zu sehen, wie das Ding funktioniert und wie man es reparieren kann, wie sie Interesse daran hat, damit herumzufahren.«

»Das stimmt. Ich muss jetzt los«, erklärte er ihnen. »Case, alles in Ordnung?«

»Es geht mir gut. Danke, dass du mich hingebracht und abgeholt hast.«

»Gern geschehen. Sehen wir uns später auf dem Stützpunkt?«, fragte er Beatle.

»Ja, ich komme bald nach.«

Casey beobachtete, wie ihr Bruder zu seinem Auto ging und aus der Einfahrt fuhr, wobei er ihr und Annie zuwinkte, als er ging. Emily saß auf der vorderen Veranda und telefonierte mit jemandem, und sie winkte ihnen zerstreut zu, als sie sich auf den Weg zum Apartment machten. Annie schien nicht daran interessiert, sich ihnen anzuschließen, und Casey war erleichtert, dass sie Beatle für eine Weile ganz für sich allein hatte.

Beatle legte beim Gehen seine Hand auf ihren Rücken und Casey konnte den kleinen Schauer, der durch ihren Körper lief, nicht aufhalten, als sie seine Hand auf sich spürte. Sie fühlte sich immer sicher, wenn er bei ihr war.

Sie gingen in die Wohnung über der Garage und sie und Beatle bereiteten ein schnelles Mittagessen zu. Sie waren gerade mit dem Essen fertig, als Casey den Mund öffnete, um ihm zu erzählen, dass Marie in der Stadt wäre und dass sie Kristina und Jaylyn mitgebracht hatte, als Beatles Telefon klingelte.

»Tut mir leid, Case. Die Arbeit ruft.«

»Schon okay.«

Sie hörte bei dem kurzen Gespräch mit Ghost mit und ihr Magen zog sich zusammen, als ihr klar wurde, dass er sofort zum Stützpunkt zurückkehren musste. Die Techniker hatten endlich die Videos analysiert und Ghost bestand darauf, dass das gesamte Team zurückkehrte, um sie noch einmal zu sichten.

»Du scheinst ziemlich angespannt zu sein«, erklärte Beatle, als er sie beim Gehen in den Arm nahm.

Casey versuchte, sich zu entspannen. »Es geht mir gut.«

»Es tut mir leid, dass wir uns nicht unterhalten haben. Heute Abend, wenn ich nach Hause komme, mache ich es zu meiner Priorität, okay? Dann gibt es keine Ausflüchte mehr.«

»Danke. Das gefällt mir.«

Beatle küsste sie sanft auf den Mund und nahm sie noch einmal in den Arm. »Mir auch«, sagte er in ihr Haar und wich dann zurück. »Bis später.«

»Tschüss, Beatle«, sagte sie und sah ihm nach, wie er die Treppe hinunterging, in seinen Wagen stieg und rückwärts aus der Einfahrt fuhr. Sie hatte das merkwürdige Gefühl, einen Fehler gemacht zu haben, dass sie ihm während des Mittagessens nicht alles über Marie erzählt hatte. Dass sie nicht darauf bestanden hatte, dass er sich die fünf Minuten nahm, um darüber zu sprechen. »Heute Abend«, flüsterte sie. »Sobald er nach Hause kommt.«

Dann machte sie die Tür zu und ging wieder in die Küche, um sich um den Abwasch vom Mittagessen zu kümmern.

KAPITEL ZWANZIG

Beatle runzelte die Stirn, als er auf den Bildschirm des iPads vor sich schaute. Er war schon eine Weile wieder bei der Arbeit. Er hatte die gutmütigen Sticheleien von seinen Freunden ignoriert. Sie waren alle an seiner Stelle gewesen und es war ihm scheißegal, ob sie wussten, dass er nach Hause gehetzt war, um bei Casey sein zu können. Sie war unglaublich und er konnte nicht genug von ihr bekommen. Er mochte alles an ihr. Ihre Großzügigkeit, ihre Stärke, sogar Dinge, die sie als Fehler betrachtete ... dass sie Angst vor der Dunkelheit hatte, eine chaotische Köchin war und sich nie entscheiden konnte, was sie anziehen sollte.

Aber jetzt war sein Verstand völlig mit dem beschäftigt, was er auf den Videos sah. Die Bänder von ihrer Ankunft in dem costa-ricanischen Dorf waren von der Technik zurückgekommen und verbessert worden. Das Team hatte sie bereits ein Mal gesehen, aber sie überprüften sie gerade noch einmal genauer. Sie hatten den Morgen damit verbracht, die Aufnahmen durchzugehen, und ihnen war nichts Besonderes aufgefallen. Zu hören waren nur ihre eigenen Stimmen und die natürlichen Geräusche des Waldes.

Es war ihm schwergefallen, das Video von Caseys Rettung

noch einmal zu betrachten, sie wieder unten in diesem Loch zu sehen, aber seit er es angeschaut hatte, standen ihm die Nackenhaare zu Berge.

»Was übersehen wir?«, fragte Beatle in den Raum, als er das Video zu der Stelle zurückspulte, an der er den unscheinbaren Pfad zu Caseys Versteck gefunden hatte.

»Warte. Spul noch weiter zurück«, befahl Truck. Er beugte sich über seine Schulter und betrachtete das Video. »Was hast du da gesehen?«

Beatle spulte ein wenig zurück und sie sahen zu, wie er den Pfad entlangging und sich vorbeugte, um in den verlassenen Brunnenschacht zu schauen. Er war leer, mal abgesehen von ein wenig Wasser auf dem Boden. Sie sahen auf dem Video, wie Beatle ein Stück grünen Schlauch aufhob, der von dem Brunnenschacht in den Urwald führte. Beatle zog an dem Schlauch und ließ ihn dann fallen, bevor er sich umdrehte und den Weg zurückging.

»Spiele es von hier in Zeitlupe ab«, befahl Truck.

Beatle zögerte keine Sekunde lang. Falls sein Teamkollege etwas bemerkt hatte, würde er alles tun, was dieser wollte.

Die beiden Männer sahen schweigend zu, wie Beatle den unscheinbaren Pfad entdeckte und darauf entlangging. Sie sahen, wie er nach Verstärkung rief und damit anfing, die Pflanzen vom Brunnenschacht zu reißen.

Truck stieß Beatles Hand von den Knöpfen und spulte noch mal zurück. Als das Video an einem bestimmten Punkt angekommen war, hielt Truck es an und zeigte auf den Bildschirm. »Was ist das?«

Beatle lehnte sich vor und starrte mit zusammengekniffenen Augen auf den Bildschirm.

Plötzlich machte alles Sinn.

»Verdammte Scheiße.« Er sah seinen Freund an. »Ist das möglich?«

Truck nickte. »Ja, ich glaube schon, leider.« Er klickte auf »Play« und sie sahen sich das Video weiter in Zeitlupe an.

Truck zeigte an einigen weiteren Stellen auf den Bildschirm und wies auf Dinge hin, die sie alle beim ersten Anschauen des Bandes übersehen hatten.

»Wir haben uns so auf Casey konzentriert, dass uns das nicht aufgefallen ist«, stellte Truck fest.

»Ich hole Ghost und den Kommandanten. Versuch mal, es auf den großen Bildschirm zu bringen«, bat Beatle seinen Freund. »Wir müssen uns versichern, dass das, was wir sehen, auch tatsächlich so ist, oder ob es auf bloßem Wunschdenken beruht.«

Innerhalb von zehn Minuten hatte sich der Rest des Teams im Versammlungsraum eingefunden und Beatle spielte das Video erneut ab. Erst wählte er das normale Tempo und dann stellte er es auf Zeitlupe um. Ohne dass Truck oder er darauf hinwiesen, fiel es zuerst Hollywood auf. Dann Ghost.

Innerhalb kürzester Zeit hatten es alle Männer bemerkt und Beatle und Truck bei ihrer Ersteinschätzung zugestimmt.

»Das war eine geplante Sache«, stellte Coach angewidert fest.

»Der Schlauch aus dem leeren Brunnen lieferte Wasser in ihren Schacht«, bemerkte Fletch. »Wir haben das Loch in dem Brett nicht bemerkt und dachten, der Schlauch wäre auch nur eine Liane. Casey war so schlau, einen Wasserfilter aus ihrem BH zu bauen, aber ohne den Schlauch wäre sie innerhalb von wenigen Tagen tot gewesen. Ohne hätte sie nie solange durchhalten können.«

»Wer auch immer dafür verantwortlich ist, wollte, dass sie solange wie möglich durchhält«, sagte Blade und man hörte die Wut in seiner Stimme. »Das war ein Paradebeispiel für psychologische Folter. Fast so schlimm wie bei diesen Arschlöchern der ISIS.«

»Ich wette, dass auch die Bretter absichtlich dort platziert wurden«, stellte Hollywood fest. »Sie haben dafür gesorgt, dass sie größtenteils außerhalb des Wassers bleiben konnte, sodass sie eine bessere Überlebenschance hatte.«

»Aber warum?«, stellte Ghost die Preisfrage. »Als wir eingetroffen sind, war niemand dort. Niemand konnte sehen, was sie tat oder *wie* es ihr ging. Was für ein Interesse hatte derjenige daran, sie am Leben zu halten?«

Beatle hatte sich in das Gespräch nicht eingemischt, weil ihm noch was aufgefallen war, als sie das Video das letzte Mal gesehen hatten. »Was ist das da?«, fragte er seine Teamkameraden, stand auf und ging hinüber zu dem großen Bildschirm. Dann zeigte er auf etwas.

Sofort hatte er die Aufmerksamkeit aller Anwesenden.

Beatle kniff die Augen zusammen und betrachtete den Bildschirm. »Genau hier. Als wir das zweite Brett wegwerfen. Was ist das?«

Einen Moment lang herrschte Stille im Raum, bevor Blade sagte: »Gottverdammte Scheiße!«

Beatle empfand genau das Gleiche.

Er hatte das Video an genau der richtigen Stelle angehalten. Eine Sekunde vorher und man hätte es nicht gesehen. Eine Sekunde später und das Brett lag auf dem Boden.

»Dieses Arschloch hat sie beobachtet«, sagte Ghost und sprach damit aus, was sonst keiner zugeben wollte. »Das ist eine verdammte Kamera.«

Und das war sie.

Das Video zeigte dünne schwarze Kabel, die von dem letzten Brett herunterhingen. Sie alle hatten gedacht, dass es nur weitere Lianen waren, bis sie dieses eine Bild des Videos sahen. Die Sonne hatte das Brett genau im richtigen Winkel erwischt und die Reflexion des Lichts an einer Glaslinse war deutlich zu sehen.

»Das muss eine Nachtsichtkamera gewesen sein. Schließlich war es in dem Loch stockdunkel. Der Mistkerl hat sie am Leben erhalten und sie dabei gefilmt«, erklärte Coach. »Er wusste sofort Bescheid, als sie gerettet wurde, weil er die ganze Zeit über zugesehen hat. Deshalb wusste er auch, dass er uns im Dschungel finden würde. Ich fand es ein wenig merkwürdig, dass sie schon so lange verschwunden war, doch sobald wir sie gerettet hatten, war der Dschungel plötzlich voller Leute, die versucht haben, sie am Entkommen zu hindern.«

»Ich kann die Kamera gar nicht so gut sehen. Ich werde es an die Technikabteilung weitergeben, aber ich habe das Gefühl, dass es sich um ziemlich hochwertige Ausrüstung handelt, die wohl eher nicht von den Einheimischen genutzt wird. Wenn man davon ausgeht, wie ihr Dorf aussah, haben sie von Technik keine Ahnung«, erklärte Hollywood.

Beatle sah seine Freunde an. »Aber es stellt sich immer noch die Frage, wer wusste, dass Casey und ihre Studentinnen in Costa Rica waren, und warum hat derjenige Casey in dem Loch gefilmt? Wurde sie absichtlich ausgewählt oder war es einfach ein dummer Zufall, dass sie es war, die von den anderen getrennt wurde?«

»Es war Absicht«, sagte Truck mit Bestimmtheit. »Denn das Mädchen ist ziemlich intelligent. Sie wusste ganz genau, was zu tun war, um am Leben zu bleiben. Glaubst du, eine ihrer jungen Studentinnen wäre so geistesgegenwärtig gewesen, einen Wasserfilter aus ihrem BH zu bauen?«

»Ich weiß nicht«, erklärte Beatle seinem Freund. Dann sah er sich im Zimmer um. »Wer ist beim Haus und passt auf sie auf?«

»Chase, Raynes Bruder. Er hat gesagt, er würde nach dem Mittagessen vorbeischauen und nach ihr sehen, um sich davon zu überzeugen, dass alles in Ordnung ist«, erklärte Fletch ihm.

»Ich muss sofort zu ihr zurück«, erklärte Beatle.

Fletch legte seinem Freund eine Hand auf den Arm. »Immer mit der Ruhe, Beatle. Ruf sie doch erst mal an. Bevor du panisch losläufst, solltest du erst mal sehen, ob du sie erreichen kannst. Ich rufe Chase an.«

Beatle atmete tief durch. »Okay, du hast recht. Gib mir bitte einen Moment Zeit.« Er griff in die Tasche und trat vom Tisch weg. Dann drehte er sich zur Wand um und wählte Caseys Nummer. Es klingelte mehrmals und dann ging der Anrufbeantworter dran. Er hinterließ eine kurze Nachricht und rief dann noch mal an, weil er hoffte, dass sie nur im Moment nicht in Hörweite ihres Telefons war oder zu weit weg, um es rechtzeitig zu erreichen. Er hielt die Luft an ... dann atmete er erleichtert auf, als sie diesmal antwortete.

»Hallo?«

»Hey, mein Schatz. Ich bin's. Ich wollte nur kurz anrufen und sehen, wie es dir geht.«

»Hi, Troy. Es geht mir gut.«

»Wunderbar. Ich denke, dass ich so um halb sechs zu Hause sein werde. Möchtest du zum Essen ausgehen oder hast du schon was geplant?«

»Essen gehen klingt gut«, erwiderte Casey.

»Super. Diesmal darfst du aussuchen wohin. Ich war das letzte Mal dran.«

»Okay. Troy?«

»Ja, mein Schatz?«

»Ich ... ich liebe dich.«

Beatle hatte das Gefühl, ihm würde das Herz vor Glück aus der Brust springen. Diese Worte hatten sie einander noch nie zuvor gesagt, und doch fühlte er sie schon seit Langem. »Ich liebe dich auch«, sagte er rau. »Und heute Abend zeige ich dir, wie sehr, okay?«

»Okay«, sagte sie leise. »Du weißt gar nicht, wie viel die letzten Wochen mir bedeuten.«

»Auch mir bedeuten sie viel. Ich muss jetzt auflegen. Bis später.«

»Bis später, Troy.«

»Tschüss, Case.«

Beatle legte auf und runzelte dann die Stirn, weil er sich fragte, warum sie seinen echten Namen benutzt hatte. Sie nannte ihn fast immer Beatle. Aber vielleicht stattete sie gerade Emily einen Besuch ab und hatte beschlossen, aus irgendeinem Grund seinen echten Namen zu benutzen. Er wandte sich zu seinen Freunden um und nickte. »Es geht ihr gut. Sie hörte sich ein wenig verwirrt an, ich bin mir auch nicht sicher warum.«

Und da sie alle noch viel empfindlicher gewesen waren, als *sie* die Frauen ihres Lebens kennengelernt hatten, scherzten sie nicht darüber, dass er Casey am Telefon gesagt hatte, dass er sie liebe. Er sah zu Fletch hinüber, der auch gerade sein Telefongespräch beendet hatte.

»Es ist alles in Ordnung. Chase ist bei Em im Haus. Er sagte, Casey sei in der Wohnung, zusammen mit den beiden Frauen, mit denen sie in Costa Rica war.«

Beatle wirbelte zu Fletch herum. »Wie bitte?«

»Erst hat er sich Sorgen gemacht, aber dann hat er sich davon überzeugt, dass alles in Ordnung ist, bevor sie zu ihrer Wohnung hochgingen. Sie hat gesagt, dass alles seine Richtigkeit hätte und dass sie sich später bei ihm melden würde.«

Beatle war alles andere als glücklich darüber, dass Kristina und Jaylyn allein mit Casey in ihrer Wohnung waren, ohne dass er dabei war.

»Er hat gesagt, es wäre auch eine andere Frau dabei gewesen. Eine Ärztin, Dr. Soundso.«

»Dr. Santos?«, fragte Beatle.

Fletch zuckte mit den Achseln. »Ich nehme es an. Casey hat Chase gesagt, dass sie sich alle eine Zeit lang unterhalten würden. Er hat gesagt, dass er ein wenig nachgehakt hätte, um sicher zu sein, dass wirklich alles in Ordnung war, und dass sie ihn davon überzeugt hatte, dass das der Fall wäre.«

»Irgendwie gefällt mir die Sache nicht ...«, stellte Beatle fest.

»Also gut, Leute. Wir müssen so schnell wie möglich herausfinden, wer hinter der Entführung steckt«, sagte Ghost mit ernster Stimme. Er war nach draußen gegangen, um mit jemandem über die Videos zu sprechen, und war gerade erst wieder ins Zimmer gekommen. »Fletch und Blade, ihr beide sprecht mit den Mitarbeitern der Technikabteilung, um zu sehen, ob sie das Bild nicht noch schärfer hinkriegen. Coach, du rufst Botschafter Jepsen an. Frag nach, ob seine Tochter nicht ein wenig Licht in die Sache bringen kann. Truck, du und Beatle solltet euch unterhalten und euch daran zu erinnern versuchen, was Casey alles gesagt hat, als ihr mit ihr im Dschungel wart und das uns weiterhelfen könnte. Hollywood, du setzt dich mit den Polizisten in Costa Rica in Verbindung und informierst sie über unseren Verdacht, um herauszufinden, wie viel sie wissen. Schließlich wissen sie mehr über die Korruption und diesen ganzen Scheiß in ihrem eigenen Land, als wir es tun. Ich werde mich mit dem Kommandanten treffen und ihn über alles informieren. Irgendwelche Fragen?«

Sie schüttelten alle den Kopf und machten sich an die Arbeit.

Beatle biss die Zähne zusammen. Er wollte nach Hause gehen und sich vergewissern, dass es Casey gut ging, aber er wollte auch jede Sekunde analysieren, die das Team mit Casey im Dschungel verbracht hatte. Er wollte mit Truck über die Zeit sprechen, die sie mit Casey auf der Flucht aus dem Dorf verbracht hatten. Jemand hatte nicht gewollt, dass Casey sofort stirbt, aber derjenige hatte ganz sicher auch nichts getan, um dafür zu sorgen, dass sie überlebt. Ganz zu schweigen davon, dass er ihr die einheimischen Gangster auf den Hals gehetzt hatte. Er würde alles tun, um sicherzustellen, dass sie nie wieder so etwas durchmachen musste.

Er schob seine Bedenken für den Moment beiseite, da er davon ausging, dass sie in Sicherheit war. Schließlich war ja Chase im Haus. Und damit machte er sich an die Arbeit.

KAPITEL EINUNDZWANZIG

Eine Stunde zuvor

Casey saß zusammen mit Emily und Chase Jackson auf der Veranda vor Emilys Haus. Sie hatte sich am Abend zuvor nicht viel mit dem Mann unterhalten, doch sie mochte ihn auf jeden Fall.

Rayne war ein Jahr älter als ihr Bruder, doch wenn man Chase so zuhörte, wäre man nie auf die Idee gekommen. Er war Hauptmann in der Armee und erst vor ein paar Monaten befördert worden, und er gehörte der Terrorbekämpfungseinheit an. Er sprach nicht im Einzelnen über seinen Aufgabenbereich, doch Casey hatte den Eindruck, dass es sich um ziemlich harte Sachen handelte. Rayne hatte mal gesagt, dass sie ihren Bruder nicht so oft sah, wie sie es sich erhofft hatte, als sie hergezogen war, weil er ständig auf der ein oder anderen Mission war.

Sie hatten dabei zugesehen, wie Annie über den Hof geflitzt war – okay, *flitzen* war vielleicht nicht das richtige Wort, da ihr Panzer nicht besonders schnell war, aber sie machte mit dem Mund Flitzgeräusche, während sie herumfuhr –, als ein Wagen die Einfahrt herauf- und auf sie zugekommen war.

Chase war sofort aufgesprungen, bereit, sie alle zu beschützen. Und Emily hatte das Gleiche getan. Sie hatte ihrer Tochter ein Wort zugerufen – »Rot« – und Annie war sofort aus dem Panzer gestiegen und zu ihrer Mutter gerannt.

Der Wagen hielt vor der Garage – und Casey blieb der Mund offen stehen, als sie sah, wer ausstieg.

Marie, Jaylyn und Kristina.

Was zum Teufel machten sie *hier*? Sie wollte mit Marie darüber reden, dass sie sich am folgenden Tag in Dr. Martins Praxis treffen sollten. Und was noch viel wichtiger war, woher wussten sie, wo sie zurzeit wohnte?

»Ist schon okay. Ich kenne die Leute«, erklärte sie Chase, der so aussah, als wäre er bereit, jeden Moment die Waffe zu ziehen und sie auf der Stelle zu erschießen.

»Bist du sicher?«, wollte er wissen.

Casey nickte. »Ja, die Mädchen waren mit mir in Costa Rica.«

»Und was ist mit der Frau?«

»Das ist Dr. Santos, eine Kollegin von mir. Sie ist Psychologin und betreut Jaylyn und Kristina.«

»Ich halte es für keine gute Idee, dass du dich ohne Beatle mit ihnen triffst. Soll ich mitkommen?«

Casey schüttelte den Kopf. Sie fand es unmöglich, was Marie gemacht hatte, wollte aber die Mädchen nicht verunsichern. Und die sahen definitiv ohnehin schon ziemlich verunsichert aus. »Wir werden uns nur ein bisschen unterhalten, nichts Ernstes. Mach dir um mich keine Sorgen.«

Chases Gesichtsausdruck veränderte sich. Er sah jetzt eher mitfühlend als alarmiert aus.

»Bitte entschuldige, dass sie einfach hier aufgetaucht sind«, erklärte Casey Emily.

»Falls du uns brauchst, ruf einfach«, erklärte Emily ihr.

»Das mache ich.« Casey lächelte ihren neuen Freunden zu.

Ihr gefielen die Situation und Maries Verhalten überhaupt nicht, aber sie wollte niemanden verrückt machen.

Sie winkte Annie zu, die loslief, um weiter mit ihrem Panzer zu spielen. Ihre Studentinnen und Marie standen neben dem Auto und warteten darauf, dass sie zu ihnen kam.

Als Erstes streckte Casey Jaylyn und Kristina die Arme entgegen. Beide Frauen warfen sich ihr an den Hals und so standen sie dort in der heißen Sonne von Texas und hielten sich lange fest.

»Es ist so schön, euch wiederzusehen«, erklärte Casey ihnen.

»Das geht uns genauso! Wir hatten gedacht, dass Sie schon längst wieder zu Hause sind, und dann haben wir uns große Sorgen gemacht, als die Soldaten gekommen sind, uns befreit und uns erzählt haben, Sie wären verschwunden«, erzählte Kristina so schnell, dass man die einzelnen Wörter kaum ausmachen konnte.

»Es geht mir gut«, beruhigte Casey sie.

Jaylyn sagte gar nichts, sondern umarmte sie stattdessen einfach fester.

»Ist es in Ordnung, dass wir dich besuchen?«, fragte Marie.

Casey wollte schon ein wenig verärgert erwidern, dass es auch langsam mal an der Zeit war, dass sie sie das *fragte*, anstatt zu tun, was ihr gerade in den Sinn kam, doch dann seufzte sie und nickte. Sie wühlte in ihrer Tasche nach ihrem Schlüssel. Sie gab ihn Jaylyn und sagte: »Ich wohne über der Garage. Geht schon mal hoch, ihr beiden. Nehmt euch etwas zu trinken oder was ihr wollt. Wir kommen gleich nach.«

Ohne zu protestieren, griff Jaylyn nach dem Schlüssel und die beiden Frauen gingen zur Treppe.

Casey wartete, bis sie in der Wohnung verschwunden waren, bevor sie sich an Marie wandte. »Was zum *Teufel*, Marie? Ich fasse es nicht, dass du mit ihnen den ganzen Weg hierhergekommen bist! Bist du verrückt geworden?«

Marie schien ihr Ausbruch nichts auszumachen. Sie strich

sich lediglich eine Strähne ihres braunen Haares hinter das Ohr und lächelte Casey an. Sie war wie immer tadellos angezogen. Sie trug einen knielangen grauen Rock mit hohen Schuhen, bei denen man die Zehen sehen konnte. Casey kam der Gedanke, dass das langärmelige Jackett, das sie trug, in der Hitze von Texas wohl zu warm war, doch Marie sah keinesfalls so aus, als würde sie sich unwohl fühlen.

Marie war fast dreißig Jahre älter als Casey, sah aber nicht so aus. Sie hatte kein einziges graues Haar und ihr Make-up verbarg alle störenden Falten, die darauf hinweisen könnten, dass sie älter war, als sie aussah. Alles in allem sah Marie Santos aus und verhielt sich so, als wäre sie eine wichtige Person, bei der einfach alles stimmte. Casey hatte sie immer bewundert; sie war anscheinend ein Mitglied der einflussreichsten Gruppen auf dem Campus und hatte in mehr Dissertationskomitees mitgearbeitet, als Casey zählen konnte. Sie hatte eine Festanstellung, was bedeutete, dass sie nicht gefeuert werden konnte, es sei denn, sie tat etwas, was völlig unangebracht war.

Zum Beispiel zwei Studentinnen, die durch die Hölle gegangen waren, ohne jeglichen Grund durch das ganze Land zu schleifen.

Casey war plötzlich sehr beunruhigt. Sie wollte nicht mit Marie allein sein, auch nicht wenn ihre Studentinnen dort waren. Sie hätte der Frau am liebsten gesagt, sie sollte nach Florida zurückkehren, und sich geweigert, bei ihrer Gruppensitzung mitzumachen. Aber sie wollte auch nichts tun, was den beiden Frauen, die oben auf sie warteten, schaden könnte.

»Es gibt keinen Grund, sich aufzuregen«, erklärte Marie gelassen. »Ich habe dir das hier mitgebracht.«

Casey betrachtete das Stück Papier, das Marie ihr hinhielt.

Voller Misstrauen griff sie nach dem Blatt. Es sah komisch aus und fühlte sich komisch an, als handelte es sich um eine Art Löschpapier und nicht um normales Papier. Sie sah darauf und stellte fest, dass es sich um ein Foto von Astrid mit einem älteren Mann, wahrscheinlich ihrem Vater, handelte.

»Es geht ihr wirklich gut. Aber die anderen beiden Mädchen mussten dich wirklich sehen, um zu glauben, dass es dir gut geht. Und du hast ja schließlich einer Gruppensitzung mit uns zugestimmt.«

»Ja, aber ich habe gesagt, dass ich anrufen oder per Skype daran teilnehmen würde. Ich hätte nicht gedacht, dass du vor meiner Haustür auftauchst. Woher wusstest du überhaupt, wo ich bin?«

»Ich habe die Dekanin gefragt.«

Casey nahm sich vor, ein ernstes Wörtchen mit der Dekanin zu reden, wenn sie nach Florida zurückkehrte. »Ich halte das nicht unbedingt für eine gute Idee. Ich mache mir Sorgen um Jaylyn und Kristina. Sie sollten nicht so durchs Land geschleift werden. Stattdessen sollten sie lieber zu Hause bei ihren Familien sein.«

»Sie haben doch mich«, erwiderte Marie sachlich. »Ich bin ihre Psychologin und ich helfe ihnen dabei, dieses schreckliche Erlebnis zu verarbeiten. Aber dabei brauchen sie deine Hilfe. Du warst mit ihnen dort. Du bist diejenige, die wirklich weiß, was sie durchgemacht haben.«

»Das mag schon sein, aber –«

Und als wüsste sie bereits, dass Casey nachgeben würde, sagte Marie schnell: »Jaylyn hat gesagt, sie hätte Angst gehabt, aber du hast dafür gesorgt, dass sie sich besser fühlt. Sie hat dir hundertprozentig vertraut, Casey. Und Kristina hat mir erzählt, dass sie sich von dem Moment an verloren gefühlt hat, als du weggebracht wurdest. Sie sah dich als eine Art Mutterfigur und es tat ihr fast körperlich weh, ohne dich zu sein.«

Casey legte sich eine Hand aufs Herz. Es tat ihr weh, darüber nachzudenken, wie verwirrt und verängstigt die Mädchen gewesen sein mussten, als sie weggeführt worden war.

»Sie wollten dich unbedingt sehen«, sprach Marie weiter.

»Aber nachdem ich mit dir geredet hatte und du die Andeutung machtest, dass du in nächster Zeit wohl nicht zurück nach Florida kommen würdest, hatten sie Angst, du würdest sie nie wiedersehen wollen. Dass du dich für sie schämst und für ihr Benehmen in der Hütte, nachdem du gegangen warst.«

»Nein, so etwas würde ich nie denken«, erwiderte Casey, schockiert darüber, dass Jaylyn und Kristina das denken könnten.

»Sprich mit ihnen. Bitte«, flehte Marie. »Ich bin wirklich davon überzeugt, dass es euch allen ausgesprochen guttun würde.«

Casey seufzte. Sie wusste, dass sie manipuliert wurde, aber sie hatte sowieso schon aufgegeben. »Okay. Aber nur kurz. Ich will keine ganze Sitzung. Ich habe bereits mit meinem eigenen Psychologen gesprochen und er hielt es für das Beste, wenn er anwesend ist, wenn wir uns alle zusammen hinsetzen, um über das Vorgefallene zu reden.«

Marie schenkte ihr ein breites Lächeln und nickte. »Großartig. Kein Problem. Ich würde mich freuen, seine Meinung zu hören.«

Casey faltete das Papier, das Marie ihr gegeben hatte, und steckte es in ihre Gesäßtasche, wandte sich dann zur Treppe um und schaute noch einmal auf die vordere Veranda. Sie konnte sehen, dass Chase sie beobachtete. Sie winkte ihm ein wenig zu und erhielt dafür ein knappes Nicken mit dem Kinn. Dann führte sie Dr. Marie Santos die Treppe hinauf und in ihre Wohnung.

Casey versuchte, ihre Ungeduld in den Griff zu bekommen, als sie dafür sorgte, dass sich alle in ihrer Wohnung wohlfühlten. Jaylyn und Kristina saßen auf der Couch und Casey zog sich einen der Stühle vom Esstisch ran. Marie setzte sich auf einen Stuhl auf der anderen Seite der Couch.

Als alle Platz genommen hatten, sagte Marie: »Also, wir hatten ja abgemacht, es heute mal mit Hypnose zu versuchen, richtig?«

Casey blinzelte. Es war nicht ungewöhnlich, dass eine Psychologin es mit Hypnose versuchen wollte; verdammt, Eddie und sie hatten es selbst erst heute versucht. Aber es kam ihr merkwürdig vor, es ausgerechnet zum ersten Mal versuchen zu wollen, nachdem man durch das ganze Land gereist war. Und sie hatte Marie gerade noch unten gesagt, dass sie keine ganze Sitzung machen wollte. »Vielleicht sollten wir uns erst mal nur unterhalten«, entgegnete Casey.

»Warum hast du Angst?«, fragte Marie ein wenig aggressiv. »Du könntest dich an etwas erinnern, das hilft. Du hast doch jetzt Angst vor der Dunkelheit, oder nicht? Vielleicht hast du auch ein wenig Platzangst?«

Casey runzelte bei den harschen Worten der anderen Frau die Stirn. »Nun ja, das stimmt schon, aber –«

»Kein Aber. Ich kann dir helfen. Außer du gibst dich gern als die hilflose kleine Frau bei deinem neuen Freund. Vielleicht kostest du es ja sogar bis aufs Letzte aus, um seine Aufmerksamkeit zu bekommen?«

»Nein, natürlich nicht, aber –«

»Warum bist du dann dagegen? Jaylyn und Kristina haben bereits zugestimmt, es zu versuchen, wenn du mitmachst. Du hast mir doch selbst erzählt, dass du dich nicht an alles erinnerst, was geschehen ist. Und wenn dir das helfen kann, warum willst du es dann nicht versuchen?«

Casey wollte Marie gerade mitteilen, dass sie Hypnose bereits mit Dr. Martin versucht und es nicht funktioniert hatte, als Jaylyn sich zu Wort meldete.

»Dr. Shea?«

Casey atmete tief durch, um ihre Wut zu kontrollieren. Sie hätte Marie am liebsten gesagt, sie sollte sich verpissen, aber sie wollte auf keinen Fall etwas tun, das den beiden Frauen, die sie gerade mit großen Augen ansahen, weiteren Schaden zufügte. »Ja, Jaylyn?«

»Würden Sie es versuchen? Uns zuliebe?«

Casey wollte eigentlich Nein sagen. Wollte Marie an den

Kopf werfen, wie unprofessionell sie sich verhielt. Aber noch lieber wollte sie, dass es einfach nur vorbei war. Also nickte sie Jaylyn zu. »Okay, meine Liebe.«

Die Erleichterung in Jaylyns und Kristinas Gesichtern verriet Casey, dass sie die richtige Entscheidung getroffen hatte, auch wenn es nicht die leichteste war.

In genau dem Moment klingelte Caseys Telefon. Es lag auf dem Tresen in der Küche. Sie stand auf, um ranzugehen, da sie etwas Abstand zwischen sich und Marie bringen wollte.

Aber die ältere Frau folgte ihr und bevor Casey ans Telefon gehen konnte, packte sie sie und grub ihre Fingernägel in ihren Oberarm.

Sie zuckte zusammen und ihre Augen weiteten sich, als Marie sich vorbeugte. »Sag ihm nicht, dass wir hier sind«, drohte sie, da sie offensichtlich Beatles Namen auf dem Display gesehen hatte. »Und das meine ich ernst. Du brauchst das hier, Casey. Es ist offensichtlich, dass du leidest und einen psychischen Zusammenbruch hast, und das hat etwas mit dem zu tun, an das du dich nicht erinnerst. Ich muss unbedingt wissen, was an jenem Tag geschehen ist. Werde ihn los und dann komm zu uns zurück. Die geistige Gesundheit sowohl von Jaylyn als auch von Kristina hängt von dir ab.«

Der Ton, den Marie benutzte, war teils Flüstern, teils Knurren – und Casey wurde sofort in ihre Zeit im Dschungel zurückversetzt. Sie hatte dasselbe geflüsterte Knurren gehört, nachdem ihnen die Augen verbunden worden waren und bevor der Pritschenwagen losgefahren war.

»Bringt sie ins Dorf, sorgt aber dafür, dass niemand Kontakt zu ihnen hat. Gebt ihnen genug zu essen für zwei Personen, nicht für vier. In ein paar Tagen komme ich nach.«

Marie war dort gewesen.

Marie war es gewesen, die die Entführung organisiert hatte.

Casey war klar, dass ein paar Dinge, die ihre Kollegin sagte, irgendwie merkwürdig waren, aber sie hätte nie vermutet, dass Marie hinter der Entführung steckte.

Warum hatte sie das getan?

Casey hörte wie aus der Ferne, dass das Telefon aufhörte zu klingeln, doch sie war weiterhin in ihre Erinnerungen versunken. Als sie in das Loch geworfen und es abgedeckt wurde, hatte sie Maries Stimme erneut gehört.

»Wenn sie in einer Woche noch am Leben ist, könnt ihr mit ihr machen, was ihr möchtet. Aber denkt daran, ich sehe zu. Damit es etwas bringt, muss sie die ganzen sieben Tage dort unten sein.«

Das Telefon klingelte erneut und Casey blinzelte und sah hinab zu dem Gerät in ihrer Hand.

»Geh dran«, sagte Marie wieder mit diesem typischen Knurren.

Casey tat, wie geheißen, und führte das Telefon an ihr Ohr.

Sie wollte Beatle unbedingt sagen, er sollte seinen Arsch nach Hause bewegen und sie noch einmal retten, aber sie hatte keine Ahnung, was Marie den Mädchen antun würde, wenn sie das tat. Es schien ihr nicht klar zu sein, dass Casey endlich gefunden hatte, wonach sie in ihren Gedanken so verzweifelt gesucht hatte. Noch nicht. Aber Casey wusste nicht, was Jaylyn und Kristina gehört hatten. Wenn sie hypnotisiert wurden und zugaben, dass sie Dr. Santos in Costa Rica gehört hatten, steckten sie alle in großen Schwierigkeiten.

Sie konnte nicht anders, als ihren Arm aus Maries Griff zu reißen und sie anzustarren, bevor sie das Telefon beantwortete.

»Hallo?«

»Hey, mein Schatz. Ich bin's. Ich wollte nur kurz anrufen und sehen, wie es dir geht.«

»Hi, Troy. Es geht mir gut«, sagte sie und hoffte, dass ihm klar wurde, dass sie ihn kaum je bei seinem richtigen Namen anredete ... und dass es vielleicht einen guten Grund dafür gab, dass sie es jetzt tat.

»Wunderbar. Ich denke, dass ich so um halb sechs zu Hause sein werde. Möchtest du zum Essen ausgehen oder hast du schon was geplant?«

»Essen gehen klingt gut«, entgegnete Casey, die sich nur allzu sehr bewusst war, dass Marie sie ansah.

»Super. Diesmal darfst du aussuchen wohin. Ich war das letzte Mal dran.«

»Okay. Troy?«

»Ja, mein Schatz?«

»Ich ... ich liebe dich.« Casey wusste plötzlich, dass Marie sie nicht einfach aus der Wohnung gehen lassen würde. Wenn die anderen Mädchen etwas darüber sagten, dass sie wüssten, dass die Ärztin in Costa Rica gewesen war, wären sie alle in Gefahr. Wenn Casey nicht überzeugend vorgeben könnte, unter Hypnose zu stehen, obwohl sie es nicht tat, wären sie alle in Gefahr. Sie glaubte nicht, dass einer von ihnen unbeschadet davonkommen würde, und der Gedanke, dass Beatle nie wissen würde, wie sehr sie ihn liebte, wenn Marie hier mit dem Erfolg hatte, woran sie im Dschungel gescheitert war, war unerträglich.

»Ich liebe dich auch«, erklärte er ihr. »Und heute Abend zeige ich dir, wie sehr, okay?«

Casey konnte an seiner Stimme hören, dass er es ernst meinte. Sie fand es schrecklich, dass sie diese Worte einander zum ersten Mal unter diesen Umständen gesagt hatten, doch änderte das trotzdem nichts an ihrer Bedeutung.

»Okay«, entgegnete sie leise. »Du weißt gar nicht, wie viel die letzten Wochen mir bedeuten.«

»Auch mir bedeuten sie viel. Ich muss jetzt auflegen. Bis später.«

»Bis später, Troy.«

»Tschüss, Case.«

Casey legte auf und es gelang ihr, nicht in Tränen auszubrechen. *Lieber Gott, bitte sorge dafür, dass er sich darüber wundert, warum ich ihn plötzlich Troy und nicht Beatle nenne, und mach, dass er kommt, um nach mir zu sehen.*

Marie nahm ihr das Telefon aus der Hand und hielt den

Knopf gedrückt, um es auszuschalten. Dann warf sie es auf den Tresen und führte Casey zurück ins Wohnzimmer.

Die Küche war nicht so weit vom Sofa entfernt und Casey wusste, dass die Mädchen wahrscheinlich ihr Gespräch mit Beatle gehört hatten. Sie war jedoch nicht überzeugt, dass sie Maries Worte an sie gehört hatten. Sie war sich sicher, dass sie das nicht getan hatten, als sie vertrauensvoll zu ihrer Psychologin aufschauten und darauf warteten, dass sie anfing.

Casey setzte sich langsam wieder auf den Stuhl und versuchte, ihre Atmung unter Kontrolle zu bringen. Sie hatte keine Ahnung, was passieren würde, aber sie musste auf alles vorbereitet sein. Sie hatte das Loch überlebt, also konnte sie auch das hier überleben.

Komm nach Hause, Beatle. Bitte. Ich brauche dich.

KAPITEL ZWEIUNDZWANZIG

Beatle unterhielt sich bereits rund zwanzig Minuten lang mit Truck, als er plötzlich mitten im Satz innehielt.

»Was ist los? Ist dir etwas eingefallen?«, fragte Truck.

Sie hatten über die Situation mit den Einheimischen gesprochen und wie sie sie im Dschungel vorgefunden hatten, als Beatle ganz plötzlich nicht mehr weitersprach.

»Es ist nur ... ich habe auch vorhin schon daran gedacht, aber es nicht für wichtig gehalten ... aber mir kommt das Ganze irgendwie komisch vor«, erwiderte Beatle. Er zog sein Telefon hervor und wählte erneut Caseys Nummer. Er wartete auf den Klingelton, wurde aber stattdessen direkt zum Anrufbeantworter weitergeleitet. Ganz offensichtlich war ihr Telefon abgeschaltet.

Er wandte sich an Truck. »Wie oft hat mich Casey in deiner Gegenwart Troy genannt?«

Truck sah ihn überrascht an. »Vielleicht ein Mal? Warum?«

»Als wir uns vorhin unterhalten haben, hat sie meinen Namen gesagt ...« Er machte eine Pause und versuchte, sich an ihr Gespräch zu erinnern. »Und zwar dreimal. Erst ›Hi, Troy‹, dann hat sie mich bei meinem Namen genannt, als sie mir gesagt hat, dass sie mich liebt, und dann nochmals, als sie sich verabschiedet hat.«

Beatle wandte sich an Fletch, der gerade mit seinem Anruf bei der Technikabteilung fertig war, wo er den Verantwortlichen darum gebeten hatte, den Teil des Films mit der Kamera und dem Schlauch schärfer zu machen. »Als du mit Chase gesprochen hast, hat er sich da irgendwie ... komisch angehört?«

»Komisch?«, fragte Fletch. »Inwiefern?«

»Ich bin mir nicht ganz sicher, aber ich glaube, irgendwas zu Hause stimmt nicht.«

Jetzt hatte Beatle die Aufmerksamkeit aller im Raum.

»Sag uns, was los ist«, befahl Ghost.

»Ihr wisst, dass ich vorhin mit Casey gesprochen habe und dachte, alles wäre in Ordnung, aber je mehr ich darüber nachdenke, desto mehr denke ich, dass sie versucht hat, mich vor etwas zu warnen, aber ich habe es zu dem Zeitpunkt nicht verstanden. Sie hat mich Troy genannt. Mehrere Male.«

»Und das macht sie normalerweise nicht?«, fragte Hollywood. »Kassie nennt mich eigentlich immer bei meinem Spitznamen, außer es ist was.«

»Casey nennt mich immer Beatle. Sie kennt natürlich meinen Vornamen, hat ihn aber buchstäblich erst ein paarmal benutzt. Aber heute hat sie mich in den anderthalb Minuten unseres Gesprächs dreimal Troy genannt.«

»Ich rufe noch mal bei Chase an«, sagte Fletch sofort und griff dabei bereits zum Handy. Er schaltete den Lautsprecher ein und das gesamte Team hörte dabei zu, wie es klingelte.

Chase nahm nach nur zweimal Klingeln ab. »Mann, du bist ja schlimmer als ein Mädchen, Fletch. Was ist jetzt schon wieder?«, neckte ihn der andere Mann.

»Ist alles in Ordnung bei euch?«

»Ja, warum?« Sofort war der unbeschwerte Ton aus der Stimme des Armee-Hauptmannes verschwunden. »Was ist denn los?«

»Wir sind uns nicht ganz sicher. Beatle hat bei Casey angerufen und erst schien alles in Ordnung zu sein, aber jetzt sind wir uns nicht mehr ganz so sicher. Hast du sie kürzlich gesehen?«

»Wir haben Annie beim Spielen zugeschaut, als plötzlich ein Auto gekommen ist. Erst war ich alarmiert, aber Casey sagte, sie würde die Frauen kennen, die ausstiegen. Sie sagte, dass es sich um zwei ihrer Studentinnen und eine Psychologin handelte.« Chase erklärte ihnen, was er zuvor schon Fletch erzählt hatte.

Die Deltas sahen alle zu Beatle. Der nagte tief in Gedanken versunken an seiner Unterlippe. Schließlich schüttelte er den Kopf. »Ich weiß nicht recht. Aber mir kommt das Ganze nicht koscher vor.«

»Casey hat nichts davon gesagt, dass sie vorbeischauen würden?«, fragte Ghost.

»Nein, aber sie hat auch nicht gesagt, dass sie keinen Besuch erwartete. Sie hat vor ein paar Tagen einen Anruf erhalten, der ihr merkwürdig vorkam, aber wir hatten noch nicht die Gelegenheit, darüber zu sprechen. Ich wusste, dass sie sich Sorgen darüber machte, aber was wieder typisch Casey ist, sie wollte wahrscheinlich nicht paranoid wirken.«

»Glaubst du, es waren die Mädchen oder die Psychologin?«, fragte Coach.

»Wer hätte es sonst sein können?«, fragte Beatle. »Sie hat ein paarmal mit ihren Eltern gesprochen und es hat ihr nichts ausgemacht, wenn ich dabei war. Die Polizei von Costa Rica hat ihre Nummer nicht, also kann sie es nicht gewesen sein. Vielleicht war es die Dekanin ihrer Universität, aber wir haben über ihren Job gesprochen, also hatte sie die Gelegenheit, es anzusprechen. Ich weiß wirklich nicht, wer es sonst hätte sein können.«

»So lange kennt ihr euch auch wieder nicht«, bemerkte Chase. »Vielleicht war es der Typ, mit dem sie sich getroffen hat, bevor sie entführt wurde, und sie kam sich blöd vor, dir zu sagen, dass sie einen Freund hat.«

»Das ist es sicher nicht«, fuhr Beatle ihn an und atmete dann tief durch, um sich wieder unter Kontrolle zu bringen. »Also, ich verstehe dich schon. Es gibt einiges, was wir noch nicht voneinander wissen, aber ich bin felsenfest davon überzeugt, dass der Anruf, der sie aus dem Gleichgewicht gebracht hat, *nicht* von einem Ex-Freund stammte.«

»Soll ich zur Wohnung hochgehen?«, fragte Chase.

Beatle fuhr sich nervös mit der Hand durch das kurze Haar. »Ja, aber du solltest besser warten, bis wir auch da sind. Es ist eine ziemlich blöde Situation. Falls du jetzt dort hochgehst und klopfst und *tatsächlich* etwas nicht stimmt, könnte das böse enden. Drei Unbekannte gegen Casey ist keine gute Sache. Aber wenn du wartest, bedeutet das, dass mit jeder Sekunde, die vergeht, die Chancen steigen, dass ihr etwas passiert.«

Ghost bedeutete Beatle, den Raum zu verlassen. Dann hob Fletch das Handy auf und das gesamte Team verließ den Raum, während Chase noch immer am Telefon war.

»Schaff Annie und Emily in den Panikraum«, befahl Fletch. »Falls etwas nicht in Ordnung ist, brauchen wir wirklich keine weiteren Zivilisten, die uns in die Quere kommen.«

»Wird gemacht. Ich werde nicht zu Casey gehen, aber ich werde mal ein paar Erkundungstouren machen, um zu sehen, ob ich euch nicht ein paar hilfreiche Informationen beschaffen kann, bevor ihr eintrefft«, versicherte Chase ihnen.

»Ich weiß es wirklich zu schätzen. Wir werden in weniger als zwanzig Minuten da sein«, erklärte Ghost dem anderen Mann. »Melde dich, wenn du etwas Neues herausgefunden hast.«

»Verstanden«, erwiderte Chase knapp.

Ohne sich zu verabschieden, legte Fletch auf.

»Habt ihr alle eure Waffen dabei?«, fragte Ghost leise, als sie aus dem Gebäude auf den Parkplatz traten.

Als alle das bejahten, nickte Ghost. »Okay, wir nehmen zwei Autos. Fletch, du und Beatle kommt mit mir mit, sobald ihr bei euren Wagen wart, um eure Waffen zu holen. Hollywood, Coach und Blade, ihr fahrt mit Truck. Wir gehen so leise wie möglich vor. Wie Chase schon gesagt hat, wir möchten kein Drama machen, wo keines nötig ist. Wenn wir dort eintreffen, geht Beatle als Erster hoch. Benutze deinen Schlüssel, damit niemand Angst bekommt, nur für den Fall, dass alles in Ordnung ist.« Er sah zu Truck hinüber. »Du, Coach und Hollywood, ihr überwacht das Gelände. Blade, du bist mit mir zusammen direkt hinter Beatle. Fletch, du gehst zu dir nach Hause und schaust nach, ob deine Familie sich in Sicherheit befindet. Irgendwelche Fragen?«

Sie schüttelten alle den Kopf. Sie waren es gewohnt zusammenzuarbeiten und waren sich über den Plan im Klaren, bevor Ghost die Worte überhaupt ausgesprochen hatte.

Innerhalb kürzester Zeit waren sie auf die beiden Autos verteilt und fuhren vom Parkplatz in Richtung Fletchs Haus, wobei sie sich nicht sicher waren, was sie erwartete.

Casey saß mit gesenktem Kopf auf dem Stuhl, die Haare verbargen ihr Gesicht vor Marie. Sie hatte große Angst und war sauer, aber sie wartete auf den richtigen Zeitpunkt. Sie wollte nichts tun, was Jaylyn und Kristina noch mehr traumatisieren würde, als sie es bereits waren. Es war nicht ihre Schuld, dass ihre Psychologin völlig verrückt war.

Glücklicherweise – oder leider – waren die beiden jungen Frauen leicht zu hypnotisieren. Marie hatte sie innerhalb von zehn Minuten soweit. Casey tat so, als wäre sie auch hypnotisiert worden.

Sie hoffte verzweifelt, dass Beatle gemerkt hatte, dass etwas nicht stimmte, aber es war schon lange her, dass sie telefoniert hatten, und er war noch nicht gekommen, sodass ihre Hoffnung immer weiter abnahm. Offensichtlich hatte sie sich in ihrem Gespräch nicht klar genug ausgedrückt, dass sie ihn brauchte. Casey trat sich dafür in den Hintern.

»Streckt eure Hände aus«, erklärte Marie ihrer Zuhörerschaft. Casey tat, wie geheißen, und sah aus dem Augenwinkel, dass Kristina und Jaylyn das Gleiche taten.

Dr. Santos stand auf und suchte einen Moment lang etwas in ihrer Tasche, bevor sie vor Jaylyn trat. Sie legte eine Murmel in ihre Handflächen und tat dann dasselbe bei Kristina. Sie ging zurück zu ihrer Handtasche und holte noch etwas heraus, dann stellte sie sich vor Casey.

Casey versuchte, ihren Blick verschwommen und leer zu halten, und schaffte es, nicht zusammenzuzucken, als ihr etwas Hartes in die Hand gedrückt wurde. Es sah auch aus wie eine Murmel, schien aber mit etwas überzogen zu sein.

»Ballt eure Hände zu Fäusten und haltet das fest, was ich euch in die Handfläche gelegt habe. Lasst es unter keinen Umständen los. Wenn ihr es tut, werdet ihr starke Schmerzen empfinden. Stärkere Schmerzen als jemals zuvor in eurem Leben.«

Casey schloss die Hand um das murmelähnliche Ding, das Marie ihr gegeben hatte, und hätte am liebsten die Nase gerümpft, weil der Gegenstand sich so schleimig anfühlte, doch sie beherrschte sich.

»Haltet ihr es fest?«, fragte Marie.

Gehorsam bejahte Casey das zusammen mit Jaylyn und Kristina.

»Gut. Und jetzt, Kristina, erzähl mir ganz genau, was du gedacht hast, als du am letzten Tag die einzige Portion alleine aufgegessen hast. Du hast gesagt, einer der Entführer hätte die Tür geöffnet und nur eine Portion hingestellt und dass du den Teller vor Jaylyn und Astrid erreicht hättest. Und lass kein Detail aus.«

Casey atmete langsam und gleichmäßig, doch am liebsten wäre sie aufgestanden und hätte Marie für das, was sie tat, beschimpft. Was sie von den anderen Frauen verlangte, war schädlich und griff in deren Privatsphäre ein. Casey war zwar keine Psychologin, aber selbst sie wusste das.

Sie dachte darüber nach, aufzuspringen und die ältere Frau zu überrumpeln, aber sie war besorgt, dass Jaylyn und Kristina in dem Handgemenge, das sicher folgen würde, verletzt werden könnten. Vielleicht sollte sie noch ein bisschen länger warten. Damit sich Marie sicherer fühlte, dass alle drei ganz weg waren, und der kleinen Schlampe dann ihren Stuhl über den Schädel ziehen.

Als die Minuten vergingen und Marie den Frauen weiterhin Fragen stellte, begann Casey, sich extrem komisch zu fühlen. Sie dachte nicht mehr daran, Marie zu verletzen, sondern konzentrierte sich intensiv auf das, was sie sah und hörte. Das Licht im Raum war hell, aber wenn sie die Augen schloss, sah sie nur noch orangefarbene, gelbe und rote Wirbel. Die Farben wogten, als hätten sie einen eigenen Willen. Sie hypnotisierten auf ihre eigene Weise und Casey verlor sich in den wirbelnden, pulsierenden Farben.

»Casey, du bist dran. Warum erzählst du uns nicht, wie du dich gefühlt hast, als dir gesagt wurde, das Lösegeld wäre bezahlt worden und du würdest nach Hause zurückkehren?«

Casey versuchte, sich auf die Frage zu konzentrieren, aber als sie die Augen öffnete, um die Psychologin anzusehen, stellte sie entsetzt fest, dass die Worte, die Marie gesprochen hatte, überall in der Luft um sie herum waberten.

»Casey? Du warst froh, endlich wegzukommen, nicht wahr?«, fragte Marie. »Es war dir egal, dass du die anderen zurücklassen musstest, nicht wahr?«

»Nein, ich habe mir Sorgen gemacht, ich –« Casey hielt inne, denn die Worte, die *sie* gerade gesprochen hatte, schwebten nun ebenfalls um ihren Kopf herum. Dicke schwarze Buchstaben, die die roten und gelben Wirbel wie ein Messer durchschnitten. Und während sie fasziniert dabei zusah, drehten sie sich zu ihr um und schienen größer zu werden. Außerdem veränderten sie auch ihre Farbe. Erst waren sie schwarz, dann tief lila und schließlich pink. Casey machte verwirrt die Augen zu, doch das sorgte nur dafür, dass die Farben in ihrem Geist schneller herumwirbelten.

»Und als man dich an den Rand des Lochs geführt hat, was dachtest du da? Dass du sterben würdest?«

Casey schwankte im Takt der Farben auf ihrem Stuhl. Nein, sie schwankte im Rhythmus der Musik ... Nur dass keine Musik spielte, es waren die Farben, die diese Klänge erzeugten. Ein Teil von ihr wusste, dass das, was passierte, nicht normal war, doch sie konnte sich einfach nicht konzentrieren. »Ich wollte nicht sterben«, presste sie hervor, bevor die Worte gegen ihre Augenlider drückten und in ihren Kopf zurückkehren wollten.

»Aber als du in dem Loch warst und es keinen Ausweg mehr gab, hast du immer noch nicht aufgegeben. Warum nicht?«

Casey konnte nicht antworten. Plötzlich saß sie wieder in dem Loch. Sie sah hinauf und alles, was sie sehen konnte, waren diese wirbelnden Farben.

»Casey!«, rief Marie. »Warum hast du nicht aufgegeben? Warum hast du ums Überleben gekämpft, wenn jeder andere einfach aufgegeben hätte und in diesem verdammten Dschungel gestorben wäre? Ich muss es wissen. Es ist immens wichtig, dass du es mir sagst!«

Und bei dem Wort »Dschungel« veränderten sich plötzlich all die hübschen Farben, die sie sah, von hellen, glücklichen Orange- und Gelbtönen zu dunklen Grün- und Brauntönen. Casey sah Marie an, doch die war nicht mehr Marie. Stattdessen saß dort eine riesige Kugelameise. Die Antennen auf ihrem Kopf zuckten in ihre Richtung. Sie machte das Maul auf und die schrecklichen Kiefer kamen immer und immer näher zu Casey, Gift tropfte von ihren Mundwerkzeugen, bereit, schmerzhaft in sie hineingepumpt zu werden.

Casey stand auf und fiel fast augenblicklich zu Boden. Sie öffnete die Hand, während sie fiel, und dabei rollte die Murmel, die Marie ihr gegeben hatte, davon, doch Casey war schon mitten in einem Drogenrausch gefangen, der so schlimm war, dass sie überall Gefahren sah und es nicht einmal bemerkte.

Die Fransen des Teppichs streiften über ihre Handflächen und als Casey hinabblickte, stellte sie fest, dass sie in ein Nest von Kugelameisen gefallen war. Die Tiere bissen sie. Taten ihr weh. Panisch versuchte sie, die Insekten von ihren Händen zu schütteln, doch je mehr sie sich abklopfte, umso mehr Ameisen tauchten auf.

Sie war voll in einem LSD-Trip gefangen. Und dann schrie Casey.

Alles sah ganz normal aus, als die Wagen mit dem tödlichen Delta-Team in Fletchs Einfahrt einbogen. Ghost und Truck machten direkt auf dem Platz neben der Garage und hinter dem Haus halt und alle sieben Männer stiegen lautlos aus den Fahrzeugen.

Chase stieß am Rand der Bäume zu ihnen.

»Mir ist nichts Ungewöhnliches aufgefallen«, informierte er die Gruppe. »Ich bin zur Vordertür gegangen und habe gelauscht, habe aber nur ganz normale Stimmen gehört, es wurde nicht geschrien oder so was. Ich habe nicht gehört, worüber geredet wurde, und die Tür war abgeschlossen.«

Alle nickten, aber Beatle machte sich bereits auf den Weg zur Treppe. Ghost gab den anderen ein Zeichen und sie schwärmten aus. Fletch ging vorsichtig zur Rückseite seines Hauses und Ghost und Blade folgten Beatle.

Beatle stieg schweigend die Treppe hinauf und sein Herz klopfte ihm bis zum Hals. Dieses Gefühl gefiel ihm überhaupt nicht. Es war eine Sache zu wissen, in welche Gefahr man sich begibt, aber es war eine ganz andere Sache, keine Ahnung zu haben, was ihn auf der anderen Seite der Tür erwartete. Es war hundertmal schlimmer, denn es war Casey, die sich in Gefahr befand.

Er hielt seine Hand hoch und die Männer hinter ihm blieben stehen. Alle hatten ihre Pistolen gezogen und waren zu allem bereit. Beatle steckte den Schlüssel in das Schloss und drehte ihn langsam und ohne einen Laut herum.

Dann hörte er laute Stimmen aus der Wohnung. Er drückte langsam und vorsichtig die Tür auf, als er Casey schreien hörte.

Und es war kein normaler Schrei. Nicht im Geringsten. Er war hoch und voller Panik.

Beatle gefror das Blut in den Adern.

Ohne nachzudenken, stieß er die Tür auf und sie schlug gegen die Wand dahinter. Er war mit gezogener Waffe in der Wohnung, bevor er überhaupt darüber nachgedacht hatte, was er da tat.

Er ging in das kleine Apartment und erwartete, dass Casey mit einer Waffe bedroht oder anderweitig angegriffen würde, aber was er sah, war schwer zu verstehen.

Dort waren zwei junge Frauen, er nahm an, dass es sich um Jaylyn und Kristina handelte, die noch immer auf der Couch saßen. Ihre Hände ruhten zu Fäusten geballt auf ihren Knien und sie starrten stur geradeaus. Eine ältere Frau mit langen braunen Haaren stand an der Wand und schaute ihn mit einem zufriedenen Grinsen im Gesicht an.

Und Casey. Oh Gott.

Sie war auf allen vieren und schlug verzweifelt auf ihre Arme ein. Und die unmenschlichen Geräusche, die aus ihrem Mund kamen, waren herzzerreißend und entsetzlich zugleich.

Ghost und Blade stellten sich zu beiden Seiten der Couch auf und hielten ihre Waffen auf die ältere Frau gerichtet, während Beatle direkt zu Casey ging. Er griff nach ihr, aber sobald er sie erreichte, schaute sie auf, sah ihn und schrie noch lauter. Sie hatte panische Angst. Vor *ihm*.

Beatle richtete seine Aufmerksamkeit von Casey, die sich

auf dem Boden wand, zu der Frau an der Wand. Sie lächelte ... und lachte doch tatsächlich.

»Du Schlampe«, fuhr er sie an. »Was hast du mit ihr gemacht?«

»Ich wollte eigentlich nur, dass sie entspannt und gefügig ist, aber ich war mir nicht sicher, wie viel ich ihr geben sollte. Das Löschpapier, mit dem ich es zuerst versucht habe, schien nicht zu wirken, also habe ich ihr mehr gegeben. Anscheinend habe ich mich allerdings ein wenig verschätzt, denn mit diesem Ergebnis hätte ich nicht gerechnet. Aber ich muss zugeben, dass es unbezahlbar ist, die ach so tolle Dr. Casey Shea auf einem Horrortrip zu erleben.«

Ghost erreichte die Frau vor Blade. Er ergriff ihre Arme und zerrte sie hinter ihren Rücken. »Was hast du ihr gegeben?«

»Fick dich!«, lautete ihre Antwort.

Daraufhin verdrehte Ghost ihr die Arme so sehr, dass Marie vor Schmerzen aufschrie.

»Ich habe dich gefragt, was du ihr gegeben hast. Und wenn du glaubst, dass ich hier Spaß mache, bist du verrückt. Siehst du hier vielleicht irgendwelche Polizisten, Schlampe? Nein. Hier sind nur wir. Und so wie ich die Lage einschätze, hat mein Freund Beatle hier *wirklich* große Lust, dich zum Reden zu bringen.«

Sie wurde bleich und Beatle verspürte kein bisschen Reue, dass Ghost sie bedroht hatte. Natürlich würden sie ihr nichts tun, doch das wusste sie nicht.

»Nur ein bisschen LSD. Verdammt, macht nicht so einen Aufstand daraus. Das nehmen die Leute ständig.«

Casey stöhnte und kroch zur Wand auf der anderen Seite des Zimmers. Sie hielt die Hände vor sich ausgestreckt, starrte sie an und wimmerte.

Marie sprach weiter. »Sie ist mit dem Brunnenschacht so wunderbar klargekommen, dass ich davon ausgegangen bin, sie würde mit den Drogen kein Problem haben. Sie musste mir doch nur sagen, was sie empfand, als sie im Loch saß. Wie ihr klar geworden war, dass das Wasser für sie da war, und was dazu geführt hat, dass sie ums Überleben gekämpft hat. Ist das etwa zu viel verlangt?«

Beatles Aufmerksamkeit wanderte zwischen Casey und der Psychologin hin und her. Sie sprach jetzt nicht mehr mit Ghost, sondern eher mit sich selbst.

»Ich kann meine Forschungen noch immer zu Ende bringen. Irgendwann ist der Trip vorbei und dann wird sie mir sagen, was ich wissen muss, damit ich das Fazit meiner Arbeit schreiben kann. Ohne das ist meine Forschungsarbeit nicht fertig.«

»Was denn für eine Forschungsarbeit?«, fragte Blade. Er hatte seine Waffe nicht gesenkt und die Wut, die sich in seinem Gesicht abzeichnete, bereitete Beatle Sorgen.

»*Meine* Arbeit! Mein Forschungsbericht. *Die Auswirkungen der Angst auf Entführungsopfer; Warum manche daran zerbrechen, während andere stärker werden.* Damit werde ich berühmt – aber ich brauche unbedingt dieses Fazit!«

»Oh mein Gott. Du hast meine Schwester für ein *Experiment* an Menschen entführen lassen?«, fragte Blade ungläubig und Beatle sah, wie seine Hand am Abzug der Pistole zuckte.

»Blade, nimm die Pistole runter«, befahl Ghost, der wohl auch gesehen hatte, wie nahe Blade daran war zu explodieren.

»Sie hat ein Experiment gemacht und dabei meine Schwester gefoltert, um an Informationen zu gelangen«, entgegnete Blade voller Hass.

»Ich weiß. Und sie wird dafür bezahlen. Nimm. Die. Waffe. Runter«, sagte Ghost mit Nachdruck.

»Sie wollten mir die Zulassung nicht erteilen! Ich musste es tun. Es war ganz einfach zu organisieren. Sie und die anderen waren ganz alleine dort unten. Wenn sie einfach nur in diesem Loch gestorben wäre, wäre es so leicht gewesen«, rief Marie.

Plötzlich sprang Casey ihren Bruder an.

Da niemand damit gerechnet hatte, weil sie alle durch das Gemurmel der Psychologin abgelenkt waren, gelang es Casey, ihn zu überraschen. Sie griff nach dem Messer, das er in einem Halfter an seiner Hüfte hatte, und schaffte es, es herauszuholen, bevor er sie aufhalten konnte.

Sie zog sich zurück an die Wand des Raumes, hielt das Messer mit wildem Blick vor sich und schaute aufgelöst von einer Person zur anderen.

»Schafft sie hier raus«, sagte Ghost und stieß die Psychologin zu Chase, der auf der anderen Seite des Sofas bereitstand.

»Neeeeeiiiin!«, rief die Frau. »Ich brauche die Informationen! Jaylyn, warum hast du dich wie ein Baby verhalten und ständig geweint? Kristina, was hast du empfunden, während du Astrid geschlagen hast, als sie versucht hat, dir das Essen wegzunehmen? Ich muss es wissen! *Waaaaaarte!*«

Als Chase die stammelnde Frau aus dem Raum schleppte, waren alle überrascht, als die jungen Frauen auf der Couch begannen, die ihnen gestellten Fragen zu beantworten. Sie sprachen durcheinander, schienen aber nichts zu bemerken. Tatsächlich schienen sie die Männer, die im Raum waren, auch nicht zu bemerken.

»Was ist denn mit denen los?«, wollte Blade wissen.

»Sie sind hypnotisiert«, sagte Ghost mit Bestimmtheit. »Und wir wissen nicht, welches Wort die Schlampe gewählt hat, um die Hypnose aufzulösen, damit wir sie da rausholen können.«

»Casey hat sich doch auch mit einem Psychologen getroffen. Sie hat gesagt, dass auch er versucht hat, sie zu hypnotisieren, aber es hat nicht funktioniert. Er kann vielleicht helfen. Sein Name ist Eddie Martin«, erklärte Beatle dem Teamleiter.

»Wir rufen ihn an«, sagte Ghost. »Im Moment sind sie da, wo sie sind, in Sicherheit. Jetzt müssen wir als Erstes mal deine Freundin beruhigen. Es macht mich wirklich nervös, dass sie ein Messer hat.«

Beatle hatte seine Aufmerksamkeit bereits wieder Casey zugewandt.

DIE RETTUNG VON CASEY

Sie benutzte das Messer, um vor sich auf die Luft einzustechen. Ganz offensichtlich sah sie da etwas, das die anderen nicht sehen konnten. Es war genauso entsetzlich wie herzzerreißend.

»Casey«, sagte er leise und machte einen Schritt auf sie zu. »Du wurdest unter Drogen gesetzt. Und du reagierst schlecht auf das, was dir verabreicht wurde. Lass das Messer fallen. Wir holen dir Hilfe. Du bist jetzt in Sicherheit. Die Psychologin ist weg.«

Anstatt sie zu beruhigen, schienen seine Worte sie noch mehr aufzuregen, und weil er besorgt war, kam er ihr ein wenig zu nahe. Es gelang ihr, seinen Arm mit dem Messer zu verletzen, bevor er aus ihrer Reichweite trat.

Beatle wollte keine plötzlichen Bewegungen machen oder etwas tun, das die Frau, die ihm alles auf der Welt bedeutete, noch mehr verschrecken würde, als sie es bereits war. Er hätte sie leicht entwaffnen können – er hatte sich viel fieseren und größeren Feinden gestellt –, aber er wollte sie nicht zu Tode erschrecken. Dies war Casey. *Seine* Casey.

Er traf die Entscheidung, einfach genau dort stehen zu bleiben, wo er war, und auf sie aufzupassen, bis sie entweder von dem Trip herunterkam oder sich beruhigte – aber diese Entscheidung hatte sich erübrigt, als sie sich zum Fenster drehte und versuchte, sich hinauszustürzen.

Casey kauerte auf der anderen Seite des Raumes, weit weg von den riesigen Insekten. Sie standen zwar alle auf zwei Beinen, hatten aber Gesichter von Insekten. Die Kugelameise war von einer Riesenschlange weggeholt worden, aber es saßen noch zwei Skorpione auf der Couch, die sie anstarrten und zischten. Sie hatte eines der freundlicher aussehenden Wesen angegriffen – aus seinem Mund kam nur Sabber statt Säure – und es war ihr gelungen, sich seine Waffe zu schnappen.

Die Ameisen krabbelten noch immer auf ihren Armen, aber noch lästiger waren im Moment die fliegenden Kakerlaken. Sie fauchten sie an und versuchten, ihre Augäpfel zu fressen. Es waren ihre Haustiere und sie schrien ihren Namen, als sie um ihren Kopf flogen. Die Farben im Raum wirbelten nun ständig herum. Schwarze, braune, rote Wirbel.

Ein Teil von ihr wusste, dass es keine laufenden und sprechenden Käfer gab, aber Casey konnte ihre Angst nicht zügeln, dass sie sie in die Finger bekommen und bei lebendigem Leib auffressen würden.

Eine der halb menschlichen, halb insektenartigen Wesen sprach jetzt mit ihr. Sie konnte sehen, wie seine Worte um seinen Kopf wirbelten, während er sprach, aber keines davon ergab irgendeinen Sinn. Er machte einen Schritt auf sie zu, wobei er einen seiner Tentakel ausstreckte.

Als ob sie darauf reinfallen würde.

Sie hörte die Käfermänner hinter sich zischen und plappern, also drehte sie sich um und stieß mit dem Messer nach ihnen. Es fühlte sich an, als hätte sie einen erwischt, also fuhr sie fort, mit ihrer Waffe blind auf die Kreaturen einzustechen. Die Kakerlaken lachten jetzt, zischten fröhlich, aber irgendwie blieben sie ihrem Messer fern.

Da sie wusste, dass sie nur eine Chance hatte, lebendig von den Insekten wegzukommen, die sie fressen wollten, ließ Casey das Messer fallen und aus irgendeinem Grund schien das die Rieseninsekten davon abzuhalten, weiter auf sie zuzukommen, wie sie erleichtert feststellte. Die Worte füllten nun den Raum und machten ihr das Atmen schwer. Sie saugten den gesamten Sauerstoff aus dem Raum. Sie verbrauchten ihn. Sie musste aus dem Raum entkommen.

Ohne Vorwarnung, sodass die Insektenmänner sie nicht aufhalten konnten, hechtete Casey zum Fenster. Sie lachte, als sie merkte, dass es nicht aus Glas, sondern aus Wasser bestand. Sie hätte es fast geschafft, den Monsterinsekten zu entkommen, doch in letzter Sekunde hielt sie jemand an den Beinen fest.

Als sie über dem Wasser baumelte, so nahe dran zu entkommen, keuchte Casey.

Unter ihr war ein riesiger Herkuleskäfer. Seine Kieferwerkzeuge öffneten und schlossen sich fast obszön, als er die Tentakel zu ihr streckte. Casey wand sich, so sehr sie konnte, aber die Käfermänner im Raum hatten sie fest im Griff.

Sie begann, zu schreien und um sich zu schlagen, als die kugelförmigen Ameisen, die zuvor auf ihr herumgekrabbelt waren, beschlossen, sie wieder zu beißen. Ihre Hände pochten vor Schmerz, weil sie so heftig auf das Wasser einschlug.

Und noch während sie schrie, sah sie zu, wie der Herkuleskäfer immer kleiner und kleiner wurde, als die Insektenmänner sie wieder in ihren Bau zurückzogen.

»Oh mein Gott!«, fluchte Ghost, während er sich bemühte, eines von Caseys Beinen festzuhalten. »Blade, ruf die Polizei! Sag ihnen, dass deine Schwester gegen ihren Willen unter Drogen gesetzt wurde und dass sie einen Horrortrip hat. Sie braucht Beruhigungsmittel.«

»Betrachte es als erledigt, verdammt!«, rief Blade ihm zu.

Beatle blockierte alles, was um ihn herum geschah, seine ganze Konzentration war auf Casey gerichtet. Er hatte noch nie etwas so Erschreckendes gesehen wie das, was mit der Frau geschah, die er liebte. Er hatte keine Ahnung, was in ihrem Kopf vor sich ging, aber sie sah weder ihn noch ihre Wohnung.

Sie war mit dem Messer auf ihn losgegangen, und als er ihr zu nahe kam, um sie zu trösten, hatte sie ihm sogar in den Arm gestochen. Der Schnitt tat höllisch weh, aber er ignorierte es, denn ihr nächster Schritt war, kopfüber aus dem verdammten Fenster zu springen. Und sie hätte es beinahe geschafft, aber er hatte sie in letzter Sekunde erwischt.

Er hörte Truck unter dem Fenster schreien, dass er da wäre und sie auffangen könnte, sollte sie fallen, aber dadurch fühlte er sich nicht besser. Das Fenster war mit einer Art Sicherheitsglas versehen, sodass sie Gott sei Dank nicht in Stücke geschnitten worden war. Die Scheibe hatte beim Aufprall Risse bekommen und hätte wahrscheinlich gehalten, wenn der Rahmen um das Fenster nicht nachgegeben hätte. Fletch hatte offensichtlich dafür gesorgt, dass die Wohnung für Annie und alle anderen Kinder, die dort wohnen oder spielen würden, sicher war. Aber der Rahmen hielt dem Gewicht eines Erwachsenen nicht stand.

Er und Ghost schafften es, Casey wieder durch das Fenster zu ziehen, aber sie kämpfte immer noch gegen sie, als hinge ihr Leben davon ab. Nichts von dem, was er sagte, kam durch.

Beatle hatte noch nie so viel Angst gehabt wie in diesem Augenblick. Er und Ghost führten Casey von dem gähnenden Fenster weg und dann setzte sich Beatle auf den Boden, mit ihr auf seinem Schoß. Sie saß mit dem Rücken zu ihm und er hatte seine Arme wie eine Zwangsjacke um sie gelegt. Sie konnte sich nicht bewegen, außer sich zu winden und gegen ihn zu stoßen.

Blade und Ghost hielten seinen Körper fest, damit er die Kontrolle über die rasende Casey nicht verlor.

Bald kam der Rest des Teams in den Raum und Beatle hörte vage, wie Ghost Fletch befahl, Emily und Annie im Schutzraum festzuhalten. Sie brauchten Casey nicht so zu sehen.

Sie konnten nichts weiter tun, als zuzusehen, wie Casey in dem Albtraum ihres eigenen Verstandes gefangen war, während sie auf den Krankenwagen warteten.

KAPITEL DREIUNDZWANZIG

Es dauerte weitere sechs Stunden, bis das Schlimmste von Caseys Horrortrip endlich abgeklungen war. Der Arzt sagte, es hätte etwa eine Stunde gedauert, bis die Droge zu wirken begann, und sie wäre wahrscheinlich mit der anfänglichen Dosis klargekommen, aber die zusätzliche drogenbeschichtete Murmel in ihrer Hand, kombiniert mit der Stresssituation, hätte den Horrortrip ausgelöst.

Und es war ein Horrortrip gewesen.

Casey hatte stundenlang geschrien, dass riesige Käfer auf sie losgingen. Ständig sah sie Ameisen auf ihrem Körper, die nicht da waren, und sie hatte absolut keine Ahnung, wer um sie herum war. Nachdem sie betäubt worden war, war sie weniger aggressiv, aber sie musste trotzdem zu ihrer eigenen Sicherheit und der Sicherheit aller um sie herum festgehalten werden.

Es war das Herzzerreißendste, was Beatle je erlebt hatte. Er hatte nie wirklich auf die eine oder andere Weise über Drogen nachgedacht. Er hatte an der Highschool etwas Gras geraucht, aber nicht mehr als das.

Casey das durchmachen zu sehen brachte ihn dazu, Drogen abzuschwören. Und zwar für immer. Er war sich auch nicht sicher, ob er in naher Zukunft überhaupt noch Alkohol trinken würde.

Er durfte in Caseys Zimmer im Krankenhaus bleiben und jetzt, da ihre Vitalfunktionen alle normal zu sein schienen und sie ein paar Stunden geschlafen hatte, war er zuversichtlich, dass die Droge endlich ihre Wirkung verlor.

Beatle ließ sich auf die Matratze neben ihr fallen und nahm sie vorsichtig in die Arme. Der Arzt hatte die Wunde an seinem Arm genäht. Er hatte Casey auch während der letzten Stunde mit einer Infusion versorgt, jetzt, da sie nicht mehr ständig versuchte, die Nadel herauszuziehen. Beatle hatte nicht mehr geduscht oder gegessen, seit sie im Krankenhaus angekommen waren, aber das Letzte, woran er dachte, war er selbst.

In der Sekunde, in der er seine Arme um Casey legte, murmelte sie etwas, das er nicht verstehen konnte, und Beatle hielt den Atem an und hoffte wie verrückt, dass sie nicht mehr unter Drogeneinfluss stand. Aber anstatt ihn wegzustoßen und darüber zu schimpfen, dass er einen riesigen Ameisenkopf hätte, kuschelte sie sich einfach so nahe wie möglich an ihn.

Die kleine Matratze des Krankenhausbettes erinnerte Beatle an die Zeiten, als sie in Costa Rica in der Hängematte so zusammen geschlafen hatten. Sie lagen eng aneinander gepresst da, ihre Körper verschwitzt und leicht schmutzig.

Er küsste sie leicht auf die Stirn, und als hätten seine Lippen einen magischen Knopf berührt, machte sie die Augen auf.

Beatle sah sie an und wartete darauf herauszufinden, woran sie sich, wenn überhaupt an etwas, erinnerte.

Casey leckte sich die Lippen und schaute in Beatles besorgtes Gesicht. Er hatte die Stirn gerunzelt und seine Lippen waren zu einer schmalen Linie zusammengepresst. Sie hob ihre Hand, um mit dem Daumen über seine Stirn zu fahren und die

Sorgenfalten zu glätten, konnte jedoch nicht, weil der Schlauch der Infusion sie aufhielt.

Sie schaute ihren Arm an und ein Haufen verwirrender Bilder drang in ihr Gehirn ein. Sie schloss die Augen wieder.

»Case?«

»Hmmm?«, murmelte sie.

»Kannst du die Augen aufmachen und meinen Namen sagen?«

Sie wunderte sich über seine Bitte, öffnete aber die Augen einen Spaltbreit, sah ihn gehorsam an und tat, wie geheißen. »Beatle.«

»Verdammt.«

Das war eine ziemlich merkwürdige Reaktion. Je mehr sie nachdachte, umso wacher wurde sie. »Was ist denn los? Musst du nicht aufstehen und zum Training gehen?«, fragte sie leise. »Wie spät ist es?«

Beatle hob mit dem Finger ihr Kinn an und fragte: »Erinnerst du dich daran, was gestern passiert ist?«

Jetzt war es an ihr, die Stirn zu runzeln. Aber nun, da sie darüber nachdachte, war sie sich ein wenig unsicher. »Ähm, Annie hat mit ihrem Panzer gespielt?«

»Ja. Was sonst noch?«

Casey schüttelte den Kopf. Sie hatte Kopfschmerzen und war ein wenig benommen.

»Erinnerst du dich daran, dass deine Freundin mit Jaylyn und Kristina aus Florida hergekommen ist?«

Sie wollte gerade den Kopf schütteln, als plötzlich merkwürdige Bilder vor ihrem inneren Auge auftauchten. Marie, die auf dem Stuhl vor ihr saß. Jaylyn und Kristina, die sie umarmten. Riesige Ameisen und fliegende Kakerlaken. Es war alles so verwirrend. »Beatle? Was ist mit mir los?«

»Pssst. Gar nichts. Es geht dir wieder gut.«

»*Wieder?*«

Als er darauf nichts erwiderte, atmete Casey tief ein und

stützte sich unbeholfen auf die Ellbogen. »Sag es mir«, verlangte sie.

Beatle sah zwar nicht glücklich darüber aus, tat ihr aber den Gefallen. »Marie Santos ist zu dir gekommen und du hast anscheinend zugestimmt, dich mit ihr und den Mädchen zu treffen. Sie hat dich unter Drogen gesetzt und Jaylyn und Kristina hypnotisiert. Du bist ausgeflippt, sie wurde verhaftet und Dr. Martin hat sich um deine Studentinnen gekümmert. Es geht allen gut.«

Nun. Das war sicherlich eine kurze und prägnante Beschreibung dessen, wovon Casey instinktiv wusste, dass es nicht so einfach war, wie er es geschildert hatte. »Geht es allen gut?«, fragte sie, da sie das für das Wichtigste hielt.

»Ja.«

»Dann ist ja gut.«

»Schlaf jetzt. Ich muss mich mit Ghost und den anderen treffen, aber ich komme später zurück und bringe dich nach Hause.«

»Hm-hm.« Es war mehr ein zufälliges Geräusch als tatsächliche Worte, aber Beatle schien sie trotzdem zu verstehen.

»Ich liebe dich, Casey Shea. Und du weißt nicht, wie sehr.«

»Ich liebe dich auch, Beatle.«

Sie spürte, wie er sie auf die Stirn küsste und lächelte. Sie mochte es sehr, wenn er das tat. Und schon war sie wieder eingeschlafen.

»Sie erinnert sich wirklich an nichts?«, fragte Blade Beatle eine halbe Stunde später. All die Deltas hatten sich um ihren Kommandanten versammelt und besprachen die jüngsten Vorfälle.

»An sehr wenig. Zumindest im Moment. Der Arzt sagt, dass die Person sich an weniger erinnert, je mehr Drogen sie verabreicht bekommen hat. Sie erinnert sich an Bruchstücke hier und da, aber sie wird sich wahrscheinlich nie komplett an das erinnern, was passiert ist.«

»Ich hasse diese dumme Schlampe«, bemerkte Truck leise und meinte damit offensichtlich Dr. Santos. Er war für einen Großteil der Geschehnisse nicht anwesend gewesen, aber er hatte Caseys entsetzten Gesichtsausdruck gesehen, als sie über ihm aus dem Fenster gehangen hatte. »Nicht ein einziges Mal hat Casey mein entstelltes Gesicht angesehen und Angst gehabt. Bis gestern. Selbst in Costa Rica im verdammten Dschungel hatte sie nie Angst vor mir.«

»Nur damit du dich besser fühlst: Sie hat nicht *dich* gesehen«, beruhigte Beatle ihn. »Nach dem, was ich ihrem Gemurmel entnehmen konnte, hielt sie dich für einen riesigen Herkuleskäfer.«

»Also, *das* sind wirklich mal hässliche Dinger«, stellte Hollywood schaudernd fest. »Wir sind im Dschungel auf einen gestoßen und ich war froh, dass Casey da war, um uns zu sagen, dass sie harmlos sind. Ich hätte mir sonst in die Hose gemacht.«

Alle lachten und Beatle wusste zu schätzen, dass sein Freund versuchte, die angespannte Stimmung aufzulockern. Er nickte Hollywood kurz zu und Hollywood erwiderte die Geste.

»Wo ist die Schlampe jetzt?«, fragte Coach und meinte damit wieder Marie.

»Die Polizei hat sie mit aufs Revier genommen, aber sie war völlig durchgeknallt und sprach nur noch über ihr Forschungsprojekt, sodass sie sie in eine psychologische Klinik eingeliefert haben«, sagte Beatle.

»Aber sie wird doch angeklagt, oder?«, fragte Fletch.

»Ich weiß noch nicht, wofür man sie anklagen wird, aber ich habe das Gefühl, dass der Staatsanwalt sie für sehr viele verschiedene Dinge dranbekommen möchte.«

»Hat jemand bei der Universität angerufen und die Dekanin vorgewarnt?«, wollte Chase wissen. Er war auch zu dem Treffen eingeladen worden, weil er bei den Ereignissen dabei gewesen war.

»Ich habe gleich heute Morgen angerufen«, versicherte ihm Ghost. »Ich habe der Dekanin erzählt, was los ist und dass eine der Professorinnen völlig durchgeknallt ist, und ich habe ihr gesagt, dass sie, wenn man es genau nimmt, zwei Studentinnen entführt und eine Kollegin unter Drogen gesetzt hat, und all das, nachdem sie die Entführung und den versuchten Mord in Costa Rica organisiert hatte. Sie war völlig schockiert und versuchte nicht einmal, mir etwas vorzuenthalten, sondern erzählte mir sofort, dass Maries letzter Forschungsantrag abgelehnt worden war, sagte mir aber nicht, was das Thema gewesen wäre.«

»Ja, das liegt daran, dass sie verdammt noch mal Leute entführen und ihre Reaktionen darauf beobachten wollte«, regte Blade sich auf, lehnte sich in seinem Stuhl zurück und verschränkte die Arme vor der Brust. »Diese Art von Forschungsarbeit würde ich auch verweigern.«

»Ich habe auch mit den Behörden in Costa Rica geredet«, sprach Ghost weiter. »Sie haben mir bestätigt, dass Marie Santos zwei Tage nach Casey und ihren Studentinnen in das Land gereist ist. Und dass sie wieder abgereist ist, nachdem wir weg waren. Sie werden ein paar Leute in Guacalito verhören, um zu sehen, ob sie sich an Marie erinnern, und ich habe so das Gefühl, dass das der Fall sein wird.«

»Also ist es vorbei?«, fragte Blade.

Beatle erstarrte. Er hoffte es wirklich.

»Ich glaube schon. Solange die Polizei in Mittelamerika nicht mit widersprüchlichen Informationen ankommt, ist es vorbei. Ich nehme an, dass die Dorfbewohner abgehauen sind, nachdem die Huntsmen die Frauen gerettet hatten, weil sie Angst hatten, dass noch weitere Männer kommen würden, um sich zu rächen. Allerdings bin ich mir nicht sicher. Es würde mich nicht überraschen, wenn die Regierung von Costa Rica niemals herausfindet, was genau mit dem Dorf passiert ist und warum die Bewohner einfach verschwunden sind. Das Wichtigste ist doch, dass Marie Einheimische angeheuert haben muss, die weder das nötige Geld noch einen echten Grund dazu haben, nach Amerika zu kommen, um nach Casey zu suchen. Sie befindet sich in Sicherheit und kann ihr normales Leben wieder aufnehmen«, versicherte Ghost dem Team.

Diese Worte waren eine Erleichterung, aber gleichzeitig sorgten sie bei Beatle für mehr Stress. Er wollte nicht, dass Casey zurück nach Florida ging. Er wollte, dass sie bei ihm in Texas blieb. Sie hatte es tun wollen, aber vielleicht würde sie ihre Meinung ändern, jetzt, da sie in Sicherheit war. Sie war eine erwachsene Frau mit einer Karriere und einem Leben. Er wollte sie auf keinen Fall zurückhalten. Sie hatte ihm erzählt, dass sie auf eine Festanstellung hinarbeitete. Das war eine bedeutende Sache. Wenn sie kündigte und die Universität wechselte, müsste sie bei null anfangen und sich wieder nach oben arbeiten. Das war eine Entscheidung, die keiner von ihnen auf die leichte Schulter nehmen konnte.

»Wie geht es Emily und Annie?«, fragte Beatle Fletch, da er nicht darüber nachdenken wollte, dass Casey ihn verlassen könnte.

»Es geht ihnen gut. Ich bin so stolz auf Annie. Sie hat genau das getan, was wir ihr beigebracht haben. Als Emily das Codewort ›Rot‹ gesagt hat, hat sie genau das getan, was wir mit ihr geübt haben, ohne Fragen zu stellen. Sie gingen in den Panikraum und haben sich selbst eingeschlossen. Auf den Kameras konnten sie beobachten, was vor sich ging, aber sie sind nicht herausgekommen, bevor ich sie geholt habe.«

»Keine übrig gebliebenen schlechten Erinnerungen an den Hochzeitsempfang?« Diesmal war es Chase, der die Frage stellte.

Fletch lächelte. »Em denkt darüber nach, die Wohnung über der Garage zu renovieren, sie behauptet, sie hätte zu viel Schlimmes gesehen. Und Annie ist mit dem Panzer durch die

Gegend gefahren und hat die Bösewichte verjagt. Ich werde den Motor wahrscheinlich bald austauschen müssen.«

»Also geht es den beiden gut«, fasste Coach zusammen.

»Es geht ihnen wirklich gut«, versicherte Fletch.

»Hat jemand mit Jaylyn oder Kristina gesprochen?«, fragte Hollywood.

»Ich«, entgegnete Ghost. »Ich habe ihre Eltern angerufen und sie sind heute Morgen wieder zu Hause angekommen. Es geht beiden gut. Dr. Martin war großartig mit ihnen. Beatle, du warst schon mit Casey verschwunden, aber es ist ihm gelungen, mit ihnen zu reden, während sie noch hypnotisiert waren, und er konnte sich davon überzeugen, dass Marie ihnen keine merkwürdigen Trigger-Wörter verpasst hatte. Sie waren ein wenig verwirrt, dass es nicht ihre Psychologin war, die sie aus der Hypnose weckte, aber sie verfielen nicht in Panik. Er ist davon überzeugt, dass sie jetzt viel schneller alles verarbeiten können, da Marie ihnen nicht ständig mit der Tatsache in den Ohren liegt, dass sie durchgedreht sind, als Casey von ihnen getrennt wurde.«

Alle nickten erleichtert. Die Studentinnen brauchten kein weiteres Trauma nach allem, was sie bereits durchgemacht hatten.

»Möchte sonst noch jemand etwas hinzufügen oder fragen?«, erkundigte sich Ghost und sah jeden Mann einzeln an.

Alle schüttelten den Kopf, aber Blade meldete sich zu Wort. »Danke euch allen, dass ihr euch um meine Schwester gekümmert habt. Ich weiß, dass ich es nicht extra sagen muss, aber ich möchte es trotzdem tun.«

»Du hast recht«, sagte Coach ruhig, »du brauchst dich nicht zu bedanken. Wir waren alle schon in ähnlichen Situationen. Ich weiß auch nicht, was wir an uns haben, dass wir uns alle Frauen aussuchen, die uns in Extremsituationen bringen, aber ich bin froh, dass wir für sie da sein konnten.«

»Auf jeden Fall«, pflichtete Ghost ihm bei.

»Da stimme ich dir zu«, erklärte auch Hollywood.

Dann wandte sich Blade an Beatle. »Ich habe es dir schon einmal gesagt, aber ich möchte es noch mal betonen, ich könnte mir keinen besseren Mann für meine Schwester vorstellen. Du hast immer wieder bewiesen, dass du alles dafür tun wirst, dass sie in Sicherheit ist. Sie verdient einen Mann wie dich, einen, der ihr immer den Rücken frei hält und für den sie oberste Priorität hat. Wir alle wissen, dass es nicht einfach ist, mit einem Delta verheiratet zu sein, aber ich habe absolut keine Bedenken, wenn es um euch beide geht. Ich habe nur eine Bitte ...«

Ale er eine Pause machte, sah Beatle seinen Freund mit hochgezogener Augenbraue an.

»Heiratet nicht einfach in einer blöden, geheimen Aktion. Meine Mutter würde einen Herzinfarkt bekommen. Und ich möchte wirklich sehen, wie ihr Vater sie zum Altar führt.«

»Ich bin mir nicht sicher, ob wir jemals heiraten werden, Mann«, entgegnete Beatle ehrlich. »Es gibt noch viele Hindernisse, die wir überwinden müssen.«

»Scheiß doch aufs Überwinden«, entgegnete Truck. »Werft die Dinger einfach um und pflügt darüber hinweg. Das Leben ist kurz. Wirklich verdammt kurz. Wartet nicht. Wenn du sie liebst und sie dich liebt, wäre es dumm zu warten.«

Beatle sah seinen Freund einen langen Moment an, denn er hatte das Gefühl, dass Truck nicht unbedingt über ihn und Casey sprach. Als Truck seine Erklärung nicht weiter ausführte, nickte Beatle ihm zu und wandte sich dann wieder an Blade. »Ich verspreche dir, dass wir nicht nach Las Vegas abhauen, um zu heiraten.«

»Er soll auch versprechen, dass er nicht einfach nur eine kurze standesamtliche Heirat organisiert«, fügte Coach hinzu.

»Nur Idioten wie du würden so etwas tun«, entgegnete Beatle.

Alle lachten leise.

»Wenn wir hier fertig sind, müsste ich jetzt los und ein

wenig echte Arbeit erledigen.« Es war das erste Mal, dass der Kommandant sich zu Wort meldete. Doch da er grinste, war es offensichtlich, dass er nur scherzte. Er war genauso besorgt und erleichtert gewesen, dass es Casey gut ging, wie der Rest des Teams. »Beatle, du hast jetzt erst mal zwei Wochen lang frei. Sorge dafür, dass Casey sich beruhigt. Krieg dein Privatleben in den Griff, damit du anschließend wieder voll einsatzbereit bist, wenn du zur Arbeit zurückkehrst. Ich erwarte, dass du bei der nächsten Mission wieder voll dabei bist, verstanden?«

»Ja, Sir«, entgegnete Beatle sofort.

Alle erhoben sich und schüttelten dem Kommandanten die Hand, bevor er ging.

Fletch klopfte Beatle auf den Rücken. »Bist du bereit, zu deiner Frau zurückzukehren?«

»Allerdings. Ghost?« Der andere Mann, der bereits dabei war, das Zimmer zu verlassen, drehte sich noch einmal um. »Du sagst doch Bescheid, wenn du von den Behörden in Costa Rica hörst?«

»Selbstverständlich. Aber ich glaube ehrlich, dass diese ganze Sache erledigt ist, Beatle. Bring Casey nach Hause und hilf ihr dabei, alles zu verarbeiten. Mach dir um nichts weiter Gedanken, außer es besteht tatsächlich Grund dazu, okay?«

»Das hört sich gut an.« Dann wandte er sich an Chase und hielt ihm die Hand hin. Als der andere Mann sie nahm und sie schüttelte, sagte Beatle: »Danke für deine Hilfe.«

»Ich habe doch gar nichts gemacht«, erwiderte Chase und steckte sich verlegen die Hände in die Taschen. »Verdammt, ich saß auf der anderen Seite des Grundstücks und hatte keine Ahnung, dass etwas nicht stimmte.«

»Mach dich deswegen nicht verrückt«, erklärte Beatle dem anderen Mann. »Du hast es schließlich nicht gewusst. Das hat keiner von uns. Hätte Casey mir keinen Hinweis gegeben, indem sie meinen richtigen Namen benutzt hat, hätte ich immer noch auf dem Stützpunkt rumgesessen, während sie ihren Horrortrip durchlebt hat. Du bist vielleicht kein Delta, aber mindestens genauso wichtig, als wärst du einer von uns. Wenn du uns brauchst, sind wir für dich da, und nicht nur, weil du Raynes Bruder bist, verstanden?«

Beatle wusste nicht genau, was dem anderen Mann durch den Kopf ging, doch einen Moment später nickte er. »Verstanden. Aber die Frauen überlasse ich euch. Ich bin nicht auf der Suche nach einer Frau.«

Alle lachten.

»Das Gleiche haben wir auch immer gesagt«, erwiderte Hollywood.

»Du weißt nie, wann es dich erwischt. Du kümmerst dich einfach nur um deinen eigenen Kram und – *bumm!* – da taucht sie plötzlich auf«, erklärte Fletch seinem Freund.

»Genauso ist es«, murmelte Coach.

Chase zuckte mit den Achseln. »Wie dem auch sei. Wenn ihr Weicheier dann hier fertig seid, würde ich genau wie der Kommandant gern zur echten Arbeit zurückkehren.«

Niemand war beleidigt, sondern sie lachten nur, als der andere Mann den Kopf schüttelte und den Raum verließ.

»Brauchst du Hilfe dabei, Casey nach Hause zu bringen?«, wollte Truck wissen.

»Nein, das schaffen wir schon«, entgegnete Beatle.

»Meinst du, es wäre in Ordnung, sie später zu besuchen? Ich würde sie gern sehen, wenn du glaubst, dass es ihr nichts ausmacht«, bat Truck.

»Das wäre wirklich toll. Ich melde mich bei dir, sobald Ruhe eingekehrt ist.«

»Geht ihr wieder zu Fletchs Wohnung?«

Beatle schüttelte den Kopf. »Nein, ich möchte nicht das Risiko eingehen, dass sie sich an die schlimmen Dinge erinnert, die dort vorgefallen sind. Ich bringe sie zu mir nach Hause.«

»Hast du geputzt, seit ich das letzte Mal da war?«, fragte Truck mit skeptisch hochgezogener Augenbraue.

Beatle lehnte sich vor, nahm einen Stift vom Tisch und bewarf damit seinen Freund. »Halt die Klappe.«

Sie lächelten einander an. »Sag mir Bescheid, wenn sie so weit ist, und dann komme ich euch besuchen«, sagte Truck.

»Wird gemacht. Bis später.«

»Bis später.«

Beatle hörte seinen Freund kaum noch. Er war bereits zur Tür hinaus auf dem Weg zu Casey. Sie würde wieder in Ordnung kommen. Nachdem sie die Tortur im Dschungel schadlos überstanden hatte, würde das hier ein Spaziergang. Er machte sich keine großen Gedanken um ihre Genesung. Es waren eher die Entscheidungen, die sie hinsichtlich ihrer Beziehung treffen mussten, die ihn maßlos ängstigten.

EPILOG

Casey konnte es kaum erwarten, nach Hause zu kommen. Sie hatte gerade den ersten Arbeitstag, an dem sie unterrichtet hatte, hinter sich und es war ziemlich gut gelaufen. Sie war nervös gewesen – wer war das nicht an seinem ersten Tag? – und sie wollte unbedingt mit Beatle sprechen.

Andererseits war es natürlich so, dass sie immer mit ihm sprechen wollte. Am Telefon mit ihm zu sprechen war zwar nicht das Gleiche, aber immerhin besser als nichts.

Ihr Telefon klingelte und Casey sah, dass es Jaylyn war.

»Hey, Jaylyn. Wie geht es dir?«

»Es geht mir gut.«

»Wie sind deine Vorlesungen heute gelaufen?«

»Ganz in Ordnung, aber wissen Sie, es ist nicht mehr das Gleiche, jetzt, da Sie nicht mehr hier sind.«

Casey lächelte und wischte sich über die Stirn, auf der ihr der Schweiß stand, als sie zu ihrem Wagen ging. Sie war jetzt schon seit mehreren Monaten in Texas, glaubte aber nicht, dass sie sich jemals an die Hitze gewöhnen würde. Auch in Florida war es heiß gewesen, aber in Texas war die Hitze schier unerträglich. »Hast du deine wissenschaftliche Arbeit fertiggestellt?«

Casey hatte darauf bestanden, dass alle drei Studentinnen ihre Facharbeiten zu Ende brachten, an denen sie in Costa Rica gearbeitet hatten. Es war ein harter Weg für sie alle vier gewesen. Keiner von ihnen empfand noch großen Enthusiasmus für die Ameisenart, die sie erforscht hatten, bevor sie entführt worden waren, aber die Universität war sehr großzügig gewesen und hatte den Abgabetermin für die Arbeit verlegt. Casey hatte mit jeder der drei Studentinnen an ihrer Forschungsarbeit gearbeitet.

»Ja. Nächste Woche werde ich meine Note bekommen«, erklärte Jaylyn. »Aber wissen Sie was?«

»Was denn?«

»Eigentlich ist es mir mittlerweile ganz egal. Selbst wenn ich bei dieser blöden Sache durchfalle, würde es keine Rolle spielen. Wir haben zusammen etwas Schreckliches durchgemacht, aber währenddessen habe ich viel über mich selbst erfahren. Und meine neue Therapeutin hat mir versichert, dass es keine Rolle spielt, wie andere mich bewerten, solange ich selbst wachse und lerne.«

»Das hört sich nach einem sehr guten Rat an«, entgegnete Casey lächelnd und drehte den Schlüssel in der Zündung. Die Luft, die aus der Lüftungsanlage kam, war heiß, doch sie wusste, dass sie sich bald abkühlen würde. »Aber wie dem auch sei, wirf nicht deine ganze Ausbildung weg, nur weil dir diese Sache passiert ist.«

»Das werde ich nicht«, versicherte ihr Jaylyn. »Aber vielleicht werde ich mein Hauptfach wechseln.«

»Solange du nicht Psychologie studieren möchtest, habe ich nichts dagegen einzuwenden«, bemerkte Casey trocken.

Die Frau am anderen Ende der Leitung lachte. »Auf keinen Fall. Ich dachte an irgendetwas auf Lehramt. Ich würde gern an der Grundschule unterrichten, glaube ich.«

»Das hört sich ganz toll an«, erklärte Casey ihrer ehemaligen Studentin und meinte das auch wirklich so. »Wie geht es meinen Babys?«

Sie erinnerte sich nicht mehr an viel von dem Horrortrip, den sie infolge des LSDs, das Marie ihr verabreicht hatte, gehabt hatte, aber an die fliegenden Kakerlaken, die ihre Augäpfel fressen wollten, erinnerte sie sich ganz genau. Als sie und Beatle nach Florida gefahren waren, um ihre Wohnung auszuräumen und ihre Sachen für den Transport nach Texas zu packen, hatte sie einen Blick auf ihre Haustiere geworfen und war sofort ins Badezimmer geeilt, um zu erbrechen. Sie musste ihnen ein neues Zuhause besorgen – sehr zur Erleichterung von Beatle, da er nicht mit den Kakerlaken zusammenleben musste – und glücklicherweise hatte Jaylyn erklärt, sie würde sie gern nehmen.

»Es geht ihnen gut. Sie werden uns noch beide überleben.«

»Das stimmt natürlich. Ich weiß es wirklich zu schätzen, dass du sie genommen hast. Beatle ist ausgesprochen glücklich darüber, dass er nicht mit meinen Babys unter einem Dach hausen muss.«

»Aber er hätte es getan«, sagte Jaylyn im Brustton der Überzeugung.

»Ja, das hätte er«, erwiderte Casey lächelnd. Sie fand es immer noch urkomisch, dass eine Frau mit einem Doktortitel in Entomologie bei einem Mann landete, der keine Insekten ertragen konnte, aber sie übersah gern diesen Fehler an ihm, weil alles andere an ihm fantastisch war.

»Wie auch immer, ich wollte nur anrufen und mich für alles bedanken, was Sie für mich getan haben. Ich weiß, dass es auch für Sie nicht leicht war«, erklärte Jaylyn ihr.

»Gern geschehen«, erklärte Casey leise. »Ich wünsche dir alles Gute. Du kannst mich jederzeit anrufen.«

»Das mache ich. Ich muss jetzt auflegen. Bis dann, Dr. Shea.«

»Bis dann, Jaylyn.«

Casey legte auf und schaute gedankenversunken auf ihr Handy. Als sie das Gefühl hatte, dass die Luft ausreichend abgekühlt war, um sich wohlzufühlen, schüttelte sie den Kopf und legte das Handy zur Seite. Sie musste einiges erledigen. Nämlich nach Hause zu ihrem Freund fahren, damit sie über ihren gemeinsamen Arbeitstag sprechen konnten.

Das war eines der schönsten Dinge an ihrem Leben mit Beatle. Unabhängig davon, wie spät es war, sprachen sie immer darüber, wie ihr Tag verlaufen war.

Beatle prüfte die App auf seinem Mobiltelefon, um zu sehen, wo Casey war. Beide hatten die Such-App auf ihrem Handy installiert, damit sie sich gegenseitig im Auge behalten konnten. Da Casey jeden Tag zur Baylor Universität und zurück fuhr, wollte er sich vergewissern, dass sie in Sicherheit war.

Er hatte ein schönes Stadthaus im nördlichen Temple gemietet, um ihren Arbeitsweg ein wenig zu verkürzen. Sein altes Apartment in Killeen war zu klein gewesen und er wollte, dass Casey ihre Entscheidung, ihren Job aufzugeben und nach Texas zu ziehen, niemals bereute.

Er konnte immer noch nicht glauben, dass sie es tatsächlich getan hatte. Sie hatte ihm versichert, er wäre viel wichtiger als ein Job, aber er konnte immer noch nicht glauben, dass sie ihr ganzes Leben für einen Armee-Kerl wie ihn geändert hatte. Er hatte sie nicht verdient, aber er würde ganz sicher nicht den Märtyrer spielen und sie aufgeben.

Die Leiterin der Universität in Florida war nicht überrascht gewesen, als Casey ihr mitteilte, dass sie aufhören würde. Sie hatte geahnt, dass Casey nach der Entführung nicht mehr zurückkommen würde. Aber sie war noch einen Schritt weiter gegangen und hatte einen Kollegen in Baylor angerufen und ihm gesagt, dass Casey in die Gegend umziehen und eine ausgezeichnete Ergänzung für sein Team darstellen würde.

Beatle hatte keinen Zweifel daran, dass sie den Job bekommen würde, und nach einigen Vorstellungsgesprächen hatte er recht behalten. Der Übergang war ziemlich einfach gewesen und sie hatte es geschafft, für das Herbstsemester einsatzbereit zu sein. Alles war so problemlos abgelaufen, als wäre es Schicksal.

Da Casey fast zu Hause war, beeilte sich Beatle, dem von ihm geplanten Abendessen den letzten Schliff zu geben. Sie feierten nicht nur ihren ersten Tag an ihrem neuen Arbeitsplatz, sondern er hatte an diesem Tag auch gute Nachrichten vom Kommandanten erhalten. Er konnte es kaum erwarten, sie Casey mitzuteilen.

Keine fünf Minuten später hörte Beatle Caseys Schlüssel im Schloss. Er wartete in der Küche auf sie und das Erste, was er sah, als sie um die Ecke kam, war ihr strahlendes Lächeln.

Er entspannte sich. Er war nervös gewesen. Er wollte, dass sie Baylor und ihren neuen Job mochte. Und anscheinend tat sie das.

Sie kam direkt zu ihm und ließ dabei ihre Tasche auf den Boden fallen. Sie schlang die Arme um ihn, stellte sich auf die Zehenspitzen und neigte den Kopf nach hinten.

Beatle gab ihr, was sie wollte. Er küsste sie lange und hart und zog sich erst zurück, als er spürte, wie ihm die Kontrolle entglitt. Es spielte keine Rolle, wie viel Zeit verging und wie oft sie sich liebten. Jedes Mal wenn er in ihrer Nähe war, wollte er sie so sehr wie beim ersten Mal.

»Hattest du einen schönen Tag?«, fragte er sie.

»Ja. Ich hätte nicht gedacht, dass es mir gefallen würde, dieses Seminar für Erstsemester in Biologie zu unterrichten, aber überraschenderweise schienen die Kinder alle wirklich daran interessiert zu sein, was sie mit einem Biologiestudium anfangen können.«

»Und dein Insektenkundekurs? Wie ist der gelaufen?«

»Wie du dir vorstellen kannst, fand ich ihn toll. Auch wenn ich keine Lust habe, erneut die USA zu verlassen, um Insekten zu studieren, war es wirklich nett, mit meinen Studenten informell über meine Erfahrungen in Costa Rica zu plaudern ... die Erfahrung, Insekten zu studieren.« Sie grinste. »Obwohl ich mir sicher bin, dass die Studenten weniger in ihre scheinbar so unkomplizierte Professorin verliebt sein werden, wenn sie ihren ersten Test absolvieren müssen. Damals in Florida wussten die Studenten, dass ich streng bin. Diese neue Gruppe wird das auf die harte Tour lernen müssen.«

Beatle lächelte Casey an. Er hörte ihr gern zu, wenn sie über das Unterrichten sprach. Es war offensichtlich, dass sie ihren Job mochte und dass sie gut war in dem, was sie tat. Hätte er vielleicht ein paar mehr Lehrer wie sie gehabt, hätte er es in seiner Ausbildung weiter gebracht. Aber dann wäre er jetzt vielleicht nicht hier bei ihr. »Ich liebe dich«, sagte er.

»Ich liebe dich auch. Was gibt es zum Abendessen?«

Beatle unterdrückte ein Lachen. Es gefiel ihm ungemein, dass sie so nebenbei erwähnte, dass sie ihn liebte. Für sie war es keine große Sache. So war es eben einfach.

»Steak. Ich lasse sie gerade ruhen und sie sind in ein, zwei Minuten fertig.«

»Lecker, Steak«, entgegnete Casey, ließ ihn los und hob den Deckel von einem der Töpfe auf dem Herd. »Mit Reis? Großartig.«

Casey half ihm beim Anrichten des Abendessens und er brachte ihre Teller zum Tisch. »Setz dich hin. Ich hole dir ein Glas Wein.«

Während des Essens unterhielten sie sich über Alltägliches und erneut dachte Beatle darüber nach, wie anders sein Leben jetzt war als noch vor ein paar Monaten. Er hätte nie gedacht, dass er derjenige sein würde, der dafür sorgt, dass das Essen auf dem Tisch steht, wenn seine Frau von der Arbeit nach Hause kommt. Er war kein Idiot, aber er hatte sich immer in einer Beziehung mit einer klassischen Rollenverteilung gesehen, wo er arbeitete und das meiste Geld verdiente und seine Freundin putzen und das Abendessen für *ihn* bereithaben würde, wenn er nach Hause kam.

Allerdings war dieses Klischee mit Casey völlig haltlos. Sie verdiente mehr Geld, als er es je bei der Armee könnte, und an vielen Abenden kam sie nach ihm nach Hause. Ihr Haus war nicht gerade picobello sauber, doch das störte keinen der beiden. Sie waren zusammen und glücklich, und das war das Einzige, was zählte.

Sie befanden sich immer noch in der Kennenlernphase und jeden Morgen erwachte Beatle und fragte sich, was er wohl am heutigen Tag über Casey lernen würde. Er konnte sich nicht vorstellen, sich jemals mit ihr zu langweilen.

Als sie mit dem Essen fertig waren, brachte er ihre Teller zur Spüle und ließ sie dort stehen; er würde sie später in die Spülmaschine räumen. Dann nahm er Caseys Hand und führte sie zur Couch. Während er sich hinsetzte, zog er sie sich auf den Schoß.

»Ich habe heute mit dem Kommandanten gesprochen«, erklärte Beatle.

»Und?«

»Die Polizei in Costa Rica hat gestern den Typen aus dem Dschungel gefunden.«

Sie machte große Augen. »Den, den ich in den Hügel voller Kugelameisen gestoßen habe?«

»Ja, genau den.«

»Lebt er noch?«, wollte Casey wissen.

Beatle sah die Hoffnung in ihren Augen. Er hatte nicht gewusst, dass sie sich Gedanken über das Schicksal des Arschloches gemacht hatte, doch es hätte ihm eigentlich klar sein müssen. Schließlich war sie keine Soldatin. Sie war nicht an Gewalt gewöhnt. Es war offensichtlich, dass sie nicht für den Tod eines anderen Menschen verantwortlich sein wollte. »Ja, mein Schatz, er lebt.« Die Erleichterung, die er in ihrem Blick sah, bestätigte, dass er schon längst mit ihr darüber hätte reden sollen.

»Gut. Was hat er gesagt?«

»Er hat bestätigt, was wir schon die ganze Zeit vermutet haben. Dass Marie ihn und die anderen aus dem Dorf dafür bezahlt hat, dich und die Mädchen zu entführen. Als sie herausfand, dass sie gerettet worden waren, einschließlich dir, bot sie an, die Bezahlung zu verdoppeln, wenn sie dich finden und töten.«

Casey sackte in sich zusammen. Beatle fuhr schnell mit den guten Nachrichten fort.

»Es ist vorbei, Case. Er hat bestätigt, dass niemand dich sucht. Nachdem Marie Costa Rica verlassen hatte, ohne sie zu bezahlen, und nachdem so viele von ihnen im Dschungel getötet worden waren, hatte keiner von ihnen das Bedürfnis oder die finanziellen Mittel, dich bis zurück in die Staaten zu verfolgen.«

»Also muss ich mir keine Sorgen mehr darüber machen, dass jemand mich findet und erneut versucht, mich zu entführen?«, fragte sie hoffnungsvoll.

»Nein.«

Daraufhin entspannte sich jeder einzelne Muskel in ihrem Körper und sie schmiegte sich an ihn. Beatle war froh darüber, dass er das für sie tun konnte.

»Und Marie? Hast du in letzter Zeit mal etwas von ihr gehört?«

Das war die weniger lustige Information, die er für sie hatte. »Sie ist tot, Case.«

Casey richtete sich auf Beatles Schoß auf. »*Was?* Ich dachte, sie würde Hilfe bekommen?«

»Dem war auch so. Ihr Prozess sollte erst in ein paar Monaten stattfinden und der Staatsanwalt von Florida hatte angeordnet, dass sie bis dahin in einer Anstalt für Geisteskranke bleibt. Aber so wie es aussieht, war es ihr gelungen, die Ärzte davon zu überzeugen, dass es ihr besser ging, als es tatsächlich der Fall war. Als sie die Information bekam, dass ihre Forschungsarbeit unmoralisch sei und nie veröffentlicht werden würde, hat sie sich zwischen den Runden des medizinischen Personals in ihrem eigenen Zimmer erhängt.«

Casey sank erneut in sich zusammen und Beatle wartete darauf, dass sie verdaute, was er gesagt hatte.

»Ich weiß nicht so recht, wie ich mich jetzt fühlen soll«, gab sie nach ein oder zwei Minuten zu.

»Du darfst empfinden, was immer du möchtest, mein Schatz. Ich würde es dir niemals zum Vorwurf machen, dass du glücklich bist, dass sie tot ist und du keine Zeugenaussage machen musst. Ich muss zugeben, dass ich es alles andere als gut fand, dass du während ihres Prozesses noch einmal alles durchmachen müsstest.«

»Na ja, das ging mir natürlich genauso, aber ich finde es auch nicht toll, dass sie tot ist.«

Beatle legte ihr einen Finger unter das Kinn und wandte ihr Gesicht in seine Richtung. Er sah ihr lange in die Augen, um herauszufinden, was in ihrem Kopf vorging. Er stellte zufrieden fest, dass sie nicht schuldbewusst aussah. »Du wärst auch nicht die Frau, die ich mehr als mein Leben liebe, wenn du glücklich darüber wärst, dass sie tot ist. Aber ich muss zugeben, dass ich ausgesprochen froh darüber bin, dass sie nicht mehr am Leben ist. Sie hat dich entführt. Dich gequält. Männer angeheuert, um dich erst zu vergewaltigen und dann zu töten. Dann hat sie erneut versucht, dich verrückt zu machen – und *gelacht*, als du auf deinem Horrortrip warst und mich und die anderen für riesige Insekten gehalten hast. Es tut mir ganz und gar nicht leid, dass sie nicht mehr am Leben ist.«

»Oh Mann, Beatle. Warum sagst du mir nicht, wie du dich wirklich fühlst?«, murmelte Casey sarkastisch.

Beatle ließ es zu, dass sie den Blick abwendete, und zog sie an seine Brust. »Ich werde nicht so tun, als wäre ich traurig, dass sie tot ist, Case. Ich habe in meinem Leben schon mehr Leute getötet, als ich zählen kann, und alle von ihnen waren böse. Marie Santos habe ich zwar nicht erwischt, aber ich kann auch nicht behaupten, dass es mir leidtut, dass sie tot ist. Immerhin musste sie nicht leiden, so wie du. Wäre es nach mir gegangen, dann hätte man sie in ein Loch werfen und dort verrotten lassen sollen.«

»Das ist ein wenig blutrünstig, Beatle«, informierte Casey ihn.

Daraufhin konnte er nicht anders, als zu lächeln. »Ja, wenn es um dich geht, bin ich ein wenig blutrünstig. Hast du damit ein Problem?«

Einen Moment lang antwortete sie darauf nicht, und als Beatle gerade anfing, sich Sorgen darüber zu machen, dass er zu weit gegangen war, schüttelte sie den Kopf. »Nein. Ich finde es völlig in Ordnung, dass du jemandem den Hintern versohlst, wenn er versucht, mir wehzutun, solange du damit einverstanden bist, dass ich das Gleiche tue.«

»Case, du könntest keiner Fliege etwas zuleide tun.«

»Ich habe *dich* verletzt«, erklärte sie ihm und fuhr mit dem Finger über die Narbe auf seinem Arm, wo sie ihn während ihres Horrortrips mit dem Messer erwischt hatte.

Er lachte leise. »Das habe ich nicht mal gemerkt«, versicherte er ihr zum wiederholten Male.

»Ja, klar«, sagte sie. »Du Lügner. Aber es stimmt. Gewalt ist nicht wirklich mein Ding. Allerdings habe ich Zugriff auf eine enorme Menge verschiedener Insekten. Also kann ich mich rächen, ohne gleich auf Gewalt zurückgreifen zu müssen.«

Beatle erschauderte. »Verdammt. Ich möchte nicht einmal daran *denken*, was du mit all den Insekten im Labor der Universität anstellen könntest.«

Casey kicherte. Dann sah sie ihn mit intensivem Blick an. »Ich bin glücklich.«

Beatle streichelte ihr mit der Hand über den Rücken. »Das freut mich. Ich bin auch glücklich.«

»Und so schlimm das, was mir widerfahren ist, auch gewesen sein mag, es hat mich zu dir geführt. Und schon allein deswegen kann ich es nicht bedauern.«

Beatle atmete tief durch und nickte. »Ich liebe dich, Case. Du weißt ja nicht, wie sehr.«

»Doch, weiß ich schon. Denn ich liebe dich genauso sehr.«

Daraufhin stand Beatle mit Casey in seinen Armen auf. Sie

protestierte nicht, sondern hielt sich einfach nur an ihm fest, während er sich in Bewegung setzte.

Er ging durch den Flur in ihr Schlafzimmer. Ohne ein Wort zu sagen, legte er sie auf das Bett und griff nach dem Saum ihres Hemdes. Beatle musste in ihr sein. Und zwar sofort.

Eine Stunde später lagen sie aneinandergekuschelt auf dem großen Bett. Die Decke war um sie herum durcheinander, aber keiner von ihnen rührte sich, um sie hochzuziehen. Ein leichter Schweißfilm überzog ihre Körper und sie waren nach ihrem leidenschaftlichen Liebesspiel noch immer außer Atem.

»Beatle?«, sagte Casey.

»Was ist, mein Schatz?«

»Glaubst du, wir könnten vielleicht eine Hängematte in einer Ecke des Zimmers aufhängen?«

Beatle warf den Kopf in den Nacken und lachte lauthals. Er hatte so das Gefühl, dass Casey immer für eine Überraschung gut war und es ihm mit ihr nie langweilig werden würde. »Ich bestelle morgen eine im Internet«, erklärte er ihr, als er sich wieder unter Kontrolle hatte.

Geistesabwesend zeichnete sie mit dem Finger Muster auf seine Brust und er spürte an seiner Schulter, wie sie lächelte. »Als ich in dem Loch saß, wollte ich unbedingt überleben«, sagte sie leise. »Ich wusste auch nicht warum; ich wusste nur, dass ich nicht aufgeben durfte, weil mir etwas Großartiges bevorstand. Und dann bist du plötzlich aufgetaucht. Ich sah hoch und wusste auf den ersten Blick, dass *du* die großartige Sache warst, auf die ich gewartet hatte.«

Beatle schnürte es die Kehle zu und er konnte nicht sprechen. Deshalb nahm er sie einfach fester in den Arm. Und als würde sie ihn verstehen, lehnte Casey sich zu ihm, küsste ihn am Kinn und legte ihren Kopf dann wieder an seine Schulter.

Und später, nachdem Beatle die Decke über sie gezogen hatte, um sie warmzuhalten, und als Casey leise schnarchte, fand Beatle endlich die richtigen Worte, um das auszudrücken, was er empfand.

»Ich hatte keine Ahnung, dass ich die andere Hälfte meiner Seele im Dschungel von Costa Rica finden würde.«

Truck betrat sein Haus und schloss die Tür leise hinter sich. Er wusste nicht, ob Mary schlief, und wollte sie nicht wecken. Sie schlief so schon nicht gut. Er stellte seine Tasche in der Diele ab und ging ins Wohnzimmer.

Sie schlief auf der Couch, während im Fernsehen eine Kochshow lief. Truck kniete sich neben sie hin und starrte sie einfach einige Minuten lang an, wobei er jedes Detail von Mary in sich aufnahm.

Ihr Haar war so weit nachgewachsen, dass sie nicht mehr länger krank aussah. Tatsache war, dass sie nicht mehr krank war. Sie hatte den Krebs besiegt ... zweimal. Aber dieses letzte Mal wäre sie fast gestorben. Sie hatte eine Perücke getragen, bis ihr Haar so weit nachgewachsen war, dass sie es frisieren konnte. Niemand hatte es bemerkt, weil sie Rayne und den anderen so weit wie möglich aus dem Weg gegangen war.

Obwohl sie jetzt geschlossen waren, erinnerte sich Truck daran, wie ihre schönen braunen Augen durch Schmerz und Leid getrübt worden waren. Die letzte Runde Chemo war hart gewesen, aber es war die Bestrahlung, die ihr fast den Rest gegeben hätte. Die Haut auf ihrer Brust war wegen der Behandlungen buchstäblich verbrannt worden. Es war schmerzhaft gewesen und sie hatte nichts mehr heben können. Der Arzt hatte ihr mehrere verschiedene hochwirksame Schmerzmittel verschrieben und sie hatte mindestens drei verschiedene Arten von Cremes verwendet, um die Schmerzen zu lindern und die Wunden zu heilen.

Aber das lag nun hinter ihr ... hinter *ihnen* ... Alles, womit sie zu tun hatten, war das anhaltende Taubheitsgefühl und Kribbeln in ihren Fingern als Folge der Chemo. Aber der Arzt hatte gesagt, auch das sollte mit der Zeit vergehen.

Truck gab der Versuchung nach und fuhr mit einer Hand über die weichen, kurzen Haare auf ihrem Kopf. Sie hatte schöne, dichte, braune Haare gehabt, bevor sie sie verloren hatte, und sie waren jetzt fein und grau geworden. Sie war zu ihrem Friseur gegangen und hatte sie mit rosa und lila Streifen und Strähnchen versehen, so wie sie es beim ersten Mal, als er sie gesehen hatte, getragen hatte.

Obwohl er sie nur sanft berührte, öffnete Mary die Augen. »Du bist wieder da«, sagte sie verschlafen.

»Ja, mein Schatz. Ich bin wieder da.«

»Geht es dir gut?«, fragte sie.

»Ja, alles in Ordnung«, erwiderte Truck mit einem kleinen Lächeln. Dann stand er auf und hob sie problemlos hoch. Sie protestierte nicht, sondern kuschelte sich einfach an seine Brust und legte ihm die Arme um den Hals.

Es gefiel Truck, dass Mary immer sagte, was sie dachte. Wenn sie müde war, gab sie es zu. Wenn sie sauer auf ihn oder auf sonst jemanden war, hatte sie kein Problem damit, es der betreffenden Person mitzuteilen. Er verstand sie, wahrscheinlich besser als jeder andere. Anderen erschien sie wie eine Zicke. Hart. Unbeugsam. Aber es waren Zeiten wie diese, in denen sie sich entspannte und sich von ihm pflegen ließ, die Truck am meisten liebte.

Er trug sie ins Schlafzimmer und legte sie sanft auf das riesige Doppelbett. Sie drehte sich sofort auf die Seite und schlief wieder ein. Truck wäre am liebsten neben ihr ins Bett gestiegen, aber er musste erst noch ein paar Dinge erledigen.

Widerwillig trat er vom Bett weg und ging in Richtung Tür. Sein Blick fiel auf das gerahmte Foto an der Wand direkt neben der Tür. Es war vor ein paar Monaten an ihrem Hochzeitstag aufgenommen worden. Es war der Tag, an dem sein Freund Fish ihn und das Team in Idaho gebraucht hatte, aber Truck hatte Mary endlich davon überzeugt, ihn zu heiraten, sodass er nicht mitfahren konnte.

Truck hatte Mary praktisch seit dem ersten Mal, als er sie

gesehen hatte, geliebt. Sie war extrem schnippisch zu ihm gewesen, alles zur Verteidigung ihrer besten Freundin Rayne. Ihr Hochzeitstag war einer der besten Tage seines Lebens gewesen.

Truck fuhr mit der Hand über das mit Glas bedeckte Bild und lächelte. Mary dachte, nachdem es ihr besser ging, würden sie sich scheiden lassen und niemand müsste je erfahren, dass sie verheiratet gewesen waren. Mary hatte immer noch ihre Wohnung, aber meistens schlief sie dann doch bei ihm zu Hause. Als sie krank war, tat sie alles, um mit Rayne zu telefonieren, anstatt sich mit ihr zu treffen, aber wenn sie sich trafen, sorgte sie immer dafür, dass Rayne sie in ihrer Wohnung abholte.

Aber er würde sie auf keinen Fall gehen lassen. Nicht nachdem er in den letzten Monaten die meisten Nächte neben ihr geschlafen hatte. Nicht nachdem er sie im Arm gehalten hatte, weil sie sich nach der Chemo scheiße fühlte. Nicht nachdem sie so starke Schmerzen von den Strahlungsverbrennungen auf ihrer Brust hatte, dass sie ihn die Salbe auftragen ließ.

Leise schloss er die Schlafzimmertür und ging zurück ins Wohnzimmer. Nein, Mary Weston gehörte ihm. Punkt. Für immer.

Blade saß auf der Couch und stocherte halbherzig in seinem Essen herum. Er hatte sich etwas in der Mikrowelle aufgewärmt, da er zu allem anderen zu müde war. Nein, das stimmte nicht. Er war einfach nur zu depressiv, um etwas anderes zu kochen.

Er freute sich für seine Schwester. Casey und Beatle waren unglaublich glücklich miteinander, und das freute Blade. Aber er hatte eben erkannt, dass er nun der letzte Mann im Team war, der keine Frau hatte. Der Rest der Jungs war jetzt zu Hause bei seinen Frauen und Freundinnen, glücklicher als ein Ferkel im Matsch. Und da saß er nun erbärmlich auf seiner Couch, schaute auf einen leeren Fernsehbildschirm und fragte sich, ob er jemals jemanden finden würde, der ihn ertragen könnte.

Sein Telefon klingelte. Das Festnetztelefon. Das, auf das er nie antwortete und das er nur deshalb hatte, weil es billiger war, das Kabel- und Internetpaket zu bekommen, wenn er auch die Telefonleitung dazubuchte. Es klingelte gelegentlich, aber er nahm nie ab. Aber heute Abend war ihm langweilig. Und er war ruhelos. Und … neidisch. Neidisch auf das Glück seiner Teamkollegen, weil er es auch für sich wollte.

»Hallo?«

»Hi! Ich heiße Wendy. Wie geht es Ihnen heute?«

»Äh … gut.«

»Das ist toll. Ich rufe Sie heute an, um zu fragen, ob Sie schon über Ihre Zukunft nachgedacht haben.«

»Meine Zukunft?«, fragte Blade. Natürlich würde er von niemandem etwas kaufen, der ihn einfach so angerufen hatte, doch die Stimme der Frau am anderen Ende der Leitung war melodiös und beruhigend. Wie armselig war es, dass er das Gespräch fortsetzte, nur weil ihm der Klang ihrer Stimme gefiel?

»Ja, Ihre Zukunft. Sind Sie verheiratet?«

»Nein.«

»Kinder?«

»Auch nicht.«

»Okay, aber Sie haben doch sicher Familie.«

Blade konnte hören, dass sie langsam verzweifelt wurde. »Ja, Wendy, ich habe Familie.«

»Großartig!« Jetzt klang sie wieder fröhlich. »Falls Ihnen etwas zustoßen sollte, möchten Sie doch sicher, dass Ihrer Familie daraus keine Nachteile entstehen. Sie möchten, dass für sie gesorgt ist. Und ich kann Ihnen dabei helfen. Wussten Sie, dass eine zeitlich befristete Lebensversicherung um einiges günstiger ist als eine lebenslange Lebensversicherung? Das ist nämlich der Fall. Und für nur zwanzig Dollar im Monat bekommen Sie eine ziemlich eindrucksvolle Versicherung, die Ihren Angehörigen erlaubt, Ihnen die Beerdigung zu finanzieren, die Sie verdienen. Und gibt ihnen inneren Frieden. Außerdem können Sie –«

Blade hörte nicht auf die Worte, die sie sprach, sondern konzentrierte sich erneut auf den Klang ihrer Stimme. Er machte die Augen zu und stellte sich vor, sie würde neben ihm auf der Couch sitzen und über ihren Tag reden. Es war ziemlich armselig, aber immerhin fühlte er sich so weniger einsam.

»Hallo?«

Blade blinzelte und machte die Augen wieder auf. Ihm wurde klar, dass sie aufgehört hatte zu reden und auf seine Antwort wartete.

»Ja, Wendy?«

»Was halten Sie davon?«

»Ich bin in der Armee.«

»Oh ... äh ... okay?«

Er lachte leise. »Ich habe bereits eine Lebensversicherung und brauche keine zweite.«

»Oh.« Sie klang jetzt traurig. »Ich verstehe.«

Aus irgendeinem Grund wollte Blade nicht, dass das Gespräch vorbei war. »Wie geht es *Ihnen* denn heute, Wendy?«

»Mir? Äh ... ganz gut, würde ich sagen.«

»Das hört sich aber nicht so an«, stellte Blade fest.

»Das liegt daran, dass ich heute schon dreiundachtzig Leute angerufen habe und noch keine einzige Versicherung verkauft habe.«

»Das nervt«, sagte er mitfühlend, war sich aber nicht sicher, ob sie das nur sagte, damit er Mitleid hatte und ihr eine Lebensversicherung abkaufte, die er weder brauchte noch wollte.

»Ja.« Sie klang jetzt wieder fröhlicher. »Aber wenigstens haben Sie nicht aufgelegt. Oder geflucht. Oder mich beschimpft.«

»So was passiert?«

»Ständig«, erklärte sie ihm.

»Ich kann mir nicht vorstellen, dass es Spaß macht, Leute anzurufen, um ihnen etwas zu verkaufen«, stellte er fest.

»Es nervt«, flüsterte sie.

»Und warum machen Sie es dann?«, fragte Blade ehrlich interessiert.

»Weil ich das Geld brauche. Ich habe natürlich tagsüber einen festen Job, aber die paar Stunden, die ich hier zusätzlich arbeite, lassen mich genug verdienen, damit ich über die Runden komme.«

Blade konnte das verstehen. Als er zur Armee gegangen war, hatte er auch kein Geld gehabt. An manchen Tagen waren sogar Brötchen mit Ketchup zu teuer gewesen. »Das kenne ich«, erklärte er ihr.

»Darf ich ... darf ich Sie etwas fragen?«

»Das haben Sie doch gerade getan, oder?«, bemerkte Blade trocken.

Sie kicherte und der mädchenhafte Klang ging direkt zu seinem Schwanz. Blade blinzelte überrascht. Er hatte keine sexuellen Absichten, was die Frau am anderen Ende der Leitung betraf, aber als sie lachte ... wollte er sie plötzlich. Er hatte keine Ahnung, wie sie aussah, oder wusste auch sonst nichts von ihr, mal abgesehen von ihrem Namen, aber dieser leise, süße Klang war wie nichts, was er je zuvor gehört hatte.

»Wie heißen Sie?«

»Aspen«, erwiderte Blade, ohne zu zögern.

»Wirklich? Genau wie der Skiort?«

Diesmal war er es, der lachte. »Ja, genau so.«

»Das gefällt mir. Ein ungewöhnlicher Name. Aspen?«

»Ja, Liebes?«

»Danke, dass Sie nett zu mir waren. Es war ein harter Tag und ich bin nicht wirklich davon ausgegangen, dass Sie mir eine Versicherung abkaufen würden, deswegen bin ich Ihnen umso dankbarer, dass Sie nett zu mir waren.«

Der Gedanke, dass irgendjemand *nicht* nett zu ihr sein konnte, traf Blade hart. »Gern geschehen. Also ... machen Sie das jeden Abend?«

»Was?«

»Fremde anrufen und mit ihnen sprechen?«

»Eigentlich nicht. Ich arbeite nur an ein paar Tagen in der Woche und wie schon gesagt, hängen die meisten Leute sofort auf oder beschimpfen mich.«

»Wenn Sie mich noch mal anrufen, werde ich weder auflegen noch Sie beschimpfen«, erklärte Blade ihr.

Sie war einen Moment lang still und fragte dann: »Wollen Sie damit sagen, es würde Ihnen nichts ausmachen, wenn ich Sie noch mal anrufe?«

»Genau das will ich damit sagen«, bestätigte Blade und fragte sich, ob er verrückt wäre. Die Jungs würden ihm die Hölle heißmachen, wenn sie wüssten, dass er sich so einsam fühlte, dass er praktisch eine Fremde anflehte, ihn anzurufen. Verdammt, sie war vielleicht Jahrzehnte älter als er oder schrecklich hässlich, aber er hielt beides für eher unwahrscheinlich.

»Das ... das würde mir gefallen«, sagte sie leise. »Aber Sie sollten wissen, dass ich nicht immer Versicherungen verkaufe. Es ist jeden Abend etwas anderes.«

»Dann freue ich mich schon darauf herauszufinden, was Sie mir nächstes Mal verkaufen möchten. Das wird eine Überraschung.«

Sie kicherte erneut und Blade schloss die Augen und genoss es.

»Ich bin mir nicht sicher, dass es etwas ist, was Sie brauchen.«

»Ich brauche viele Dinge«, entgegnete Blade kryptisch. »Haben Sie meine Nummer?«

Er hörte, wie sie in ihren Papieren kramte und schließlich sagte: »Ja.«

»Dann freue ich mich darauf, bald wieder von Ihnen zu hören.«

»Okay. Aspen?«

»Ja?«

»Sie haben gesagt, dass Sie bei der Armee sind. Vielen Dank für Ihre Dienste. Ich weiß zwar nicht, was genau Sie machen, aber ich bin mir sicher, dass Sie einen wichtigen Beitrag leisten. Sie passen doch auf sich auf ... ja?«

Und schon war es um Blade geschehen. Es war schon lange her, dass jemand anderes als seine Schwester sich Sorgen um ihn gemacht hatte. »Danke, meine Liebe. Ja, ich passe auf mich auf.«

»Gut. Okay, ich muss jetzt auflegen. Mein Boss schaut schon rüber. Wahrscheinlich weiß er, dass ich mich nur unterhalte und Zeit verschwende. Und nochmals danke, dass Sie sich nicht wie ein Arsch verhalten haben.«

»Gern geschehen. Bis dann.«

»Tschüss.«

Blade legte den Hörer auf und saß einige Minuten lang gedankenverloren auf der Couch und versuchte zu entscheiden, ob er erbärmlich, verrückt oder einfach nur ein Trottel war. Schließlich stand er auf und warf sein halb aufgegessenes Abendessen in den Müll. Er ging den Flur hinunter in sein Schlafzimmer und machte sich bettfertig.

Als er dort lag und versuchte, seinen Geist lange genug abzuschalten, um einzuschlafen, fragte er sich, ob Wendy noch einmal anrufen würde. Er hoffte es ... das tat er wirklich.

»Wie geht es Sadie?«

Chase sprach nicht so laut, da er wusste, dass die Frau, nach der Sean Taggart fragte, im Nebenzimmer schlief. »Es geht ihr gut.«

»Irgendwelche Neuigkeiten über dieses Arschloch Jonathan Jones?«

»Nein.«

»Ich komme dieses Wochenende wieder in die Gegend.«

Chase seufzte leise. Sean war – mit seinem Segen – jeden Samstag in die Gegend von Fort Hood gekommen, um nach seiner Nichte zu sehen, seit Chase sie in seine Wohnung gebracht hatte, um sich um sie zu kümmern. Jonathan Jones war ein Pädophiler, der irgendwie von Sadie besessen war und sich immer noch auf freiem Fuß befand. Chase hatte sich freiwillig gemeldet, um auf Sadie aufzupassen, bis das Arschloch gefunden worden war.

»Das hört sich gut an. Am Samstag habe ich erneut ein Gespräch mit dem Polizisten, der mit dem FBI in San Antonio in Verbindung steht. Möchtest du dich mit uns auf dem Revier treffen?«

»Das wäre gut. Grace hat eine weitere riesige Tasche mit ihren Sachen gepackt, die ich ebenfalls mitbringe. Ist dir das wirklich alles recht?«, wollte Sean wissen. »Sie ist jetzt schon einen Monat bei dir und ich weiß, dass Sadie manchmal ziemlich anstrengend sein kann. Ich bin immer noch davon überzeugt, dass sie bei dir in Sicherheit ist, da es Jonathan leichtfallen würde, die Verbindung zu uns herzustellen und herzukommen, um nach ihr zu suchen, aber wenn sie dir im Weg ist, kann ich sie zu uns holen.«

»Nein«, versicherte Chase schnell, »es macht mir gar nichts aus, sie hier zu haben.«

Sean musste wohl irgendetwas aus Chases Ton herausgehört haben, denn er senkte die Stimme und sagte drohend: »Bau bloß keinen Scheiß mit meiner Nichte, Jackson.«

»Das tue ich nicht. Bei mir ist sie in Sicherheit. In jeder Hinsicht.«

Am anderen Ende der Leitung herrschte einen Moment lang Schweigen, bevor Sean sagte: »Das rate ich dir wirklich. Wir sehen uns am Samstag.« Dann legte er auf.

Chase legte ebenfalls auf und lauschte einen Moment lang, ob das Gespräch Sadie geweckt hatte. Als aus dem Gästezimmer kein Geräusch kam, atmete er erleichtert auf.

Vom ersten Moment an, als er ihr Foto gesehen hatte, hatte er sich zu Sadie hingezogen gefühlt. Und sie bei sich zu haben, mit ihr zusammenzuleben, hatte diese Anziehung noch verstärkt. Sie war ziemlich hart, ließ sich von niemandem etwas gefallen und hatte immer einen guten Spruch parat. Aber darüber hinaus war sie einfühlsam, freigiebig und hatte eine gute Seele.

Allein der Gedanke, dass Jonathan Jones sie – erneut – in die Finger bekommen könnte, war schrecklich. Sie hatte das, was ihr passiert war, gut weggesteckt, aber Chase wollte nicht, dass dieses Arschloch sie jemals wieder anfasste.

Sadies Onkel waren mehr als nur qualifiziert, sie zu beschützen, aber der Höhlenmensch in Chase wollte, dass sie bei ihm blieb. *Er* wollte derjenige sein, der sie beschützte. Er würde alles dafür tun, damit sie das Leben führen konnte, das sie sich wünschte, doch darüber hinaus würde er sich auch ihre Liebe verdienen.

*

Die Rettung von Wendy (Buch Acht) **(erhältlich ab Mitte Juni 2020)**

BÜCHER VON SUSAN STOKER

Die Delta Force Heroes:

Die Rettung von Rayne (Buch Eins)
Die Rettung von Emily (Buch Zwei)
Die Rettung von Harley (Buch Drei)
Die Hochzeit von Emily (Buch Vier)
Die Rettung von Kassie (Buch Fünf)
Die Rettung von Bryn (Buch Sechs)
Die Rettung von Casey (Buch Sieben)
Die Rettung von Wendy (Buch Acht) **(erhältlich ab Ende Juni 2020)**

SEALs of Protection:

Schutz für Caroline
Schutz für Alabama
Schutz für Fiona
Die Hochzeit von Caroline
Schutz für Summer
Schutz für Cheyenne
Schutz für Jessyka (Buch Sieben) **(erhältlich ab Ende Juli 2020)**

Ace Security Reihe:
Anspruch auf Grace (Buch Eins) **(erhältlich ab Ende Juli 2020)**
Anspruch auf Alexis (Buch Zwei) **(erhältlich ab Ende Juli 2020)**

Und auch die folgenden Bücher von Susan Stoker werden in Kürze auf Deutsch erhältlich sein:

Aus der Reihe »Die Delta Force Heroes«:
Rescuing Sadie (Novelle)
Rescuing Mary (Buch 9)
Rescuing Macie (Buch 11)

Aus der Reihe »SEALs of Protection«:
Schutz für Julie (Buch 8)
Schutz für Melody (Buch 9)
Protecting the Future (Buch 10)
Schutz für Kiera (Buch 11)
Protecting Alabama's Kids (Buch 12)
Schutz für Dakota (Buch 13)
The Boardwalk (Buch 14)

Ace Security Reihe:
Anspruch auf Bailey (Buch 3)
Anspruch auf Felicity (Buch 4)
Anspruch auf Sarah (Buch 5)

BIOGRAFIE

Susan Stoker ist die New York Times, USA Today und Wall Street Journal Bestsellerautorin der Buchreihen »Badge of Honor: Texas Heroes«, »SEAL of Protection«, »Die Delta Force Heroes« und einigen mehr. Stoker ist mit einem pensionierten Unteroffizier der US-Armee verheiratet und hat in ihrem Leben schon überall in den Vereinigten Staaten gelebt – von Missouri über Kalifornien bis hin zu Colorado. Zurzeit nennt sie die Region unter dem großen Himmel von Tennessee ihr Zuhause. Sie glaubt ganz und gar an Happy Ends und hat großen Spaß daran, Geschichten zu schreiben, in denen Romantik zu Liebe wird.

Besuchen Sie Susan im Netz!
www.stokeraces.com
facebook.com/authorsusanstoker
twitter.com/Susan_Stoker
bookbub.com/authors/susan-stoker
instagram.com/authorsusanstoker
Email: Susan@StokerAces.com

www.ingramcontent.com/pod-product-compliance
Lightning Source LLC
LaVergne TN
LVHW021650060526
838200LV00050B/2296